BURKHARDT SCHMIDT

Wagner H.
Spuren eines verbrannten Lebens

AF138939

Statt eines Klappentextes

»Wieso hast du mir nie etwas gesagt? Warum hast du dich mir nicht anvertraut? Nach allem, was wir zusammen erlebt haben, hättest du Grund gehabt, mir zu vertrauen.«

»Anfangs wollte ich es. Mir war lange nicht bewusst, warum ich es doch vorgezogen habe, zu schweigen. Ich dachte zuerst, aus Scham. Aber hier drinnen habe ich viel Zeit, nachzudenken. Und irgendwann wurde mir klar: Auch wenn du dich mir gegenüber immer anständig verhalten hast – du bist nicht anders als die beiden. Nicht viel anders.«

»Aber ... das ist doch absurd! Ich habe niemals ...«

»Nein, das hast du nicht. *Das* nicht! Aber du hast mit derselben Respektlosigkeit gehandelt wie sie. Mit demselben Machttrieb. Du hast die Kleine ausgenutzt.«

»Du solltest nicht über mich urteilen. Was du getan hast, ist schlimmer. Viel schlimmer!«

»Er hat es verdient! Dabei bleibe ich.«

»Mag sein. Aber dein Handeln war berechnend. Zu deinem Vorteil! An den schrecklichen Ereignissen auf Schloss Wallstein hattest du kein Interesse mehr. Und die waren für deinen Bruder die Hölle! – Auch *du* hast ihn missbraucht!«

»Wir alle haben versagt, Tom! Wir alle müssen büßen! Die Lebenden wie die Toten. Für alle Ewigkeit!«

»Die Zeit ist um, Frau Hollmann. Sie sollten sich jetzt von Ihrem Besucher verabschieden.«

Autor

Burkhardt Schmidt wurde 1954 in Puttgarden auf Fehmarn geboren, ging auf das Gymnasium in Burg und lebte lange Jahre in Hamburg.
Seit einiger Zeit ist der gelernte Schriftsetzer zurück auf der Insel.
»Wagner H. – Spuren eines verbrannten Lebens« ist sein fünfter Roman.

BURKHARDT SCHMIDT

Wagner H.
Spuren eines verbrannten Lebens

Roman

Bibliografische Information der Deutschen Nationalbibliothek:
Die Deutsche Nationalbibliothek verzeichnet diese Publikation
in der Deutschen Nationalbibliografie; detaillierte bibliografische Daten
sind im Internet über dnb.d-nb.de abrufbar.

TWENTYSIX – der Self-Publishing Verlag
Eine Kooperation zwischen der Verlagsgruppe Random House GmbH
und der Books on Demand GmbH

Layout, Satz, Illustrationen sowie Umschlaggestaltung:
Der Autor

Bildnachweise:
featurePics.com
pxhere.com
pexels.com

Herstellung und Verlag:
BoD – Books on Demand GmbH, Norderstedt
ISBN 978-3-740-7469-5

Missbrauch ist Menschen zertreten wie Gras.

Else Pannek
(1932 - 2010), deutsche Lyrikerin

1

*S*ehen *Sie es positiv, Herr Kommissar!«, gluckste Quentin Pompur.* »*Wenn dies vorbei ist, werden Sie nie wieder Todesangst verspüren!«* *Hämisches Lachen ließ seinen feisten Bauch unter der Weste erbeben wie einen gestreiften Wackelpudding mit Hirschhornknöpfen. Er stand in respektvollem Abstand neben der Kunststoffwanne und schaute gebannt in die blubbernde, zischende Flüssigkeit, bevor er die Augen wieder auf Max Fröhlich richtete.*

(Notiz: Unbedingt klären, ob Fluorwasserstoffsäure vergleichbare Geräusche von sich gibt.)

Wie Schraubstöcke umklammerten vier kräftige Hände die Arme Fröhlichs und zerrten ihn immer näher an den Polyethylenbehälter, der sein Grab werden sollte. Die Säure würde ihn von innen her zersetzen, seine Knochen auflösen und bizarrerweise die Haut erst zum Schluss in Mitleidenschaft ziehen.

Dieser Rotwein würde meine Leber zersetzen.

Stünde nicht sein eigenes Leben auf dem Spiel, hätte sich Kriminalhauptkommissar Max Fröhlich über die erregten Debatten der Männer amüsiert, als es um die Wahl der bestgeeigneten Chemikalie ging. Gegenvorschläge wurden gemacht, angefangen von Natriumhydroxid, das zunächst das Fleisch vom Knochen löst, bis hin zu handelsüblichem Rohrreiniger (Bestandteile: Natronlauge und Aluminiumspäne. Dauert länger, ist aber ebenso wirkungsvoll).

Als ich mich zurücksinken ließ und trank, gab die Lehne meines Bürostuhls ächzend nach. Vor ein paar Jahren noch hätte sie mir freudig federnd den Rücken gestärkt. Ich dachte an Quentin Pompur, vermied einen Blick auf die deutlich gewölbte untere Partie meines Hemdes und las das Getippte noch einmal.

Es war soweit! Ich war im Begriff, Kommissar Fröhlich aus dem Leben zu verabschieden. Schweren Herzens zwar, dafür wirkungsvoll. Nicht auf die sanfte Tour. Nein, es sollte ein Abgang werden, der seiner würdig war!

Und er würde, da war ich sicher, mir und meinen — seinen!

– Lesern vom Grund der wabernden, dampfenden Hexenbrühe (*macht Fluorwasserstoffsäure so was?*) mit der rechten Hand, während sie sich langsam in ihre Bestandteile auflöste, ein letztes herzliches Lebewohl zuwinken.

Ich prostete dem Kommissar zu.

Ein Mann des Gesetzes, der stets seine Pflicht erfüllt und unzählige Verbrecher überführt hatte, würde sein Leben beenden. Qualvoll, sicher! Aber welch ein Tod wäre denn angemessener? Eine profane Pistolenkugel etwa? Ein schnöder Messerstich?

Nein! Es musste ein Ende mit Knalleffekt sein. Zack, Schluss und keine Folgen. (Seine Frau Margret war versorgt. Die Voraussetzungen für die Witwenpension waren erfüllt, denn Fröhlichs Tod dürfte zweifelsfrei als *unverschuldeter Betriebsunfall* geltend gemacht werden können. – Ob er noch zu identifizieren sein würde, war fraglich, aber das Risiko ging ich ein.)

Fröhlich würde verschwinden und im wahrsten Sinne des Wortes keine Spuren hinterlassen.

Im Geiste hörte ich Clausen schon toben. *Sind Sie verrückt, Tom? Man schlachtet nicht die Kuh, die man melkt!* (Als Verleger würde ich ebenso reagieren.)

Ich leerte das Glas. Leck mich am Arsch, Fred Clausen! Dankbarkeit ist eine gute Sache, aber irgendwann hat sie sich erschöpft.

Einen Orden vielleicht noch? Welches Abzeichen steht einem verdienstvollen Polizeibeamten zu? Und: wo festmachen?

Als ich meinen Schreibblock heranzog, um diesen Gedanken zu notieren, sah ich, halb darunter verborgen, einen weißen A5-Umschlag, den ich am vorigen Tag noch nicht bemerkt hatte. Frau Schuster würde ihn während meiner Abwesenheit auf den Schreibtisch gelegt haben. Warum unter den Notizblock? Vermutlich, um sich Fragen zu ersparen. Was für Fragen?

Der Umschlag trug einen Absender aus Frankfurt.

Frankfurt.

Ich ahnte, was der Brief beinhalten würde. Ich füllte das Glas und öffnete die Sendung mit dem Korkenzieher.

Mein Instinkt hatte nicht getrogen. Außer einem Anschreiben und einem weiteren, kleineren Umschlag lag eine sauber ausgeschnittene, schwarz umrandete Anzeige aus der *Frankfurter Allgemeinen Zeitung* bei.

Unter dem Namen des Verstorbenen standen seine Geburts- und Sterbedaten. 14. Juni 1997 und 20. August 2015.

Ich trank noch einen Schluck, und um ein Haar wäre mir das Trinkgefäß aus der Hand gerutscht. Ich stellte die Flasche und das Glas hinter den Monitor.

Die ganze Zeit hatte ich es befürchtet und trotzdem versetzte mir die Meldung einen Stich.

Ein Vers der Autorin Julie Fritsch begleitete die Zeile »*In Liebe. Deine Mutter Elke und deine Schwester Anna.*«

Deine Hand, meine Hand.
Du berührst mich, ich berühre dich.
Auch wenn wir getrennt sind,
sind wir für immer eins.

Der Vers bewegte mich tief, noch mehr überraschte mich die Tatsache, dass Wagner tatsächlich eine Schwester hatte. Mit keiner Silbe hatte er sie erwähnt.

Wagner. Mein junger Freund. Er war tot. Gestorben mit achtzehn. In einem Alter, in dem ein Mensch zu leben beginnt.

Der Monitor bekundete sein Mitgefühl und tauchte in ein tiefes Schwarz.

Ich zog ein nachlässig gefaltetes DIN-A4-Blatt aus dem Kuvert; der Text war in einer sehr präzisen Handschrift gehalten.

Sehr geehrter Herr Sagnier!
Ich schreibe Ihnen diese Zeilen mit Wissen und Zustimmung von Anna Hollmann. Von ihr ist auch der beiliegende Brief.
Sie sind Annas (und meiner) Kenntnis nach einer der Letzten, die Kontakt zu ihrem Bruder hatten.
Der Junge wird am kommenden Freitag um elf Uhr zur letzten Ruhe gebettet.
Sie wundern sich sicher, dass nicht Wagners Angehörige, sondern das Ordnungsamt Frankfurt die Beerdigung veranlasst hat. Die Erklärung ist so erschreckend wie einfach. Anna Hollmann hatte keine Ahnung, wo ihr Bruder geblieben war, bis ich mich mit der traurigen Nachricht von seinem Tod bei ihr meldete.
Ich selbst hatte den Jungen, den ich lange Zeit in Hamburg betreut habe,

aus den Augen verloren. Durch einen Zufall bekam ich Kenntnis von Wagners Ableben und verständigte das Ordnungsamt.

Wagner Hollmann scheint keinen Versuch unternommen zu haben, seine Schwester und seine Mutter über seinen Verbleib aufzuklären. Wir gehen davon aus, dass Sie über den Zustand seiner Mutter unterrichtet sind und sich nicht wundern, dass sie keine aktive Rolle bei der Suche nach ihrem Sohn gespielt hat.

Vom Ordnungsamt kam auch die Nachricht, dass seine Leiche eingeäschert und auf dem Waldfriedhof Oberrad hier in Frankfurt beigesetzt wird. Man hat natürlich versucht, seine Angehörigen zu finden. Er hatte einen Ausweis mit aktuellem Datum bei sich, nach dem er – ganz seltsam! – erst dreizehn Jahre alt sein sollte! Unter der angegebenen Wohnadresse in Hamburg kannte ihn niemand.

In meinem Elend musste ich lachen. Nicht jeder wusste von Wagners Marotte, mit gefälschten Papieren durch die Gegend zu laufen.

Der Versuch, ihn bei den Meldeämtern und über seine auffällige Tätowierung am linken Arm ausfindig zu machen, führte zu keinem Erfolg. Zur Todesursache kann ich Ihnen nur sagen, dass der Junge vollkommen entkräftet und abgemagert in ein Krankenhaus eingeliefert wurde. Sein Kreislauf war zusammengebrochen und er fantasierte. Es ging ihm von Tag zu Tag schlechter. Untersuchungen ergaben, dass sein Drogenkonsum in den letzten Monaten ausufernde Maße angenommen haben musste. Die Ärzte versetzten ihn in ein künstliches Koma, aus dem er nicht wieder aufwachte.

Vor fünf Tagen wurden die Geräte abgeschaltet.

Eine Schwester sagte mir, dass Wagner während seiner Fieberschübe mehrfach Ihren Namen rief. Das hat uns bewogen Sie aufzuspüren und von Wagners Tod in Kenntnis zu setzen. Ihr Verlag war so freundlich, uns Ihre Adresse mitzuteilen.

Mit freundlichen Grüßen
Corinna Neubert, Jugend- und Sozialamt Frankfurt.

Ich legte den Brief zur Seite, ging zur Hausbar und schenkte mir ein Glas Cognac ein. Nach einem kräftigen Schluck las ich den Brief noch einmal.

Zwei Jahre waren vergangen. Zwei Jahre, in denen ich kein Lebenszeichen von Wagner vernommen hatte. Aber sein Bild wurde mir sofort wieder gegenwärtig. Das Gesicht eines Jungen. Augen aber, die die Reife eines Erwachsenen ausdrückten. Sein unerhörtes Talent. Die hohe Intelligenz und der Sarkasmus, der ihn befähigte, anderen Menschen das Leben zur Hölle zu machen. So wie er mein Leben zur Hölle gemacht hatte. Wagner hatte mich aus der Bahn geworfen, mich aus meinem komfortablen Dasein gerissen. Vielleicht ist Hölle ein zu großes Wort.

Wagner, der Knabe. Wagner, der infantile Rassist. Trotz seiner jungen Jahre zu reif, um tumben, menschenverachtenden Ideen hinterherzulaufen. Er hatte es dennoch getan.

Anna. Anna Hollmann. Seine Schwester! Was ich für eine Finte von ihm gehalten hatte, ein Täuschungsmanöver – es bewahrheitete sich jetzt. Er hatte wirklich eine Schwester gehabt! Dass er sie mir verschwiegen hatte, erstaunte mich nicht – so vieles hatte er mir verschwiegen, so vieles, das ich gern gewusst hätte, um ihn zu verstehen.

Ich dachte zurück an den Moment, als Hans, der Leibwächter Ricks, hoch oben über den Dächern von Frankfurt, auf uns zugelaufen kam. *Chef, ich glaube, wir haben ihn! Aus Hamburg kommt die Nachricht, dass er eine Schwester in Berlin hat.*

Da hatte ich noch innerlich gelacht. Typisch Wagner, hatte ich gedacht. Das sieht ihm ähnlich! Er führt sie alle an der Nase herum. Eine Schwester! Ha, ha!

Lieber Herr Sagnier!

Ein schwacher Parfümgeruch wehte mir entgegen, als ich das zweite Schreiben aus dem Umschlag zog. Auf dem war kein Absender vermerkt, nur mein Name auf der Vorderseite. Im Unterschied zum sorgfältig gewählten Stil des Textes hatte die Schrift einen jugendlichen, fast kindlichen Charakter.

Wir kennen uns nicht persönlich, aber mir kommt es so vor, als wären Sie mir lange vertraut. Wagner hat mir von Ihnen erzählt und auch, dass er es zutiefst bereut hat, Ihnen für alles, was Sie für ihn taten, nicht gedankt zu haben. Ihnen und Ihrer Frau.
Aber Sie kannten meinen Bruder zur Genüge – Dankbarkeit war Wag-

ners Sache nicht. Genau gesagt, hatte er Schwierigkeiten, Dank zu be-
kunden. Er hätte es sich als Schwäche ausgelegt. Und er wollte nie – nie!
– schwach sein oder so erscheinen.

Sie kannten meinen Bruder, ja. Aber es gibt vieles, was Sie nicht wissen
können. Sie haben ihn vermutlich erlebt als jemanden, der Ihnen und
seinem Umfeld fortwährend Probleme bereitet hat.

Aber es gab sein Leben vorher, Jahre, bevor Sie ihn kannten.

Er war – und das wird Sie vielleicht überraschen zu erfahren – ein aufge-
wecktes und fröhliches Kind. Er war mein kleiner Bruder, mein Sonnen-
schein. Und alles, was er später tat, ändert nichts an meiner tief empfun-
denen Liebe zu ihm.

Ich weiß nicht, Herr Sagnier, wie Sie mit der Nachricht von seinem Tod
umgehen. Ich würde mir wünschen, Sie kämen zu seiner Bestattung, denn
ich habe Ihnen so viel zu erzählen. Ich möchte, dass Sie lernen, dass wir
beide lernen, ihn zu verstehen, und ich wünschte mir, dass ich Ihnen das
vor seinem Tod angeboten hätte.

Die Anzahl der Trauergäste – das wird Sie nicht erstaunen – ist recht
überschaubar. Ich bin Frau Neubert dankbar, dass sie teilnimmt. Das ist
sicher nicht selbstverständlich für eine Amtsperson. Aber aus mir unerfind-
lichen Gründen war sie Wagner immer sehr zugetan – und er ihr! Und
nur dem glücklichen Umstand, dass Frau Neubert beruflich von Hamburg
nach Frankfurt gewechselt ist, verdanke ich es, dass mein Bruder hier nicht
verscharrt wird wie ein namenloser Hund.

Ansonsten glaube ich nicht, dass Wagner viele Freunde hatte, dass er über-
haupt Freunde hatte.

Wie Frau Neubert gehe auch ich davon aus, dass Sie wissen, warum
unsere Mutter nicht an der Beisetzung teilnehmen kann. Sie weiß nicht,
dass ihr Sohn tot ist und vermutlich würde sie es nicht verstehen. Nicht
begreifen. Ihr Verstand kennt den Unterschied zwischen Leben und Tod
nicht mehr; hat ihn schon nach Vaters Tod nicht mehr gekannt.

Ich selbst muss mir den Vorwurf machen, mich zu wenig um meinen
Bruder gekümmert zu haben. Ich hatte seit langer Zeit keinen Kontakt
mehr zu Wagner, und das beschämt mich sehr. Es wäre mir sicher nicht
unmöglich gewesen, ihn zu finden, wenn ich wirklich gewollt hätte!

Ich schließe diesen Brief und hoffe, Herr Sagnier, Sie in Kürze persönlich
kennenzulernen.

Mit freundlichen Grüßen

Anna Hollmann

Bei einem weiteren Glas Cognac las ich auch diesen Brief noch einmal. Und noch einmal. Ich saß da, die Briefe in den Händen, sah wieder auf die Anzeige, sah hinaus in den Garten. Ob die Zeit verging, wusste ich nicht. Sie schien still zu stehen.

Ich nahm nicht wahr, ob sich Frau Schuster verabschiedet hatte. Sie erledigte ihre Arbeit, bereitete mein Essen vor und ging. Meist ohne etwas zu sagen. Kam, blieb und ging ohne ein Wort.

Wieder sah ich auf die Zeilen, die Anna geschrieben hatte. *Ansonsten glaube ich nicht, dass Wagner viele Freunde hatte, dass er überhaupt Freunde hatte.* Sie hatte ihren Bruder offenbar nicht so gut gekannt, nicht so intensiv erlebt wie ich, sonst hätte sie wissen müssen, dass er sehr wohl Freunde hatte. Gute Freunde sogar! Und ich zählte mich dazu. Oder – irrte ich mich? Auch nächste Nähe zu ihm bot keine Gewissheit, ihn wirklich verstanden zu haben.

Josefine! Kein Wort hatte Anna über Josefine geschrieben. Kam sie nicht zu Wagners Beerdigung? Wusste Anna nichts von ihr? Konnte es sein, dass Josefine nicht an Wagners Grab stehen würde, weil sie keine Ahnung vom Tod ihres Freundes hatte?

Nein, sie hatten sich sicher schon vorher aus den Augen verloren. Sie waren fast noch Kinder gewesen. Kinder mit einer erstaunlich langlebigen Beziehung. So würde es sein!

Ich schloss die Augen und dachte zurück an die Tage mit Josefine und Wagner. An die verrückte, aber schmerzhafte Zeit mit beiden. An die Tage, die mich meiner Familie nach und nach entfremdet hatten.

Nach all dem, was ich während meiner Zeit mit Wagner erlebt hatte, konnte ich Katja verstehen. Selbst in meinem tiefsten Nebel aus unzähligen Joints, Tabletten und Unmengen an Alkohol hatte ich inzwischen zu lernen vermocht, mit der Wahrheit umzugehen, mit der unumstößlichen Tatsache, dass ich meine Familie verloren hatte.

Meine Frau und die Kinder hatten die Koffer gepackt und mir die riesige Wohnung nahezu leer hinterlassen. Ihre Kleider fehlten, ihre Schuhe, die iPads und iPhones und Tablets und Schminktäschchen, die Sachen, die junge Mädchen in ihren Zimmern herumliegen haben. Alles war fort. Selbst ihre Starposter hatten sie sorgfältig von den Wänden entfernt und mitgenommen. Seltsam aufgeräumt erschienen die Räume jetzt und das Haus wirkte dadurch noch größer und verloren.

Nach langem Bitten war mir jedenfalls Frau Schuster geblieben, wenn auch unwillig und nur noch für drei Tage in der Woche. An den anderen musste ich sehen, wie ich klarkam, und mit Erschrecken stellte ich fest, wie schwer mir das fiel. Da ich dem Kochen nichts abgewinnen konnte, weil ich es für Frauensache hielt, griff ich, wenn ich rastlos unterwegs auf Hamburgs Straßen war, zum Fastfood, zum schnellen Essen. Fett, vitaminarm. Ich hatte über die Jahre so viel zugenommen, dass meine Hosen deutlich spannten.

Und ich war ständig unterwegs. Mich hielt es kaum noch in dem leeren Haus. Überall in Hamburg war ich zu sehen, nur dort nicht und nicht im Verlag. Ich hatte keine Lust mehr, Clausen zu begegnen, der mich ständig ermunterte, die immer selben Romane mit immer denselben Handlungen, denselben Figuren, Charakteren, den ewig gleichen Plots, so weiterzuschreiben.

Ich weiß nicht, was Sie haben, Tom! Läuft doch! Läuft doch prima!

Ich konnte ihm nicht ganz folgen. Zwar bewegten sich die Auflagen meiner Bücher immer noch in beachtlichen Höhen, aber der Rückgang war über die Jahre doch spürbar geworden. Und was mir mehr Bauchschmerzen bereitete: Die Kritiken in den Zeitungen wurden von Jahr zu Jahr heftiger. Auf einmal schien den Rezensenten aufzufallen, dass es ja *nur* Kriminalromane waren, die ich schrieb. Während ich mich aber noch darüber ärgerte, dämmerte mir: Sie haben recht! Das hat nichts mit dem Genre zu tun, sondern mit dir! Jeder Verriss tat mir weh, aber irgendwann stumpfte ich ab. Das Zeug zu einem großen Literaten hast du eben nicht, flüsterte ich mir zu. Aber du machst immer noch Kohle! Ihr könnt mich alle mal! Denn die Einnahmen reichten nach wie vor zu einem Leben der gehobenen Art.

Meinen Qualen begegnete ich dadurch, dass ich meinen Romanen nach und nach einen süffisanten, ironischen Grundton verlieh und die Plots mit erlesenen Rotweinen befeuerte. Clausen hatte es natürlich gemerkt, äußerte sich aber nicht dazu. Hauptsache, sie verkauften sich. Wenn er vom beabsichtigten Tod Fröhlichs erfuhr, könnte es sein, dass er mir ein ähnliches Ableben wünschte, wie das, was ich für meinen alten Weggefährten parat hatte.

Meinen Erstling, gefeiert von Lesern und Feuilleton, hatte ich künstlerisch nicht annähernd wieder erreicht. Im Unterschied zum vielbeschworenen armen Poeten hatte ich das unverschämte Glück gehabt, einmal, ein einziges Mal!, einen Roman geschrieben zu haben, der fast alle wichtigen Buchpreise abgeräumt *und* sich blendend verkauft hatte und immer noch verkaufte. Aber obwohl mir meine Leser die Treue hielten und meine Folgebände entgegen dem Rat der zunehmend verächtlich schreibenden Rezensenten weiter kauften – nach einigen Jahren hatte ich die Gewissheit, dass ich den Erfolg meines ersten Buches nie würde wiederholen können.

Katja war all die Jahre meine größte Kritikerin gewesen. Und meine beste. Sie war ehrlich, fair, gnadenlos, aber nie verletzend. Sie hatte mir als erste auf den Kopf zugesagt, dass ich auf dem absteigenden Ast war. Und sie hatte stets die Zahlen, die Clausen mir nannte, angezweifelt. *Lass sie dir vorlegen, Thomas! Wer weiß, ob sie stimmen!* Aber immer hatte ich ihr entgegnet, dass ich Clausen einen großen Teil meines Erfolges verdankte und ihm jetzt nicht mit Misstrauen kommen konnte.

Und dann hatte sie mich verlassen. Sie und die Mädchen. Viel zu spät wurde mir klar, dass ihr Schritt logisch, folgerichtig und konsequent war.

Wagner aber war nicht der Grund. Er war nur der Auslöser. Der Grund war ich selbst.

Alles begann vor drei Jahren mit einem Missgeschick. Einer gerissenen Einkaufstüte.

2

Hamburg. Donnerstag, 25. Oktober 2012

Mein Leben änderte sich von dem Moment an, als ich, eine volle Einkaufstüte in den Händen, im Begriff war, einen Supermarkt zu verlassen.

Katja hatte mich gebeten, auf dem Weg vom Verlag nach Hause einige Zutaten für einen Braten zu besorgen. Wie immer unsicher, das Richtige zu finden, hatte ich im Supermarkt von allen gewünschten Waren mehrere Sorten gekauft und viel zu viel Geld ausgegeben.

An der Kasse stopfte ich alles in eine große Papiertüte, die sich unter den skeptisch-amüsierten Blicken der Kassiererin bedenklich ausbeulte. Statt Kunststoff- nahm ich immer Papiertüten, sie waren »*das ökologische Pflaster auf der Wunde meines schlechten Konsumgewissens*«, wenn ich wieder einmal das Geld zum Fenster hinauswarf. (Diese Formulierung hatte ich in einem meiner früheren Romane entdeckt. Meinen Protagonisten saß meist das Geld locker, und als ich mir es leisten konnte, begann ich, ihnen nachzueifern.)

»Warum nehmen Sie keinen Koffer?«, grinste die Geldeintreiberin, sich nicht darum scherend, dass es in ihrem Arbeitsvertrag sicher eine Passage über den respektvollen Umgang mit Kunden gab. »Ist auch nicht umweltschädlich.« Der Blick, den ich über das Laufband warf, hätte einen Sankt-Pauli-Luden umgeworfen, sie aber war von einem härteren Kaliber.

Die gläsernen Flügel der Ladentür gaben den Weg frei, und ich trat ins Freie, wobei ich vorsichtshalber eine Hand unter die schwere Tüte hielt. Ich wusste aus Erfahrung, dass sich unter all den verderblichen Waren, die ich eingesammelt hatte, mindestens eine befand, die ihr kritisches Datum mehr als deutlich erreicht und die, wie immer sie es schaffte, einen Weg nach ganz unten in die Tüte genommen hatte. Der Rücksitz meines Jaguars konnte ein Lied singen von feuchten Stellen in den Einkaufstüten, und Katja sah mich immer so merkwürdig an, wenn sie die Flecken auf dem Leder entdeckte. So merkwürdig mitleidig.

»Halt! Bleib stehen, du Dieb!« Der Schrei der eben noch feixenden Kassiererin hinter mir schreckte mich aus meinen Gedanken. Mich konnte sie nicht meinen. Ich hatte diesmal mit Sicherheit bezahlt. Was ich zu leicht einmal vergaß. »Sie! Halten Sie ihn auf! Der hat geklaut!«

Ich drehte mich um, der prall gefüllte Papierbeutel versperrte einen Gutteil der Tür, und eine Gestalt rannte an mir vorbei, die Tüte mit dem Arm streifend. Das genügte, um sie platzen zu lassen wie eine reife Eiterbeule. Der mühsam zusammengesuchte Einkauf floh zum Teil aus dem Papierbehälter und bildete im Nu eine Obst- und Gemüsebarriere vor der Ladentür.

Der fliehende Mann drehte sich um, sah die Bescherung, schenkte mir die Andeutung eines Grinsens und … klaubte in aller Seelenruhe eine der Bananen auf, die unser abendliches Menü abrunden sollten. Während er sich aus der gebückten Haltung wiederaufrichtete, sah ich, dass der Dieb kein Mann war, sondern ein Jugendlicher. Mittelgroß, schlank. Auf sechzehn, siebzehn schätzte ich ihn.

Jetzt geschah etwas Überraschendes. Statt wie zu erwarten seine Flucht vor dem heranstürzenden Supermarktpersonal fortzusetzen, rannte der Junge auf mich zu und rief ins Innere des Ladens: »Stehenbleiben! Keinen Schritt weiter, sonst leg ich den Typ um!«, wobei er mir zu meiner grenzenlosen Verblüffung das stumpfe Ende der aufgelesenen Banane ins Kreuz drückte.

Die Kassiererin und ein kräftiger Kollege, der von der Nebenkasse gekommen war, zeigten sich genauso perplex wie ich. Sie blieben stehen und sahen auf das, was sich vor ihren Augen abspielte. Sie waren weit genug entfernt, um nicht bemerkt zu haben, dass es sich bei der Waffe um eine harmlose Staudenfrucht handelte.

Koin Schridd woidä! hatte der Junge gerufen und sofort hatte ich Bilder aus meiner Kindheit vor Augen, Bilder von verstaubten Gassen, verwinkelten Hinterhöfen, Knaben in kurzen, zerschlissenen Hosen, die einen Ball gegen Garagentore kickten.

Es waren Bilder aus meinem früheren Leben in Barmbek. Schon mein Großvater war, wie sein Vater und dessen Vater, ein waschechter Barmbeker gewesen, hatte praktisch sein ganzes Leben lang auf der Werft Blohm und Voss gearbeitet, und er sprach ausschließlich Barmbeker Platt, ein Idiom so breit wie derb. Ein Dialekt von der unverblümten, schroffen Direktheit, wie sie den Bewohnern dieses Arbeiterviertels in den benachbarten vornehmen Stadtteilen Winterhude und Uhlenhorst naserümpfend nachgesagt wurde.

Barmbek basch nannten sie diese sprichwörtliche Rüpelhaftigkeit. Die Barmbeker galten in früheren Zeiten als ungehobelte Gesellen, die Meinungsverschiedenheiten gern mit den Fäusten austrugen.

Und dieser Bursche, sagte mein feines Ohr, ist ein Barmbeker. Ein Barmbeker Jung. Deshalb hatte er auch nicht gerufen: *Stehen-*

bleiben!, sondern *Steenbloibn!* Und nicht: *Keinen Schritt weiter!*, was er wohl aus einem schlechten Krimi hatte, sondern eben: *Koin Schridd woidä!*

Was er sprach, war allerdings kein Platt, sondern die abgewandelte Form *Missingsch*, wie wir alle, die wir aus Barmbek stammten, Missingsch redeten, damit man uns auch außerhalb unseres Stadtteils verstehen konnte.

»Zurügg!«, rief der Bursche in meinem Rücken. »Ich hobbn seeä näwöösen Zoigefinger. Datt könnd ihr mir glaum!«

Nun war es ja durchaus originell, was der Kerl hinter mir auf die Beine stellte, aber ich ärgerte mich fürchterlich über meinen verschütteten Einkauf, den ich zur Hälfte vergessen konnte. Deshalb war ich drauf und dran, mich umzudrehen und das Bübchen zu entwaffnen, um ihn dann dem Personal auszuliefern. Aber … war es der dreiste Spruch der Kassiererin oder waren es die Bilder aus meiner Heimat Barmbek … mit einem Mal zuckte ich vor dem Gedanken zurück, dem Recht Genüge zu tun. Etwas in mir öffnete sich für die Nachsicht mit dem Verbrechen; ich empfand Sympathie für den jugendlichen Outlaw. In dieser Sekunde widerfuhr mir das, was meine Romanhelden ständig erlebten. Und auch wenn es nur um einen Ladendiebstahl ging, endlich konnte ich der *social correctness* die Stirn bieten. Das musste lange in mir geschlummert haben.

»Rühren Sie sich nicht von der Stelle!«, rief ich mit gespielter Angst in der Stimme. »Der macht Ernst!«

»Ich ruf die Polizei!«, ignorierte der Stämmige meine Worte. »Geiselnehmern muss das Handwerk gelegt werden!«

»Polizei ist gut!«, rief der Junge. »Sag denen man gleich, dass ich 'n Fluchtauto will! Vollgetankt!«

»Unterstehen Sie sich! Der Mann drückt ab!« Das Beben meiner Stimme kam mir überzeugend vor. Es ist nicht jedermanns Sache, eine geladene Banane im Rücken zu spüren.

Das Personal zeigte sich verunsichert. Der Junge nutzte das und bellte: »Los! Raus hier! Aber plötzlich!«

Ich umklammerte meinen mühsam geretteten Resteinkauf mit festen Händen und so eilten wir, die Kassiererin und ihren Kollegen staunend hinter uns lassend, die Straße herunter, ich die Mündung der Banane immer im Kreuz.

»Falsche Richtung!«, raunte ich dem Knaben zu. »Mein Wagen steht da drüben.«

Wir liefen über die Straße und erreichten den Jaguar. »Oha! Das ist deiner?«

Ich nickte. »Steig ein!« Die zerrissene Einkaufstüte warf ich in den Kofferraum, damit Katja keine neuen Flecken auf den Rücksitzen entdecken musste.

»Ich werd nicht wieder! Mann, musst du Kohle haben!«

Der Motor des Jaguars heulte auf. Im Rückspiegel sah ich, dass die beiden Angestellten des Supermarkts wild gestikulierend auf der Straße standen.

»Anschnallen!«, rief ich nach rechts. Ich hatte den Jungen nun nicht mehr im Nacken und so konnte ich einen zweiten, genaueren Blick auf ihn werfen.

Seine Figur war schlank, sehnig, aber kräftig. Er hatte raspelkurze, blonde Haare und trug eine mürrische Miene zur Schau. Mir fielen seine tiefliegenden, misstrauischen, dabei leuchtend blauen Augen auf. Und eine Narbe, die sich quer über seine linke Augenbraue zog.

Das Auto machte einen Satz und suchte die nächste Abbiegung.

»Was hast du eigentlich geklaut?«, fragte ich ihn.

»Phh! Nichts von Bedeutung.«

Nichts von Bedeutung. Was für eine Antwort! *Nichts von Bedeutung.* Mein Großvater, ein rechtschaffener Mann, wie Hafenarbeiter aus dem rauen Barmbek eben rechtschaffene Männer waren, hätte mir an dieser Stelle eingebläut: *Wenn du schon klaust, Junge, klau was Ordentliches, etwas, das du wirklich brauchst und das du anders nicht bekommen kannst. Wir haben damals,* hätte er bekräftigt, *Kohlen und Kartoffeln geklaut, weil wir die zum Überleben brauchten.*

»Nichts von Bedeutung? Von wie wenig Bedeutung?«, fragte ich den Langfinger an meiner Seite.

Ich konnte ihm keine deutbare Reaktion entlocken. Er drückte sich ganz an die Beifahrertür, als habe er Angst vor mir. Seine Augen aber zeigten keine Furcht. Nur Misstrauen.

»Würfelzucker«, sagte er mit ernster Miene. Er drehte sich um und schaute aus dem Heckfenster.

Bestimmt nicht so was, hätte Großvater verächtlich gesagt, *wie Würfelzucker. So was klaut man nur, wenn man Langeweile hat.*

»He! Anschnallen, sagte ich! – Würfelzucker?«

»Sag ich doch!« Er wirkte gelangweilt und seine Mundwinkel hoben sich eine Winzigkeit. »Du bist mir ja einer! Hilfst einem Schwerverbrecher und kümmerst dich um so einen Scheiß wie Festtüdern.«

Hallo! Riskierte eine ganz schön große Lippe, das Früchtchen!

»Also – wenn die Bullen uns schon krallen, dann nicht, weil einer von uns gegen die Straßenverkehrsordnung verstößt. – Wegen Würfelzucker riskierst du, hopsgenommen zu werden? Die hätten dich angezeigt, das weißt du.«

»Phh! Mir egal. Die können mir gar nichts. Ich bin dreizehn. Strafunmündig.«

Während er das sagte, schälte er in aller Seelenruhe die Schale von seiner Tatwaffe und biss herzhaft in die Frucht. Jetzt erst fiel mir auf, dass er am linken Arm eine große Tätowierung trug, die aus dem Ärmel des T-Shirts hervorlugte und sich bis zum Handgelenk erstreckte. Sie sollte wohl ein Fabelwesen darstellen, eine Schlange mit Schuppen und Flügeln, und leuchtete in den schillerndsten Farben.

»Du verarscht mich! Du bist keine dreizehn mehr.«

»Na klar!«, nuschelte er. »Und wenn ich erst mal vierzehn bin, bin ich nur dann strafrechtlich verantwortlich, wenn ich zur Zeit der Tat …«, er begleitete den auswendig gelernten Text mit rhythmischen Bananenschalenbewegungen, »… nach meiner sittlichen und geistigen Entwicklung reif genug gewesen wäre, das Unrecht der Tat einzusehen und nach dieser Einsicht zu handeln.« Geräuschvoll schluckte er einen Bissen herunter. Unsere Augen trafen sich bei wilder Fahrt und ich konnte nicht den Hauch eines Lächelns ausmachen. »So sieht's aus.«

»Und? Wärst du? Reif, meine ich.«

»Ich glaub, ich bin ganz schön zurückgeblieben. Noch nicht gemerkt?«

Ich nickte. »Wer Würfelzucker klaut, hat mit Sicherheit einen Dachschaden.«

Das leise Glucksen, das aus seiner Kehle kam, interpretierte ich als das brüllendste Lachen, zu dem er fähig war.

»He! Lass dir das nicht einfallen!«, rief ich, als ich sah, dass er die leere Bananenschale in Wurfposition brachte und nach dem

Knopf für den Fensterheber suchte. Erstaunt sah er mich an, aus dem gerundeten Mund schaute der letzte Essensrest.

»Was willst du überhaupt damit?«

»Raufwerfn«, nuschelte er. Dann schluckte er herunter. »Aber ich darf ja nicht.«

»Mit dem Würfelzucker, meinte ich.«

»Ist für meine Oma. Die will 'n Kuchen backen.«

»Du setzt für deine Oma dein Leben aufs Spiel? Respekt! Das nenn ich Familienzusammenhalt!«

»Ist 'ne Spitzenoma! – Kannst' da vorn mal halten? Da an der Ecke?«

Ich warf einen prüfenden Blick in den Rück-, dann in den Seitenspiegel (Routineblick von Kommissar Max Fröhlich). Niemand schien uns gefolgt zu sein. Kaum hielt der Wagen, sprang der Gesetzesbrecher hinaus. Die Ecke, an der ich für ihn gehalten hatte, sorgte dafür, dass er aus meinem Gesichtsfeld verschwand.

»Bitte! Gerne! Nein, nein, zu bedanken brauchst du dich nicht«, sprach ich. Aber leise. Er hätte es ohnehin nicht gehört. Ich schüttelte verärgert den Kopf.

Mir fiel jetzt die Bananenschale ein und ich schaute mich im Wagen um. Nichts. Die hatte er jedenfalls mitgenommen. Ich schaute in die Richtung, in die der Junge gelaufen war, so als hätte ich die Hoffnung, er käme noch einmal zurück. Dann lachte ich laut heraus. Und lachte.

Dieser kleine Rotzlöffel!

Tief im Innersten empfand ich auf einmal eine große Befriedigung. Eine sehr große! Meine Laune besserte sich von Sekunde zu Sekunde. Was für ein Tag! Was für ein aufregender Tag!

Ich zog mein Handy aus der Tasche.

»Hallo, Schatz«, sagte Katja. »Alles bekommen?«

»Es tut mir leid, aber ich bin aufgehalten worden. Ich hab's leider nicht geschafft, einzukaufen. Du, hör mal! In Ottensen hat doch dieser neue Franzose aufgemacht. Wie wär's? Darf ich dich zum Essen einladen? Dich und die Mädchen?«

3

Frankfurt begrüßte mich mit einem milden Spätsommertag. Niemand sollte bei so einem Wetter diese Welt verlassen, dachte ich, als ich bei Bornheim nach links abbog und den Main überquerte. Und kein Mensch sollte mit zu viel Restalkohol im Blut fünfhundert Kilometer über die Autobahn jagen, zudem mit kaum Schlaf im Gepäck.

Erinnerungen wurden wach, Erinnerungen an den Tag vor zwei Jahren, als ich die Strecke schon einmal hinter mich gebracht hatte. Damals hatte ich Frankfurt direkt angesteuert, weil ich auf der Suche war. Auf der Suche nach Wagner. Ich hatte ihn nicht gefunden und nicht gewusst, ob er noch lebte. Heute, als ich wusste, dass er tot war, würde ich ihn finden.

In einem Telefonat mit Corinna Neubert hatte sie mir das Offenbacher Sheraton als Quartier empfohlen, weil ich den Waldfriedhof Oberrad von dort aus bequem erreichen würde. Er lag in der Nähe der Autobahnabfahrt Taunusring.

Ich erreichte das Hotel um kurz nach zehn, hatte also gerade noch Zeit, mich leidlich frisch zu machen und, die Sonnenbrille vor den glasigen Augen, wieder in den Wagen zu steigen.

Am Abend zuvor hatte ich mich in meiner Lieblingsbar, dem Le Tigre in der Rathausstraße, betrunken. Jacques, der Barmixer dieses stilvollen Hauses, durfte bis morgens um halb zwei meinen Klagen lauschen. Ich mochte den jungen Mann, weil er großartige Cocktails mixte, immer ein offenes Ohr für mich hatte und mir keine Ratschläge erteilte, mich nicht kritisierte, sondern einfach zuhörte. Das zeichnet einen guten Barmixer aus. Du willst dich bei ihm wohlfühlen, keinen erhobenen Zeigefinger sehen, sondern einfach frei von der Leber weg erzählen. Nach dem Genuss des fünften oder sechsten Cocktails ist der Mann hinter dem Tresen für dich wichtiger als die Ehefrau, die Oma und die Geliebte zusammen.

Und ich hatte eine Menge zu erzählen, keinen Smalltalk, sondern mich trieben große Sorgen um. Existentielle Sorgen. Sorgen, von denen ich glaubte, sie nie mehr haben zu müssen. Diesen Kummer breitete ich vor Jacques aus, und er hörte zu. Hörte einfach zu. Je mehr ich trank, desto verständnisvoller lauschte er meinen Worten. Und je betrunkener ich wurde, desto mehr glaubte ich, in Jacques meinen einzigen echten Freund zu haben. So denken wahrscheinlich alle Säufer, die in den Bars dieser Welt vor dem Barkeeper sitzen und ihm die Nacht rauben. Und mein bester Freund Jacques verzog keine Miene, als ich das letzte der was-weiß-ich-wie-vielen leeren Cocktailgläser zurück über den Tresen schob und einen doppelten Whiskey, pur und ohne Eis, verlangte.

Ich hatte Jacques von meinem Gespräch mit Alex, meinem Steuerberater und einem meiner letzten besten Freunde, erzählt. Nach dem Gespräch strich ich ihn von der Liste meiner besten Freunde. Bis auf den Namen Jacques hatte ich alle anderen von dieser Liste verbannt und nur, wenn ich ausnahmsweise nüchtern war, beschlich mich der Verdacht, Jacques' Freundschaft zu mir hatte mehr mit seinem Beruf zu tun.

Alex hatte mir gesagt, dass ich auf Dauer meinen gewohnten Lebensstandard nicht würde beibehalten können. »Tom, du musst dich mit der Tatsache vertraut machen, dass von deinem Vermögen in naher Zukunft nichts mehr da sein wird, und wenn du mich fragst, hast du alles dafür getan, dass es so ist. Ich muss dir ja wohl nicht aufzählen, wofür du dein Geld ausgegeben hast.«

»Aber … Alex! Das kann nicht sein! Clausen hat mir gerade letzte Woche gesagt, der Verkauf läuft wie geschmiert.«

»Clausen! Clausen! Der Mann bescheißt dich, Tom! Das Gefühl habe ich schon lange. Ich hätte dich früher warnen sollen.«

»Ich habe noch nie so gut verdient wie jetzt.«

»Das stimmt und das ist etwas, was ich nicht ganz durchschaue. Deine gestiegenen Einnahmen rühren von den Steuererleichterungen her, die Clausen durch das geänderte Gesellschafterkonstrukt generiert. Doch das Ding muss irgendwo einen Haken haben. Aber wo? – Entscheidend ist: die reinen Verkaufszahlen gehen zurück. Deutlich zurück!«

»Welches Interesse sollte Clausen haben, mir falsche Zahlen unterzujubeln?«

»Ich weiß es nicht, Tom! Tatsache ist, dass Clausen hinter deinem Rücken das Gerücht streut, dass Thomas Sagniers Auflagen schwächeln. Frag mich bitte nicht, woher ich das habe. Ich habe den Verdacht, er zwackt einiges von den Einnahmen für sich ab. Warum sonst legt er so großen Wert drauf, die Einnahmen deiner Bücher persönlich zu verwalten?«

»Das ist ein verdammt schwerer Vorwurf! – Alex, ich … ich verstehe ja nichts vom Geschäft, aber …«

»Das stimmt. Das war schon immer dein Problem. Da hast dich nie um deine Finanzen gekümmert. So lange das Geld da war, hast du es mit vollen Händen zum Fenster rausgeschmissen.«

»Für meine finanziellen Belange bist du doch da, habe ich bis heute gedacht.«

»Ha! Wie oft habe ich dir freundschaftliche Ratschläge erteilt, Tom. Du wirst nicht bestreiten können, dass ich für dich mehr war als ein Berater in steuerlichen Angelegenheiten. Ich habe dir Sachen vorgeschlagen, die überhaupt nicht in mein Ressort fallen und für die ich erhebliche Schwierigkeiten mit dem Finanzamt hätte bekommen können.«

»Du gibst aber zu, dass von der steuerlichen Seite alles sauber läuft, oder?«

»Das schon. Aber ich weiß nicht … vielleicht schickst du mir doch mal deinen Vertrag, damit …«

»Alex, das hatten wir schon. Vergiss es! Clausen legt Wert auf Vertraulichkeit. Außerdem – du bist doch der Experte. Du kennst dich doch aus mit Beteiligungsgesellschaften.«

»Sicher, aber der Knackpunkt ist dein Vertrag. Lies ihn doch selbst noch einmal aufmerksam durch. Irgendwas musst du da finden!«

»Werd ich bei nächster Gelegenheit tun.«

Er lachte. »Ja, ja! Wie oft hast du mir das schon erzählt? – Tom, tu dir selbst einen Gefallen und trenne dich von Clausen. Such dir einen anderen Verlag. Versuch's bei Rowohlt, bei Kindler, bei … ach, ich bin kein Experte auf dem Gebiet. Aber eines verstehe ich vom Literaturbetrieb. Auch dort zählt vor allen Dingen die Leistung. Kehre zurück zu deinen Anfängen! Schreibe wieder gute Romane und nicht so einen Scheiß wie heute!«

Das alles habe ich meinem besten Freund Jacques erzählt und

auch, dass ich die Haustür meines nicht mehr besten Freundes Alex hinter mir zugeschlagen hatte.

Und Jacques war sehr verständnisvoll und hatte gesagt: *Ich hätte genauso gehandelt, Monsieur Thomas,* denn Jacques ist, wie sein Name sagt, Franzose. Und wenn er das einmal vergisst und einen Gast am anderen Ende des Tresens ganz hanseatisch mit *Moin, Moin* begrüßt, bin ich ihm nicht böse.

Hauptsache, er hört mir zu und schiebt mir noch einen Whiskey hin, pur und ohne Eis, und ich bin ihm auch nicht böse, als er sagt: *Ist dann aber der letzte, Monsieur Thomas, und an Ihrer Stelle würde ich morgen lieber den Zug nehmen.*

Davon hatte ich ihm erzählt?

Die Trauerrede des Pastors wirkte fahrig, lustlos und uninspiriert. Er hatte sich vermutlich auf die Daten, die er über Wagner erhielt, seinen Reim gemacht und kehrte pflichtgemäß die Meinung nach außen, die die Kirche, selbst die evangelische, zu Drogenabhängigen hat.

Die sterblichen Überreste Wagners, für die seine Schwester Anna einen schlichten, aber schönen Sarg gekauft hatte, waren vor der Kremierung noch einmal von einem Amtsarzt untersucht worden. Der bestätigte die Version von einer Überdosis Heroin.

Der verbrannte Leichnam wurde in eine Urne gefüllt. Anna war es in den Tagen zuvor mit Hilfe Corinna Neuberts nach schwierigen Verhandlungen und einer Menge vollgeschriebenen Papiers gelungen, ihre Verwandtschaft mit dem Jungen nachzuweisen. Man hatte ihr auf dem Ordnungsamt die Habseligkeiten Wagners ausgehändigt. Ein paar Sachen zum Anziehen und sein Smartphone waren das einzige, was er bei sich getragen hatte.

Anna hatte um eine Naturbestattung gebeten. Sie durfte ein kleines Bäumchen pflanzen lassen, unter dem Wagner zur letzten Ruhe kam. Eine dicke Steinplatte, auf der nun sein voller Name stand, bedeckte die Urne.

Anna Hollmann, die in einem schwarzen Kostüm neben einer korpulenten Frau stand, hatte mir auf Anhieb gefallen. Sie war jung, sehr attraktiv und blickte versonnen lächelnd auf die Ruhestätte ihres verstorbenen Bruders.

Corinna Neubert erwies sich als eine resolute, warmherzige

Frau, deren lustige, rehbraune Augen Mühe hatten, Trauer zu vermitteln. Die Tränen aber, die diese Augen jetzt vergossen, waren von einer großen Ehrlichkeit.

»Ich kann diesen Zufall immer noch nicht begreifen«, sagte sie, als wir nach der Trauerprozedur den Weg zurück zum Eingangsportal des so wunderschön zwischen hohen Bäumen gelegenen Friedhofs nahmen. »Wäre Wagner nicht so ein einzigartiger Vorname, hätte ich die Notiz vom Ordnungsamt glatt überlesen. Es ist traurig, Anna, dass ich sie zu spät gesehen habe. Da war die anonyme Beerdigung schon angeordnet.«

»Machen Sie sich keine Vorwürfe, Corinna«, antwortete die junge Frau. »Ich bin Ihnen überaus dankbar, dass Sie mich sofort verständigt haben. Und es wäre gewiss nicht der letzte Wille Wagners gewesen, in Hamburg begraben zu werden.«

Ich hielt es für angemessen, mich still zu verhalten. Die Frauen hatten natürlich gemerkt, dass es um mein Befinden nicht zum Besten stand. Ich schämte mich, dem Anlass so respektlos beigewohnt zu haben. Nie wieder würde ich Alkohol anrühren, dachte ich, hörte aber das kleine Teufelchen kichern, das irgendwo in meinem Gehirn sein Unwesen trieb.

Ich hatte meinen Begleiterinnen in meinem Zustand nicht den Vorschlag machen wollen, sie im Wagen mitzunehmen. Sie waren mit der S-Bahn gekommen und hatten einen anschließenden halbstündigen Fußmarsch hinter sich. Und so war es die Idee Frau Neuberts, in meinen Wagen zu steigen und nach Frankfurt zu fahren. Unverblümt wies sie auf ihre Körperfülle: »Mit dem Gepäck noch mal zu Fuß? Nein, danke!«, wobei sie ein herzliches, tiefes Lachen hören ließ. Ihre Rehaugen blitzten vor Vergnügen.

Anna Hollmann lud uns ins Lindner Hotel im Brückenviertel ein, in dem sie abgestiegen war. Sie war anfangs der Woche aus Berlin gekommen und hatte sich sofort mit Corinna Neubert in Verbindung gesetzt, die in Sachsenhausen, ganz in der Nähe, wohnte. Wir setzten uns in das Restaurant und bestellten ein Mittagessen. Entgegen meiner Erwartung schmeckte es mir schon wieder.

Anna biss gedankenverloren ein paar Mal von ihrem Fisch ab und schob den Teller dann von sich. Corinna Neubert sagte, nachdem sie ihr deftiges Bauernfrühstück restlos verschlungen hatte

(»So ein Fußmarsch macht hungrig«, hatte sie gelacht): »Sie haben ein schönes Plätzchen für Wagner gefunden, Anna. So ruhig und würdevoll. Die Bäume wachen über seinen Schlaf.«

»Es ist auch ein schöner Friedhof«, antwortete Anna Hollmann.

»Mir sind …«, mischte ich mich nun doch in das Gespräch ein, »… auf dem Weg die vielen Gräber aufgefallen, in denen Kinder liegen, die zwei bis drei Jahre alt sind.«

Frau Neubert nickte und zeigte ein gequältes Lächeln. »Schön! Das fällt nicht jedem auf.«

Ich sah sie erstaunt an. »Wie meinen Sie das?«

»Es sollte schon ein Unterschied sein, vor dem Grab eines Achtzigjährigen zu stehen als auf den Grabstein eines Kindes zu schauen, das gerade acht geworden ist, finden Sie nicht?« Ihr Tonfall war jetzt aggressiv. Zu einer Antwort ließ sie mir keine Zeit. »Entschuldigen Sie! Ich wollte Sie nicht angiften. Aber bei diesem Thema reagiere ich empfindlich.«

»Aber das geht doch wohl jedem so«, sagte ich mechanisch.

»Glauben Sie? Und wie lange?«

»Frau Neubert, ich weiß nicht, ob Sie … Ich habe zwei Töchter. Ich kann mir vorstellen, wie …«

»Bei allem Respekt! Das können Sie wahrscheinlich nicht, Herr Sagnier.« Ohne einen Protest abzuwarten, fuhr sie in einem nüchternen Ton fort. »Wenn Sie keine Einwände haben, werde ich Ihnen was erzählen über diese Begräbnisstätte, weil sie ein Synonym ist für das Schweigen unserer Gesellschaft, wenn es um den Tod von Kindern geht.« Corinna Neubert drehte das Glas Wasser, das sie zum Essen bestellt hatte, in den Händen und ließ den Blick zwischen uns hin und her wandern. »Auf diesem Friedhof werden Kinder bestattet, die vor dem Ablauf der fünfundzwanzigsten Schwangerschaftswoche tot geboren wurden. Darüber hinaus Kinder bis zum Alter von fünf Jahren. In Reihengräbern oder in Urnen, wie Ältere auch. Kinder, die bei einem Unfall umgekommen sind, durch eine Krankheit ihr Leben ließen oder ähnliches. Aber auch die Kinder, die ein paar Tage die Schlagzeilen in der Presse beherrschen, weil sie Opfer von Misshandlungen geworden sind. Schwerer und schwerster Misshandlungen. Manchmal durch tragische Irrtümer, meist aber durch überforderte Eltern.«

»Tragische Irrtümer?«, fragte ich.

»Allerdings! Manche Eltern neigen dazu, ihren Kindern viel zu früh Eigenständigkeit zu unterstellen und zu oft sich selbst zu überlassen. Andere möchten verantwortungsvoller handeln, aber ihr Beruf lässt ihnen keine Möglichkeit, ihren Nachwuchs zu beaufsichtigen.«

»Aber dafür gibt's doch Kitas.«

Sie lächelte. »Ich würde Ihnen gern beipflichten, aber viele Eltern aus sozial schwachen Haushalten können sich sowas nicht leisten. Selbst wenn sie einen Beruf haben, weil er meist schlecht bezahlt wird.«

Skeptisch zuckte ich die Achseln. »Wenn Sie es sagen. Dann sollten es sich diese Leute aber zweimal überlegen, Kinder in die Welt zu setzen.« Ich kassierte vernichtende Blicke der zwei Frauen. »Das ist nicht Ihr Ernst, Herr Sagnier!«, sagte Anna.

Beschwichtigend legte Corinna die Hand auf Annas Arm. »Ich wollte aber noch etwas zu den körperlichen Misshandlungen von Kindern sagen. Sie haben sicher auch Berichte über die Fälle in Hamburg gehört, Herr Sagnier. Lara-Mia zum Beispiel, Yagmur, Jamie. Stimmt's? Diese Kinder und die Tragik der Ereignisse beschäftigen die Menschen eine ganze Zeit lang, man nimmt Anteil, dann geht man zur Tagesordnung über. Man weiß, dass die Kinder tot sind, und es wird bedauert. Aber dann?«

»Worauf wollen Sie hinaus, Frau Neubert?« Ich wurde jetzt neugierig.

»Sie werden *vergessen*, Herr Sagnier. Sie liegen in Gräbern, in kleinen Gräbern und das Gras über ihnen wächst wie ein Teppich der verbleichenden Erinnerung. Und hinter den Türen der Wohnungen und Häuser spielen sich die gleichen Tragödien ab wie zuvor. Und wir empören uns über die Täter, gehen aber nicht an die Wurzeln des Übels.« Corinna Neubert fuhr mit der Hand durch ihr kurzes schwarzes Haar. »Soll ich Ihnen sagen, warum ich nicht in Hamburg geblieben bin? Weil ich es nicht mehr ausgehalten habe! Jeden Tag die Meldungen über verwahrloste Kinder und Jugendliche, die Anrufe der Polizei, der Presse, des Senats. Und alle fragen: Wo wart ihr? Euch war doch bekannt, dass …! Und wir wissen nicht, wo uns der Kopf steht von der vielen Arbeit in notorisch unterbesetzten Ämtern. Wir fangen uns die Prügel ein, die andere verdient haben.« Sie lachte kurz auf. »Und ich war tatsächlich so naiv zu glauben, in Frankfurt wäre es besser. Pustekuchen!«

»Sie haben mir aber auch gesagt, dass es nicht der einzige Grund war«, lächelte Anna.

Corinna lachte. »Jetzt fallen Sie mir aber in den Rücken, mein Kind!« An mich gewandt, fuhr sie schmunzelnd fort: »Ich gebe zu, ein weiterer Grund war, wie so oft im wahren Leben, die Liebe.«

Sie wartete meine Reaktion ab und es schien sie nicht zu wundern, was sie in meinen Augen las. »Selbst für eine dicke Matrone wie mich, Herr Sagnier, fällt noch was ab. Es gibt Männer, die mögen etwas Festes in den Händen.«

Ich hob die Hände. »Frau Neubert! So etwas würde ich nie …«

Sie schnitt mir das Wort ab. »Lassen Sie nur! – Ohne diesen Mann hätte ich meinen Job wohl hingeschmissen. Er gibt mir so viel Kraft.« Sie wirkte für einen Moment verträumt. »Aber Schluss jetzt mit den Sentimentalitäten! Wie wär's? Einen Kaffee zum Abschluss?« Ihre Tischnachbarn waren einverstanden.

»Jetzt sind Sie am Zug, Herr Sagnier«, sagte Anna Hollmann. »Ich habe Ihnen übrigens noch gar nicht gesagt, dass ich mächtig beeindruckt bin, einen so prominenten Mann am Grab meines Bruders zu sehen. Aber ich hatte Wagner immer unterschätzt.« Ihr Lächeln war kaum zu spüren, weil ihre Gedanken wohl kurz auf den Friedhof zurückkehrten. »Erzählen Sie uns bitte, wie Sie meinen Bruder kennengelernt haben.«

Ich nickte langsam und überlegte, wo ich anfangen sollte.

»Tja, das war … zunächst einmal«, räusperte ich mich, »mit der Prominenz ist es nicht mehr so weit her. Ich habe gerade gestern gehört, dass mein Stern zu sinken beginnt. Die Auflagen sollen zurückgehen.«

Die beiden Frauen sagten nichts dazu, was mich etwas ärgerte.

»Also, na ja, das war eine spannende, aber auch sehr lustige Begegnung«, fuhr ich fort. »Es begann alles in einem Supermarkt …«

Ich berichtete die ganze Geschichte von der Geiselnahme mittels einer Banane. Meine Erzählung erntete ungläubiges Staunen bei Frau Neubert und Kopfschütteln bei Anna.

»Typisch Wagner!«, sagte sie, als ich geendet hatte.

»Tja, dem Bengel war nichts heilig«, ergänzte Corinna. »Übrigens – mein lieber Herr Sagnier! Keine Oma auf dieser Welt verwendet Würfelzucker zum Kuchenbacken. Im besten Fall Puderzucker. Da hat Wagner Sie ganz schön geleimt.«

Ich zuckte die Achseln. »Ich weiß. Das hat mir meine Frau damals auch aufs Brot geschmiert.«

Sie sagte betrübt: »Zucker wird zum Beispiel für den LSD-Konsum verwendet. Das Zeug wird auf Würfelzucker geträufelt und dann gelutscht.«

Ich sah, dass Anna sich kurz auf die Lippen biss und langsam nickte. Sie tat mir leid.

Corinna Neubert bemühte sich das Thema schleunigst zu überspielen. »Und wann haben Sie ihn wiedergesehen?«

»Das war ... warten Sie! Der Ober kommt gerade mit dem Kaffee.« Wir bedankten uns und ich nahm den Faden wieder auf. »Das war Ende November desselben Jahres. Ich kam gerade mit zwei Freunden aus Schmidt's Tivoli, wo wir eine Revue gesehen hatten ...«

4

Hamburg. Samstag, 24. November 2012

Der stramme Westwind trieb feine Regenbänder durch die abendliche David-Straße. Tief Franziska hatte Hamburg seit Tagen im Griff. Mit elf Grad war es für Ende November zu warm, aber der Wind sorgte dafür, dass es deutlich kälter wirkte.

»Fucking storm!«, schimpfte Henry. »Ist der hier immer so? So terribly strong?«

Seit ich ihn kannte, amüsierte mich sein gebrochenes Deutsch. »That's not a storm! It's just a gentle breeze. Ein laues Lüftchen.«

»Yeah. The lowest luftchen I've ever seen!«

Ich stemmte meinen Regenschirm gegen den Wind. »Aber wir sind gleich da. Nur noch einmal um die Ecke.«

»Ich habe es schon gesehen«, rief Henry. »Oh, shit!« Der Wind hatte einen Moment der Unachtsamkeit genutzt und ihm den Schirm aus der Hand gerissen. Er lief hinterher und versuchte, ihn einzuholen. Ralf und ich sahen zu und lachten.

Der Schirm legte ein flottes Tempo vor. Der Wind drehte an der

Straßenkreuzung und eine Böe trieb Henrys Regenschutz in die Erichstraße. Bevor er noch eine Runde drehen konnte, trat Henry auf den Griff und stoppte die Flucht. Während er den Schirm ausschüttelte, um ihn vom Straßendreck zu befreien, hörte er aus einer Gruppe farbiger Männer, die sich in einen Hauseingang drängten, jemanden rufen: »He, Mister! You want some stuff?«

Wir folgten Henry jetzt. Er drehte sich um und fragte: »Who are these guys? What are they doing here? Was machen die hier?«

»Das sind Dealer, Henry. Don't care about them«, rief ich ihm zu. »Lass uns weitergehen.«

Die Schwarzen lösten sich vom Haus und kamen auf uns zu. Normalerweise gingen sie ihren Geschäften nach und verhielten sich unauffällig. Sie wussten, dass die Polizei ein Auge auf sie hatte, sie aber nicht weiter behelligte. Wenn allerdings, wie bei einem solch widrigen Wetter, kaum ein Mensch auf der Straße war, wurden sie aggressiver.

»Come on, Sir! You can buy very cheaply. Billig. Sehr billig«, sagte einer der Männer. Alle trugen sie Strickmützen und dicke Anoraks.

Henry war verunsichert. Die Begegnung mit der schattigen Seite des Lebens war ihm nicht vertraut. Ich stellte mich neben ihn und hob die Hände. »Kein Stress, Freunde, okay?« Auch ich fühlte mich nicht zum Helden geboren, aber ich wusste, dass man in solchen Situationen nicht unsicher wirken darf (es ist ungemein lehrreich, ab und zu einen Blick in seine alten Romane zu werfen).

Die Gruppe von acht Männern umringte uns jetzt. Ralf stellte sich neben mich.

»I make you Sonderangebote«, grinste einer der Schwarzen. »One gram cocaine fifty bucks, a bag of shit twenty.«

»No, thanks!«, sagte Ralf. Langsam gingen wir zurück, aber die Männer versperrten uns den Weg.

»You guys look like owning a lot of money«, zischte einer der Dealer. Die Lage wurde ernst. Niemand war in der Straße zu sehen, der uns hätte helfen können. Ein Mann hielt uns jetzt die offene Hand entgegen und krümmte die Finger in schneller Folge gen Handfläche. »Come on!«, fauchte er.

Ein Lichtschein, der durch eine geöffnete Tür ins Dunkel geworfen wurde, war unsere Rettung. »Stop this!« Im Lichtkegel erschien eine Gestalt, baute sich breitbeinig auf der Türschwelle auf und stemmte die geballten Fäuste in die Hüfte. Die Stimme war mir wohlvertraut. »Yussuf, Francis, Kossi, lasst den Scheiß und verpisst euch.« Breiter Barmbeker Slang. »Aber schnell!« Die Farbigen sahen in seine Richtung, verzogen die Gesichter, aber trollten sich umgehend, ohne etwas zu erwidern.

»Na, was treibst du dich denn hier rum?«, brummte der Junge, als er die Stufen herabkam. »Ist doch nicht deine Gegend.«

»Hallo! Wenn das mal nicht der Geiselnehmer vom Supermarkt ist! Wohnst du hier?«

»Ich wohn überall«, sagte er trocken.

»Auf jeden Fall – danke. Du hast uns das Leben gerettet.«

»Phh! Die Typen wollten ein bisschen Spaß mit euch haben. Die hätten euch nichts getan.«

Ich wandte mich an Henry und Ralf und erzählte ihnen in aller Kürze, wie ich den Jungen kennen gelernt hatte. »... und dann drückte er mir eine schussbereite Banane zwischen die Schulterblätter und entführte mich und eine Familienpackung Würfelzucker.«

»What is Wurfelzucker?«, wollte Henry wissen.

»Lump sugar, I think. Oder, Ralf?«

»Ich glaube, ja.«

»Ich würde euch unseren Lebensretter gern vorstellen, aber ich kenne noch nicht mal seinen Namen. Ich weiß nur, dass er dreizehn sein möchte.«

Ralf grinste. »So sieht er auch aus.«

»Ihr könnt das ruhig glauben.« Der Junge griff in eine Innentasche seiner Jacke und zog einen Personalausweis heraus. Den drückte er mir in die Hand. »Hier! Kuck selbst!«

Ich tat, als wenn ich das Dokument eingehend prüfte. Es sah so echt aus, dass ich mir den Blick hätte sparen können. »Hm«, machte ich. »Ziemlich plumpe Fälschung.«

Der Junge riss mir das Kärtchen aus der Hand und schaute drauf. »Meinst du? Ich finde, der sieht total echt aus.« Wieder das mir bekannte leichte Anheben der Mundwinkel. Ganz anders Ralf und auch Henry, der alles verstanden hatte. Sie sahen sich an und brachen in lautes Gelächter aus.

»Ja, eigentlich nicht schlecht gemacht«, sagte ich. »Aber ein dicker Schnitzer ist deinem Fälscher doch unterlaufen.«

»Nämlich?«

»Na, hast du schon mal von jemandem gehört, der den Vornamen Wagner trägt?«

»Ich weiß. Ich bin der einzige«, erwiderte der Bursche mit ernstem Gesicht.

Ralf fragte: »Moment! Du willst behaupten, dass du *Wagner* heißt? Mit Vornamen?«

»Jo.«

»Like Richard Wagner?«, lächelte Henry. »Parsival?«

»Den kennt er nicht«, schüttelte ich den Kopf.

»Na, und ob!«, sagte der junge Mann. »Von dem habe ich meinen Namen.«

»Du spinnst!«, lachte Ralf.

Trocken sagte der Junge: »Hast Recht. War Quatsch. Nee, mein Alter ist Ingenieur. War vier Jahre in Brasilien auf Montage. Da ist mein Vorname üblich.«

»Das ist ja interessant«, sagte ich. »Wir sind auf dem Weg ins Empire Riverside. Henry und Ralf sind da einquartiert. Willst du uns nicht be…«

»Empire was?«

»'tschuldigung. Ein Hotel unten an der Bernhard-Nocht-Straße.«

»Ach, der Kasten, ja. Ist nicht meine Welt.«

»Okay!«, lächelte ich. »Aber heute Abend machst du für uns eine Ausnahme, klar? Ich bestehe drauf.« Er hob die Schultern. Das Gesicht blieb so unbeweglich wie die Augen misstrauisch.

Wir waren froh, in die Wärme des Hotels zu kommen. »Willst du was essen, äh … Wagner?«, fragte ich ihn.

»Klar.«

»Gut.« Wir setzten uns an einen Tisch an den Fenstern. Der Ausblick auf die Elbe und die Lichter des Hafens war atemberaubend. Ich winkte den Ober herbei, der mit den Speisekarten kam.

»Ich weiß jetzt auch, wer du bist«, sagte Wagner zu mir. »Hab dein Bild neulich in 'ner Zeitung gesehen. Kein Wunder, dass du so 'nen Riesenschlitten fährst.«

»Meine Bücher gehen gut. Apropos. Die Herren da sind Henry, mein Literaturagent für die englischsprachigen Ausgaben. Kümmert sich um die Beziehungen nach England und in die Staaten. Und der Kollege heißt Ralf, übersetzt meine Bücher, die Henry losschlägt, und übersetzt Henry, damit ich ihn verstehe. – Mann, Wagner! Was muss ich tun, um dir mal einen Lacher zu entlocken?«

»Mach dir nichts draus! Ich lache innerlich.«

Ralf hob die Hand, um sich Gehör zu verschaffen. »Eine Frage mal, Wagner. Die Typen vorhin in dem Hauseingang – wieso können die ungestört Drogen verkaufen? Ich meine … hat Hamburg keine Polizei?«

Wagner nickte. »Doch! Aber bei dem Scheißwetter bleiben die Zivis gern zuhause am warmen Ofen. Kann ich verstehen.«

Der Ober kam und nahm die Bestellungen auf. Wagner kassierte einen etwas ungnädigen Blick wegen seiner nachlässig-lässigen Kleidung. Aber der Mann war klug und sagte nichts.

Ralf lächelte. »Zivis sind die Zivilfahnder? – Okay. Aber die Kunden bleiben doch auch weg. Ich habe weit und breit keinen Menschen gesehen.«

»Laufkundschaft ist fast keine da, das stimmt. Aber das meiste spielt sich sowieso in den Wohnungen ab. Die Jungs haben 'ne Menge Stammkunden.«

»Was sind das für Typen? Wo kommen die her? Sind nur Schwarze, oder?«

»Jo. Kommen alle aus Afrika. Gambia, Sierra Leone, Guinea oder Mali. Sind Asylbewerber. Aber nicht in Hamburg gemeldet, sondern woanders. Verticken Kokain und Crack. Heroin ist Sache der Türken und Albaner. Kiffer werden überall von jedem bedient.«

»But why … warum können die ihre Sachen so einfach verkaufen?«, fragte Henry, der das Gespräch mit Mühe, aber größtem Interesse verfolgte. »I mean … irgendwann werden die Cops doch mal da sein, oder?«

»Klar! Aber die finden nichts. Das haben die Jungs in Depots gebunkert. Die haben nichts am Mann. Sind ja nicht blöd. Und wenn die Bullen mal hartnäckig sind, so in Massen rumstehen und genau hingucken, gehen die Typen gleich woanders hin.«

»Wieviel Standorte haben die denn?«, fragte Ralf.

»Massenhaft. St. Pauli mal hier, mal da, Schanzenviertel, Hafenstraße, St. Georg.«

Ich kratzte mich am Kinn. »Was mir aufgefallen ist, Wagner: Du kanntest einige von den Dealern vorhin mit Namen. Hast du was mit denen zu tun?«

»Sind aus Sierra Leone. Ach, man kennt sich eben. Sehen uns manchmal.«

»Keine Freunde von dir?«

»Freunde? Mann, das sind Neger!!«

Für einen Moment herrschte Stille am Tisch. Ich sah den Gesichtern meiner Gefährten an, dass sie dasselbe dachten wie ich.

»Bitte?« Ralf warf dem Jungen einen scharfen Blick zu. »Sag das nochmal!«

»Warum? Das sind Neger. Mit denen hab' ich nichts weiter am Hut. Klar?«

Ich lehnte mich hart in die Stuhllehne zurück. »Das kann doch nicht wahr sein! Ich sitze hier mit einem Jungrassisten am Tisch! Hätte ich das gewusst, hätte ich dir bestimmt nicht geholfen.«

Es war Henry, der deutlich gelassener reagierte. »Tell me, boy, sag mir: Du gehst doch to school, right?«

»Klar. Albert-Schweitzer-Gymnasium in Ohlsdorf.«

»Oh! Wie passend! You know, wer Schweitzer war?«

»Logo. Arzt.«

»And where?«

»Phh. Ich weiß, was du meinst. War Arzt in Afrika. Seine Sache.«

»*Die Blumen haben ebenso viel Recht zu leben wie wir,* sagt Schweitzer.« Der Einwurf Ralfs erfolgte mit deutlicher Schärfe. »Du bist anderer Meinung?«

»Nö. Aber die Blumen sollen mal schön in der Erde bleiben. Da können sie wachsen, wie sie lustig sind.«

»Du meinst also, Afrikaner haben hier nichts verloren«, stellte ich fest.

»Richtig.«

»Und du mit deinen angeblich dreizehn Jahren hast den großen Durchblick, ja? Warum hast du eigentlich einen gefälschten Ausweis? Mit dreizehn, wenn du wirklich so alt bist, bräuchtest du keinen Ausweis. Das weißt du?«

»Ist immer gut, einen zu haben. So als junger Staatsbürger.«

Ich wurde jetzt richtig wütend. »Willst du mich veralbern, junger Mann? Du …« Dann fiel mir etwas ein, was der Bursche mir bei unser ersten Begegnung gesagt hat. »Ah, ich verstehe! Strafunmündigkeit, stimmt's? Mit dreizehn bist du nicht strafmündig.«

Wieder seine leicht erhobenen Mundwinkel.

»Das hört sich für mich so an, als hättest du richtig Dreck am Stecken. Ein bisschen mehr als Würfelzucker.«

Wagner sah mir jetzt starr in die Augen. Ein unheimlicher Blick. Der Blick eines reifen Mannes. Nicht der eines Jugendlichen. »Sag dem Ober, das Essen hier ist scheiße!«

Dann stand er auf und ging, ohne uns noch eines Blickes zu würdigen.

5

Frankfurt. Samstag, 29. August 2015

Als ich Hamburg am nächsten Tag wieder erreichte, war ich so müde wie zuvor. Die Ereignisse auf dem Friedhof hatten mich aufgewühlt, sodass an Schlaf kaum zu denken gewesen war.

Auch die Schilderungen Corinna Neuberts über das Schicksal von Kindern hatten nicht zur inneren Ruhe beigetragen. Es war das erste Mal in meinem Leben, dass ich mit einer solchen Thematik konfrontiert wurde, und die traurigen Erkenntnisse gingen mir unter die Haut.

Auf der Fahrt hatte ich viel an Wagner denken müssen, an die widersprüchlichste Person, der ich je im Leben begegnet war. Seine Schwester Anna hatte mir vieles erzählt, was er mir nicht verraten hatte. Und erstaunlicherweise erfuhr sie von mir einiges, das sie nicht gewusst hatte. Sie war erschüttert und verwirrt, hatte sie doch angenommen, Wagner besser zu kennen.

Nachdem ich Corinna Neubert vor ihrer Wohnung abgesetzt hatte, begleitete ich Anna zum Flughafen. Ihre Maschine nach Berlin wurde wegen eines technischen Defekts als verspätet angezeigt, sodass ich ihr in der Flughafen-Lounge Gesellschaft leistete.

Und es gab so vieles, was ich von ihr wissen wollte.

Die Traueranzeige in der FAZ hatte die letzten meiner Zweifel am wahren Alter ihres Bruders beseitigt. »Das mit dem gefälschten Ausweis wusste ich nicht«, versicherte Anna, »aber es passt leider zum Wagner jener Zeit. Dabei war das sogar noch eines der harmloseren Vergehen. Vor knapp zwei Jahren habe ich ihn das letzte Mal gesehen. Er hatte eines Abends an meine Tür geklingelt und als ich öffnete, habe ich ihn fast nicht wiedererkannt. Schulterlanges Haar mittlerweile, sehr ungepflegt, abgemagert, mehrere Zähne haben ihm gefehlt. Er bot einen grauenvollen Anblick! Gehetzt wirkte er, drehte sich mehrfach um, als würde er verfolgt, rannte mich fast um, so eilig hatte er es, in die Wohnung zu kommen.« Anna blickte in ihre leere Kaffeetasse, schnell goss ich nach. »Danke. Er wollte nicht lange bleiben, nur eine Tasche für ein paar Tage bei mir unterstellen.« Sie lächelte. »Ich weiß nicht, welche Erfahrungen Sie in dieser Richtung mit ihm gemacht haben, aber ich wette, ich bin die einzige Person auf dieser Welt, die er gefragt hat, ob es ihr etwas ausmacht.«

Ich erwiderte das Lächeln. »Das könnte stimmen. Wagner hat eigentlich nie groß gefragt. – Und dann?«

Sie trank, beugte sich zu mir und sagte im Flüsterton: »Er hat mich gebeten, die Tasche zu verstecken. *Pass gut auf sie auf!* sagte er. *Es gibt Leute, die sind da hinterher!* – Das war's! Er kam nie wieder. Das war wirklich das letzte Mal, dass ich ihn gesehen habe.«

»Und die Tasche?«

Sie nickte. »Als mir klar war, nach zwei Wochen oder so, dass Wagner sein Gepäck nicht wieder abholen würde, habe ich natürlich hineingeschaut, ob ich irgendwas finden könnte, was mir seinen Aufenthaltsort verraten könnte. Und ich fand …«, sie brach ab, faltete ihre Hände vor die Lippen, atmete tief durch, »… mehrere Spritzen, kleine Ampullen und … ganz unten in einer Tasche lag eine Pistole.«

»Oh Gott!«

Anna hob die Schultern. »Ich verstehe nichts von Waffen, aber da lag ein Magazin daneben mit Patronen drin und eine Schachtel auch mit Patronen.«

»Und das war alles, was sich in der Tasche befand?«

»Äh … ja! Warum?« Sie sah mich aufmerksam an. »Weshalb fragen Sie?«

»Es waren keine Tüten mit weißem Pulver dabei?«

Sie zögerte ganz kurz. »Nein! Wie kommen Sie darauf?«

Ich berichtete Anna von meiner Begegnung in der fraglichen Zeit mit einem Mann in Frankfurt, für den Wagner Kokain geschmuggelt haben sollte und der ihn verfolgt hatte.

»Verfolgt? Warum das?«

»Dieser Rick hatte damals behauptet, Wagner sei mit dem Stoff über alle Berge, statt ihn abzuliefern.«

»Mein Gott! Glauben Sie das?«

Ich überlegte kurz und nickte. »Ich war dabei, als dieser Kerl die Nachricht erhielt, dass Wagner eine Schwester in Berlin haben solle. Auch ich wusste damals nichts von Ihrer Existenz. – Ja, nach meinen Erfahrungen, die ich mit ihm gemacht habe – ich glaube es.«

Sie schwieg eine Weile. »Hm. Wenn Sie das sagen … Ich kann es mir nicht vorstellen, Herr Sagnier. Das passt nicht zu meinem Bruder, so wie ich ihn gekannt habe. So was nicht!«

»Und niemand ist bei Ihnen gewesen? Niemand, der ihn gesucht hat?«

Anna sah sich um, aber kein Reisender befand sich in Hörweite. »Doch! Jetzt verstehe ich natürlich einiges. Zwei finster aussehende Männer haben an meiner Tür geklingelt und nach ihm gefragt. Ich habe natürlich so getan, als wenn ich von nichts wüsste.«

»Und?«

»Sie sind wieder gegangen, aber …«

»Ja?«

»Ein paar Tage später … ich hatte den Eindruck, als wenn jemand in meiner Wohnung gewesen war. Einiges stand nicht mehr so, wie ich es verlassen habe, verstehen Sie?« Sie lächelte schwach. »Dafür habe ich ein fotografisches Gedächtnis.«

»Und sie haben die Tasche gefunden?«

Sie sah mich entrüstet an. »Um Himmels willen, nein! Nachdem ich wusste, was in der Tasche war, bin ich gleich am selben Abend losgefahren und habe sie mit dem ganzen Inhalt in die Spree geworfen.«

»Kluges Mädchen! Sie werden die Heldin meines nächsten Romans.«

»Danke! Sehr nett! – Einige Tage später bekam ich wieder Besuch.«

»Noch einmal?«, fragte ich.

»Nein, nein! Nicht die! Diesmal waren es zwei Beamte der Kripo, die mich ausgefragt haben. Sie hatten dasselbe Ziel wie die anderen beiden. Wo Wagner stecken könne, wann ich ihn das letzte Mal gesehen hätte und, und, und. Sie haben mir auch nicht verraten, warum sie ihn suchten.«

»Und dann?«

»Nichts. Danach passierte nichts mehr. – In was war er nur reingeraten? Ich verstehe das nicht!« Anna sinnierte einen Moment, fasste sich dann und sah zur Uhr. »Oh, die Zeit rennt! Danke, dass Sie mir so lange Gesellschaft leisten.«

»Das mache ich sehr gern, Anna.« Zum ersten Mal fiel mir auf, dass sie sehr ausdrucksvolle Augen hatte, von einem intensiven Grün. Und ich konnte erfreut feststellen, dass diese Augen jetzt in ihr Lächeln einstimmten. »Wir haben aber noch so viel Zeit, dass Sie mir ein wenig über sich erzählen müssen«, sagte ich. »Bis vor ein paar Tagen hatte ich ja nicht einmal eine Ahnung, dass Wagner eine Schwester hat. Was machen Sie beruflich? Nein – zunächst die Frage, wenn Sie erlauben: Wie alt sind Sie eigentlich?«

Sie lächelte erneut und das gefiel mir. Die Trauer würde sie früh genug einholen.

»Ich erlaube. Ich bin zweiundzwanzig, mein Freund Djamal ist neunundzwanzig und ich …«

»Djamal? Inder?«

»Nein, Syrer. Djamal ist ein arabischer Vorname und bedeutet: der Schöne.« Sie grinste. »Und das trifft zu!«

Ich verspürte einen winzig kleinen Stich der Eifersucht. »Fein. Und was macht er?«

»Er arbeitet in einem Softwareunternehmen. Hat lange gedauert, bis er dort anfangen konnte und wir sind sehr froh. War nicht leicht.«

»Und Sie?«

»Ich bin … na ja … ich arbeite als Fotografin«, schmunzelte sie.

»Ah! Daher die Bemerkung mit dem fotografischen Gedächtnis.«

Sie nickte. »Ob ich eine bin oder werde, darüber mögen andere urteilen. Ich habe eine dreijährige Ausbildung an der f16 gemacht, eine Foto-Schule in der Friedrichstraße, dann ein Praktikum bei einem Fotodesigner und im Moment versuche ich auf eigenen Füßen zu stehen. Ist ein verdammt hartes Brot. Was glauben Sie, wie viele Menschen Fotograf werden wollen.«

»Haben Sie viele Aufträge? Was knipsen Sie so?«

»Herr Sagnier!! Nehmen Sie in meiner Gegenwart bitte nie wieder den Begriff *Knipsen* in den Mund. Das ist dasselbe, als wenn ich Sie fragen würden, was Sie so in Ihren Block *klieren*.«

»Entschuldigung! Ich stelle die Frage anders. Welche Motive laufen Ihnen vor die Linse?«

Sie lachte vergnügt. »Die Frage ist schon besser, aber wieder falsch. Die Motive laufen nicht, guter Mann, *ich* laufe, um sie festzuhalten.«

»Sie sind sicher eine gute Fotografin, Anna.«

Bemüht verzog sie ihr Gesicht und kokettierte, indem sie eine Hand wackeln ließ. »Na, ich weiß nicht.« Dann strahlte sie und rief: »Na klar bin ich das! Ich bin längst nicht so erfolgreich wie Sie, aber …«

In diesem Moment kam eine ältere Frau an unseren Tisch. »Entschuldigen Sie, ich möchte nicht stören. Aber sind Sie nicht Herr Sagnier? Der Schriftsteller?«

»Da Sie so nett fragen,« spulte ich meine Routineprogramm ab, »will ich das nicht abstreiten.«

»Oh, heute ist mein Glückstag! Einen Moment!« Sie öffnete ihre Handtasche und zog zu meiner Überraschung einen meiner Romane heraus. Es war der erste. Mein erster Roman! Und er war zerfleddert und abgegriffen, was mich rührte und freute.

»Es tut mir leid, dass ich kein neueres Exemplar bei mir habe, aber …«

»Wissen Sie was, gute Frau? … Wie heißen Sie?«

»Margot Selmer.«

»Frau Selmer, ich habe lange kein so schönes Kompliment mehr bekommen! Geben Sie mir das Buch, bitte!« Ich schrieb eine Widmung auf das vergilbte Papier und sie bedankte sich überschwänglich.

»Das ist eines meiner Lieblingsbücher. Die, die Sie danach geschrieben haben, fand ich nicht so toll, aber dieses …« Sie hielt es hoch wie eine Trophäe, verstaute es in ihrer Tasche und wünschte uns noch einen guten Flug.

Ich saß da wie vom Donner gerührt. Anna räusperte sich, aber nichts in ihrer Miene ließ auf Schadenfreude schließen. »Tja, Anna. Erfolg kommt, Erfolg geht«, sagte ich, um irgendetwas zu sagen. »Das wird Ihnen auch noch passieren.«

»Machen Sie sich nichts daraus! Eine von Tausenden!«

Ich nickte und versuchte, das Thema zu wechseln. »Eine Bitte, bevor wir uns trennen. Können Sie mir einige von Ihren Fotos zukommen lassen? Ich würde mich freuen.«

»Aber klar! Wie lautet Ihre Mailadresse?«

»Wenn es Ihnen nichts ausmacht, hätte ich gern Papierabzüge. Es müssen ja nicht viele sein.«

»Kein Problem! Gern! Sie bekommen professionelle Abzüge – Warten Sie … irgendwo muss ich Ihre Adresse … ach, egal!« Sie fummelte ein Notizbuch aus ihrer Handtasche, riss eine Seite heraus und kramte weiter in ihrer Tasche. »Wenn man mal einen Stift sucht …«

Ich griff in die Innentasche meiner Jacke und zog einen Kugelschreiber hervor. »Ist für Gelegenheiten wie die eben. Brauch ich nicht mehr so oft.«

»Hören Sie auf, sich selbst leid zu tun!«, sagte sie schroff. »Also – wohin?«

Ich nannte ihr meine Adresse. Während sie schrieb, fragte ich: »Sind auch Bilder von Wagner darunter? Aus der Zeit, als ich ihn erlebte? 2012 bis 13?«

Sie unterbrach und dachte nach. »Ehrlich gesagt, ich weiß es nicht. Ich weiß es wirklich nicht. Damals habe ich noch nicht so oft …« Sie lehnte sich zurück und schlug mit dem Kuli in die offene Hand. »Quatsch! Damals habe ich schon viel fotografiert. Aber Wagner …? Halten Sie es für möglich, dass man keine Bilder von seinem Bruder hat? So was gibt es doch nicht, oder?«

»Ach, das denkt man nur. Sie werden sicher welche finden.« Ich wollte nicht, dass Anna wieder in Trauer und Selbstzweifel verfiel.

»Kinderbilder von ihm gab es viele«, sagte sie. »Sie würden sich wundern! Wagner war so ein hübscher Junge! Aufgeweckt, aufgedreht! Und klug. Viel zu klug für sein Alter.«

»Es *gab* viele, sagten Sie.«

Sie sah mich verschämt an. »Mutter hatte sie alle. Als sie damals … als sie anfing zu trinken, hat sie die Bilder eines Tages zerrissen und im Klo weggespült. Wagners Vater wollte welche haben, das hat sie ihm nicht gegönnt.« Während ich überlegte, was diese Bemerkung bedeutete, fuhr sie fort: »Haben Sie in nächster Zeit viel zu tun? Sitzen Sie an einem neuen Buch?«

»Nein!«, sagte ich. »Im Moment ist mir nicht nach Schreiben.«

»Was würden Sie davon halten, mich in Berlin zu besuchen? Dann erzähle ich Ihnen alles und spare Porto für die Bilder.«

»Das ist eine gute Idee, Anna! Ohnehin gibt es noch viel zu besprechen. Wir sind erst ganz am Anfang des Kapitels Wagner, nicht wahr?«

»Allerdings! – Wenn Djamal das hört, springt er vor Freude an die Decke. Seitdem ich ihm von Ihnen erzählt habe, ist er begierig darauf, Sie kennenzulernen.«

»Dann sind Sie sicher nicht bei der Wahrheit geblieben«, grinste ich.

»Wollen Sie andeuten, dass Wagner mich angelogen hat?«, lächelte sie zurück. Für einen Moment, einen langen Moment schauten wir uns an. Außer dem Schalk, den ich in ihren Augen blitzen sah, glaubte ich, in ihnen noch etwas anderes zu entdecken. So etwas wie Sympathie. Wie erste Vertrautheit. Ihr Blick drang tief in mein Innerstes.

Schnell drehte ich meinen Kopf zur großen Uhr über dem Ausgang der Lounge. »In zwanzig Minuten dürfen Sie starten.«

Sie räusperte sich und nickte. »Eine Frage habe ich noch, Thomas. Kennen Sie eine Josefine?«

Ich fühlte mein Herz schneller schlagen. »Josefine? Nein, nicht dass ich … ach, warten Sie! Doch, ja! Äh … flüchtig! Sie war damals Wagners Freundin, nicht wahr? Woher haben Sie diesen Namen? Sie kannten sie nicht?«

»Ich habe bis vor ein paar Tagen nie etwas von ihr gehört. Corinna hat mir von ihr erzählt.« Sie blickte mich scharf an. Sicher war ihr aufgefallen, dass ich plötzlich in Unruhe verfiel.

»Ja, sie war nett … sie ist genau die Richtige für Ihren Bruder gewesen.« Ich schluckte. »Hat ihn immer unterstützt und …«

»Na, so ganz flüchtig war ihre Bekanntschaft wohl nicht, oder?« Sie bohrte jetzt und schien mich in die Enge treiben zu wollen. Was wusste sie? Was wusste Corinna?

Unvermittelt setzte Anna ein sanftes Lächeln auf. »Es tut mir leid, Thomas! Ich wollte nicht aufdringlich sein. Es ist nur so: Ich sagte ja gestern schon, dass sich unter Wagners Hinterlassenschaften auch sein Handy befand. Und natürlich habe ich mir auch das angeschaut. Es war zum Glück nicht gesichert. Da tauchte der Name Josefine auf. Und in einer SMS schreibt sie an Wagner: *Thomas ist da! Bitte melde dich endlich! Ich schaffe es nicht allein!*« Sie sah mich jetzt sehr intensiv an. »Darauf kann ich mir keinen Reim machen. Sie?«

Mit einem unguten Gefühl in der Magengrube überlegte ich. *Thomas ist da!* Ich zermarterte mir das Hirn. *Ich schaffe es nicht allein!* Dann hob ich die Schultern und versuchte, das Brausen in meinen Ohren zu ignorieren. »Ich habe keinen blassen Schimmer, Anna! Das müssen Sie mir glauben!«

»Natürlich!« Sie stand auf. »Ich sehe gerade … mein Flug wird aufgerufen. Danke, dass Sie mir geholfen haben, die Zeit herumzukriegen. Wir sehen uns dann in Berlin, versprochen?«

»Versprochen!«

Sie winkte mir lächelnd zu und ging mit kurzen, schnellen Schritten Richtung Abfertigung.

Ich sah ihr nach. Sie hatte schöne Beine. Und sie hatte mir kein Wort geglaubt.

6

Seit den Geschehnissen im Empire Riverside ging mir Wagner nicht mehr aus dem Kopf. Genau gesagt bestimmte er einen großen Teil meiner Gedanken.

Meine direkten, alltäglichen Berührungen mit Kindern oder Jugendlichen beschränkten sich auf den Umgang mit meinen beiden Töchtern und deren Freundinnen. Wobei der Begriff Berührungen theoretischer Natur war, denn pubertierende Mädchen wollen am liebsten nichts mit ihren Eltern zu tun haben.

Melanie und Jessica waren damals zwölf und zehn Jahre alt und fanden so langsam den Einstieg in ein schwieriges Alter. Sie wurden frech, gaben sich kurz angebunden und quengelig. Ihr

Leben fand in den sozialen Netzwerken statt, bestand ansonsten aus Mode, Pferden und Schminken. Sie liebten ihre Popstars und hassten die Jungs aus ihrer Klasse. An Geburtstagen ließen sie sich dazu herab, ein paar von ihnen einzuladen. Es waren nette Burschen, die mir gefielen. Adrett, anständig, brav.

Seitdem ich Wagner kannte, hatte ich einen ganz neuen Blick auf Halbwüchsige. Und die wenigen Begegnungen mit ihm waren nichts im Vergleich zu denen, die noch folgen sollten. Ich zerbrach mir den Kopf, mit wem ich es eigentlich zu tun hatte. Wagner, und ich hatte irgendwann beschlossen, diesen Namen für bare Münze zu nehmen, widersprach meiner Vorstellung von einem Heranwachsenden.

Clausen hatte die Angestellten des Verlags und seine Autoren zum siebzigsten Geburtstag in seine Villa an der Elbchaussee eingeladen, und es gab niemanden, der dieser Einladung nicht Folge geleistet hätte. Die einen kamen, weil sie den Verlag als ihr Zuhause empfanden, die anderen, weil sie es nicht gewagt hätten, dem großen alten Mann einen Korb zu geben.

Er war immer noch der Magier, der Mann mit dem untrüglichen Gespür für neue literarische Stoffe. In der Branche galt er als das beste Trüffelschwein, dessen Nase sich je durch Manuskripte gewühlt hatte. Dieses Feld beackerte er immer noch selbst. Er blieb seinen Lektoren gegenüber stets skeptisch, weil er ihrem Urteilsvermögen nur bedingt traute. Und ich muss zugeben, dass er es war, der mein erstes Buchmanuskript annahm, nachdem es von vielen Verlagen abgelehnt worden war.

Was ihn wirklich aus der Masse der Verleger heraushob, war, dass er das Talent eines Literaten mit dem Können eines brillanten Geschäftsmannes auf sich vereinte. In seinem Bücherschrank standen die Bücher Heinrich Bölls direkt neben den Werken eines Warren Buffet. Clausen hatte eine Menge Neider, andere vergötterten ihn, brachten ihm Respekt entgegen wie einem Mafiaboss.

Eines hatte er nicht: Freunde. Aber das hatte ihm noch nie Probleme bereitet. Sein Ego war so groß wie ein Wolkenkratzer, und er genoss die verstohlenen Blicke anderer Verleger und Autoren.

»Tom«, hatte er mir auf die Schulter geklopft und mir ein Glas Champagner in die Hand gedrückt, »Sie hätten mir mit dem *Re-*

gensburger Krimi-Preis kein größeres Geschenk machen können. Wir – also Sie und ich – haben immer noch großen Einfluss auf die Literaturszene. Und unsere Zahlen lassen einige Verlage alt aussehen. Sehr alt!«

Es wurde eine lange, feuchtfröhliche Nacht, und ich hatte anschließend wenig Schlaf gefunden. Katja war schon aus dem Haus gewesen, als ich zwischen die Laken kroch.

Nach einer kalten Dusche, einem schnellen Frühstück mit einem kräftigen Kaffee studierte ich die Zeitungen und legte mich dann zu einem Mittagsschläfchen auf die Couch.

Ich wurde von Katja geweckt, die, eine fröhliche Melodie pfeifend, zur Haustür hereinkam und eine knisternde Tüte auf den Küchentisch stellte. Als sie das Wohnzimmer betrat, erschrak sie. »Nanu? Was machst du denn hier?«

»Ich wohne hier«, blinzelte ich sie schlaftrunken an.

»Aber … ist dein Wagen in der Werkstatt?«

»Nein, Schatz. Das Auto steht im Carport. Du bist dran vorbeigegangen. Wo bist du mit deinen Gedanken?«

»Tom, wo immer der Wagen steht, im Carport ist er nicht.«

Im selben Moment fuhr es mir durch den Kopf, dass sie wahrscheinlich Recht hatte, weil die Wahrheit sich immer auf ihre Seite schlug. Ich strengte mein Hirn an, das nach dem unterbrochenen Schlummer und den Nachwirkungen des Alkohols heftig pochte. An vieles konnte ich mich nicht erinnern, aber doch, dass ich mit einem Taxi zu Clausens Haus gefahren war und es keinen Grund gab, es nicht auch auf diesem Wege wieder verlassen zu haben.

»Überlege mal«, rief meine Frau aus der Küche, »vielleicht hast du ihn auf dem Parkplatz vorm Verlag …« Ein spitzer Schrei folgte. »Thomas! Was ist das denn hier? Komm mal schnell!«

»Was ist denn?«, rief ich von der Couch zurück, denn im Moment war mir nicht nach eiligen Aktivitäten.

»Komm doch mal! Das gibt's doch gar nicht!«

Wenn es nicht Katja gewesen wäre, die mich drängte, hätte ich sie jetzt verflucht, weil ich Frauen grundsätzlich verfluchte, die ich im Verdacht hatte, zu übertreiben. Ächzend rollte ich mich von der Couch, schüttelte den Kopf, um klare Gedanken fassen zu können und wankte in die Küche.

Katja zeigte auf die Tür zur Terrasse. »Warst du das?«

»Ach, Mensch! Darum machst du so einen Wind? Die Tür steht offen, na und?«

»Thomas, heute Morgen war die Tür noch geschlossen. Du bist doch durch die Haustür hereingekommen, oder?«

»Ja … ja, sicher! Ich denke schon.«

Dann durchzuckte mich ein Gedanke. Zu vieles passte zusammen. Die offene Terrassentür, der Wagen, der nicht dort stand, wo ich ihn abgestellt hatte. Und ich war sicher, dass ich ihn im Carport geparkt hatte. »Wagner!« Das fehlende Puzzleteil! Er war am gestrigen Morgen kurz da gewesen und hatte mir gesagt, dass er einige Tage mit einem Freund namens Manni nach Frankfurt fahren würde. Ich hatte nicht weiter darüber nachgedacht, warum er mir das erzählte. Schließlich war er mir keine Rechenschaft schuldig. Ich hatte mich nicht einmal gefragt, warum er extra vorbeigekommen war, um mir das mitzuteilen. Er war auch nur kurz geblieben, aber lange genug, um meine Pläne für den Tag zu erfahren. Jetzt fiel mir ein, dass er beiläufig gefragt hatte, ob ich mit dem eigenen Wagen fahren würde.

Ich rannte zur Garderobe und sah auf die Schlüsselleiste. Der Wagenschlüssel! Er war weg! Dieser verdammte Kerl! Während ich geschlafen hatte, war er durch die angelehnte Tür hereingekommen. Jetzt braust er mit dem Jaguar irgendwo durch Hamburg, dachte ich. Ich hatte nicht gewusst, dass er Autofahren konnte, aber wundern tat's mich nicht. Über einen Führerschein musste ich nicht lange nachdenken. Wer einen Ausweis bei sich hat, der ihn jünger macht, verfügt wahrscheinlich auch über ein Papier, das ihn älter macht, als er ist.

Mich packte die helle Wut. Ich hatte ihm geholfen, hatte ihm vertraut und nun das! Ich wählte seine Handynummer, obwohl ich ahnte, dass ich ihn nicht erreichen würde. *Dies ist die Mailbox von … piep … Wagner Hollmann … piep … Geh mal getrost davon aus, dass du keinen Rückruf erhältst.*

»Du meinst, es war Wagner?« Katja drückte mir ein Glas mit einer sprudelnden Flüssigkeit in die zitternde Hand. Ihr Blick hielt es für wahrscheinlicher, dass das Zittern nicht von meiner Empörung rührte. »Hast ordentlich getankt, was? Ein Glück, dass du nicht mit dem Wagen gefahren bist.«

»Dann wäre er jetzt vielleicht Schrott oder ich auf der Wache.

Das wäre immer noch besser als dass der Rotzlümmel ihn jetzt durch die Gegend kutschiert.«

»Kannst du den Wagen nicht orten?«, fragte sie. »Ich habe mal gehört …«

»Doch, natürlich! Ich kann … ach du Scheiße!«

»Was ist?«

»Dieser kleine Halunke! Ich habe ihm neulich erzählt, dass mein Händler mir ein InControl Secure verkaufen wollte. Ein System, mit dem ich das Auto tatsächlich orten könnte. Das hätte sogar Alarm geschlagen, als er den Wagen gestartet hat.«

»Und?«

»Na ja. Ich habe das für ein überflüssiges Spielzeug gehalten und …«

Unwillig sah sie mich an. »Also, wenn ich bedenke, für was du dein Geld so rauswirfst …«

»Wer rechnet denn auch mit sowas?«

»Und nun?«

Ich hob die Achseln. »Keine Ahnung!«

»Hast du die Handynummer von diesem Manni?«, fragte Katja.

»Nein, wieso? Ich kenn ihn nicht mal. … Ach, du meinst, die könnten tatsächlich mit dem Wagen nach Frankfurt fahren?« Ich schüttelte den Kopf. »Das glaube ich nicht.«

»Ha! Es geht hier um Wagner! Nach dem, was du mir erzählt hast, ist ihm alles zuzutrauen.«

»Du hast Recht. – Ich werde erstmal duschen. Mit einem klaren Kopf …«

»Tom«, seufzte sie. »Du hast geduscht.«

»Tatsächlich? … Ja, stimmt!«

»Geh zur Polizei und erstatte Anzeige!«, drängte sie.

»Schatz, das kann … das kann ich nicht machen!«

»Ich weiß, was du meinst. Aber … es muss ja nicht Wagner gewesen sein. Außerdem … Thomas, bei aller Liebe! Wenn er es doch war … ich meine … du kannst dir nicht auf der Nase herumtanzen lassen! So etwas nennt man Diebstahl! Und es geht um einen Luxusschlitten. Nicht um einen Trabi.«

»Vielleicht leg ich mir so einen zu, was meinst du?«

Sie grinste. »Wie ich Wagner kenne, wäre er da nicht wählerisch.«

Da ich keine Ahnung hatte, wo er wohnte, blieb mir nichts anderes übrig, als die Orte abzuklappern, die ich mit Wagner in Verbindung brachte. Ich machte mich zunächst auf den Weg zum Supermarkt, in dem meine erste Begegnung mit diesem kleinen Gangster stattgefunden hatte. Nach einigen Schritten fiel mir ein, dass der Laden kilometerweit entfernt in der Neustadt lag. Ich schaute zu Boden und stellte fest, dass ich auf meinen Füßen stand und diese Füße direkten Kontakt zum Asphalt hatten. Ich musste höllisch aufpassen, nicht auszurutschen, denn dieser Tage herrschte eine Frostperiode, die das Eis auch tagsüber nicht tauen ließ. Ich folgerte, dass ich die Strecke ohne Hilfsmittel nicht schaffen würde. Wie man in einem Bus des HVV fuhr, wusste ich nicht mehr. Jahre waren ins Land gegangen, nachdem ich es das letzte Mal getan hatte.

Ich zog ein Resümee: Du bist noch viel zu betrunken, Sagnier, um irgendetwas Vernünftiges auf die Beine zu stellen. Also drehte ich um. Lautes Hupen versetzte mir einen Schreck. Ich sah zur Straße, wo mein Jaguar langsam neben mir her rollte. »Na, Meister? Lust auf 'ne Spritztour?« Unterschwelliges Grinsen erschien jenseits des heruntergefahrenen Seitenfensters.

»Sag mal! Hast du sie noch alle?«, fuhr ich Wagner an. »Reichen dir Zuckerwürfel nicht mehr? Müssen es jetzt schon Autos sein?«

»Eigentlich wollte ich runter nach Frankfurt. Aber ich hab's mir anders überlegt. Ich will Mutter besuchen. Willst mit?«

»Wo wohnt sie denn? Du wohnst nicht bei ihr?«

»Nö. Sie wohnt im Norden«, erklärte er trocken. »Schleswig-Holstein.«

Und schon hatte er mich wieder im Sack. Statt ihn aus dem Wagen zu werfen und ihn runterzuputzen sah ich die Chance, ihm wieder ein Stück näher zu kommen. Seine Mutter kennen zu lernen. Dem rätselhaften Mosaik Wagner wieder ein Teilchen hinzuzufügen.

»Soll ich fahren?«, fragte ich.

»Wozu? Du kennst den Weg doch gar nicht.«

Auch wieder wahr. »Hast du eigentlich einen Führerschein?«

»Hä? Blöde Frage! Weißt du, wie alt ich bin?«

»Vergiss es!«

Wagner fuhr entspannt und sicher durch die grüne Landschaft Schleswig-Holsteins. In der Ferne zeigten mächtige Wolken an, dass sie den Wetterbericht, der Schnee verhieß, vernommen hatten und ihm willig Folge leisten wollten.

»Wo hast du eigentlich fahren gelernt?«, fragte ich.

»Auf dem Dom.«

Ich grinste. »Aha! Autoscooter?«

»Ich hab zwei Jahre beim Auf- und Abbauen geholfen. Da hab ich alles gefahren. Trecker, Lkws, Pkws.«

Eingestiegen, Gang eingelegt, Gas gegeben. Frage beantwortet.

»Du sagtest, wir besuchen deine Mutter. Was ist mit deinem Vater? Wieder auf Montage?«

»Tot.« Seine Stimme hatte keinen Klang.

»Was?«

»Tot. Es gibt lebend und es gibt tot.«

»Aber … du hast damals gesagt: Mein Vater *ist* Ingenieur.«

»Gewesen. Hab ich vergessen, zu sagen.« Ich fragte mich, ob ich irgendwann mal mit seinen lakonischen Antworten zurechtkommen würde.

»Das tut mir leid!«

»Bei einer Bergwanderung abgestürzt. Zweihundert Meter tief.«

»Oh Gott! Wie alt warst du da?«

»Zwei.«

»Dann hast du ihn ja kaum gekannt.«

Er sah mich von der Seite an. »Kaum.«

»Und deine Mutter? Wo lebt sie jetzt?«

»'n Heim. Für Säufer.«

Ich sah zu ihm hinüber. Seine Antworten gab er ohne eine erkennbare Regung. »Tut mir leid, dass ich frage! Tut mir wirklich leid!«, sagte ich. »Vielleicht sollte ich nicht fragen! Wenn man stundenlang in einem Auto nebeneinandersitzt, sollte man sich nicht unterhalten!«

»Du bist aber auch ganz schön neugierig«, brummte Wagner.

»Das liegt wahrscheinlich an meinem Beruf«, versuchte ich uns beiden zu erklären. »Das bringt der so mit sich. Ich entschuldige mich in aller Form dafür, dass ich Schriftsteller geworden bin!«

Nach einer Pause sagte er: »Sie hat das Saufen angefangen, als mein Vater gestorben war. Sie war bei der Wanderung dabei.«

»Mein Gott! – Wie alt ist deine Mutter jetzt?«

»Dreiundvierzig.«

»Und sie ist in einem Pflegeheim.«

»Hm-hm.«

»Und wie lange ist sie schon in diesem Pflegeheim?«

»Seit sieben Jahren. Mal drin, mal draußen. Seit zwei Jahren nur noch drin.«

»Sieben Jahre ist lange, oder?«

Er sah mich an. »Das sind sieben Jahre.«

Ich schluckte. »Weißt du denn, ob sie … ich meine …«

»Ob sie da wieder rauskommt? Klar! Spätestens, wenn sie auch tot ist.«

»Wagner! Sie ist deine Mutter!«

»Das ist so, wie ich das sage! Woher soll ich das wissen?«

»Entschuldigung!«, sagte ich leise.

»Wofür?«

Ein roter Ferrari setzte sich auf der schmalen Landstraße hupend neben uns, blieb eine Weile an unserer Seite und zog mit röhrendem Motor davon. Wagner nahm keine Notiz von der Aufforderung des Fahrers, ein Wettrennen zu veranstalten. Wortlos fuhr er im selben Tempo weiter.

»Was wird denn mit ihr gemacht?« Ich wollte nicht lockerlassen.

»Wie meinst du das?«

»Na, Tabletten, Spritzen …?«

»Das war mal. Jetzt wird Elke nur noch psychisch therapiert.« Ein kurzes Prusten. »So nennen sie das. Eigentlich machen sie überhaupt nichts mehr. Lassen sie dasitzen und warten, bis es soweit ist.«

Bis es soweit ist. Ich schüttelte den Kopf.

»Besuchst du sie oft?«

»Einmal im Jahr.«

»Was? Einmal im ganzen Jahr?«

»Mindestens«, präzisierte er. »Aber immer an ihrem Geburtstag.«

»Sie hat heute Geburtstag?«

»Hm-hm.«

»Und da wärst du um ein Haar nach Frankfurt gefahren!«, brachte ich in Erinnerung. »Du hättest fast ihren Geburtstag verpasst!«

»Frankfurt ist wichtig. – Kuck mal!« Er griff in die Brusttasche und zog eine kleine Schildkröte aus Stein heraus. »Für sie.«

»Schön! Keine Blumen?«

»Hab kein Geld.«

»Ach, Wagner! Warum fragst du mich denn nicht?«

»Geht nicht! Du hast die Schildkröte ja schon bezahlt«, klärte er mich auf.

»Bitte?«

»Ich habe da im Handschuhfach 'nen Zehner gefunden. Mann! Für jemanden, der so 'nen Schlitten fährt, hast du echt wenig Kohle dabei. Außerdem ist es überhaupt nicht schön, dass da 'ne olle Bananenschale drin liegt.« Angewidert verzog er das Gesicht. »Also, ich würd mich ja schämen!«

Ich riss das Fach auf. Ein süßlich-schimmeliger Geruch kam mir entgegen. Ein schmutzig-braunes Etwas lag bis zur Unkenntlichkeit verschrumpelt ganz in der Ecke.

»Was macht die hier?«, fuhr ich ihn an. »Ich dachte, du hättest sie mitgenommen.«

»Du hast mir verboten, sie draußen zu entsorgen.«

Ich schüttelte den Kopf. Er machte mich sprachlos.

»Blumen wären auch Quatsch«, sagte er.

»Ja? Bring ihr doch eine Bananenschale mit. – Mag sie keine Blumen? Oder darf sie da keine haben?«

»Nein. Aber Elke hat heute keinen Geburtstag.«

»Wagner! Was soll …«

Er sah kurz zu mir herüber. Seine Miene blieb stoisch wie eh und je.

»Sie hat heute keinen Geburtstag, aber das weiß sie nicht. Sie weiß nicht mehr, wann sie Geburtstag hat. Sie weiß eigentlich gar nichts mehr. Nur, wann sie Frühstück bekommt. Um sieben. Jeden Morgen Punkt sieben. Das ist ihr wichtig. Und die Schildkröten. Und das Brot für die Enten.«

»Ich verstehe.«

»Du verstehst?« Wagner schüttelte den Kopf. »Glaub ich nicht! Wenn ich sie besuche, hat sie Geburtstag. Das verstehst du aber, ja?«

»Das heißt, du bist nicht jedes Jahr am gleichen Tag bei ihr?«

Jetzt nickte mein Chauffeur. »Du hast es verstanden. Mal bin ich am fünften Juli da, im nächsten Jahr am achtundzwanzigsten Oktober und so weiter.«

»Machst du das vom Wetter abhängig?«

»Quatsch! An ihrem Geburtstag fahre ich bei jedem Wetter!«

Ich lehnte mich in meinen Sitz zurück und schloss die Augen. Als ich sie wieder öffnete, sah ich, dass die satt gefüllten Wolken einige Kilometer voraus geduldig auf uns warteten.

»Wie weit ist es denn noch?«, fragte ich betont uninteressiert.

»Stunde.«

»Eine Stunde? Sprechen die Ärzte im Heim dänisch?«

»Hast du es eilig? Dann sag das!«, blaffte er. »Dann lass ich dich hier raus!«

»Nein, nein! Fahr nur!«

»Sag mal: Redest du immer so viel?«, fragte er. »Ich dachte, Leute, die viel schreiben, sabbeln nicht dauernd.«

»Es gibt Ausnahmen. Naturtalente. Die können beides.«

»Dazu gehörst du«, sagte er.

»Dazu gehöre ich«, nickte ich.

Das Pflegeheim lag inmitten eines kleinen, verträumten Wäldchens.

Aus dem Gipfel einer alten Eiche ertönte das Klopfen eines emsigen Spechtes, ansonsten war es still. Unser Atem verließ den Mund in kleinen Wölkchen. Die Schneewolken, die schwer am Himmel hingen, dachte nicht daran, weiterzuziehen.

Wagner ging auf einen flachen Trakt zu, die Glastür öffnete sich automatisch, und nichts im Inneren des Gebäudes roch nach Krankheit, Sucht oder Siechtum. Die Einrichtung im Empfangsraum war in frischem Kiefernholz gehalten, die Wände trugen frohe Farben, überall standen große Töpfe mit feinblättrigen saftig grünen Pflanzen.

»Ihre Mutter sitzt schon auf ihrer Lieblingsbank am See, Herr Hollmann. Unter der Kastanie. Würden Sie ihr noch heißen Tee mitnehmen? Sie trinkt ja immer zu wenig.« Die Frau in der blauen Arbeitskleidung sprach mit gedämpfter Stimme. Ihr Namensschild wies sie als Schwester Annemarie aus.

Wagner nickte und nahm die Thermoskanne mit dem übergestülpten Becher entgegen. »Hat sie ihre dicke Jacke dabei?«

Die Schwester nickte lächelnd. »Die Jacke, die Mütze, den roten Schal, die neuen Wollhandschuhe. Und das Brot und ihr Buch. Sie ist versorgt, glaube ich.« Sie sah durch ein Fenster auf den Himmel. »Sollte es schneien … Sie wissen ja, bis zum Gerätehaus sind es nur ein paar Schritte. – Nehmen Sie bitte?« Sie drückte mir zwei Sitzkissen in die Hand.

Wagner ging zielstrebig am Gebäude vorbei, steuerte um eine große Rhododendronhecke und nahm eine sorgfältig gestreute Treppe abwärts. Auf dem kleinen, an seinen Rändern zugefrorenen See suchten vier Enten nach Nahrung.

Die Frau auf der weißen Holzbank trug langes, schon leicht ergrautes Haar, das unter der Mütze hervorschaute. Ihre hellbeige Strickjacke mit den ausgebeulten Taschen fiel bis fast über die Knie, ihre Füße steckten in gefütterten Stiefeln.

Wagner sah mich an und deutete auf den Platz rechts neben ihr. Ich wartete, bis er sie mit den leisen Worten »Hallo, Mama!« begrüßt hatte, sagte selbst: »Guten Tag!«, legte die Kissen seitlich von ihr auf die Bank und setzte mich vorsichtig.

Lächelnd schaute Elke Hollmann ihren Sohn an, der die Thermoskanne auf einen kleinen Beistelltisch abstellte. »Geht es dir gut, Mama?«, fragte er.

Sie nickte und wandte ihren Blick mir zu. »Robert?«, lächelte sie. Ihre Stimme war leise, heiser und brüchig.

Ich sah in ihre von den Medikamenten schwimmenden Augen, die tief in geröteten Höhlen lagen. Ihre Gesichtszüge verrieten, dass sie eine schöne Frau gewesen sein musste. Bevor ich ihre Frage verneinen konnte, bemerkte ich, dass Wagner heftig nickte.

»Hallo, Elke!«, gab ich lächelnd zurück.

»Robert!«, hauchte sie, tätschelte meinen Arm und drückte meine linke Hand. Ich legte die rechte auf ihre. »Wie schön«, flüsterte sie.

»Schau, Mama!«, sagte Wagner und griff in die Brusttasche. »Für deine Sammlung.«

Das Lächeln auf ihrem Gesicht wanderte zurück zu ihrem Sohn. Ein Lächeln tief aus der Erinnerung, ein beständiges Lächeln, dem die Medikamente jedes Leid, jeden Kummer verdrängen halfen und das bei ihr blieb wie ein guter Freund. Das Lächeln blickte auf die kleine Steinfigur zwischen Wagners Fingern, das Lächeln sah zu ihm hinauf. Langsam streckte Elke Hollmann ihrem Sohn die Hand entgegen und er legte die Schildkröte behutsam hinein.

Lange betrachtete sie die Figur, drehte sie mit beiden Händen und ihr Lächeln sagte: »Wie schön!« Sie legte die Schildkröte auf das Tischchen, streifte die Handschuhe ab, griff in ihre Jackentasche und zog eine zerknitterte Schachtel hervor. Ihre Hände zitterten leicht, als sie eine Zigarette herauszog und sie zwischen die Lippen steckte. Wagner gab ihr vorsichtig Feuer. Ihr Lächeln machte eine Pause und überließ sie dem Genuss.

Ich beobachtete Wagner, der seine Mutter ansah, ohne dass sich eine Regung in seinem Gesicht zeigte. Es waren andere Dinge, die seine Anteilnahme bewiesen. Es war die Umsicht, mit der er ihr den Tee reichte, ihr kurz die Zigarette abnahm, damit sie den Becher fest in beide Hände nehmen und zum Mund führen konnte. Sie blies in den heißen Tee und trank nur einen kleinen Schluck.

»Mehr!«, sagte Wagner sanft. »Du musst mehr trinken!«

Sie trank ihm zu Gefallen noch einen Schluck. Wagner nahm ihr den Becher ab und gab ihr die Zigarette wieder. Elke Hollmann zog noch zweimal, dann reichte sie ihm die halb gerauchte Zigarette zurück. Wagner machte sie mit kräftigem Druck in einem Aschenbecher aus.

Das Lächeln, das nun lange genug pausiert hatte, nahm seine Arbeit wieder auf, überraschend von einem kurzen Aufstoßen unterbrochen, das umgehend von einer verschämt-verlegenen Hand erstickt wurde, um dann in Form eines kratzig-lauten Lachens wiederzukehren. Dem Gelächter links und rechts von ihr wurde freier Lauf gelassen und zum allerersten Mal wurde ich Zeuge, dass auch Wagner offene Herzlichkeit nicht fremd war.

Mit geröteten Wangen sah Elke Hollmann mich an und kicherte noch einmal leise. Dann sah sie zu ihrem Sohn und zeigte in Richtung Teich. Er nickte, nahm eine prall gefüllte Papiertüte vom Tisch und stand auf.

»Ich geh mit Elke zum See. Enten füttern.«

Er fragte nicht, ob ich sie begleiten wolle. So nahm ich an, dass er mit seiner Mutter ein vertrauliches Gespräch führen wollte und nickte nur. Langsam gingen sie zum See hinunter, Frau Hollmann bei Wagner untergehakt. Sie stellten sich direkt ans Ufer, Wagner holte eine Scheibe Brot hervor und klemmte die Tüte unter den Arm. Sofort unterbrachen die Enten ihre Futtersuche und näherten sich ahnungsvoll. Wagner sagte etwas zu Elke und sie schüttelte den Kopf. Sie nahm ihm die Brotscheibe ab und versuchte vergeblich, ein Stück abzureißen. Ihr Sohn sah ihr kurz zu, nahm ihr die Scheibe wieder aus der Hand und reichte sie bröckchenweise an sie zurück. Die Vögel flatterten aufgeregt und stürzten sich auf die Brotfetzen, die Elke Hollmann ins Wasser warf. Sorgsam achtete sie darauf, dass jedes Tier seinen gerechten Anteil erhielt.

Ich konnte nicht sehen, ob Wagner sich währenddessen mit seiner Mutter unterhielt. Es sah so aus, als verrichteten beide ihre Tätigkeit ohne Worte. Von Zeit zu Zeit ließ Elke ihr heiseres Lachen hören, was wohl mehr mit dem Anblick zu tun hatte, den die gierig schnatternden Enten bei ihrem Kampf um den besten Platz boten. Ihr Futterneid ließ sie den familiären Zusammenhalt weitestgehend vergessen.

Das Buch, das auf dem Tisch lag, weckte meine Neugier. Es war altmodisch mit einem neutralen Schutzumschlag versehen, wie ich ihn in der Schule zum letzten Mal gesehen hatte. Ein hellblaues, dickes Packpapier, auf dem ich einige Flecken entdeckte und ganz in der Ecke ein schmutzig-braunes Brandloch.

Verstohlen blickte ich zum Teich, an dem Mutter und Sohn ihrer Beschäftigung weiterhin nachgingen. Ich öffnete das Buch an der Stelle, an der ein Lesezeichen steckte. Mit einem Bleistift war ein Gedicht markiert. Nur dieses eine. Ich blätterte im Buch und mir wurde schnell klar, dass alle anderen Texte für Elke Hollmann nur Beiwerk waren, Beiwerk für diesen einen Sechszeiler. Nur der war es, der ihre Aufmerksamkeit erregt und sie in seinen Bann gezogen haben musste.

Als ich das Gedicht gelesen hatte, wusste ich, dass es sich um die schönsten Verse handelte, die mir je vor Augen gekommen waren. Dem Buch war zu entnehmen, dass das Werk aus der Feder eines Dichters mit Namen Giorgos Seferis stammte. Er war, so eine Fußnote, Diplomat in griechischen Diensten gewesen und hatte 1963 den Nobelpreis für Literatur erhalten.

Ich las das Gedicht noch einmal, und es stürzte mich in tiefe Verzweiflung. Wie war es möglich, in so wenigen nüchternen Sätzen ein so hohes Maß an sprachlicher Vollkommenheit zu erreichen? Mir brachten mittelmäßige Kriminalromane eine Menge Geld ein, und nun musste ich in sechs Zeilen lesen, was Sprache vermag und was Literatur wirklich bedeutet.

Ich hörte die lauter werdenden Stimmen der beiden und klappte das Buch hastig und immer noch unter dem Eindruck des Gelesenen zu.

Mutter und Sohn nahmen ihre Plätze ein, und Wagner drängte sie, noch einmal zu trinken. Folgsam nahm sie den Becher, lächelte mir zu und sagte mit einem Anflug gespielter Entrüstung: »Sie haben alles aufgefressen!«, lachte leise und trank einige kleine Schlucke.

»Wunderbar!«, nickte ich und Elke strahlte, nachdem sie mit dem Ärmel ihrer Jacke kurz über die Lippen gefahren war. Leicht drückte sie meinen Arm und streichelte ihn. »Robert«, flüsterte sie. Dann ergriff sie das Buch und öffnete die Seiten, zwischen denen das Lesezeichen steckte. »Lies es mir vor!«, bat sie Wagner.

Was dann folgte, war ein weiteres verwirrendes Kapitel des Rätsels Wagner Hollmann. Er, ein Junge von vielleicht vierzehn, fünfzehn Jahren, vornehmlich damit beschäftigt, Hamburgs Straßen unsicher zu machen, deklamierte den Text Seferis' im Stil eines professionellen Vortragskünstlers.

Nur ein Weniges noch
sprach er mit leiser Stimme.

Und wir werden die Mandeln blühen sehen
fuhr er mit perfekter Intonierung fort.

Den Marmor in der Sonne leuchten
Es war Musik! Wagner sprach nicht, er sang! Er ließ die Verse klingen!

und das Meer sich wiegen.
Er setzte die Pause dort, wo eine Welle ihr sanftes Auf und Ab an die nächste weiterreicht.

Mir stockte der Atem. Wagner gelang es, jedem der Worte das richtige Gewicht und seine Bedeutung zu geben. Er betonte richtig, er pausierte an den richtigen Stellen. Dieser Bengel, dieser kleine Gangster, dieser Lümmel schaffte es, mir in knappen Worten eine Geschichte so zu erzählen, dass ich vergaß, sie vor wenigen Minuten gelesen zu haben. Er erzählte sie neu, er erzählte sie so, dass ich dieses Mal den Zusammenhang begriff.

Wagner klappte das Buch zu. Er sah seiner Mutter in die Augen und erzählte uns den Rest der Geschichte. Einer Geschichte vom plötzlichen Tod des Mannes, der sein Vater war. Die Geschichte einer verzweifelten jungen Frau, die den Verlust ihres Mannes nicht verschmerzen konnte. Und die Geschichte eines Kindes, das zu jung war, um seinen Vater erleben zu dürfen.

Nur ein Weniges noch,
um ein Weniges lasst uns höher hinauf.

Der Schweiß trat mir trotz der Kälte auf die Stirn und mein Atem wurde flach.

Elke Hollmann lächelte ihrem Sohn zu und ihre Hand fuhr ganz sanft über die Narbe an seiner Stirn. Dann sah sie zum Himmel hinauf, und ihre Tränen mischten sich in die ersten Schneeflocken, die den Weg durch das Astwerk der Kastanie gefunden hatten, um die Trauer mit ihr zu teilen.

»Wir haben es geschafft, nicht, mein Junge?« Ihre Stimme war rau, und sie schluckte die letzten Worte herunter.

Wagner schwieg eine Weile und sagte dann: »Ja, Mama! Wir haben es geschafft!« Zärtlich streichelte er ihre Hand. »Wir waren ganz oben!« Bekräftigend nickte er. »*Ganz* oben!«

7

Hamburg. Donnerstag, 3. September 2015

Drei Jahre alt ist er da.«
Ein fröhlich lachendes Kindergesicht schaut unbefangen in die Kamera. Das rechte Händchen des Jungen hält eine Waffel fest, auf dem sich eine braune Kugel Eis bedenklich zur Seite neigt. Der breite Mund ist von Schokolade verschmiert, auch die Nase hat sich einen dunkelbraunen Klecks eingefangen.

Eine große rote Couch bildete den Mittelpunkt von Annas modern eingerichtetem Wohnzimmer, die Wände weiß gestrichen, und wenige feinblättrige Grünpflanzen lenkten den Blick nicht unnötig von den zahlreichen Fotos ab, die dezent aber professionell von LED-Lämpchen angestrahlt wurden.

»Das ist Jan, der Sohn meiner Freundin Svenja«, sagte Anna. »Ich habe ihn auf dem Jahrmarkt fotografiert. Eigentlich ist es ja kein Jahrmarktsbild, weil Kinder auf dem Jahrmarkt Zuckerwatte essen sollten. Jan hält aber nichts von Zuckerwatte. Da ist er sehr eigen.«

»So eigen wie Ihre Bilder.« Ich zeigte auf die Fotoreihe, die ich schon betrachtet hatte. »Sie haben die Gabe, Kinder so festzuhalten, dass die Fotos eine ungewöhnliche Geschichte erzählen. Und Sie scheinen immer genau den Moment zu erwischen, in dem sie vergessen, dass sie in die Kamera sehen.«

»Danke, Tom. Sie beobachten sehr genau«, sagte Anna. »Das ist es, worauf es mir ankommt. Nicht einfach Alltagssituationen abzulichten, sondern das Überraschende an ihnen. Ein Kind, das auf einer Kirmes keine Zuckerwatte isst, sondern Schokoeis.«

»So wie die Kleine da vorn, die über dem Badeanzug einen Friesennerz trägt.« Das Mädchen steht in seiner leuchtend gelben Jacke unter der Schwimmbaddusche eines Freibads und zieht lachend den Kopf zwischen die Schultern. Es schaut, das Gesicht halb verborgen von der Kapuze, in den Duschstrahl. Die roten Gummistiefel an seinen Füßen verliehen dem Foto einen farbenfrohen Anstrich.

»Genau!« Anna lachte. »Das ist Miriam und sie sollte nach dem Baden duschen. Ihre Mutter hatte ihr drei Tage zuvor für den nächsten Urlaub eine Regenjacke gekauft, aber unglücklicherweise hat es die ganze Zeit nicht geregnet. Da hat Miriam die Jacke ins Freibad geschmuggelt und sie einem Qualitätstest unterzogen.«

»Es ist wunderbar geworden, Anna!«

»Finde ich auch! Dabei hätte ich um ein Haar den richtigen Moment verpasst.«

Ich schüttelte den Kopf. »Das glaube ich nicht. Bei allen Fotos haben Sie genau die entscheidende Sekunde erwischt. Ich wette, dass Sie einen Instinkt dafür besitzen.«

»Kinder machen es einem aber auch leicht. Sie sind offen und unverfälscht. – Ich habe das Gefühl, Thomas, dass Sie nicht nur an den Fotos interessiert sind, sondern auch Kinder zu mögen scheinen. Mit Verlaub – so hatte ich Sie nicht eingeschätzt.«

»Nanu! Ich *habe* Kinder, Anna.«

Aber sie hatte einen Punkt berührt, der mich selbst staunen ließ. Kinder waren gemeinhin etwas, was ich am Rande registrierte. Als etwas, was hoffentlich irgendwann erwachsen werden würde.

Ich trat einen Meter zurück, um die Fotoreihe im Zusammenhang sehen zu können. Sie waren schlichtweg großartig. Nicht nur, weil die Motive durch ihre Originalität bestachen. Anna schien auch das Handwerk souverän zu beherrschen. Ich war kein Experte auf dem Gebiet, aber mir fiel auf, dass die Bilder unerhört klare Farben hatten, gestochen scharf waren und die Objekte immer perfekt zum Licht standen. Trotzdem wirkte keines der Fotos komponiert, sondern spontan.

»Und die Fotos da?« Ich zeigte zur gegenüberliegenden Wand. Ein daneben hängendes Bücherregal wies ihnen einen intimen Platz zu, sie gehörten erkennbar nicht zu Annas beruflichen Arbeiten, sondern waren Teil einer privaten Galerie.

»Es sind ältere Familienbilder und nicht alle von mir. Auf einigen bin ich zu sehen. Ich bin gespannt, ob Sie … oh, hallo, Liebster!«

»Guten Tag.«

Ich drehte mich um und sah in das Gesicht eines sehr attraktiven Mannes. Er hatte große, tiefbraune Augen, eine markante Nase und einen breiten, perfekt geschwungenen Mund, den ein dünner Oberlippenbart zierte.

»Thomas, darf ich Ihnen Djamal Al Sayed vorstellen? Djamal, das ist …«

Ein tiefes, sympathisch klingendes Lachen entblößte eine Reihe strahlend weißer Zähne. »Du musst mir nicht sagen, wer das ist, Anna! Ich freue mich sehr, Sie kennenzulernen, Herr Sagnier.«

»Ich freue mich auch, Djamal. Sie sprechen ja hervorragend Deutsch.« Anna hatte mir erzählt, dass ihr Freund erst vor zwei Jahren nach Deutschland gekommen war.

»Danke. – Großartige Bilder, nicht wahr?«, sagte er mit Blick auf die Wand. »Anna ist ganz vernarrt in Kinder und fotografiert sie, wo sie nur kann.« Er zwinkerte seiner Freundin zu. »Ich liebe Kinder auch und möchte möglichst schnell welche haben.«

»Langsam!«, lachte sie. »Da habe ich auch noch ein Wörtchen mitzureden.« Sie sah mich an. »Er ist nicht zu bremsen, wenn es um den Nachwuchs geht. Ich finde, es ist noch zu früh, darüber nachzudenken. Ich bin noch jung und möchte erstmal ausschließlich an mich und meinen Beruf denken. Außerdem …«, sie wandte sich wieder an den jungen Syrer, »muss bei dir alles geklärt sein. Dein Status ist wackelig, Djamal. Du hast eine Aufenthaltsberechtigung, aber noch kein endgültiges Bleiberecht. Du weißt, wie komplex das alles ist.«

»Ach was«, lachte der junge Mann. »Ich bin doch schon unentbehrlich geworden, hat mein Chef gesagt. Außerdem dürfen Syrer im Moment nicht abgeschoben werden.«

»Was machen Sie genau?«, fragte ich.

»Ich bin Informatiker. Softwareentwickler, genau gesagt, und arbeite bei Hansen & Balle in Charlottenburg. Die Firma vertreibt Software für medizinische Geräte in ganz Europa.«

»Zuerst hat Djamal als Pfleger in der Klinik Steglitz gearbeitet«, erläuterte Anna. »Als das Angebot von H & B kam, musste er tatsächlich ein halbes Jahr warten, bis die Behörde geprüft hatte, ob nicht ein Bewerber aus Deutschland oder dem gesamten EU-Raum die gleiche Eignung hat wie er. Dabei hat er eine fundierte Ausbildung in Damaskus genossen, und seine Vorgesetzten bei Hansen & Balle haben sich sehr für ihn eingesetzt.« Sie lächelte Djamal an. »Ist eben das beste Pferd im Stall.«

»Und dieses Pferd möchte nun, dass bald ein paar Fohlen auf seiner Weide stehen«, gab er zurück. »Warum noch warten, Anna? Wir sind zu zweit. Wir schaffen das!«

»Aber klar! Zu zweit sind wir? Da bist du ganz Mann und Araber, nicht wahr? Kinder ja, aber wer hat die Arbeit?«

»Die wird geteilt. Oder willst du wieder mal die Klischees vom orientalischen Pascha bemühen und …«

Ihr Gespräch rauschte an meinem Ohr vorbei, ohne dass ich richtig zuhörte. Etwas nahm meine Aufmerksamkeit in Anspruch und ich kam zuerst nicht darauf, was es war. Ich sah Djamal an, dann an ihm vorbei auf die Wand neben dem Bücherregal und dann fiel es mir ein.

»Papi! Schau mal, was ich schon kann!«

Jessica balancierte auf der Mauer, die die Pferdekoppel von der Straße abgrenzte.

»Oh! Schatz, sei vorsichtig!«, rief Katja. »Du kannst leicht herunterfallen.« Jessi konzentrierte sich darauf, einen Fuß vor den anderen zu setzen und antwortete nicht.

»Die muss sich immer so wichtigtun!« schimpfte Melanie über ihre zwei Jahre jüngere Schwester.

»Super, Jessi!«, sagte ich. »Das machst du ganz großartig!« Ich beneidete sie in dieser Sekunde um den Schatten, den ihr nagelneuer Strohhut in ihr Gesicht warf. Ihr Hut, den sie schief auf dem Kopf trug. Ihr Hut mit der blauen Plastikblume, die an ihm befestigt war.

Jessica war überzeugt, unten im Ort eine wertvolle Kopfbedeckung erworben zu haben, und sagte jedem, dass es sich bei der Blume um ein Edelblau handele. So wie ein Edelweiß, aber eben blau und somit viel kostbarer. Die Souvenirverkäuferin hatte zustimmend genickt und sich vermutlich geärgert, den Vater der Kleinen so billig davonkommen lassen zu haben.

Ich musste mich mit einem Taschentuch behelfen, mit dem ich mir den Schweiß von der Stirn wischte. Es war windstill zwischen den hohen Laubbäumen, und die Sonne stand genau über dem Weg. Das schöne Wetter hatte uns dazu verleitet, am letzten Tag vor unserer Abreise eine Wanderung in diesem Teil des Ramsauer Sonnenplateaus zu unternehmen. Die Wärme des Morgens ging über in eine mittägliche Hitze, und das kristallklare Wasser des Flüsschens, das unseren Weg leise rauschend begleitete, sorgte nur für eine Ahnung von Erfrischung, obwohl es vom Namen her geeignet wäre: Die Kalte Mandling.

»Jetzt komm aber wieder herunter!«, rief Jessicas Mutter ihrer jüngsten Tochter zu und schaute zur Uhr. »Es wird Zeit, dass wir zum Gasthof zurückgehen. Sonst fällt das Mittagessen heute aus.«

»Wer zuerst beim Auto ist!«, kreischte Melanie und rannte den trockenen Sandweg hinunter. Ihre Füße wirbelten kleine Staubwolken auf.

»Das ist gemein!«, rief Katja. »Auf Sandalen bin ich nicht so schnell.«

»Wollen wir tauschen?«, fragte ich. »Du kannst meine Sportschuhe haben.«

»Größe dreiundvierzig? Okay. Du kriegst dafür meine achtunddreißiger Sandalen.« Sie lachte. »Hast gewonnen, Melanie!«, rief sie unserer Tochter hinterher. Die machte einen Hüpfer und riss die Arme hoch.

Ich drehte mich zur Koppel um. »Kommst du, Jessi? – Jessica?« Sie war nirgends zu sehen.

»Wo ist Jessi?«, fragte Katja.

»Die spielt wahrscheinlich Verstecken mit uns«, lachte ich. »Ich werde sie suchen.«

»Melanie!«, rief Katja. »Warte, bitte!«

Die Kleine winkte ab und rannte weiter.

»Jessi?« Ich ging zurück zur Koppel. Die drei Pferde, ein braunes und zwei schwarze, grasten weiter, ohne den Kopf zu heben. Die Schritte Katjas, die ihrer älteren Tochter folgte, verhallten auf dem Weg hinunter ins Tal. Eine unheimliche Stille umgab mich. Die Bäume links und rechts von mir hielten den Atem an. »Jessica!«, rief ich. Keine Antwort.

Ein ungutes Gefühl überkam mich. Der Schweiß rann mir in den Kragen. »Jessi, es ist gut! Zeig dich, bitte! Wir müssen los! Hast du keinen Hunger?« Statt ihrer antwortete ein Eichelhäher, der sich mit heiserem Gelächter über mich lustig machte. »Ich finde dich ja doch! Du hast keine Chance!« Ich begann zu laufen. Als ich die Mauer erreichte, da, wo ich Jessica zuletzt gesehen hatte, lehnte ich mich hinüber und sah mich um. Sie war nirgends zu entdecken.

Die Pferde fraßen nicht mehr und schauten mich satt und neugierig an. Wieder bekam ich keine Antwort auf mein Rufen. Ich drehte mich zum Weg um. Katja war nicht mehr zu sehen. Ärger stieg in mir hoch. Warum half sie mir nicht suchen? Ich holte mein Handy aus der Tasche und wählte Jessicas Nummer. Dann fiel mir ein, dass ihre Mutter den Mädchen geraten hatte, die Geräte im Gasthaus zu lassen, von wegen Abenteuer und Pioniergeist und Unerreichbarkeit und Verzicht auf jeden Komfort. Das würde Spaß machen. So wie früher eben.

Ich verfluchte meine Frau und rief wieder, wobei ich auf die Mauer stieg. Von hier aus hatte ich einen Blick über einen guten Teil des Weges, den wir hinter uns gelassen hatten. Da! Eine Bewegung im Gebüsch. »Jessi?« Eine Drossel flog auf.

Mein Ärger auf Katja wich der Angst um meine Tochter. Ein Gefühl, das ich so nicht kannte. Was konnte ihr passiert sein? Womöglich war sie gestürzt und lag ohnmächtig hinter einem Baum. Schnell sprang ich von der Mauer und lief den Weg bergan. Meine Kleidung war vollständig durchnässt.

Dann sah ich sie. Sie kauerte auf dem Weg, schaute zu mir hoch und ihr Blick war unendlich betrübt. Mein Herz machte vor Freude einen

Sprung und ich rief erleichtert: »Da bist du ja! Warum antwortest du nicht? Ich habe mir solche Sorgen gemacht!«

»Er ist kaputt, Papi!« Mit Tränen in den Augen hielt sie einen ramponierten Strohhut in die Höhe. »Ganz doll kaputt!«

Das Mädchen auf dem verblichenen Foto neben dem Regal war im selben Alter wie Jessica damals und trug den gleichen Strohhut mit der gleichen Blume im Geflecht. In der Ferne hinter ihr war eine Bergkette auszumachen. Ihre Silhouette war sehr charakteristisch. Ich hatte sie schon einmal gesehen. Ich ging näher heran.

»Thomas? Alles in Ordnung? Sie sind auf einmal so blass.« Anna trat an meine Seite.

»Wer ist das? Das Mädchen da?«

»Das bin ich. Im zarten Alter von sechs Jahren.«

»Wo ist das Bild aufgenommen worden?«

»Im Urlaub in Österreich. Schladming.«

»Das ist ja unglaublich! Da waren wir auch. Gleich in der Nähe. Ramsau. Vor sechs Jahren. Na klar! Im Hintergrund, das ist das Dachsteingebirge. In Schladming sind wir auch gewesen.«

»Was für ein Zufall!«, lächelte Anna.

Ich stand jetzt direkt vor dem Bild. Es war Jessica! Es war ihr Lachen, ihre strahlenden Augen. Nur meine Tochter trug ihren Hut so schräg auf den Kopf. Und nur ihr Hut hatte das Edelblau zwischen den Strohmaschen klemmen. Mir trat der Schweiß auf die Stirn. »Das ist meine Tochter! Wie kommen Sie zu einem Bild meiner Tochter?«

»Nein, Thomas! Das bin ich! Ganz sicher!«, sagte Anna. »Das Foto hat mein Vater gemacht. Es ist sechzehn Jahre her.« Ihre Miene verfinsterte sich. »Es war sein letztes Bild. Auf einer Bergwanderung zusammen mit meiner Mutter ist er tödlich verunglückt. Er ist an einem Hang ausgerutscht und in die Tiefe gestürzt.«

»Ich weiß«, nickte ich. »Wagner hat es mir erzählt.« In kurzen Worten berichtete ich vom Besuch bei ihrer Mutter im Pflegeheim. »… und sie hat mich wirklich für ihren Mann gehalten.«

»Ja. Der Absturz meines Vaters hat ihr den Verstand geraubt.«

Mein Blick ging zurück zum Foto des kleinen Mädchens. »Glauben Sie es mir! Das bin ich!« Anna lächelte. »Sollte ich mich wirklich so verändert haben?«

»Sie sind ja blass wie ein Leichentuch!« Djamal fasste mich an die Schulter. »Soll ich Ihnen ein Glas Wasser holen?« Ich nickte dankbar.

»Haben Sie ein Foto Ihrer Tochter dabei?«, fragte Anna.

Ich brauchte einen Moment, um mich zu besinnen. Dann ging ich zur Garderobe und holte meine Brieftasche aus der Jacke. Als ich Jessicas Bild, das wir vor drei Jahren in einem Studio hatten machen lassen, zwischen die Finger nahm, wurde mir zum ersten Mal bewusst, wie groß die Ähnlichkeit zwischen meiner jüngsten Tochter und Wagners Schwester war. Nur der Altersunterschied ließ die Ähnlichkeit nicht sofort spürbar werden.

»Es ist frappierend!« Anna empfand beim Blick auf das Bild dasselbe wie ich. »Djamal! Schau dir das an!«

»Wenn es nicht unmöglich wäre, würde ich sagen, dass du das bist.«

»Aber … der Hut! Dieser einmalige Hut!« Ich erzählte den beiden, was mich sofort hatte stutzig werden lassen, als ich zum Foto schaute.

»*Edelblau* sagte sie? Das ist schön! Ihre Tochter ist sicher ähnlich fantasiebegabt wie ich.« Anna lachte. »Thomas, die Erklärung ist ganz einfach. Offensichtlich hat sich die Fremdenverkehrszentrale Schladming damals von einer rührigen PR-Agentur beraten lassen. Mit dem Strohhut soll es eine besondere Bewandtnis gehabt haben.« Sie zeigte auf das Bild. »Alle Menschen, die ihn erwarben, würden einmal in ihrem Leben an diesen Ort zurückkehren. Verstehen Sie? So wie mit den Münzen im Trevi-Brunnen in Rom.«

»Ganz schön clever!«, lachte Djamal.

»Sie sagen es«, entgegnete ich. »Das habe ich seinerzeit gar nicht mitbekommen. Ich habe ihn am Morgen des vorletzten Tages gekauft.«

»Man hat die blaue Blume gewählt, weil schon Novalis sie *die Blume der Romantik* nannte. Und das passt zweifelsfrei zur Gegend um den Dachstein. Das nette kleine Trevi-Plagiat wird heute noch aufrechterhalten.«

»Und?«, fragte ich. »Sind Sie, Anna?«

»Was bin ich?«

»Zurückgekehrt? Nach Schladming?«

»Sie werden verstehen, dass es mich dort nicht wieder hingezogen hat«, sagte sie mit trübem Blick. Dann lachte sie. »Ich war auch nie wieder in Rom.«

»Mein Glück!«, sagte Djamal. »Du weißt, wenn man zwei Münzen über die Schulter wirft, verliebt man sich in einen Römer.«

»Und nach dreien heiratet man ihn, wird gesagt«, kicherte Anna. »Aber ich habe nie so viel Bargeld in der Tasche. – Wodurch ist Jessicas Hut eigentlich kaputtgegangen?«

»Sie ist von der Mauer gesprungen, aber der Hut war schneller. Jessi konnte ihm nicht mehr ausweichen.«

»Armes Ding!«

»Sie war unendlich traurig. Der Hut war ihr ganzer Stolz. Hätte ich gewusst, dass er noch dutzende Male verkauft …«

»Um Gottes willen, nein! Sie hätten Jessi den Glauben an etwas Einmaliges geraubt. Es ist wie mit der Lieblingspuppe, Thomas. Oder dem Plüschteddy. Wenn die einmal irreparabel kaputtgehen, lernen Kinder zum ersten Mal, wie es ist, um etwas zu trauern. Um etwas, das ihnen niemand ersetzen kann. Aber irgendwann tritt ein neues Objekt an seine Stelle, an das sie ihr Herz verlieren.«

»Anna«, sagte ich im Brustton der Überzeugung, »Sie werden eine gute Mutter sein.«

»Siehst du?«, grinste Djamal. »Unser Gast ist ganz auf meiner Seite.«

»Warten Sie, Thomas! Ich habe etwas für Sie«, rief Anna und eilte hinaus.

»Wenn unser erster Sohn auf der Welt ist«, lächelte Djamal, »werden wir nach Österreich reisen und einen Strohhut für ihn besorgen. Ach was, ich werde gleich ein halbes Dutzend mitnehmen.«

»Sie sind ja ein Draufgänger!«, schmunzelte ich. »Und Sie sind sicher, dass Sie Anna überzeugen können?«

Ernst sah er in die Richtung, in die seine Freundin gegangen war. »Ich liebe Anna und kann mir nichts anderes vorstellen, als mit ihr eine Familie zu gründen. – Ich möchte Sie ins Vertrauen ziehen, Thomas. Es ist … Anna … sie liebt mich sehr, da bin ich ganz sicher. Aber … nun, sie hat Probleme, mir ihre Liebe zu beweisen.«

»Beweisen? Was meinen Sie damit?«

»Ich meine: körperlich. Sie ist … oh! Später!«

»Ich bin nämlich …«, lächelte Anna, als sie wieder zur Tür hereinkam, »der geborene Messie. Ich kann nichts wegwerfen.« Sie blies die letzten Staubkörner vom Strohhut, der im Unterschied zu dem meiner Tochter noch tadellos in Form war.

»Unglaublich!«, staunte ich. Und sogar die künstliche Kornblume hatte nichts an Farbe und Form eingebüßt. »Nach sechzehn Jahren.«

»Dann brauche ich ja nicht nach Schladming«, sagte Djamal. »Der ist für unseren Sohn.«

»Meinen Sie nicht, dass Jungen lieber einen …« Ich kam nicht zu Ende.

»Was meinst du damit?«, fragte Anna.

Djamal erzählte ihr, was er mir gesagt hatte.

Ich erschrak, als Anna urplötzlich aus der Haut fuhr. »Was denkst du dir eigentlich? Du weißt genau, dass ich zu diesem Zeitpunkt nicht mit dir über Familienplanung reden will!«

»Aber …« Djamal war so erstaunt wie ich.

»Außerdem solltest du sowas nicht vor Fremden ausbreiten!«

»Ich hatte nicht das Gefühl, dass du Herrn Sagnier noch als Fremden betrachtest. Für mich ist er schon ein Freund. Und ich habe ihm auch schon zu verstehen gegeben, dass du dich mir gegenüber nicht gerade wie eine liebende Frau verhältst.«

Anna riss die Augen auf und sah von Djamal zu mir und wieder zurück. Sie atmete tief durch. »Was? Du … spinnst du? Das geht niemanden etwas an!«

»Anna!« Djamal hob beschwörend die Hände. »Warum soll ich nicht darüber sprechen? Es ist unnormal, dass du dich beim Sex so abwehrend aufführst. Ich bin bestimmt ein rücksichtsvoller Mann und kein Brutalo. Oder gibt es etwas, was dich an mir abstößt? Ich dachte, wir lieben uns! Oder hast du einen anderen?«

»Verdammter Kerl!«, schrie sie, rannte in den Flur und riss ihre Jacke vom Garderobenhaken. Krachend fiel die Wohnungstür ins Schloss.

8

Die Rückfahrt vom Heim verlief schweigend. Ich hatte das Steuer übernommen und hing meinen Gedanken nach. Der Schneefall war stärker geworden.

Es gab Fragen, die ich stellen wollte. Stellen musste. Aber ich versagte es mir, sie zu diesem Zeitpunkt zu äußern. Wagners Fassade war heute ein großes Stück brüchiger geworden. Er hatte mir Einblicke in seine Inneres erlaubt wie nie zuvor. Ich musste aufpassen, ihn nicht zu überfordern. So wenig wie die Fühler einer Schnecke mit dem Finger durfte ich seine Empfindungen unachtsam berühren.

Das Gedicht! Dieses unfassbar schöne Gedicht, das für Wagner und seine Mutter eine so traurige Bewandtnis hatte. Wie war es in Elkes Hände gelangt?

»Du!«, sagte er, als wir Hamburg erreicht hatten und Richtung Innenstadt fuhren, »ich muss mal kurz in den Friedensweg. Kennst du den?«

»Nein.«

»Langelohstraße?«

»Das ist Nähe Elbchaussee, nicht wahr?«

»Genau.«

Was willst du in Nienstedten, Wagner? dachte ich. Da, wo die reichen Leute wohnen? Was machst du da? Da gehörst du nicht hin! Aber ich fragte und sagte nichts. Nicht nach diesen Stunden.

Ich verließ die Autobahn an der Abfahrt Bahrenfeld, von da ging's Richtung Westen, bis wir den Friedensweg erreichten. Der Schneefall hatte aufgehört, unter der weißen Schicht war es glatt.

»Halt hier mal!« sagte er. »Es dauert nicht lange.« Er stieg aus und ich fragte nicht. Ich fand einen Parkplatz und schaltete den Motor ab. Wagner schaute sich um und verschwand um eine Biegung.

Ich lehnte mich zurück und überlegte. Sein Vater war tot. Bei einer Wanderung von einem Berg abgestürzt. Elke Hollmann hatte ihn auf der Tour begleitet und mit ansehen müssen, wie er das Gleichgewicht verlor.

Nur ein Weniges noch,
um ein Weniges lasst uns höher hinauf.

Wagner konnte unmöglich dabei gewesen sein. Er war zwei Jahre alt, als es geschah. Wenn er auch sonst mit seinem Alter jonglierte – *das* glaubte ich ihm.

Wie er das Gedicht vorgetragen hatte! Er würde es seiner Mutter zu jedem ihrer »Geburtstage« vorlesen und es in- und auswendig kennen – trotzdem! Ich hatte einen Jungen mit einem breiten Barmbeker Slang kennen gelernt – heute durfte ich einen meisterhaften Lyrikvortrag desselben Menschen erleben. Wie war das möglich? Meine Unruhe stieg. Ich musste hinter das Geheimnis dieser widersprüchlichen Person kommen!

Ich sah auf die Uhr – fünf Minuten war er weg. Was machte er hier? Er gehörte auf den Kiez und nicht hierher. In diese noble Gegend. Hatte es etwas mit seiner Mutter zu tun?

Mit einem Lappen, den ich mir im Heim hatte geben lassen, reinigte ich notdürftig das Handschuhfach. Ein paar Meter voraus öffnete sich eine Gartenpforte. Eine junge Frau trat auf den Bürgersteig, drehte sich um und winkte energisch. Zögerlich folgte ihr ein kleiner Junge, vier, fünf Jahre alt. Die Frau – es war sicher seine Mutter – beugte sich zu ihm hinab und zeigte auf die offene Pforte. Der Junge schüttelte den Kopf. Sie griff ihn bei der Schulter und schalt ihn. Verstehen konnte ich durch die geschlossenen Fenster nichts. Sie ging weiter und er folgte ihr. Abrupt blieb sie stehen, drehte sich zu ihrem Sohn um und zeigte erneut auf die Gartenpforte. Der Kleine schüttelte wieder den Kopf, grinste und wollte sich an ihr vorbeidrücken. Sie packte ihn am Kragen, riss ihn herum und verpasste ihm eine Ohrfeige. Der Junge sah sie perplex an, hob die Hand an seine Wange und plärrte los. Die Mutter hastete zur Pforte und warf sie zu, dass der Schnee von den Latten stob.

»Kannst losfahren!« Während er sich in den Sitz warf, riss sich Wagner Lederhandschuhe von den Händen. Er warf sie in einen Stoffbeutel, den er zwischen seine Füße verstaute. »Nach Norden! Osdorf! Kennst du den Blomkamp? – Zeig ich dir! Fahr zu!«

Während ich anfuhr, sah ich die junge Frau mit dem Kind an der Hand die Straße hinaufgehen. Er hielt den Kopf gesenkt. Sie hielten an einer Bushaltestelle.

Wagner drehte sich um und sah in die Richtung, aus der er gekommen war. Mich überkam eine böse Ahnung. »Was hast du gemacht, Wagner?«, fragte ich ihn.

Er griff in die Jackentasche, holte ein Bündel Geldscheine hervor. Dem entnahm er einen Zehn-Euro-Schein, hielt ihn mir vor die Nase, öffnete das Handschuhfach und legte den Zehner hinein. »Ich bleib keinem was schuldig«, sagte er.

»Was hast du gemacht?«, wiederholte ich. »Woher ist das Geld?«

»Geht dich nichts an!«, brummte er.

»Handschuhe? Du hast es geklaut, nicht wahr? Wagner, hast du das Geld gestohlen?«

»Das merken die gar nicht.«

»Kerl, hast du sie noch alle? Du gehst hier am helllichten Tag klauen und missbrauchst mich als Komplizen! Ich steh für dich Schmiere!«

»Ich hätte dich nicht mitnehmen sollen! Ich hatte gleich so 'ne Ahnung!«

»Ahnung? Du hattest eine Ahnung? Ich habe so die Ahnung, dass wir sofort umkehren und du das Geld zurückbringst!«

»Zu spät!«, sagte er entschieden. »Die sind gleich wieder da.«

»*Die?* Wer sind *die?*«

»Mann, krieg dich ein! Die haben so viel Schotter, die können damit ihre Wände tapezieren.«

»Ach, so! Und da steigst du so einfach bei denen ein und … die Tasche! Was ist in der Tasche?«

»Paar Uhren. Gebrauchsschmuck. So was.«

»*Gebrauchsschmuck?* Was ist das denn?«

»Es gibt Gebrauchsschmuck und persönlichen Schmuck. So was wie Eheringe, Medaillons, geerbte Ketten und so. Die nehm ich nicht!«

»Tatsächlich? Lässt du liegen, ja? Große Ganovenehre, ja?« Instinktiv sah ich in den Rückspiegel. Nichts. »Was sind das für Leute? Kennst du die?«

»Die? Nee, bestimmt nicht! Das sind Juden.«

Ohne darüber nachgedacht zu haben, war ich Wagners Anweisung gefolgt und wir befanden uns kurz vor Osdorf. Sofort hielt ich auf dem Seitenstreifen. »Raus!«, sagte ich. »Raus mit dir!«

Er sah mich mit einem mitleidigen Blick an, ein geringschätziges Wagner-Grinsen folgte. Er bückte sich, nahm den Beutel, öffnete die Tür und sah nickend geradeaus. »Idiot!« Es war ein fast sanftes Flüstern. Er stieg aus, schulterte den Stoffbeutel und ging die Straße hinunter.

Ich trommelte mit den Fäusten auf das Steuer. Es konnte alles nicht wahr sein! Nach Minuten des Zögerns ließ ich den Wagen anrollen. Langsam holte ich ihn ein. Ich hatte trotz allem nicht die Absicht, ihn hier allein zu lassen. Obwohl er es verdient hatte! Ich sollte ihn in dieser Kälte allein und erfrieren lassen. – Nein! Ich musste endlich wissen, was mit dem Kerl los war. Als ich fast auf seiner Höhe war, fuhr ich das Seitenfenster herunter.

Wagner pfiff. Er pfiff eine Melodie, die ich kannte. Trotzdem musste ich einige Sekunden überlegen, woher. Dann fiel es mir ein.

Laut sang ich den Text zu dem alten plattdeutschen Lied.

An de Eck steiht 'n Jung mit 'n Tüddelband
in de anner Hand 'n Bodderbrood mit Kees,
wenn he blots nich mit de Been in 'n Tüddel kümmt
un dor liggt he ok all lang op de Nees.
Un he rasselt mit 'n Dassel op 'n Kantsteen
un he bitt sick ganz geheurig op de Tung,
as he opsteiht, seggt he: hett nich weeh doon,
ischa 'n Klacks för 'n Hamborger Jung.

Wagner fiel in den Refrain ein.

Jo, jo, jo, klaun, klaun, Äppel wüllt wi klaun,
ruck zuck övern Zaun,
Ein jeder aber kann dat nich,
denn he mutt ut Hamborg sien.

»Steig schon ein!«, rief ich.

»Hau ab!«, schimpfte er.

Ich rollte weiter neben ihm her. »Ich wette, du weißt nicht, von wem das Lied ist!«

Er zuckte die Achseln. »Weiß nicht! Udo Lindenberg? Keine Ahnung! Hast gewonn'n.«

»Willst du's wissen?«

Achselzucken.

»Steig ein!«

»Dann musst du schon mal anhalten!«

»Ich hab gedacht, du steigst besser beim Fahren ein«, sagte ich. »Halten wäre gefährlich! Wo wir doch auf der Flucht sind. Wieder mal!«

Er warf den Stoffbeutel in den Fond. Es klirrte und klimperte. Er stieg ein und knallte die Autotür zu. »Und? Erzähl!«

Ich drückte aufs Gaspedal. »Hast du schon mal vom Wolf-Trio gehört?«

»Nee.«

»Das waren drei Brüder, hier aus Hamburg, die als Komödianten unterwegs waren. Sie führten lustige Stücke auf und schrieben plattdeutsche Lieder. Später verließ einer von ihnen die Gruppe und die beiden anderen machten als Duo weiter. Unter den Nazis erhielten sie Auftrittsverbot. Die Namen habe ich im Einzelnen nicht mehr präsent, ich weiß nur noch, dass einer von ihnen James hieß. Sie hatten später Söhne, die ihre Arbeit fortsetzten.«

»Aha! Und?«

»Dieser James ist in einem KZ umgebracht worden. Nur weil er Jude war, Wagner! Sie alle hatten das Pech, Juden zu sein.«

»Wenn sie ständig vom Klauen singen, müssen sie sich nicht wundern!«

»*Sie* singen nur davon, mein Lieber!«

»Die haben das deutsche Volk beklaut!«

»Tatsächlich? War es nicht eher andersherum? Und du bist Robin Hood? – Was hast du eigentlich für ein Weltbild, Wagner? Du bist hochintelligent und kannst mir nicht erzählen, dass du zu jung bist, um Bescheid zu wissen. Du bist nicht dumm genug, um nicht zu wissen, dass Juden nur eine andere Religion und Farbige nur eine andere Hautfarbe haben als du. – Du hast vorhin ein Gedicht vorgelesen, so vorgelesen, dass mir beinahe die Tränen kamen.«

»Hu, hu, hu!«

»Ja, ich bin ein Mensch mit Gefühlen und sag das auch. Wenn

du deine Gefühle nur in Gedichte und Lieder legst und sie sonst nicht rauslassen kannst – von mir aus! – Ich mag dich, Wagner, und irgendwann knack ich dich! Irgendwann breche ich dich auf! Verlass dich drauf! – Hier ist der Blomkamp. Wohin jetzt?«

»Anderthalb Kilometer noch. Immer geradeaus. Dann kommt der Lise-Meitner-Park. Da kannst du mich rauslassen. Dann bist du mich endlich los!«

»Lise Meitner? War die nicht auch Jüdin? Du bist umzingelt von Juden, du Armer!«

»Sie hatte nur jüdische Eltern und ist zum Christentum konvertiert.«

Er wusste alles! Alles!

Nach ein paar hundert Metern sagte er: »Ich hab das gewusst.« Alles und noch mehr!

»Was?«

»Das mit den Brüdern. Ratte hat mir das erzählt.« Er grinste. »Der singt das Lied dauernd.«

»Ratte? Wer ist Ratte?«

»Der Mann, der meine Ausweise ausstellt. Ist aber nicht von 'ner Behörde.«

»Du meinst, der Typ, der dir Papiere fälscht. Wieso Ratte?«

»Eigentlich heißt er Ratkowski. Aaron Ratkowski.«

»Aaron? Er ist nicht zufällig Jude? Noch einer?«

»Ich weiß, was du meinst. Das ist ganz was anderes. Ratte ist mein Freund.«

»So, so, dein Freund! Du hast Freunde?«

Er lachte glucksend. Die Hände dirigierten ein weiteres Wolf-Lied.

»Dat sünn de Snuten un Poten, dat is'n fein Gericht,
Arfen un Bohn'n, wat Scheuneres gifft dat nich.
Spickool un Klüten un denn'n Köm dorto,
oh Kinners, Kinners, wat'n Eeten!
Lang man düchtich to!
Ha, ha! Das ist so geil!«

Ich schaute zu ihm hinüber. Er veränderte sich! Er taute auf! Er kam aus sich heraus! Ich kam mir geschmeichelt vor. Er wurde lockerer, und meine Gegenwart hatte eventuell damit zu tun. Nein, ganz gewiss sogar!

»Willst du ihn kennen lernen? Ratte?«, fragte er.

»Na und ob!«

»Gut! Ich muss sowieso kucken, ob er meinen Waffenschein fertig hat.«

Für einen Moment hatte ich Mühe, den Wagen auf der schneeglatten Straße zu halten. »Was für'n Ding??«

»Du schreibst Krimis. Du willst mir nicht erzählen …«

»Bengel, ich weiß, was ein Waffenschein ist! Was willst *du* Hosenmatz denn damit?«

Mit grimmigem Blick und heiserer Stimme imitierte er Marlon Brando in *Der Pate*: »Ragazzo, das Leben auf Hamburgs Straßen ist sehr, sehr gefährlich! Besonders für Hosenmätze! Schau, Amico, da vorn ist es.« Seine Stimme nahm wieder Wagner-Färbung an. »Warte fünf Minuten.« Er nahm den Beutel, sah sich um und ging Richtung Park.

»Gib mir zehn, damit ich mich von dir erholen kann.«

Aaron Ratkowski sah uns mit wachen Augen über die Gläser seiner randlosen Brille an. Ein dünner Kranz grauer, lockiger Haare wand sich um einen ungewöhnlich großen Kopf, der im starken Kontrast zu seiner zierlichen Figur stand. Er hatte die Angewohnheit, mit den Handflächen über die Brust zu fahren, so als müsste er sie ständig sauber wischen.

»Sieht gut aus, Ratte!« Wagner betrachtete das gefälschte Dokument unter einer Neonleuchte. »Hast du die anderen Papiere auch schon fertig?«

»Hier, mein Junge! Waffenbesitzkarte, Bescheinigung der Zuverlässigkeitsüberprüfung, Haftpflichtver…«

»Moment, Moment!« Ich musste lachen. »Ich habe jahrelang über so was recherchiert. Keine Privatperson außer Werttransportunternehmer, Sportschützen und Jäger bekommt einen Waffenschein. Was machst du, Wagner, wenn du wirklich mal kontrolliert wirst? Von *echten* Polizisten, meine ich.«

Ratkowski antwortete für ihn. »Das passiert so gut wie nie, Herr Sagnier! Und wenn es passiert, dann funktioniert es! Das können Sie mir getrost glauben, ich mach das schon ein paar Jährchen.

Es funktioniert immer! Kein Beamter, keine Behörde interessiert sich dafür, ob du eine scharfe Waffe trägst. Du musst nur einen Wisch in den Händen haben. Das war schon immer so!«

»Warum? Wir sind nicht in den USA.«

»Nein, aber solche Leute wünschen sich, wir hätten dieselben Verhältnisse. Hier auf dem Kiez trägt jeder Zweite eine Pistole. Ich komme mit den Papieren gar nicht nach! Die Polizei kontrolliert und weiß, dass die Dinger gefälscht sind. Sie sagt sich: Ganoven, die sich gegenseitig umlegen, verstopfen keine Gefängnisse. Das ist billiger!«

»Herr Ratkowski, Deutschland hat ein sehr strenges Waffengesetz! Und andere strenge Gesetze. Das hat mit bitteren Erfahrungen der Vergangenheit zu tun. Gerade *Sie* sollten wissen, warum das so ist!«

Der alte Mann lächelte. »Sie haben recht, junger Mann. Theoretisch. Aber – glauben Sie es mir: Die Praxis sieht leider ganz anders aus.«

»Leider? Sie scheinen gut davon zu leben.«

»Nu! Ich kann nichts anderes. Ich habe das Fälschen gelernt. Mein Vater war Fälscher und hat es mir beigebracht. Er hat es gemacht, um zu überleben. Und ich werde auch nicht reich davon.«

Ein Klingeln unterbrach uns. Wagner sprach ein paar Worte in sein Smartphone und schaute dann missmutig auf das Display. »Aaron, mein Akku ist leer und ich muss echt nötig telefonieren …«

»Du weißt ja, wo es steht.« Ratkowski deutete mit dem Daumen auf eine Tür. Wagner ging in einen kleinen, unaufgeräumten Raum, der wohl das Büro darstellen sollte und schloss die Tür hinter sich.

»Nein, nein!« Ratkowski nahm den Faden wieder auf. »Ich bin jetzt achtundsiebzig und habe …«

»Achtundsiebzig? Donnerwetter! Sie haben sich gut gehalten.«

»Danke!«, lachte er. »Manchmal frage ich mich, ob ich noch mein Original bin oder ob ich mich selbst nicht auch schon nachgemacht habe. – Ich wollte sagen, dass ich von meiner Arbeit nicht vermögend geworden bin. Das liegt daran, dass ich von der altmodischen Sorte bin. Heute gibt es immer mehr Dokumente, die digital hergestellt werden. Habe ich mal gemacht, mache ich nicht mehr. Einfach zu aufwändig und zu teuer. Nur noch in Ausnahmefällen.« Er zeigte auf die Tür, hinter der ich Wagner gedämpft sprechen hörte.

»Sie fertigen also nur herkömmliche Ausweise an.«

»Richtig! Waffenscheine zählen dazu. Neue Führerscheine hingegen, neue Ausweise … alles passé. Handschriften dagegen mache ich noch viel. – Brauchen Sie vielleicht einen Presseausweis? Oder einen Pulitzer-Preis? Das wäre ein Klacks!«

»Im Moment nicht, danke! – Mit Verlaub – ist das keine gefährliche Arbeit?«

»Gefährlich?« Er sah mich ungläubig an. »Soll ich Ihnen sagen, was gefährlich war? – Ich habe als kleiner Bub im Warschauer Ghetto gelebt. Bis zum Aufstand 1943, als das ganze Viertel von den Nazis zerstört wurde. Wir bekamen damals weniger zu essen als die Hunde. Um jedenfalls *etwas* zwischen die Rippen zu kriegen, besorgten wir Lebensmittel von außerhalb des Ghettos. Das, Herr Sagnier, war gefährlich! Denn diese Arbeit wurde von Kindern gemacht! Nur die Kleinsten kamen durch die Abflusskanäle, die unter den Mauern hindurchliefen. Nicht nur wegen meines Namens hat man mich schon immer Ratte genannt. Wir waren wie Ratten! Wie Kanalratten! Klein und dünn!« Er zeigte wieder zur Bürotür. »So dünn wie er. – Wissen Sie, warum ich diesen Jungen so mag? Er ist wie ein Ghetto-Kind. Verletzlich, misstrauisch, scheu, ängstlich.«

»Ängstlich? Wagner?«

»Gemach, Herr Sagnier! Es wäre falsch, nach seiner Schale zu urteilen. Schauen Sie in seine Augen! Es sind die Augen eines Kindes, das viel, das viel zu viel gesehen und erlebt hat. Ich habe … er redet nicht, oder kaum, aber er hat Schlimmes durchgemacht. Etwas ganz Furchtbares! Wenn ich nur wüsste, was es ist. Aber er ist wie die Kinder in Warschau damals. Die haben auch nicht darüber gesprochen und sprechen heute nicht darüber.«

»Was ich nicht verstehe, Herr Ratkowski: Sie wissen, wie Wagner zu Juden im Allgemeinen steht?«

Er nickte. »Ein weiteres unergründliches Geheimnis um den Buben. Aber – mich lässt er seine Ablehnung nicht spüren. Auch wenn wir uns alle Naslang in die Haare kriegen.«

»Das stelle ich mir schwierig vor.«

»Ist es. Und so widersprüchlich! Wagner ist kein Leugner des Holocaust, das nicht. Er sagt aber: Was für Idioten waren die Juden! Warum haben sie sich nicht bewaffnet und gewehrt? *Das wäre so leicht gewesen!* sagt er. *Das wäre so leicht gewesen!* – Nein, recht schlau werde ich aus dem Buben nicht. – Aber ... wer weiß, vielleicht hat er nicht unrecht.«

»Ich bitte Sie, das ist Quatsch, was er sagt! Und das wissen *Sie* am besten!«

Ratkowski zuckte die Achseln. »Ich weiß nicht! Hätten wir uns rechtzeitig gewehrt ...«

Ich ließ seine Bemerkung auf sich beruhen und sah zu, wie er die gefälschten Dokumente sorgfältig in eine Mappe steckte, wobei er zuvor mit den Handflächen über die Brust fuhr. »Eine Frage habe ich noch, Herr Ratkowski. Wir waren heute Nachmittag zu Besuch bei Wagners Mutter. Sie ... sie hat den Tod ihres Mannes wohl nicht verkraftet. Wissen Sie, was damals auf dieser Bergwanderung genau passiert ist?«

»Das tut mir leid. Auch das ist eines der Themen, über die er nicht gern spricht. Ich weiß sicher nicht mehr als Sie.«

»Der Tod seines Vaters muss dem Jungen sehr nahe gegangen sein. Später, meine ich, weil damals war er ja erst zwei.«

»Ja! Und Robert Hollmann hat ihn sehr geliebt. So wie ein richtiger Vater.«

»Ein richtiger ... wie meinen Sie das?«

»Oh! Das wissen Sie nicht? Robert Hollmann war nicht Wagners leiblicher Vater.«

9

Hamburg. Donnerstag, 7. März 2013

Auch wenn Katja nicht begeistert war – Wagner kam jetzt öfter ins Haus.

Die Mischung aus Unverfrorenheit und Nonchalance, die er aufbot, ging meiner Frau anfangs höllisch auf die Nerven. Ich hingegen war hingerissen von der unbekümmerten Art des Jungen, zumal er sich hütete, Katja über die Maßen zu reizen. Er war ein Meister in der Kunst, das Florett so zu führen, dass beim Gegner keine tieferen Verletzungen entstanden.

Zudem konnte er charmant sein. Ich ertappte meine Frau dann und wann bei einem versteckten Lächeln auf den Lippen, wenn er ihr ungelenke Komplimente machte. Sie machte sich kaum die Mühe, mit Wagner zu kommunizieren, denn ihre Worte prallten an seiner Schweigsamkeit ab wie Hagelkörner von einem Blechdach. Seine kurzen, schlagfertigen Bemerkungen waren es, die bei ihr für Heiterkeit sorgten (besonders, wenn er mich aufs Korn nahm).

Die rassistischen Äußerungen des Jungen, die meine Frau noch mehr ärgerten als mich, hatten meinen Ehrgeiz verstärkt, der Ursache auf den Grund zu gehen. Meiner festen Überzeugung nach war Wagner viel zu gescheit, die Widersprüche in seinen Thesen nicht wahrzunehmen. Gern hätte ich seine Sprüche auf sein jugendliches Alter geschoben, aber seine Argumente waren zu breit gefächert, als dass sie auf bloßes Nachplappern zurückzuführen gewesen wären.

Am Nachmittag dieses Tages hatten mich seine verbalen Ausfälle gegen Ausländer so weit in Rage gebracht, dass ich kurz davor war, Wagner hinauszuwerfen.

Ausgerechnet Katja glättete die Wogen. »Ich muss euch mal eben stören, ihr Streithähne. – Tom, Franziska war gerade am Telefon. Sie hat zwei Konzertkarten für morgen Abend. In der Musikhalle spielt das NDR Sinfonieorchester Stücke von Berg und Bruckner. Sie hat die Karten von ihrem Chef geschenkt bekommen – wegen besonders guter Leistungen.« Katja grinste. »Auf welchem Gebiet, hat sie mir nicht verraten. Jedenfalls – sie ist an dem Abend verhindert und fragt, ob wir vielleicht …«

»Berg? Na ja. Aber Bruckner? Wunderbar! – Wer ist der Dirigent?«

»Kennst du einen Werner Assauer?«

»Aber Katja! Natürlich!«

Werner Assauer. Ich ließ meine Frau staunend Anteil nehmen an meinem reichhaltigen Wissensschatz, Abteilung klassische Musik. Was ich ihr dabei nicht beichtete, war die Tatsache, dass ich mir dieses Wissen drei Wochen zuvor auf einer dieser überaus langweiligen Zugfahrten zu einer noch belangloseren Lesung angeeignet hatte.

Wenn ich mich recht erinnere, war ich auf dem Weg nach irgendwo in Bayern. Im Gepäcknetz fand ich einen dieser mitteilungsstrotzenden papiernen Zugbegleiter. Ich hatte wie stets keine Lust, mich auf die Veranstaltung, die zu meinem späteren Erschrecken in einer Turnhalle stattfand, einzustimmen und blätterte zerstreut durch das Magazin.

Ein Artikel über einen bekannten Dirigenten mit zweitem Wohnsitz in Hamburg weckte mein Interesse. Er sei gerade auf einer seiner seltenen Gastspielreisen quer durch Europa und würde auch seine Geburtsstadt an der Elbe besuchen.

Vermutlich war es mehr das Bild einer blutjungen Asiatin gewesen, das meine Aufmerksamkeit in Anspruch nahm. Sie reiste in Begleitung des deutschen Orchesterleiters.

Meine Uhr teilte mir mit, dass sie die Zeiger bis zu meiner Ankunft noch ein paarmal um den Parcours jagen würde und so vertiefte ich mich in den Bericht.

Werner Assauer, vormals Musikdirektor des Malaysian Philharmonic Orchestra in Kuala Lumpur. Danach Generalmusikdirektor in Aarhus. Wirkte entscheidend an der Konzeption des neuen Musikhauses mit, das 2007 eröffnet wurde. Gastdirigent in Mailand, New York, Sydney. Drei Jahre bei den Wagner-Festspielen in Bayreuth, wo er den Ring inszenierte. Einige Male Teilnehmer am Schleswig-Holstein Musik Festival. Professor für Musikwissenschaft an der Hochschule für Musik und Theater Hamburg. Träger des Bundesverdienstkreuzes.

Assauer galt, vergleichbar Sergiu Celibidache, als Tyrann am Pult. Gleich diesem hatte er sich oft und gern mit den Musikkritikern befehdet. Und wie der rumänische Stardirigent verehrte Assauer Anton Bruckner, dessen Werke er fast ständig im Programm hatte. Und wie Celibidache wurde er von seinen Musikern für die außergewöhnliche Art geschätzt, altehrwürdigen Kompositionen neues Leben einzuhauchen und das Publikum in seinen Bann zu ziehen.

Werner Assauer hatte sich bis auf wenige Gastspiele zur Ruhe gesetzt. Trotzdem wundere es mich, sagte ich vielleicht eine Spur zu herablassend, dass er meiner sonst so gescheiten Frau kein Begriff sei.

»Nie von ihm gehört«, gestand sie stirnrunzelnd. Dann hellte sich ihre Miene auf. »Aber die Violinsolistin ist mir ein Begriff. Liu Yi.«

Liu Yi. Das Puppengesicht. Der neue Stern am Klassikhimmel. War von Taiwan in die USA übergesiedelt. Spielte CDs mit Stücken diverser klassischer und zeitgenössischer Komponisten ein und verkaufte sie zu Millionen.

»Auch sie gehört zweifellos nicht zu den Unbekannten«, lächelte ich gönnerhaft. »Anne Sophie Mutter gehört zu ihren Fans.«

Geknickt schaute Katja mich an. »Sind übrigens Spitzenplätze. Zweite Reihe.«

»Kann ich mitkommen?« Erstaunt sahen wir in die Richtung Wagners.

»Du?«, sagte Katja verblüfft. Er nickte.

»Was willst du denn auf einem Klassikkonzert?«, fragte ich. »Hast du schon mal ein Stück von Alban Berg gehört? Das ist Zwölftonmusik. Sehr anstrengend. Und bestimmt nicht die Mucke, die du so hörst. Hip-Hop hat nur zwei Töne. Höchstens.«

»Wenn du meinst.«

»Hör mal, Bursche!« Katja sah Wagner mit zusammengekniffenen Augen an und runzelte die Stirn. »Wenn das wieder einer deiner Späße sein soll …«

Wagner schüttelte den Kopf. »Ich will einfach mitkommen.«

Katja zuckte die Schultern. »Ich habe aber nur zwei Karten.«

»Kein Problem.«

»Hör zu, Wagner!«, sagte ich. »In die Musikhalle kommst du nur mit einer Karte, einer Eintrittskarte. Ich hoffe, der Begriff ist dir geläufig. Oder lässt du die auch schon fälschen?«

Knappes Wagner-Grinsen. Kopfschütteln. »Ich komm da rein. Kein Ding.«

»Na, vielleicht bekommen wir ja noch eine Karte am Eingang. – Wie immer du da hineinkommen willst«, rümpfte Katja die Nase, »so jedenfalls nicht!« Sie zeigte auf sein verschlissenes Hemd.

»Komm mal mit!« Wagner sah mich erstaunt an. Ich grinste zurück, weil ich mir lebhaft vorstellen konnte, was ihn erwartete. Aber warum sollte er es besser haben als ich?

»Wow!« Ich staunte nicht schlecht, als Katja zusammen mit einem völlig veränderten Wagner zurück ins Wohnzimmer kam. Mein dunkelblauer Anzug war zwar etwas weit für seine schlaksige Figur, aber vor mir stand jetzt zweifellos ein adretter junger Mann.

»Nicht wahr?«, strahlte Katja. Zum ersten Mal erblickte ich einen verschämt dreinschauenden Wagner, in dessen Unbehagen sich aber doch eine klammheimliche Freude an der Metamorphose mischte. Das alte Lied: Kleider machen Leute.

»Steht dir wirklich gut«, sagte ich ehrlich.

»Ich werd' mich erstmal wieder ordentlich anziehen«, flüsterte er, und wir ahnten, dass ihm das vielleicht schwerfallen könnte.

»Wie hast du ihn so weit gebracht?«, fragte ich Katja flüsternd, als Wagner wieder im Umkleidezimmer war.

Sie lächelte weich. »Du hättest ihn sehen sollen! Ich habe gedacht, ein kleines Kind steht vor mir. Inzwischen bin ich bereit zu glauben, dass er dreizehn ist. Jedenfalls nicht viel älter.« Ihr Gesicht wurde wieder ernst. »Um sicher zu gehen, habe ich einen Trick angewendet, der das wahre Alter eines Jungen verrät.«

»Einen Trick?«

»Ja. Ganz einfach. Man muss seine Eichel zwischen zwei Finger nehmen …«

»Was hast du??«

»… dreimal ganz leicht drücken …«

»Katja! Du hast nicht wirklich …«

»… und wenn man beim dritten Mal Widerstand spürt, ist er vierzehn.« Sie sah in mein entgeistertes Gesicht und lachte, bis sich ihre Wangen puterrot färbten.

»Du unverschämte …«

»Jetzt müsstest du dein Gesicht sehen!« Wieder prustete sie los. »Du hast das wirklich geglaubt, ja? Herrlich!«

Ich fiel in ihr Lachen ein. »Quatsch! Nicht eine Sekunde habe ich das geglaubt.«

Sie räusperte sich und sah den Flur hinab zur Tür des Umkleidezimmers, in dem Wagner sich ziemlich viel Zeit nahm. »Da müsstest du dir auch keine Sorgen machen. Schon wenn ich ihn leicht berührt habe, nur eine Hemdfalte glätten wollte, ist er zurückgezuckt und sah total verängstigt aus. Nicht mal aggressiv, nur voller Angst. Was ist mit dem Jungen los?«

Kein tosender, aber respektvoller Applaus empfing Assauer, als er kerzengerade das Dirigentenpult in der Musikhalle erklomm. Die Haltung sprach seinen siebzig Jahren Hohn.

Nachdem er den ersten Geigern die Hand gegeben hatte, verbeugte er sich kurz ins Publikum. Seine Miene war herrisch, er wirkte überheblich. Zu einem Frack trug er ein strahlend weißes Halstuch. Das gewellte Haar ließ eine breite Stirn frei, der kantige Schädel lief in ein kräftiges Kinn aus. Sein Blick schweifte durch den Saal, und ich hatte den Eindruck, er prüfe, ob auch jeder Platz besetzt war und ihn nicht irgendjemand durch seine Abwesenheit brüskierte.

Das Orchester begann mit Bruckners Sinfonie Nr. 4 Es-Dur. Das Horn setzte leise ein, Assauer bewegte kaum den Taktstock. Ich sah nach links und rechts und, wie ich es erwartet hatte, war kein Wagner in Sicht. Katja lächelte mir zu. Auch sie hatte mit nichts anderem gerechnet. Ich gab mich der wunderbaren Musik hin, die Assauer mit hoch erhobenem Haupt und sparsamen Bewegungen dirigierte.

In der kurzen Pause nach dem ersten Satz schaute ich mich im Saal um, und mein Blick fiel auf die oberen Ränge. An einen Pfeiler gelehnt stand Wagner und sah zu uns herab. Er hob kurz die Hand zum Gruß. Ich stieß Katja an, die zurückwinkte.

»Wie er das nur geschafft hat«, staunte sie. Eine betagte Dame neben ihr herrschte: »Pscht!« Sie trug ein albernes, grünes bodenlanges Kleid mit mächtigen Rüschen um ihren faltigen Hals. Ihr protziges Geschmeide hatte sie sicher für diesen Abend noch einmal aufpoliert. Der winzig kleine Mann neben ihr schien sich in seinem Smoking unwohl zu fühlen. Sein Zeigefinger versuchte durch Zerren an der Fliege ihm die notwendige Atemluft zu verschaffen. Er machte keinen glücklichen Eindruck.

Nach knapp anderthalb Stunden endete der erste Teil des Konzerts, und das Publikum feierte Orchester und Dirigent frenetisch. Im Stillen dankte ich Franziska und ihrem Chef, was immer sie gerade taten. Diesen Abend hätte ich nicht missen wollen.

In der großen Pause gingen wir ins Foyer, wo wir eine Arbeitskollegin Katjas und deren Mann trafen. Bei einem Glas Sekt plauderten wir über die großartige Darbietung.

Plötzlich tippte mir Katja auf die Schulter. Sie wies auf einen

Stehtisch ein paar Meter weiter. Dort stand die grün gewandete Sitznachbarin meiner Frau und ihr missmutiger Zwerg, der wieder mit der Fliege kämpfte. Aber das war es nicht, was Katjas Aufmerksamkeit erregt hatte. Eine dritte Person unterhielt sich mit den beiden – Wagner! Ich tauschte einen Blick mit Katja, sie zuckte die Achseln.

Wagner schien großen Eindruck auf das Paar zu machen. Sie unterhielten sich angeregt. Er machte wirklich eine gute Figur in meinem Anzug, es fiel kaum auf, dass er ihm etwas zu viel Arm- und Beinfreiheit bot. Das Glas Sekt, das sie ihm offenbar angeboten hatten, hielt Wagner brav halb geleert in der Hand und hatte es noch nicht, wie anzunehmen, in einem Zug hinuntergestürzt.

Als wir nach der Pause unsere Plätze wieder eingenommen hatten, lernten wir Frau Grün und Herrn Fliege von einer ganz neuen Seite kennen. Sie tuschelten mit hochroten Köpfen miteinander und verfielen zunehmend in albernes Gekicher.

Werner Assauer und das Orchester stimmten sich jetzt auf Bergs Violinkonzert *Dem Andenken eines Engels* ein, das er anlässlich des Todes der neunzehnjährigen, überraschend an Kinderlähmung gestorbenen Manon Gropius verfasst hatte. Sie war die Tochter des Architekten Walter Gropius aus seiner Ehe mit Alma Mahler-Werfels gewesen und ihr Tod hatte den Komponisten zutiefst erschüttert. (Wenn man nicht gerade mit der Deutschen Bahn unterwegs ist, helfen Programmblätter.)

Da mich die Zwölftonmusik Bergs nicht begeisterte, konzentrierte sich mein Interesse auf das Treiben an Katjas Seite. Immer hemmungsloser wurde das Kichern der alten Herrschaften und viele Köpfe in den umliegenden Reihen wandten sich ihnen zu.

Dann betrat Liu Yi die Bühne, freundlich begrüßt vom Publikum, geradezu enthusiastisch von unseren Nachbarn.

Jetzt war auch Werner Assauer auf das Paar aufmerksam geworden. Er sah mit strengem Blick auf die beiden herab. Nach einiger Zeit wurde ihnen klar, dass sie im Mittelpunkt des Interesses standen, was sie nicht davon abhielt, weiter zu gackern. Empörte Blicke trafen sie, einige Leute allerdings lachten jetzt mit ihnen um die Wette.

»Unterstehen Sie sich, mein Konzert zu einer Komödie zu machen! Disziplinloses Pack!«, donnerte Assauer von der Bühne, die beiden Alten mit seinem Taktstock bedrohend. »Hinaus, oder ich werde den Abend beenden!« Dann sah er wütend in die Tiefen der Bühne. »Hallo! Hört mich da jemand? Entfernen Sie diese impertinenten Personen, oder ich verlasse auf der Stelle das Pult!« Die angesprochenen Personen brachen jetzt in schallendes Gelächter aus.

Mir war klar, dass Wagner hinter dieser Inszenierung steckte. Was hatte er ihnen in den Sekt getan? Jedenfalls etwas, das den von ihm gewünschten Erfolg erzielte.

Die Zuschauer hatten nun genug von der lustigen Darbietung in ihrer Nähe. Der Hanseat, dachte ich, nimmt gern teil an Unvorhergesehenem, solange es nicht den Rahmen sprengt. Und dieses betagte Pärchen nun war zweifellos originell, aber nicht auf Dauer. Man zahlte nicht für ein kulturelles Angebot, das man so nicht erwartet hatte.

Und so gaben Frau Grün und Herr Fliege den Protesten, die auf sie hinabhagelten, nach und drängten sich, leicht schwankend, aus ihrer Reihe. Assauer sah ihnen wütend nach und drehte sich, nachdem wieder Ruhe eingekehrt war, wortlos zu seinem Orchester.

Liu Yi hatte die Ereignisse mit amüsierten Blicken verfolgt, setzte jetzt ihre Violine an die Schulter und erwartete die Anordnungen des Maestros. Sie nahm wohl noch vor uns wahr, dass einer der beiden leer gewordenen Plätze von einer Person eingenommen wurde, die vorher aus größerer Entfernung auf die Bühne geschaut hatte.

Mit unbewegter Miene blickte Wagner auf die junge Taiwanesin, drehte dann den Kopf Richtung Assauer und bohrte seinen Blick in dessen Rücken. Ich sah, dass sich die Mundwinkel herabzogen und die tiefliegenden Augen sich zu schmalen Schlitzen formten.

»Und? Es war sicher nicht so sehr nach deinem Geschmack, oder?« Katja drehte sich im Beifahrersitz nach hinten und lächelte. »Aber warte nur ab. Du bist noch jung und wer sagt, dass du nicht in einigen Jahren …«

»Stimmt!«, kam es aus dem Fond. »War echt nicht doll! Die

Kleine hat kein Gefühl für die Musik. Zu mechanisch, antrainiert, kein Leben.« Mein kurzer Blick in den Rückspiegel fiel in ein Gesicht, das die übliche Wagner-Maske ablegte. Seine tiefliegenden Augen signalisierten Aufmerksamkeit, aufrichtiges Interesse. Im Unterschied dazu blieb die Stimme allerdings eintönig. »Ihr Bogenstrich war lausig! So sägt man 'ne Sperrholzplatte durch.«

Uns verschlug es die Sprache. »Nun hör sich einer den Hosenmatz an!«, rief Katja, die sich als Erste wieder fing. »Mein lieber Schwan! Du hast ja die ganz große Ahnung! Ha, ha! Alle Welt genießt ihr virtuoses Spiel, nur Herr Wagner Hollmann hat künstlerische Bedenken! Großartig!«

»Ansichten können verschieden sein«, schnarrte es zurück.

Donnerwetter! dachte ich. Wagner als Diplomat! Erlebt man nicht so oft.

»Ich hab's ja gleich gewusst, junger Mann«, sagte Katja. »Du bist nur mitgekommen, um deinen Spaß zu haben, nicht wahr? Womit hast du eigentlich die beiden Alten so abgefüllt?«

Die Antwort vom Rücksitz ließ auf sich warten, kam dann aber mit überraschender Wucht. »Er muss das doch gehört haben! Warum hat er sie nicht zurechtgewiesen? Warum nicht?«

Ich tauschte mit Katja einen Blick und sie sagte: »Aber das hat er doch! Laut und deutlich hat er die beiden abgekanzelt. – Ach so, ja! Das konntest du nicht hören. Du warst gerade auf dem Weg durch die Garderobengänge.«

Wagner sagte nichts mehr. Der Rest der Fahrt verlief in Schweigen.

»Hör dir das mal an, Tom!« Am nächsten Morgen kam Katja in mein Arbeitszimmer gestürzt, wobei sie mit dem *Hamburger Abendblatt* wedelte. »Du wirst es nicht glauben!«

»Moment, bitte! … *riss der unheimliche Mörder Adalbert Koslowski seinem Opfer die Augen heraus und warf sie mit hämischem Gelächter nach dem heranstürmenden Kommissar Fröhlich. Dann …* ach, jetzt hast du mich rausgebracht!«

Sie kicherte. »Entschuldigung! Ich weiß, ich sollte nicht so hereinplatzen. Aber es ist wichtig!«

Sie setzte sich auf die Couch und setzte ihre Lesebrille auf die Nasenspitze.

»Hör zu! Äh … bla, bla, bla … hier! … *wirkte die junge Künstlerin, die mit großen Vorschusslorbeeren angereist war, seltsam uninspiriert. Ihr Spiel klang hölzern, farblos, bar jeglichem Feuer. Von einem aufstrebenden Star der Szene hätte man mehr erwarten dürfen. Das glänzend aufgelegte Orchester unter der hervorragenden Leitung des Dirigenten Werner Assauer vermochte die glanzlose, fahrige Darbietung Liu Yis auch unter größten Mühen nicht zu überdecken. Die junge Dame dürfte erleichtert gewesen sein, auf ein nachsichtiges Hamburger Publikum zu treffen, das ihr diesen Ausrutscher – denn als solchen muss man den gestrigen Auftritt Liu Yis wohl charakterisieren – verzieh. – Vielleicht wurde sie auch durch einen lauten Tumult in den ersten Reihen um die Konzentration gebracht.* – Und so weiter, und so fort.« Katja sah mich über den Rand ihrer Brille an. »Was sagst du nun?«

»Ich muss ehrlich gestehen, dass ich nicht so genau zugehört habe. Du weißt ja, Berg und ich …«

»Ach komm! Keine Ausreden! – Tom, wir sind beide keine Experten. Aber wieso kann Wagner …?«

»Er hat sicher beim Rausgehen eine Bemerkung aufgeschnappt.«

Katja nahm die Brille ab und überlegte. »Soll ich dir was sagen? Seine Bemerkung über die *Zurechtweisung* galt nicht den beiden Alten. Sie galt Assauer im Hinblick auf Liu Yi! – Und überhaupt! Wie kommt er auf *zurechtweisen*? Das passt nicht in den Wortschatz eines Dreizehnjährigen! Schon gar nicht in Wagners. In seinem Duden steht an der Stelle eher *zusammenfalten* oder so was.«

»Klingt einleuchtend. *Er muss das gehört haben. Er!* Nicht *der Dirigent* oder *Assauer*. Nein, *er!* Das klingt sehr persönlich, wenn du mich fragst.«

»Wagner ist inzwischen Dauergast in unserem Haus, und du weißt rein gar nichts über den Jungen.«

»Stimmt! Das muss sich ändern! Warum wollte er in der zweiten Reihe sitzen? Direkt vor der Bühne? Das hatte nichts mit uns zu tun! Es gibt irgendwas, das Wagner mit Assauer verbindet.«

Katja nickte, stand auf und ging zur Tür. »Sprich mit ihm, Tom. Zu dir hat er Vertrauen. – Und?«, fragte sie über die Schulter. »Hat er ihn getroffen?«

»Äh … getroffen? Wen meinst du?«

»Na, Koslowski! Hat er Fröhlich getroffen? Mit den Augen?«

»Ich liebe dich, mein Schatz!«

10

Aarhus. Mittwoch, 9. September 2015

Um neun Uhr zwanzig landete meine Maschine in Tegel. Anna empfing mich am Gateway. Sie wirkte angespannt und blieb während der Wartezeit auf dem Flughafen einsilbig. Sie schien immer noch wütend auf Djamal zu sein.

Wir nahmen einen Anschlussflug mit Air Berlin, auf dem sich an Annas Verhalten wenig änderte, und erreichten Billund um die Mittagszeit. Ich mietete bei Avis einen Wagen und für die restlichen hundert Kilometer nach Aarhus plante ich anderthalb Stunden ein.

Im Autoradio lief auf einem dänischen Sender *Wuthering Heights* von Kate Bush.

Ich liebte dieses Lied, die hohe, kindlich-süße Stimme der damals noch blutjungen Sängerin. Den gleichnamigen Roman von Emily Brontë, dem das Lied zugrunde liegt, hatte ich wohl ein halbes Dutzend Mal gelesen, nicht, um mich für meine Arbeit inspirieren zu lassen, sondern um mich davon zu *befreien!* Zu befreien vom immer gleichen mörderischen Sing-Sang aus den finstersten Ecken Hamburgs, seinen kaputten Typen, seinen schmierigen Zuhältern, seinen korrupten Senatsbeamten. Und auch wenn ich nicht zu den leidenschaftlichsten Lesern von Gesellschaftsromanen gehörte – ich genoss die Sprache Brontës, folgte der Story in ihre tiefsten Verästelungen und erfreute mich an den anschaulichen Beschreibungen der windgepeitschten Anhöhen von Yorkshire.

Heathcliff, it's me, Cathy.
I've come home, I'm so cold!
Let me in-a-your window.

Die Geschichte der Familien Earnshaw und Linton, dem Findelkind Heathcliff und seiner vergeblichen Liebe zu seiner Halbschwester Catherine …

Überrascht sah ich zu Anna, die aus dem Sitz vorschnellte und das Radio ausschaltete. Schweigend lehnte sie sich zurück. Ich sagte nichts und die nächsten Kilometer verliefen nahezu wortlos.

»Es war damals ein Schock für mich,« brach sie schließlich die Stille, »als Mutter mir beichtete, wer Wagners leiblicher Vater war. Später, als ich darüber nachdachte, schien es mir logisch. Sein Vorname, sein frühes Interesse an klassischer Musik, seine Begabung … Assauer hat ihm im Alter von vier Jahren seine erste Geige besorgt und die folgte Wagner überall hin. Wenn er bei den Großeltern auf dem Bauernhof war, saß er stundenlang auf einem Strohhaufen und spielte. Schon ein Jahr später hatte er Stücke von Mozart, Schubert und Vivaldi im Programm – und wie!«

Ich hatte Anna während unser letzten Begegnung gefragt, ob Assauer Wagners Vater wäre und warum sie mir nie etwas gesagt hätte. Katja war es damals Tage nach dem Konzert gewesen, die die Verbindung zwischen Assauer und Wagner in diese Richtung gedacht hatte. Wie Ratkowski hatte auch Wagner selbst nichts preisgegeben.

Anna schien ehrlich überrascht gewesen. »Habe ich nicht?« Meinen Verdacht, es sei ihr irgendwie peinlich, wischte sie schnell vom Tisch. »Es ist nur so, Tom, dass ich keinen guten Kontakt zu Werner habe und nicht gern über ihn spreche. Nur das.« Sie lachte geringschätzig. »*Peinlich* ist es eher Assauer. Hat alles unternommen, seinen Seitensprung nicht bekannt werden zu lassen.«

»Das ist ihm gut gelungen!«, sagte ich. »In der ganzen Zeit damals habe ich nie erfahren, wer Wagners Vater wirklich ist.«

»Mein Bruder selbst hat auch nichts gesagt. Ich weiß.«

Wir hatten einen Besuch bei Assauer mit ihm verabredet, »… wenn er mich denn empfangen will«, sagte Anna skeptisch.

Und ob er wollte!

»Er schien sogar erfreut.« Sie klang nicht überrascht. »Ich weiß nur nicht, ob ich ihn gern wiedersehen will.«

»Ach!«, sagte ich. »Wenn wir Wagners Leben wirklich auf die Spur kommen wollen, gehört sein Vater dazu.«

Nach kurzem Zögern pflichtete sie mir bei. »Aber freuen tut's mich nicht!«, sagte sie entschieden.

Wir folgten dem *Aarhus Syd Motorvejen*, bogen auf den *Marselis Boulevard* und erreichten den *Strandvejen*, auf dem wir uns Richtung Süden hielten. Bevor wir in den mondänen Teil von Aarhus eintauchten, bestaunte ich die herausgeputzte City mit ihren geschäftigen Passagen, sauberen Plätzen, den vollbesetzten Cafés. Mein Eindruck verstärkte sich noch, als wir ins prachtvolle *Marselisborg* kamen, wo die Betuchten der Stadt wohnten. Entlang dem *Strandvejen* reihte sich Villa an Villa.

Nach einigen Kilometern bogen wir in einen Waldweg ab und hielten vor einem zweigeschossigen weißen Herrschaftshaus, ein Haus, das mit all seinem Luxus so ganz und gar nicht in diese Landschaft passte, mit pompösen Säulen im Eingangsbereich und protzigen Statuen im weitläufigen Garten. Vor diesem Palast empfing uns ein Mann in schwarz-weißer Uniform und wies uns den Weg zu einer geräumigen Tiefgarage.

Ich hatte immer gedacht, nur Engländer haben den Spleen, sich einen echten Butler zu leisten. Ich sah mich getäuscht. Wie ein Pinguin in weißen Handschuhen sah der ältere Mann mit dem schütteren Haar aus. Seine Umgangsformen durfte man als vollendet bezeichnen.

Albert – so hieß der Mann, der uns umsorgte und uns im Laufe des Tages jeden Wunsch von den Augen ablesen sollte – wirkte ungemein sympathisch. Dabei schweigsam. So still, dass ich zunächst nicht heraushörte, ob er Deutscher oder Däne war. Oder beides. Oder Engländer.

Ich sollte noch erfahren, dass er nicht immer so wortkarg war.

Als er Anna begrüßte, fiel mir eine enge Vertrautheit zwischen den beiden auf. Er führte uns zu einem kleinen, anmutig gelegenen See hinter der Villa, wo Werner Assauer, der einen großkarierten Hausmantel trug, uns in Empfang nahm. (Die Briten exportieren nicht nur Butler, dachte ich amüsiert.)

Assauer sah aus der Nähe betrachtet noch imposanter aus als auf der Bühne. Groß, breitschultrig, sein akkurat geschnittenes Haar von Wind und Sonne gebleicht und sehr dicht. Das Gesicht war wettergegerbt, sicher ein Merkmal seines Hobbys, des Segelns. Er zeigte uns später vom Balkon des oberen Geschosses seine schneeweiße Jacht, die fernab im Hafen lag. Sie war wirklich schön und passte so gar nicht zum protzigen Stil der Villa. Auf meine Bitte hin versprach er, später einen gemeinsamen Spaziergang zum Schiff zu unternehmen.

Die Bewegungen des früheren Stardirigenten konnte man kraftvoll nennen, wenn sie nicht so steif gewesen wären. Herrisch. Breitbeinig stand er vor uns und wirkte wie ein römischer Feldherr, der eine Schlacht leitet. Oder wie jemand, der eine Rücken-OP hinter sich hat.

Als er Anna begrüßte, fiel mir sofort die Distanz zwischen den beiden auf. Er gab ihr kurz die Hand und sie verzog keine Miene. »Hallo, Werner.«

»Hallo, Anna. Oder Goddag, wie man hier sagt.« Nach einer Pause, in der er sie schweigend betrachtete, sagte er: »Erlaube mir, dir ein Kompliment zu machen. Du bist von einem Kind zu einer wunderschönen Frau gereift.« Wieder zwang er sich zu einem Lächeln. Ein Lächeln, das es nicht schaffte und wohl auch nicht dazu gedacht war, die frostige Atmosphäre zwischen den beiden zu brechen. Ich konnte die Kälte förmlich auf der Haut spüren. Assauers Augen, die noch mehr als die seines Sohnes von einem besonderen Blau waren, dem Blau des Polarmeers, eisig, intensiv und unergründlich, waren starr auf die Frau gerichtet, die gekommen war, um ihn zur Rede zu stellen.

»Ich danke dir, dass du mich verständigt hast«, sagte er tonlos.

»Wozu eigentlich? Du wärst ohnehin nicht auf Wagners Beerdigung erschienen.«

»Natürlich nicht! So war die Abmachung. Bis zum Schluss.«

»Was bist du nur für ein Mensch?« Unvermittelt und leise kamen die Worte über Annas Lippen. Nur diese Worte, kein Kopfschütteln, keine Geste.

»Was meinst du damit?«

»Er war dein Sohn, Werner. Dein Sohn!«

»Früher mal, ja. Schon lange nicht mehr.« Er antwortete beiläufig, sprach wie über etwas Abgelegtes, etwas Vergessenes.

»Es wäre deine Pflicht gewesen, dich um ihn zu kümmern!«

»Pflicht? So wie die seiner Mutter?«

»Sie hat sich bemüht.«

»Deine Mutter weiß nicht mehr, dass sie einen Sohn hatte. Sie hat sich um den Verstand getrunken.«

»Es ist deine Schuld, dass es mit ihr so weit gekommen ist!«

Annas Stimme zitterte, und ich merkte, wie sehr sie sich beherrschen musste. »Du hast meine Eltern zerstört! Du hast Wagner umgebracht! Und Vater!«

»Ein absurder Vorwurf! Nach allem, was ich für euch alle getan habe!«

»Ja! Geld, Werner! Geld, Geld! Sonst nichts. Du hast dich von jeder Verantwortung freigekauft!«

Assauer ersparte sich eine Antwort. Er sah Anna lange an, schüttelte den Kopf und sagte irgendwann mit müdem Blick: »Setzt euch, bitte! Wir sollten reden. Ich glaube, es gibt Missverständnisse zwischen uns.«

»Missverständnisse?«, antwortete Anna mit ungläubigem Blick. »Nein, Werner, ich glaube nicht …«

»Anna! Bitte!« Fast flehentlich zeigte er zur Terrasse, die direkt am See lag und von der ein Teil über das Wasser ragte.

Ich legte Anna eine Hand auf den Arm. Sie sah mich an, dann sah sie wieder zu Assauer und nickte.

Albert musste die Szenerie aus der Ferne beobachtet haben. Binnen kurzem rollte er einen Servierwagen über den kurz geschnittenen Rasen. Während er ein Kaffeeservice aufdeckte, beobachtete Assauer jede von Annas Bewegungen. Für mich hatte er keinen Blick übrig.

»Erzähle mir bitte, wie Wagner starb.« Assauer Stimme war jetzt deutlich leiser als zuvor.

»Willst du das wirklich wissen? Ich wundere mich, dass es dich interessiert.« Assauer antwortete nicht und Anna berichtete kurz und knapp. »Mehr weiß ich auch nicht«, schloss sie.

»Künstliches Koma.« Wagners Vater schüttelte den Kopf.

Wir tranken den Kaffee und aßen frische Zimtschnecken. »Sie kannten meinen Sohn?« Überraschend richtete Assauer das Wort jetzt an mich.

Ich nickte. »So gut, wie man jemanden wie Wagner kennen kann.«

»Ich verstehe, was Sie meinen. Ein schwieriger Charakter. Hatte er wohl von seiner Mutter.«

»Ich habe ihn gemocht.«

»Tatsächlich?« Er schüttelte den Kopf. »Das kann ich mir nicht vorstellen.«

»Wenn man ihn näher gekannt hatte, fiel es nicht schwer ihn zu mögen. Man musste sich nur Mühe geben. Auf ihn eingehen.«

»Das versteht Werner nicht«, sagte Anna mit düsterem Gesicht.

»Nein, Anna! *Du* verstehst nicht!« Assauer stand auf, griff in die Brusttasche seines Hemdes und zog ein Etui hervor. Mit einem Stabfeuerzeug, das Albert auf den Tisch platziert hatte, zündete er sich ein dünnes, langes Zigarillo an. (Ich wunderte mich, ihn rauchen zu sehen. Es passte nicht zu ihm.)

»Ich habe ihn geliebt, als er ein Kind war«, sagte Assauer und blies eine Wolke aus. »Mein Kind. Endlich ein Kind.« Er sah mich an. »Ich habe mir immer ein Kind gewünscht. Einen Jungen. Du weißt …«, wandte er sich an Anna, »… dass Astrid keine Kinder bekommen konnte. Es hat mich geschmerzt. Sie war eine gute Frau, aber sie konnte mich nicht glücklich machen.« Er drehte sich um, sah auf den kleinen See und nahm einen Zug aus dem Zigarillo. Ich verstand ihn kaum, als er sagte: »Sie konnte nichts dafür, aber ich *musste* dieses Kind haben. Sie möge mir verzeihen.«

»Es gibt Menschen, die sind ohne Kinder glücklich«, sagte Anna. »Davon hängt das Leben nicht ab.«

»Das empfinde ich anders. Ich betrachte es als Unglück.« Er lächelte. »Ich liebe Kinder zu sehr. Und ich hatte die große Hoffnung, dass Wagner mir einst ein Enkelkind schenken würde. Ich wette, auch du möchtest Kinder haben. Eines Tages.«

Anna starrte ihn an und verzog für einen Moment das Gesicht.

»Ich … Du liebst Kinder nicht um ihretwillen«, antwortete sie. »Du willst sie haben. Besitzen! Du wolltest auch Wagner besitzen. Als dein persönliches Eigentum.«

Es kam mir vor, als hätte sie eine andere Antwort auf den Lippen gehabt.

»Das ist doch Unsinn, Anna!«

»Du hast Wagner formen wollen. Ihn nach deinen Vorstellungen gestalten. Das ist keine Liebe! Das ist Dressur! Bändigung!«

»Was redest du da?«, rief er verärgert. »Anleiten wollte ich ihn. Eine Richtung vorgeben, ja! Für das Leben sollte er gewappnet sein. Ich wollte ihm zukommen lassen, was deine Mutter nicht vermochte. Einen anständigen Mann aus ihm machen. Und nicht so einen Luftikus, einen Versager wie deinen Vater! – Entschuldige, aber so ist es doch! Robert Hollmann taugte nichts!«

»Mein Vater hat niemanden unter die Erde gebracht!«

»Diesen Vorwurf überhöre ich, Anna! – Er hat sich selbst unter die Erde gebracht. Weil er nichts taugte! Weil er zu weich war!«

»Robert Hollmann war ein guter Mensch! Er hat niemandem etwas zuleide getan!« Sie atmete schwer. »Niemandem!«

»Ich wollte einfach nicht, dass mein Sohn so wird wie er. Alles habe ich für ihn getan!« Er wandte sich an mich und lächelte. »Hat Anna Ihnen erzählt, dass ich den Jungen auf ein Internat geschickt habe? Eine Eliteschule in Brandenburg.«

Ich schüttelte den Kopf. Auch darüber hatte Anna keine Silbe verlauten lassen. So wenig wie der Junge selbst.

»Sehr früh. Als mir klar wurde, dass Wagner ohne meine Hilfe auf demselben Niveau verbleiben würde wie seine Restfamilie …«

»Ich verbiete dir …«

»Sei still, Anna! Es wird Zeit, dass jemand Herrn Sagnier die Augen öffnet über die Vergangenheit seines jungen Freundes. – Ja, ich habe ihn auf ein Internat gegeben. Ich habe sehr früh und mit großer Freude festgestellt, dass er viel von meinem Talent geerbt hat.« Wie um Anna zu besänftigen, sagte er: »Seine Mutter war im Übrigen auch nicht ohne Begabung. Aber was hat sie daraus gemacht?«

»Du bist der Grund, warum sie mit dem Trinken anfing!«, fauchte Anna.

Assauer verzog das Gesicht. »Nonsens! – Ich habe, Herr Sagnier, … der Name Grazyna Vonderova sagt Ihnen sicher nichts?«

»Nein.«

»Sie ist eine der gefragtesten europäischen Violinlehrerinnen und ich bin stolz darauf, sie fest auf das Schloss Wallstein geholt zu haben, damit sie meinen Sohn unterrichtete. Und nicht nur ihn. Wagner war nur ein Teil einer kleinen, aber feinen Klasse von Musikschülern. Aber er sollte bald der leuchtende Mittelpunkt sein. Ein Wunderkind wie Mozart!«

»Der Name verpflichtet, nicht wahr?«

Ironie war an Assauer verschwendet. Er nickte. »Es war ein langer Kampf, bis mein Sohn diesen Vornamen bekam. Seine Mutter war dagegen. Aber es war eine meiner Bedingungen.«

»Bedingungen?«

»Ach, hat Anna Ihnen auch das nicht gesagt? Ich bin davon ausgegangen, dass Sie vollständig im Bilde sind. – Einen Moment! – Albert! Albert!!«, rief er laut in Richtung Haus. Sofort stand der Diener in der Tür. »Wäre es Ihnen unter Umständen möglich, uns neuen Kaffee zu bringen? – Seien Sie doch etwas aufmerksamer! Was sollen unsere Gäste denken?« Albert machte eine knappe Verbeugung und ging mit schnellen Schritten ins Haus.

Assauers ungespielte Verärgerung wich umgehend einem geschäftsmäßigen Ton. »Schauen Sie, Wagner war ein Ausrutscher. Er war mir – und auch deiner Mutter, Anna – gewissermaßen passiert. Weder hatte ich den Vorsatz, meine Frau zu betrügen noch trug sich Elke mit der Absicht, ihrem Mann untreu zu werden. Der Junge war das Resultat einer weinseligen Nacht, eines kurzen sexuellen Sidesteps, wie er sich wohl jeden Tag millionenfach auf diesem Planeten ereignet. Wagner war uns einfach passiert.« Er brachte ein verschämtes Grinsen zustande. Ich sah zu Anna, die ein kalkweißes Gesicht hatte, aber schwieg. »Elke und ich, wir beide hätten dieses kleine Intermezzo in Kürze vergessen, wenn nicht eines Tages eine Nachricht von ihr …«, er lachte kurz auf, »sie besaß tatsächlich die Chuzpe, meine Agentur anzurufen und mit Erfolg meine Telefonnummer zu erflehen.« Assauer stand aus seinem Korbstuhl auf. »Wenn ich bedenke, man wäre dort meinen Anweisungen gefolgt, keine Angaben herauszurücken … Und so vernahm ich mit Erstaunen, ich würde in Bälde …«, er verschränkte die Finger und rieb die Handflächen aneinander, »ja, ich würde Vater werden! Elke würde mir einen Sohn gebären!« Die Erinnerung an diese Zeit ließen ihn einige Schritte erregt auf und ab gehen. »Ein Traum wurde wahr, den ich nicht einmal mehr zu träumen gewagt hatte!«

»Sie sagten etwas von Bedingungen«, wiederholte ich.

Assauer nickte. »Als der Kleine auf der Welt war, hatte ich alles für ihn geregelt. Dein Vater, Anna, hat sich anfangs generös verhalten, das muss ich sagen. Elke gestand ihm den Ausrutscher und zunächst war er erbost.« Er beugte sich vor, ballte die Faust und ließ sie durch die Luft sausen. »Stinksauer war er! Natürlich war er das!« Grimmiges Gelächter folgte. »Jedenfalls das! Hätte ich ihm gar nicht zugetraut.« Dann setzte er eine ernste Miene auf. »Robert ging in sich, überlegte, dachte an seine kleine Tochter

Anna, seine Frau, die bald einem anderen Mann ein Kind zur Welt bringen würde, und er wünschte sich, dass es den beiden bald besser gehen möge als zur damaligen Zeit. Er wandte sich an den werdenden Vater des Kindes und da er wusste, dass dieser Mann reich und berühmt war …«

»Du Lügner!« Anna war aufgesprungen. »Du gottverdammter Lügner! Es war ganz anders! *Du* hast …!«

»Mäßige dich, Anna! Es gibt Dinge, die du nie erfahren hast. Du warst viel zu jung, um zu verstehen.«

»Du hast ihn erpresst!«

»Nein, Kind! Er hat mir gedroht, alles an die Öffentlichkeit zu tragen und meinen Ruf zu ruinieren! Du musst mir glauben!«

Sie sah ihn verächtlich an. »Ach, schau an! Dein guter Ruf!«

Assauer schaute zurück und sein Blick kam mir drohend vor. »Du hast … na, endlich! Ich hatte befürchtet, Sie wollen uns verdursten lassen.«

Der Livrierte lächelte wortlos und stellt das Tablett auf den Tisch. »Alberts Kaffee ist wirklich vortrefflich!« Assauer schien dankbar für die Unterbrechung. »Ich habe auf der ganzen Welt nichts Vergleichbares getrunken! – Denken Sie nachher an meinen Cognac, Albert?« Der sah auf seine Uhr und lächelte.

»Aber natürlich denken Sie dran!«, schmunzelte Assauer. »Sie haben ihn noch nie vergessen.« Das Lächeln des Dieners blieb auf seinem Mund, als er sich leicht verneigte und die Kuchenteller abräumte.

»Und so …«, nahm Wagners Vater den Faden wieder auf, »… kamen wir zu einem gentlemen's agreement, zu einer Vereinbarung, die beiden Seiten gerecht wurde. Ich habe darauf bestanden, meinem Sohn den Namen Wagner zu verleihen. Ich denke …«, lächelte er mir zu, »… ich muss Ihnen nicht erklären, warum. Ich sorgte für ihn, ließ ihm eine hervorragende Ausbildung auf einem führenden Internat angedeihen, wobei –«, er hob die Hand in Annas Richtung, »das wirst du nicht bestreiten können – ich Wagners Mutter die Erziehung überließ. Jedenfalls im Großen und Ganzen.«

Anna prustete. »Im Großen und Ganzen.« Ein hämisches Nicken folgte. »So siehst du aus! Du hast Wagner vereinnahmt, Besitz von ihm ergriffen. Du hast ihn für dich haben wollen wie ein kleiner Junge seinen Teddybären.« Sie sah Assauer scharf an. »Und nicht nur ihn!«

Assauer stemmte sich gegen die Stuhllehnen und sprang auf. »Ich habe dem Jungen etwas geboten, was nicht vielen Kindern zuteil wird. Er hatte die einmalige Chance, all sein Talent zu entfalten, auf nichts und niemanden Rücksicht nehmen zu müssen. Ganz oben hätte er landen können! Landen *müssen*!« Er atmete tief ein. »Und wie hat er es mir gedankt?« Seine tiefblauen Augen starrten mich an, während er mit dem Finger auf Anna wies. »Hat sie Ihnen gesagt, was dieser Unhold angerichtet hat?«

Ich gab keine Antwort, was er als Aufforderung verstand, fortzufahren. Langsam, wie um seine Erregung zu verbergen, drehte er sich um und sah hinaus auf die Ostsee. »Vollkommen aufgelöst, vor Zorn und Trauer bebend, stand Frau Vonderova eines Tages vor mir – sie weilte gerade ein paar Tage hier in Aarhus – und hielt eine verbrannte Geige in der Hand. Schwarz vor Ruß war sie, der Korpus nur noch ein verkohltes Holzstück, die Saiten von der Hitze zu Ringen geschmolzen!«

Er schoss herum und sein Blick war voller Schmerz, Wut und absolutem Unverständnis. Seine Hände fuchtelten hilflos durch die Luft. »Es war eine Guarneri, Herr Sagnier! Eine Guarneri! Ein Prachtstück, von Meisterhand gefertigt! Es war mein Geschenk an meinen Sohn!« Er gab seinen Händen unvermittelt Halt, indem er sie das Spiel auf der Geige imitieren ließ. Die linke Achsel hatte er gehoben und ließ mit geschlossenen Augen den Kopf auf sie sinken. Dazu wiegte er sich leise hin und her, führte imaginär den Bogen über die Saiten.

»Hört ihr es? Vernehmt ihr ihren Klang? Fühlt ihr den Zauber, der diesem Instrument innewohnt?« Leise summte er eine Melodie, sein Gesicht wandte sich dem blauen, wolkenlosen Himmel zu, den seine Augen nicht sahen, weil er sich in einem Moment höchster Verzückung befand.

Ich sah zu Anna. Ihr Gesicht spiegelte Abscheu, Erstaunen und Verwirrung wider. Auf mich machte Assauer den Eindruck eines Geistesgestörten. Dieses Gefühl verstärkte sich, als sich der Alte unvermittelt aus seiner Trance löste, das Geländer, das sich rund um die Terrasse spannte, mit einem Aufschrei packte und heftig an ihm rüttelte.

»Dieser Lump! Dieser kleine Dreckskerl! Verbrennt ein Meisterwerk, wie wenn es ein Holzscheit wäre! Ich hätte ihn …«, er fuhr zu uns herum, »… in diesem Moment hätte ich ihn umbringen können, jawohl! Mit meinen eigenen Händen!« Mit zornverzerrter Miene sah er auf seine feingliedrigen Finger, die einen Würgegriff andeuteten.

»Hättest du, ja?«, fauchte Anna. »Wenn du in dem Moment nichts anderes in den Händen gehabt hättest, richtig?«

Sie kassierte einen bösen Blick von ihm. Schnell fuhr er fort. »Und das war nicht das Einzige! Meine Pistole hat er mir geklaut! Einfach aus dem Schrank gestohlen! Hoffentlich konnte er damit keinen Unfug mehr anrichten. Hoffentlich!« Er schnaubte wie ein Nashorn. »Und dafür habe ich ihn gezeugt, ihn umsorgt und behütet! Er hat mehr, viel mehr bekommen als andere Kinder in seinem Alter je zu hoffen wagen. Und wirft alles fort! Wirft ein Leben voller Glanz und Erfüllung einfach weg! Verbrennt eine strahlende Zukunft!« Assauer verbarg sein Gesicht in den Händen und ein tiefer Schluchzer drang aus seiner Kehle. »Mein Sohn!«

Es berührte mich unangenehm und doch berührte es mich, diesen Mann haltlos weinen zu sehen. Es schüttelte ihn durch und weckte zum ersten Mal so etwas wie Sympathie in mir. Zumindest Mitgefühl. Das sollte ich umgehend bereuen. Assauer riss die Hände vom Gesicht und brüllte: »Warum? Zum Teufel, warum?« Er ballte die Hand zur Faust. »Er verstand es nicht! Er hat nicht begreifen wollen, was man von ihm verlangte! Der Bengel hat sich der Disziplin verweigert! Keine Haltung! Nichts Aufrechtes an ihm! Versager! Wie der Mann seiner Mutter. Ein kompletter Weichling!«

Anna sprang auf. »Jetzt ist es genug! Ich gehe! Ich habe genug von deinen Tiraden! Du hast mich weich kochen wollen, was? Mich alles vergessen machen, ja? Das hast du nicht geschafft! Ein ganz miserabler Schauspieler bist du! – Thomas, ich weiß nicht, was Sie vorhaben, aber ich fahre ab. Hier hält mich nichts mehr!«

Mit einem Schlag kam Assauer auf den Boden der Vernunft zurück. Offenbar ließ ihn die Erkenntnis, die Schwester seines Kindes könnte ihn fortan mit Verachtung strafen, zur Besinnung kommen. »Nein, Anna! Bitte! Geh nicht! Es tut mir leid! Ich wollte dir nicht wehtun.« Seine flehenden Blicke waren mit Sicherheit nicht gespielt. Ich spürte seinen unbändigen Drang, sich zu erklären. »Wir haben … wir müssen sprechen! Du bist endlich da, nach so vielen Jahren! Wir müssen jetzt darüber reden! Bitte!«

»Worüber reden wir, Werner?« Zögernd hatte sich Anna wieder gesetzt. »Reden wir davon, wie man einem kleinen Jungen die Kindheit stiehlt? Reden wir davon, wie man ihn aus dem Kreis seiner Familie raubt und ihn zu einem willigen Werkzeug macht? Ihn und andere?«

»Du *willst* nicht verstehen!« Assauer stand mit dem Rücken zum Geländer und hob beschwörend die Hände. Unvermittelt lächelte er. »Ich will es anders versuchen. – Vielleicht wirst du dich wundern, aber ich habe deinen Werdegang verfolgt. So gut verfolgt, wie es mir möglich war.« Er schien sie beschwichtigen zu wollen.

»Was?« Anna sah ihn verblüfft und unsicher an.

Er nickte. »Du hast einen, soweit ich das als Laie verstehe, gut gemachten … wie sagt man? … Internet-Auftritt? Und beste Referenzen. Dein Ruf als Fotografin hat weite Kreise gezogen, deine Arbeiten gelten als erstklassig. Ich gratuliere dir!«, sagte er mit einer leichten Verbeugung. »Es ist schön, nicht wahr, wenn man erkennt, dass man über Talent verfügt. Großes Talent sogar.« Er fischte ein neues Zigarillo aus der Tasche und griff nach dem Feuerzeug. »Das habe ich zu Beginn meiner Karriere auch so erlebt.« Ich sah Anna an, dass sie sich trotz allem geschmeichelt fühlte.

Er nahm einen tiefen Zug, sah einen Moment in die Ferne und fuhr mit gedämpfter, fast ehrfurchtsvoller Stimme fort. »Mit Wagner verhält es sich etwas anders. Schon als er noch klein war, habe ich erkannt, dass er zu den wirklichen Genies gehörte. Ich kann es nicht anders beschreiben. Er war einer der wenigen, die das Rüstzeug zu einem Geiger hatten, der eine Revolution in der klassischen Musik hätte bewirken können. Der die Musik auf ihre eigentlichen Ursprünge hätte zurückführen können, ohne ausgetretene Pfade zu begehen. Wie es Paganini tat!« Er machte eine wegwerfende Handbewegung. »Schaut euch die Gestalten an, die heute wegen ihrer angeblichen Virtuosität von der Musikwelt gefeiert werden. David Garret zum Beispiel, oder … wie heißt dieser eigenartige Paradiesvogel noch gleich? … ach ja, Nigel Kennedy! Ha! Passable Handwerker mögen sie sein, ansonsten aber Blender, Beutelschneider! Haben die wunderbare Musik

Mozarts und Rimski-Korsakows ausgebeutet und verkitscht.«
Assauer grinste geringschätzig. »Garret! Aus Aachen kommt er
und David Christian Bongartz heißt der junge Mann eigentlich,
wusstet ihr das? Na und? Ein guter deutscher Name, möchte ich
meinen. Warum musste er sich mit einer international klingen-
den Marke schmücken? PR, nur bedacht auf Außenwirkung!« Er
schüttelte den Kopf und sah Anna intensiv an. »Dein Vorwurf ist,
für sich betrachtet, gerechtfertigt. Wagner hat keine Kindheit gehabt wie andere seines Alters. Aber – Anna! Menschen, die mit
einem solchen Talent gesegnet sind, die … verstehst du? … sie
müssen … sie haben die Pflicht, diese Fertigkeiten zur Vollendung
zu bringen, weil sie anderen damit Freude bereiten. Punktum!
Das ist mit einem begnadeten Maler nicht anders als mit einem
großen Mimen am Theater oder …«, er sah mich lächelnd an,
»einem außergewöhnliche begabten Schriftsteller.« Seinen Blick
empfand ich keineswegs als geringschätzig. »Man darf es einfach
nicht dulden, dass solche Menschen ihr Talent einem normge-
rechten Leben, einer biederen Büroexistenz von acht bis fünf unterordnen. Genies, wie es Wagner eines war, haben die verdammte
Schuldigkeit, Menschen durch ihr Tun zu erfreuen. Und wenn sie
dafür alles andere zurückstellen müssen, dann ist es eben so!« Er
schnippte die Asche von seinem Zigarillo auf den Terrassenboden.

»Dein Sohn ist mit achtzehn jämmerlich gestorben!«, ätzte
Anna. »Gehörte das mit zu deinem Lehrplan? Oder hast du das
nur billigend in Kauf genommen?«

Assauer reagierte erstaunlich beherrscht. »Wann immer der
Moment gekommen war, an dem Wagner versagt hat, und was
immer der Auslöser war – ich spreche mich frei von jeder Schuld.
Ich habe keine Ahnung, warum sich die Dinge in diese Richtung
entwickelt haben. Ich wollte nur …«

»Er hat nicht versagt, Werner! *Du* hast versagt!«

»Nein! Nein! Nein!« Heftig schüttelte er den Kopf. »Das ist
falsch und das weißt du!«

Mir wurde klar, dass ihre Auseinandersetzung kurz davor war,
zu eskalieren. »Diese Schule, Herr Assauer, dieses Internat, auf das
Sie Wagner geschickt hatten, wo befindet sich das eigentlich?«

Langsam und wie aus einem Albtraum erwachend drehte er sich
zu mir herum. »In Brandenburg. In der Uckermark.« Ein Anflug

von Lächeln löste sein angespanntes Gesicht. »Ein prachtvolles Anwesen in einer wunderbaren Landschaft.«

»Wenn ich das richtig verstanden habe, war Ihr Sohn ... war Wagner acht Jahre alt. Hätte er zunächst nicht auf eine normale Schule gehört?«

»Herr Sagnier, ein Schriftsteller wie Sie ... ein erfolgreicher Autor ... erwirbt seine Fähigkeiten durch einen Lernprozess, der ein Leben lang währt, richtig? Ein Musiker, dessen Talent weit über das anderer hinausragt, muss, vergleichbar einem ... na ... einem Spitzensportler zum Beispiel, sehr früh mit der Reifezeit beginnen. Sehr früh! Alles muss auf diese Ausbildung konzentriert werden. Dinge, die zum normalen Lerninhalt eines jungen Menschen dazugehören, müssen zwar intensiv geschult werden, dürfen aber den Weg zum Gipfel nicht beeinträchtigen.« Assauer drückte den Rest seines Zigarillos in den Aschenbecher. »Dazu gehört eine unerhörte Disziplin! Und um diese Disziplin zu vermitteln, bedarf es der besten Lehrer. Der allerbesten! Und die findet man nur auf einem privaten Internat. Sie beziehen Spitzengehälter, leisten dafür außergewöhnlich gute Arbeit.«

»Und diese Disziplin hat Wagner nicht aufgebracht?«

»Ach! ... Doch! Zunächst ja! Er hat an sich gearbeitet, hat ...« Er lächelte versonnen. »Was heißt Arbeit? Es war keine Arbeit für ihn. Alles – jedenfalls das Spiel auf dem Instrument – ging ihm leicht von der Hand. Du siehst, Anna«, wandte er sich wieder Wagners Schwester zu, »seine Kindheit war auf keinen Fall eine Qual für ihn. Niemals!«

Schnell schob ich eine Frage nach, um zu verhindern, dass sie sich erneut ineinander verbissen.

»Und seine Allgemeinbildung? Hat die nicht unter dem Geigenunterricht gelitten?«

Er lachte. »Die Frage ist schnell beantwortet, Herr Sagnier. Sie haben ihn kennen gelernt. Hat er auf Sie den Eindruck eines ungebildeten Tölpels gemacht? Ich bin vom Gegenteil überzeugt.«

Ich nickte. »Nein, ein Dummkopf war er nicht. Gewiss nicht! Was mich in diesem Zusammenhang allerdings erstaunt hat, war sein Rassismus, sein Ausländerhass, sein ...«

»Was?« Assauer zeigte sich verwundert. »Davon habe ich nie etwas gehört.«

»Es ist aber so!«, sagte Anna. »Er hasste Schwule …«

»Die muss man auch nicht lieben!«, fuhr es aus dem alten Mann heraus.

»Aha! Daher also!«

»Das ist Unfug, Anna! Ich habe ihm solche Flausen nicht in den Kopf gesetzt. Pubertäres Geschwätz!«

»Aus unserer Familie hat er das jedenfalls nicht gehabt«, sagte Anna.

Assauer machte eine wegwerfende Geste. Dieses Thema schien ihm nicht länger wert, sich damit auseinanderzusetzen.

Ein leises Räuspern drang an mein Ohr. Unbemerkt hatte sich Albert zu uns gesellt. »Entschuldigen Sie bitte! Ich hielt es für richtig, Herr Assauer, Sie daran zu erinnern, dass Sie gemeinsam mit Ihren Gästen um achtzehn Uhr ein Abendessen einzunehmen gedachten. Es wäre dann alles vorbereitet.«

Assauer sah auf die Uhr. »Oh! So spät schon! Danke, Albert!« Er lächelte. »Ich hoffe, es ist euch recht. Albert ist ein hervorragender Koch und er wäre von Herzen traurig, wenn wir sein Angebot nicht annähmen. Auf was dürfen wir uns freuen, Maître?«

Albert verzog das Gesicht zu einem leichten Schmunzeln. »Ich war der Überzeugung, ein Stück Wild aus der Region wäre vielleicht gerade das Richtige für unsere Gäste. In der Röhre schmurgelt ein zarter Rehrücken, als Vorspeise gibt es ein Prosecco-Schaumsüppchen und zum Dessert schien mir ein Ziegenkäse-Orangenmousse angebracht.« Er ließ ein leichtes Nicken folgen. »Mit Kardamom.«

»Es schmerzt, Anna, diese ständigen Vorwürfe von dir zu hören. Vielleicht ist sogar etwas Wahres dran, aber du musst mir eines glauben: Es ging mir stets darum, meinen Sohn zu fördern und ihn zu ermutigen.« Assauer tupfte den Mund mit einer Serviette ab. »Ich wollte nicht tatenlos zusehen, wie sein unerhörtes Talent verkümmert. Und leider vernachlässigte er zunehmend seinen Unterricht, verhielt sich Frau Vonderova gegenüber aufsässig und patzig, schien jede Lust am Spielen zu verlieren. Das, als er schon sehr weit war in der Beherrschung seines Instruments.«

»Das ist eine ganz natürliche Reaktion, Werner. Er hatte die Schnauze voll von der ganzen Folter!«

»Wiederhole doch nicht ständig diese Schlagworte!« Assauer knüllte die Serviette zusammen und warf sie verärgert auf den Teller. »Warum willst du nicht verstehen, dass dein Bruder von außergewöhnlichem Talent war und es als seine Pflicht …«

»Du gehst mir auf die Nerven!«, rief Anna. »Du schwadronierst die ganze Zeit von Pflichterfüllung, von Disziplin, von aufrechter Haltung. Es geht um ein Kind, Werner! Ein Kind! Warum durfte er das nicht sein? Warum hast du versucht, ihm alles einzutrichtern? Wagner musste sich doch vorkommen wie ein Hund, dem man das Apportieren beibringt. Hol das Stöckchen, Wauwi! Hol es! Und noch mal! Und noch mal!«

»Anna, du willst …«

»Nein! Du hältst jetzt den Mund! Ich bin dran! – Danke, Albert!« Sie schenkte dem Diener ein flüchtiges Lächeln, als er ihr die Dessertschale vorsetzte. »Du hast vorhin gesagt, dass du meine Arbeiten verfolgst. Warum auch immer.« Eine Pause entstand und sie tauschten einen langen Blick. »Ich bin auf spielerischem Weg zur Fotografie gekommen. Mein erster Apparat war eines dieser frühen Fotohandys, mit dem ich meine Klassenkameraden fotografierte. Die Resultate waren natürlich bescheiden. Dann habe ich aus eigenem Antrieb weitergemacht, weil ich erkannt habe, dass es mir Spaß machte. Spaß! Nur das! Niemand stand hinter mir und hat mich angetrieben. Irgendwann habe ich erkannt … ich, Werner, niemand sonst! …, dass ich dabei war, eine Begabung zu entwickeln, die … na ja … die mich vielleicht herausheben würde aus der Menge der Hobbyfotografen und … nein, nein! Du verstehst es wieder falsch!« Assauer hatte gelächelt und zustimmend genickt. »Es geht darum, dass ich lange Zeit gebraucht habe, mir die Zeit genommen habe, aus dem Spiel Ernst werden zu lassen. Die Entwicklung vom Kind zum Erwachsenen ging ganz natürlich einher mit der fachlichen Entwicklung. Warum willst du das nicht verstehen?« Spöttisch schob sie nach: »Aber ich bin ja auch kein Genie! Ich habe keinen berühmten Orchesterleiter zum Vater!«

Ich fühlte, dass ich die beiden Streithähne trennen musste. »Sie sagen, Herr Assauer, Wagner habe sein Spiel vernachlässigt. Gab es denn vielleicht etwas anderes, das ihn mehr interessierte? Das ihn vielleicht abgelenkt hatte?«

Assauer sah mich verblüfft an. »Was meinen Sie damit?«

»Wie alt war er, als Sie Veränderungen an ihm feststellten?«

»Na, so zehn, elf … es waren, um es genau zu sagen, seine Erzieher, die diesen Wandel bemerkten. Frau Vonderova, Herr Grabau, Herr Mühlbauer. Der hatte mich auch davon unterrichtet.«

»Herr Mühlbauer ist …?«

»Der Leiter des Internats. Wir haben es zusammen initiiert und aufgebaut. Er noch mehr als ich. Er war stets vor Ort, während ich sporadisch anreiste und mich informierte.«

»Aber Sie haben das Ganze finanziert.«

»Das ist richtig. Mit Freuden, darf ich ergänzen. Wobei – nachdem Wagner das Internat verließ, habe ich mein Engagement nach und nach zurückgeschraubt. Mühlbauer zeigte großes Verständnis dafür. Er hat inzwischen neue Gönner gefunden.«

»Und wer ist Herr Grabau?«

Assauer nahm sein Glas, trank einen Schluck Wein und lehnte sich zurück. »Moritz von Grabau. Ein wunderbarer Mensch, als Erzieher eine Koryphäe.« Er lächelte. »Von einer etwas seltsamen Erscheinung vielleicht. – Wurde, kaum, dass er aufs Internat kam, meinem Sohn ein väterlicher Freund.«

»Er war also nicht von Anfang an da?«

»Mühlbauer rief mich eines Tages an und bat mich, einen weiteren Pädagogen einstellen zu dürfen. Der Bedarf sei von ihm unterschätzt worden und der Lehrplan erfordere zusätzliches Personal. Dies war für mich kein Problem.« Er zog die Stirn in Falten. »Leider mussten wir nach einem halben Jahr wieder aufstocken.«

»Nanu!«

»Mühlbauer hatte damals ein Stellenangebot in der Zeitung aufgegeben. Es meldete sich unter vielen Bewerbern Herr Grabau.« Er lächelte. »Als er mir später vorgestellt wurde, war mir auf Anhieb klar: Dieser Mann ist der Richtige! Er hat das gewisse Etwas, das ihn über die normalen Pädagogen erhebt. Deutlich erhebt!«

»Inwiefern?«

»Grabau hat die Gabe, auf Kinder positiv einzuwirken. Er ist einfühlsam und doch, wenn es die Umstände erfordern, von einer unerbittlichen Strenge. Die Jungen haben schnell gemerkt, wie weit sie bei ihm gehen dürfen und wo genau … ganz genau! …

die berühmte rote Linie verläuft. Bis hierher, Freunde, und nicht weiter!« Er wandte sich an Anna. »Ein deutlicher Hinweis darauf, meine Liebe, dass diese kleinen Strolche mitnichten an gelebter Kindheit einbüßen.« Er schmunzelte. »Frech wie Oskar und immer zu Streichen aufgelegt.«

»Und trotzdem hat Grabau das Internat wieder verlassen?«, fragte ich.

Assauer schüttelte den Kopf. »Er nicht! Einer der anderen Ausbilder … hm … ich komme nicht auf seinen Namen … jedenfalls hatte der sieben Monate später überraschend gekündigt. Ich glaube … ja, irgendwas war mit seiner Mutter, schwer krank geworden, wenn ich mich recht entsinne, und er wollte ständig in ihrer Nähe sein.« Erneutes Kopfschütteln. »Das war aber nur die offizielle Begründung. In Wahrheit … ach ja! Jetzt hab ich's wieder! Bäumer! Bäumer hieß er und wurde im Kollegium *Bäumer der Träumer* genannt.«

»Bäumer der Träumer. Was träumte er denn?«, fragte ich.

»Er träumte den Traum von einer besseren Welt. Vom Schlaraffenland. – Apropos!« Assauer schaute zur Tür und nicht zum ersten Mal gewann ich den Eindruck, Albert verfüge über telepathische Kräfte. Denn genau in diesem Moment kam er mit einem Tablett in der Hand herein. Ich roch frisch gebrühten Kaffee.

»Bäumer war bei den Jungen sehr beliebt. Was Wunder! Bei ihm hatten sie Narrenfreiheit, konnten tun und lassen, wonach ihnen gerade der Sinn stand! Diese Lausbuben! Und er wollte uns diese Freiheiten ernsthaft als pädagogisches Konzept verkaufen. Unfassbar! Nicht mit Härte, war seine Meinung, sondern nur mit Liebe und Nachgiebigkeit würden die Kinder zu unbeugsamen, aufrechten Menschen.« Er prustete kurz. »Dass ich nicht lache! Wenn dir die Kleinen von Beginn an auf der Nase herumtanzen, bleiben sie fürs Leben widerspenstig und gehorchen niemandem mehr.«

»Ha!« Anna schoss hoch und beugte sich zu Assauer vor. »Genau *das* habe ich dir den ganzen Tag vorgehalten! Du bist genauso ein unerträglicher Tyrann wie so viele von deiner Sorte! Immer mit dem Knüppel drauf! Wir werden sie schon kleinkriegen! Genau das ist es! Von wegen: *Oh, mein Sohn! Oh, wie ich Kinder liebe!*« Die Hände wie verzweifelt ringend, parodierte sie seinen Auftritt vom Nachmittag.

Bevor Assauer zu einer bissigen Antwort ansetzen konnte, fuhr ich ihm in die Parade. »Und warum hat dieser Bäumer Ihrer Ansicht nach wirklich gekündigt?«

»Das können Sie sich doch wohl ausmalen!«, schnarrte er laut zurück, beruhigte sich dann aber. »Er sollte Grabau mit den Gepflogenheiten und Abläufen der Anstalt vertraut machen, ihm alles zeigen und ihm die Inhalte der Maßnahmen nahe bringen. Schnell stellte sich heraus, dass zwei extrem konträre Charaktere aufeinanderstießen. Um es kurz zu machen: Grabau deckte die Mängel in den Erziehungsmethoden Bäumers auf und ermahnte ihn, seine eingeschlagene Richtung zu korrigieren. Er erhielt Rückendeckung von Mühlbauer und dem restlichen … na ja, der Mehrheit des restlichen Kollegiums. Darum hat Bäumer es vorgezogen, das Internat zu verlassen.«

»Ich kann das nicht glauben!«, stöhnte Anna. »Was für eine beschissene Welt!«

Assauer schüttelte den Kopf und fuhr mit leiser, gefasster Stimme fort: »Anna, deine Reaktion ehrt dich und sie ist ein Zeichen, wie sehr du deinen Bruder geliebt hast. Aber glaube mir, Kinder brauchen die sichere Hand eines Fachmanns, um sich zu entwickeln, zu lernen und auch … sie müssen sich der Autorität unterordnen, sonst kann aus ihnen nichts werden.« Vorsichtig goss er Kaffeesahne in seine Tasse, nahm einen Löffel und rührte langsam und ausgiebig. »Und Moritz von Grabau ist ein Fachmann! Er hat die Jungen schnell auf Vordermann gebracht. Dass sie bald anfingen zu nörgeln, war ein klares Indiz dafür, dass Bäumer alles falsch gemacht hatte. Wir waren heilfroh, als er endlich ging.«

»Wenn Sie aber danach feststellen mussten, dass Wagner sich zum Nachteil verändert hat …«

»Das ist genau das, wovon ich spreche! Es ist allein Bäumers Schuld gewesen!«

»Das ist Unsinn, Werner!«, rief Anna. »Schau mich an! Meine Eltern haben mich mit Liebe erzogen. Sie haben mich schon als Kind mit Respekt behandelt. Im Unterschied zu gewissen anderen Menschen.« Wieder schossen Pfeile der Wut aus ihren Augen. »In meiner Familie gab es keinen Löwenbändiger!«

Assauer sah sie an, hob die Tasse zu den Lippen und wandte sich mir zu, ohne Anna zu antworten. »Herr Sagnier, ich möchte nicht unhöflich erscheinen, aber ich würde gern ein paar Worte mit Anna unter vier Augen wechseln. Es gibt da einiges …«, er drehte den Kopf wieder in Richtung Annas, »… was ich dir über deine Familie erzählen muss. Du weißt vieles nicht, glaube mir. – Albert!« Sofort kam der stille Diener ins Zimmer. Assauer sagte zu mir: »Sie trugen sich bei ihrer Ankunft mit dem Gedanken, meine Jacht zu besichtigen. Haben Sie noch Interesse?«

Während ich zögernd nickte, dachte ich: Er will mich los sein! Was soll ich nicht wissen? Ich sah zu Anna und sie machte den Eindruck, mit Assauers Vorschlag einverstanden zu sein. Ich nahm mir vor, sie später zu fragen.

»Wie alt sind Sie eigentlich, Albert?«, fragte ich, ziemlich außer Atem.

Er drehte sich um und lächelte. »Ich bin vierundsechzig und Sie müssen sich keine Vorwürfe machen. Das Wandern ist meine Leidenschaft und ich bin, wann immer es mir die Zeit erlaubt, unterwegs.«

In seiner saloppen Freizeitkleidung war er kaum wiederzuerkennen. Eine Baskenmütze verdeckte seinen spärlichen Haarkranz.

»Ich bin ein Vierteljahrhundert jünger als Sie und habe das Gefühl, gleich aus den Latschen zu kippen. Außerdem schwitze ich wie verrückt. So warm ist es doch gar nicht, oder?«

»Wir können gern eine Rast einlegen, Herr Sagnier. Beeilen müssen wir uns nicht.«

Ach! Hat Assauer dir das gesagt? dachte ich. Hat er gesagt, wir mögen uns viel Zeit lassen? Was passiert in diesem Haus? Dann fiel mir ein, dass es sich um familiäre Angelegenheiten handelte, und ich nicht das Recht hatte, neugierig zu sein. – Trotzdem!

»Nein, nein! Es geht schon wieder. Es ist ja nicht mehr weit.«

Albert schaute zum Hafen hinüber und schmunzelte. »Wissen Sie, was ich an dieser Landschaft so liebe? An diesem flachen Strand mit seinen sanften Dünen? Ich liebe die Weite. Und sie ist so weit, die Weite, dass man sie gern unterschätzt. Wir haben noch zwei Kilometer vor uns.«

»Was??«

»Ja. Wir müssen noch dieses ganze Stück um die Bucht laufen, sehen Sie?« Seine Hand zeichnete den Bogen nach. »Ich habe einen Mobilapparat dabei und könnte uns ein Taxi bestellen. Wir müssen nur das Stück zur Straße hochgehen.«

Ich nickte, riss mich aber zusammen und sagte: »Weiter! Kommen Sie!« In diesem Moment schämte ich mich, schämte mich für die zurückliegenden Jahre, in denen ich Raubbau mit meiner Gesundheit getrieben hatte, für die durchzechten Nächte, die unzähligen Gelegenheiten, bei denen ich mich hemmungslos betrunken hatte. Die Quittung erhielt ich nun in Form von Kurzatmigkeit, Schweißausbrüchen, Herzrasen.

»Trinken Sie!«, sagte Albert und hielt mir eine Flasche Wasser hin. Ich riss sie ihm fast aus der Hand, und als ich das kühle Nass in meine Kehle fließen ließ, merkte ich erst, was für einen Durst ich hatte.

Ich trank und trank und im Nu war die Flasche leer. »Oh! Es tut mir leid!«, sagte ich.

Mit den Worten »Kein Problem, Herr Sagnier!« versenkte er die Flasche in seinen Rucksack. »Es sind noch mehr da.«

»Sie haben es gewusst, nicht wahr?«

Unschuldig sah er mich an. »Ich habe immer einen gewissen Vorrat dabei.«

Ich musste lachen. »Sie sind ein charmanter Lügner, Albert! – Erzählen Sie! Was hat Sie in Assauers Haus getrieben? Wie lange kennen Sie ihn schon?«

»Das ist eine lange Geschichte.« Und wenn schon. Sie würde mir den Weg verkürzen. Mechanisch setzte ich einen Fuß vor den anderen und mit jedem Wort, das er sagte, vergaß ich mehr und mehr meine Qualen.

»Ich habe ein paar Jahre im Gefängnis gesessen.« Ich schreckte zusammen, mehr über den beiläufigen Ton, in dem Assauers Diener das sagte.

»Vor über vier Jahrzehnten habe ich in Hamburg eine Hotelfachschule besucht. Ich kann Ihnen heute nicht mehr sagen, was mich ausgerechnet in diesen Beruf getrieben hat. Wahrscheinlich gab's zu der Zeit keine Alternativen, und so folgte ich dem alten Muster: Vater Gastronom, Großvater Gastronom. Ich kann auch nicht mehr sagen, ob ich vielleicht andere Interessen hatte.« Er zuckte die Schultern. »Vermutlich nicht. Meine Kindheit war nicht so, dass ich irgendwas hätte entdecken können, was mich interessierte. Wie auch immer. – Warten Sie, bitte.« Er blieb stehen, zog Schuhe und Strümpfe aus und steckte sie in den Rucksack. »Versuchen Sie es, Herr Sagnier. Es ist sehr angenehm, barfuß im Sand zu laufen. Sie spüren die Kraft der Natur unter Ihren Sohlen.«

Ich tat es ihm gleich und nach wenigen Schritten vergaß ich alle körperlichen Anstrengungen, obwohl das Laufen im weichen Sand beschwerlicher war.

»Herrlich!« entfuhr es mir. »Tun Sie mir bitte den Gefallen, Albert, und sagen Sie Thomas.«

Er sah in die tiefstehende Sonne, die jetzt abendliche Farbtöne auf die spärlichen Wolken zauberte. »Den Gefallen tue ich Ihnen nicht, Thomas!« Er grinste. »Es besteht die Gefahr, dass ich mich daran gewöhne und Sie vor dem Chef so nennen könnte. Das wäre ihm gar nicht recht.«

»Ist er tatsächlich so ein Tyrann?«

Er schwieg eine Weile, dann sagte er: »Lassen Sie mich weitererzählen, dann werden Sie verstehen. Ich habe zwei Jahre in der JVA Fuhlsbüttel gesessen, weil ich einen Mann umgebracht hatte. Mit einem Messer, das ich mir im *Vier Jahreszeiten* … äh … geliehen habe.« Sein Gesicht verzog sich zu einem Lächeln. »Jeder Beruf hat seine guten Seiten. Habe ich damals gedacht. Tatsächlich habe ich zu jener Zeit in einem der berühmtesten Hotels der Welt gearbeitet, und, mit Verlaub, das ist nicht jedem vergönnt.« Der Stolz in seiner Stimme war nicht zu überhören.

»Und warum …?«

»Meine Geschichte ist der von Herrn Assauer in Teilen vergleichbar. Auch ich hatte ein Verhältnis mit einer verheirateten Frau. Der Unterschied: Sie hatte schon eine Tochter, neun Jahre alt, bildhübsch, zart, liebenswert. Eine kleine Prinzessin. Ich habe mich auf Anhieb in dieses Geschöpf verliebt und sie mochte mich auch. Ihren Vater mochte sie weniger. Wer mag schon seinen Vater, wenn er einen bei jeder Gelegenheit anbrüllt und schlägt? Dieser Saukerl! Ich habe das lange Zeit nicht mitbekommen, mich nur gefragt, warum die Mutter des reizenden Kindes oft verzweifelt war. Und eines Tages – ich hatte mich schon öfter mit den beiden getroffen, und wir gingen in ein Schwimmbad – da entdeckte ich blaue Flecken am Körper der Kleinen. Ich fragte ihre Mutter, woher sie rührten, aber sie hatte zu viel Angst, mir die Wahrheit zu sagen. Sie hatte überhaupt ständig die Furcht, ihr Mann könnte unser Verhältnis entdecken. Aber sie liebte mich und ich sie, und sie hatte wohl die Hoffnung, eine schicksalhafte Fügung würde ihr raten, was zu tun sei.« Albert stapfte jetzt kräftiger durch den Sand. »Diese Fügung kam bald. Ich suchte den Mann auf seiner Arbeitsstelle auf – er war Gabelstaplerfahrer im Hafen – und stellte ihn zur Rede. Elisabeth, seine Frau, wusste nichts davon. Ich hatte versucht, sie dazu zu bewegen, die Scheidung einzureichen und zu mir zu ziehen. Aber sie hatte nun mal Angst, und ich konnte es ihr nicht verdenken. – Vorsicht! Treten Sie nicht auf die Muschel! Sie hat scharfe Kanten!«

»Was machten Sie dann?«

»Eines machte ich nicht. Ich fasste keinen Plan, ihn zu beseitigen. Es geschah im Affekt.«

»Albert! Sie hatten doch sicher nicht zufällig …«

Lachend kam er mir zuvor. »Ich weiß! Das Messer! Das hat der Richter damals auch gesagt. Die Wahrheit war: Elisabeths Mann, der schwerer Alkoholiker war, hatte sich tatsächlich dazu durchgerungen, eine Entziehungskur zu machen, weil sein Arbeitgeber ihm klipp und klar gesagt hatte: Entweder hörst du mit dem Saufen auf, oder du kannst deine Papiere holen.«

»Und?«

»Er hatte wohl wirklich die Absicht gehabt und sich auf den Weg gemacht … Jedenfalls besuchte ich meine beiden Mädchen …«, er lächelte, »… denn so nannte ich sie schon – um ihnen etwas Leckeres zu kochen.«

»Diese Glückspilze!«

»Danke! Und weil ich wusste, dass Elisabeths Messer nicht die schärfsten waren, habe ich mir im Hotel ein kleines Sortiment ausgeliehen. Niemand hätte es gemerkt. – Der Rest ist schnell erzählt.«

»Ihr Mann kam nach Hause, weil er die Kur geschmissen hatte … sternhagelvoll, nehme ich an … ging auf seine Frau los, und Sie tranchierten ihn statt des Rinderbratens.«

Albert lachte. »Exakt! Man merkt, dass Sie Krimiautor sind. Ich wollte ihm nur drohen, bin aber dermaßen in Rage geraten, dass ich jede Kontrolle über mich verloren habe und dem Kerl das Messer in den Bauch rammte. – Übrigens: Es hätte Loup de mer gegeben, keinen Rinderbraten.«

»Und was hat Assauer damit zu tun?«

»Tja! Das war wirklich eigenartig. Nachdem ich drei Monate im Gefängnis war, sagte mein Anwalt mir, dass ein Mann mich aufsuchen wolle, der von meinem Fall aus der Zeitung erfahren habe. Es gab Berichte mit Bildern von uns dreien. Sehr unangenehm! – Ich vergesse nie den Tag seines ersten Besuchs. Er sagte mir, dass er meine Beweggründe für die Tat nur allzu gut verstehen könne und mir helfen wolle.«

»Hm. Assauer scheint mir nicht der Prototyp eines empathischen Mannes zu sein.«

»Ich glaube, Herr Sagnier, Sie irren sich. Werner Assauer machte mir den Vorschlag, als persönlicher Butler bei ihm anzufangen. Inzwischen hatte ich ja erfahren, was für eine Berühmtheit mich da im Knast besucht hatte. Die lange Zeit hier, sagte er, kann ich Ihnen nicht ersparen. Aber nutzen Sie sie, bilden Sie sich weiter und dann fangen Sie bei mir an. Er schenkte mir den dreibändigen Ratgeber *Der perfekte Butler*. Besonderen Wert legt der Chef auf einwandfreies Deutsch.«

»Sie sprechen wirklich druckreif.«

»Danke. Ich wundere mich selbst. Nicht schlecht für einen, der seine Wurzeln im Barmbeker Milieu hat, nicht wahr? Dat Platt snacken hebb ick awer nich verleernt!« Mit einem Schlag holte mich die Vergangenheit ein und ich dachte an meine Kindheit und an Wagner, an den breiten Dialekt, den er bei vielen Gelegenheiten hervorholte. »Daher vielleicht auch meine Berufswahl. Als Barmbeker wirst du entweder Hafenarbeiter oder Kneipier.« Albert kicherte. »Na gut, das gilt heute wohl nicht mehr.«

»Nein, das tut es wohl nicht. Ich stamme auch aus Barmbek. Es hat sich dort einiges geändert.«

»Sie sind Barmbeker? Die Welt ist klein, nicht wahr? – Ich habe Ihnen die Bitte, Sie beim Vornamen zu nennen, abgeschlagen. Meine Begründung war ernst gemeint. Zu einem perfekten Diener, sagt Band zwei meiner Gefängnislektüre, gehört die Wahrung der Distanz. Es ist die Voraussetzung für den respektvollen Umgang mit den Herrschaften.«

»Aber – Albert! Wir leben im einundzwanzigsten Jahrhundert! Adel und Monarchie sind abgeschafft …«.

»Bei Ihnen vielleicht«, schmunzelte er. »Nicht hier in Dänemark.« Schallendes Lachen schloss sich an. »Ich weiß, was Sie meinen, und von mir aus können Sie denken, was Sie wollen. Tatsache ist: Ich werde Werner Assauer bis ans Ende meiner Tage dankbar sein für alles, was er für mich getan hat. Ich nehme an, das können Sie verstehen, oder?«

»Nach dem, was Sie mir erzählt haben, kann ich das sehr wohl … Sagen Sie, einen Nachnamen haben Sie doch sicher. Oder hat Ihnen der kleine Ratgeber für den Butler verboten, ihn zu nennen?«

Albert nickte ernst. »Sie werden lachen. Genau das steht drin. Als Diener darfst du dich nicht mit den Herrschaften auf dieselbe Stufe stellen.« Ich sah in sein ausdrucksloses Gesicht und wusste nicht, ob er mich die ganze Zeit auf den Arm nahm. »Aber, wenn Sie mir versprechen, niemandem etwas zu verraten … mein Nachname ist … oh, es tut mir schrecklich leid, ich habe ihn vergessen.«

»Albert!!«

»Ach, er fällt mir in dieser Sekunde wieder ein. Kröger.«

»Ein Name von bestem Barmbeker Blut.«

»Meinen Sie?«

»Und ob! – Kannten Sie Assauers Sohn?«

»Wagner? Oh ja! Zu verschiedenen Gelegenheiten kam er seinen Vater hier besuchen.«

»Allein?«

»Wo denken Sie hin? Nein, er war stets in Begleitung einer Zofe, die Herr Assauer extra für ihn engagiert hatte. Zwischenzeitlich hat auch seine Mutter ihn gebracht. Beim ersten Mal war er sieben, acht Jahre alt. Ein hübscher Bengel. Immer fröhlich, aufgeweckt. Ich habe mit ihm öfter genau den Weg gemacht, den wir jetzt gehen. Er war so gern auf der Jacht. Bis er eine Reise auf der Ostsee mit seinem Vater und mir unternommen hat. Wir wollten hinauf nach Skagen. Der Junge hatte sich so gefreut.«

»Sie wollten, sagten Sie.«

»Kurz vor dem Ziel, Höhe Frederikshavn, gerieten wir in ein fürchterliches Unwetter. Der Chef hatte nur zwei Mann seiner üblichen Crew mitgenommen, weil die Vorhersagen eigentlich nicht für einen Sturm sprachen. Jedenfalls wurden wir kräftig durchgeschaukelt und hatten Probleme, den Pott auf Kurs zu halten. Wagner bekam Angst. Herr Assauer schickte ihn unter Deck, aber der Kleine kam sofort wieder hoch, weil er sich allein fürchtete.« Albert legte eine kleine Pause ein und schaute zum Hafen hinüber. »Sehen Sie, es ist nicht mehr weit. Wir könnten im Restaurant *Martino* eine Rast einlegen und dann zum Boot hinübergehen.«

»Was geschah dann, Albert?«

»Tja, das hat mir alles nicht so gefallen und ich war auch sehr erstaunt. So hatte ich den Chef noch nie erlebt. Er hat den Jungen richtig heruntergeputzt. *Du wirst doch keine Angst haben!* hat er gebrüllt. *So eine kleine Brise Wind! Du bist doch kein Weichling, oder? Mein Sohn ist doch keine Memme!* So ging es minutenlang. War nicht schön!«

»Ich schätze«, sagte ich, »Anna hat recht, und er ist wirklich ein Vater wie aus längst vergangenen Zeiten. Ein widerlicher Patriarch! – Und Sie hatten nicht zufällig ein Messer an Bord?« Mein nachfolgendes Kichern quittierte er mit einem schlichten Kopfschütteln.

»Ich bin Ihnen das Ende der Seereise noch schuldig. Herr Assauer hat es auf die Spitze getrieben und Wagner direkt an die Reling gejagt, obwohl der Sturm immer heftiger wurde und das Boot sich quer gestellt hatte. *Da!* hat er gebrüllt und den Kleinen geschüttelt, *schau sie dir an! Schau in die See und zeig ihr die Zähne! Die raue See ist das Leben, Sohn, und du wirst vor dem Leben bestehen! Spuck hinein und beweise ihr, dass du keine Furcht kennst!*«

»Um Himmels willen! Das ist ja widerlich!«

»Ich muss gestehen, das habe ich in der Sekunde auch gedacht, und unsere beiden Begleiter sahen auch nicht glücklich aus. Der Mann an der Reling erinnerte mich an …« Unvermittelt beugte er sich hinab und schlug mit der Faust ein paarmal auf den Oberschenkel.

Mir war sofort klar, was er meinte. »An Kapitän Ahab! Genau!« Albert nickte grimmig.

»Was ist denn das für ein Vater?«, sagte ich empört.

»Moment!«, sagte Albert und hob energisch die Hand. »In dem

Augenblick, als Herr Assauer auf Wagner einbrüllte, erfasste eine Riesenwelle das Schiff, und es wäre fast umgeschlagen. Der Chef konnte den Jungen nicht mehr halten, und der Sturm riss ihn über Bord.« Albert blieb stehen und sah auf die ruhige Ostsee hinaus, die nun eine abendlich dunkle Färbung hatte. Die Ereignisse schienen sich vor seinen Augen zu wiederholen. »Während wir anderen vor Schreck nur da standen, stieß Assauer einen langen Schrei aus, einen grässlichen, unverständlichen Schrei, den ich heute noch im Ohr habe. Aber dann schnappte er sich einen Rettungsring und sprang sofort in das tobende Meer.« Er verdeckte das Gesicht mit den Händen und riss sie wieder herunter. »Herr Sagnier, es war das Entsetzlichste, was ich in meinem Leben gesehen habe. Wagner trieb auf den Wellen, ruderte hilflos mit den Armen. Und er gab keinen Laut von sich! Keinen! Gar keinen! Als wundere er sich nur über das, was passierte. Dann verschwand er in den Fluten. Es war gespenstisch und beklemmend.«

»Und dann?«

»In wenigen Augenblicken war der Chef bei ihm, tauchte unter und kam nach einigen Sekunden wieder hoch – den Kleinen im Arm. Dann …« Albert lachte, lachte laut und lange, wie um die schmerzliche Erinnerung abzuschütteln, »… dann brüllte er uns an: »*Was glotzt ihr? Habt ihr nie Vater und Sohn beim Baden gesehen? Holt uns raus! Aber plötzlich!*«

Er verstummte und wir setzten unseren Weg schweigend fort. Irgendwann sagte er: »Kurze Zeit später hat Herr Assauer Wagner im Internat angemeldet.«

Im Restaurant *Martino* angenommen, bestellte ich mir gegen jede Vernunft ein großes Bier und ließ es mir in die Kehle rinnen. Es war so kalt, dass die Zähne schmerzten. Aber es löschte meinen Durst.

Albert nippte an einem Weißwein, und unser Schweigen hielt an.

Ich dachte an Werner Assauer. Was war das nur für ein Mann? Durch die großen Fenster des Restaurants konnte ich ungefähr den Punkt ausmachen, an dem wir den Strand erreicht hatten. Irgendwo da drüben lag die weiße Villa, in der er jetzt allein mit der Tochter seiner Geliebten war. Was passierte hinter den Mauern dieses Hauses? Ein weltbekannter Dirigent, gefeiert in den großen Musiktempeln, muss sich für sein Leben rechtfertigen. Ein Leben …

»Was sagen Sie?« Ich hörte Albert etwas murmeln. Sehr leise. Er schaute zur See hinaus.

»… *aber ihr müsst springen, wenn er einen Befehl gibt.*« Seine Worte wurden deutlicher. »*Aber davon hat man euch nichts gesagt, dass er drei Tage und drei Nächte auf der Höhe des Kap Hoorn tot dagelegen hat, dass er mit dem Spanier vor dem Altar in Santa Schreckliches erlebt hat? Und ihr habt auch nichts davon gehört, dass er in die Silberschale gespuckt hat? Und auch nichts davon, dass er auf der letzten Reise sein Bein verloren hat, ganz wie es eine Prophezeiung vorhergesagt hatte? Habt ihr von solchen Dingen nichts gehört?*« Er schaute mich an und lächelte. »Sie erwähnten Kapitän Ahab. Ich habe im Gefängnis nicht nur den Ratgeber für den perfekten Butler gelesen.«

»Offensichtlich. Sie zitieren Elias, den verrückten Propheten in *Moby Dick*.«

»*War* er verrückt? – Ich habe, Herr Sagnier, mich oft gefragt, warum mich Herr Assauer aus dem Gefängnis geholt hat. Sicher nicht, weil er damals zufällig einen Bediensteten brauchte. Und Mitleid war es gewiss auch nicht. Dass es in irgendeiner Weise um Manuela, die Tochter meiner Freundin, ging, scheint mir sicher. Seit der Seereise, auf der Wagner fast ertrunken wäre, habe ich den Verdacht, er habe die Katastrophe vorausgesehen. Diese und die folgenden.«

»Oder er hatte schon eine erlebt, an der er Schuld trägt und wollte Abbitte leisten.«

Mit großen Augen sah Albert mich an. »Wie meinen Sie denn das?«

»Ich weiß es nicht. Es ist so eine Ahnung.« War es das? War Assauer verstrickt in eine Geschichte, von der niemand außer ihm etwas wusste? »Trinken wir noch etwas, Albert?«

»Für mich nichts mehr, danke. Aber bestellen Sie sich ruhig noch ein Bier. Wir haben Zeit.«

So, so!

»Ja? – Was wurde eigentlich aus Ihrem Verhältnis zu dieser Elisabeth?«

Er lächelte. »Zwei Jahre können eine sehr lange Zeit sein. Für den drinnen und die draußen. Sie hat einen netten Mann kennen gelernt, der sie und Manuela aufrichtig liebte. Ich gönne es ihr und ihm und der Kleinen.«

»Sie sind ein fabelhafter Mensch, Albert!«

Zwei Jahre können eine sehr lange Zeit sein. Ich dachte an Katja, und ich dachte an meine Töchter.

»Danke! – Wenn Sie das nachher wieder vergessen, können Sie übrigens Georg zu mir sagen. Das ist mein richtiger Vorname. Georg.« Er grinste. »Schorsch Kröger.«

11

Papi! Papi!« Eine Hand rüttelte an meiner Schulter. »Aufwachen! Telefon! Es ist Tante Bine.« Ich verzog das Gesicht, drehte mich auf der Couch herum und nahm den Apparat von Melanie entgegen, die mich gespannt ansah. »Sie ist ziemlich sauer, wenn du mich fragst«, schob sie leise nach.

Ich versuchte, mir den Schlaf aus den Gliedern zu schütteln. »Hallo, Sabine! Was gibt es denn?« Mehr als einmal hatte sie mich scheinheilig gefragt: *Du schläfst? Um diese Zeit? Und was machst du nachts?* Das gepflegte Nickerchen zur Mittagszeit lag für sie außerhalb ihres Vorstellungsvermögens. Ebenso die Einsicht, dass Schriftsteller nun mal einen anderen Tagesablauf haben als Betreuerinnen einer evangelischen Kindertagesstätte. *Nachts schreibe ich, Sabine. Wenn ich nichts anderes vorhabe.*

Seitdem sie Lunte gerochen hatte, weckte sie mich zu gern, nachdem sie, Fabian und die Jungs gerade die Kartoffelschüssel geleert hatten.

Diesmal ersparte sie sich einen einschlägigen Kommentar. »Hol ihn hier raus, Tom! Schaff ihn weg!! Er bleibt keine Minute länger in diesem Haus! Dieser Irre!« Zum ersten Mal erlebte ich sie völlig aufgelöst. Sie schien sogar den Tränen nah.

»Beruhige dich! Was ist denn los?« Diese Frage war ziemlich überflüssig, denn natürlich wusste ich, dass es um Wagner ging.

»Fabian ist schon unterwegs und sucht ihn«, schluchzte sie. »Der wird sich irgendwo im Wald versteckt haben. Dieser Unhold!«

»Sabine, bitte! Versuch, dich zu beruhigen und erkläre mir, worum es geht. Wovon sprichst du?«

»Dein kleiner Freund hat … Dieser Lumpenhund! Dieser Scheißkerl!« Aus ihrer Wortwahl schloss ich, dass ihre Söhne nicht in Hörweite waren.

»Was hat Wagner angestellt? Es lief doch alles gut!«

»Er hat Ge … Nein, das kann ich dir nicht am Telefon sagen. Der Junge ist doch krank! Thomas, komm sofort her und schau dir das selbst an!«

»Wo ist Fabian? Lass mich mit meinem Bruder sprechen!«

»Hörst du mir eigentlich nicht zu? Ich sagte doch: Der sucht ihn! Draußen!«

»Sag mir jetzt, was vorgefallen ist!« Es war nicht das erste Mal, dass ich sie anherrschte. Sie konnte mich auf die Palme bringen mit ihren vagen Andeutungen – Aufregung hin oder her. Und ihre Gegenreaktion war stets dieselbe. »Du kommst jetzt her! Sofort!« kreischte sie.

»Es dauert über eine Stunde, bis ich bei euch sein kann. Und eigentlich muss ich jetzt …« Manchmal rettete ich mich in Ausflüchte. »Sabine? … Hallo?« Wutentbrannt warf ich das Telefon in einen Sessel. Nicht nur, dass sie mir mit geplanter Regelmäßigkeit meinen Schlaf raubte. Wenn sie merkte, dass sie mich wach bekommen hatte, legte sie gern mitten im Satz auf. Katja zuckte in solchen Momenten die Schultern und sagte: »Feinde und Freunde kann man sich aussuchen. Familie nicht.«

Mir blieb nichts anderes übrig, als Jacke und Wagenschlüssel zu schnappen. »Melli, wenn Mama kommt, sag ihr bitte, dass ich auf dem Weg zu Fabian bin.« Als sie den Mund aufmachte, sagte ich schnell: »Erklärungen folgen, wenn ich wieder zurück bin.«

Die Autobahn war um diese Zeit ziemlich frei, sodass ich Hamburg schnell hinter mich brachte.

Was konnte passiert sein? Noch am Abend zuvor war ich erfreut gewesen, Fabian am Telefon in höchsten Tönen über Wagner reden zu hören.

»Was ist denn das für ein Trubel bei euch?«

»Ach, wir spielen Mensch-ärgere-dich-nicht, und die Jungs machen Wagner ein ums andere Mal nass«, lachte mein Bruder und ich hörte die

Kleinen im Hintergrund vor Vergnügen kreischen. »Unter uns«, flüsterte er, »Wagner lässt sie gewinnen, aber das macht er so geschickt, dass sie es nicht merken. Wirklich ein feiner Kerl!« Allerdings! Ich hätte meine Zweifel gehabt, dass Wagner überhaupt wusste, was er da spielte. – Fabians Stimme blieb gedämpft, als er ergänzte: »Das erleben Jonas und Matthäus ja nicht oft. Wie du weißt, kennt Sabine kein Pardon.«

Oh ja, ich wusste! Sabine kannte kein Pardon, und das galt nicht nur für Brettspiele. Aber sie war genau die Frau, die Fabian brauchte und auf einen guten, einen richtigen Weg gebracht hatte.

Als sie sich kennen lernten, steckte mein so überaus leichtfertiger Bruder gerade in einer tiefen Sinnkrise. Mit ihrer Hilfe schwor er seinem vorigen Leben ab, kehrte den angeblichen Freunden den Rücken, was einen Umzug hinaus aus Hamburg nach Ansicht beider unumgänglich machte, und beglich seine immensen Schulden (mit meiner bescheidenen Hilfe).

Er hatte also die Chance bekommen, ein neues Leben zu beginnen. Seinen früheren Arbeitsplatz hatte er zwar durch seine Unbeherrschtheit verloren, aber er war handwerklich geschickt und dazu noch jung genug, um noch einmal durchstarten zu können.

Was ihm fehlte, hatte er jetzt in Sabine bekommen. Eine führende Hand, denn Fabian verfügte über Können und Talent, aber kaum über gesunden Ehrgeiz. Seine Fähigkeit, sich ein Ziel zu stecken und dieses Ziel unter Überwindung aller natürlichen Hindernisse zu erreichen, war bei ihm seit jeher kümmerlich ausgeprägt. Mit Ausnahme von Hindernissen in menschlicher Gestalt. Die räumte er ohne viel Federlesen beiseite.

Mit Sabines Unterstützung schaffte er es, sich mental in den Griff zu bekommen und in Streitfällen den Kopf vor seiner Faust zu bemühen.

Bei Soltau verließ ich die Autobahn und folgte der Straße nach Munster.

Fabian war nicht immer ein Heißsporn gewesen. Ich fuhr mit dem Finger über die kleine Scharte auf meinem Nasenrücken und dachte zurück an die Zeit, in der ich mit ihm und den anderen das Haus an der Hufnerstraße besetzte. Neun Jahre alt war ich, mein Bruder elf.

Ich erinnerte mich so genau, weil ich in dieser Zeit ein Tagebuch führte, das später die Grundlage für meine Schriftstellerkarriere bilden sollte. Penibel notierte ich alle Vorgänge rund um unseren Häuserkampf, Vorgänge, die bei mir einen nachhaltigen und schmerzhaften Eindruck hinterließen.

Wir besetzen das Haus zwei bis drei Mal im Monat. Im Winter seltener, weil das Gebäude keine Fenster und Türen hat und es fürchterlich durchzieht. Den alten Ofen machen wir nie an, denn erstens wissen wir nicht, ob er es noch bringt, und zweitens hat niemand von uns eine Ahnung, wie man einen Ofen anschmeißt. Drittens haben wir Angst, das ganze Haus abzufackeln, und dafür muss man es ja nicht erst besetzen.

Im Sommer, wenn die Sonne in die Räume scheint, ist es angenehm in dem alten Abbruchhaus. Dann zieht ein leichter Wind durch die Zimmer, und wir warten bei Nussriegel und Limonade einfach, bis die Bullen kommen.

1985–87 waren die Kämpfe unten an der Hafenstraße auf ihrem Höhepunkt, und für uns Kinder gab es nichts Spannenderes und Aufregenderes, als die Aktionen nachzuspielen. Wir waren glühende Verehrer der Hausbesetzer in St. Pauli.

Keiner hat Lust, Bulle zu sein. Wir nicht und die aus Nord auch nicht. Als Polizist kann man schnell Beulen am Kopf kriegen und nass werden. Wir halten es daher für fair, jedes Mal die Rollen zu tauschen, damit jeder mal der Gelackmeierte ist.

Der Osterbekkanal ist die Grenze. Die aus Barmbek-Nord bilden einen Haufen, bestehend aus acht Jungs. Wir aus dem Süden sind einer weniger, aber das machen wir durch Kampfgeist und Einsatz wett.

Die Ausrüstung der Besetzer besteht aus Brettern und Latten, die aus den Fenstern der oberen Etagen auf die Polizisten geworfen werden. Außerdem haben wir Eimer, aus denen wir Wasser nach unten gießen. Das Problem ist, dass es im ganzen Haus keine funktionierenden Wasserleitungen gibt. Aber das gehört eben dazu: Wer gerade Besetzer ist, muss das Wasser, das wir aus zwei Regentonnen klauen, in den zweiten Stock schleppen. Die Tonnen stehen im Garten eines Nachbargrundstücks und wenn sie mal leer sind, haben die Bullen eben Glück.

Aber sie sind auch nicht wehrlos, die Gesetzeshüter. Vor allen Din-

gen, wenn Kalle Behrens, der Fettsack aus Barmbek-Nord, dran ist mit Einsatzleiter. Die haben Schlagstöcke von den Weiden am Wiesendamm. Ziemlich dicke Dinger. Kalle gibt den Wachtmeistern den Befehl, die Besetzer, also uns, aus dem Haus zu scheuchen. Verhauen oder ausräuchern, meint er. Ohne Ofen.

Und weil die Polizei alles Mögliche an Zeugs hat, aber keine Handschellen, sagt Kalle: Wenn wir euch beim Arsch kriegen, fesseln wir euch mit Paketband! Sein Vater arbeitet nämlich bei der Post.

Heute ist es leider so, dass wir aus Süd die Bullen sind und die Regentonnen bis obenhin voll. Aber mein Bruder ist so gewitzt, dass er bei Karstadt fünf Regenschirme stibitzt hat. Zwei von euch stellen sich schon mal in den Türrahmen, sagt er, dann passt das.

Nun fängt Kalle, der Arsch, an, von oben Bretter runterzuwerfen. Davon gibt es ja in so 'nem Abbruchhaus reichlich. Das ist gar nicht so dumm von ihm, weil dagegen helfen Regenschirme überhaupt nichts. Und prompt kriegt Fabian so 'n Ding genau an den Kopf. Mit der Kante auch noch.

Fabian ist stinksauer, weil der blöde Kalle ihn ausgetrickst hat, und ruft: Neuer Befehl von Bürgermeister Dohnanyi! Sofort Stahlhelme auf und die Bude stürmen! Ohne Rücksicht auf Verluste! Dabei reibt er sich die Stirn, weil sie weh tut.

Stahlhelme haben wir nicht (sonst wär das mit den Brettern ja nicht so schlimm), aber unsere Pudelmützen. Zwei sogar polizeigrün.

Wir die Stufen hochgepoltert, da schütten die Penner das Wasser durch das Treppenhaus und wir ohne Schirme! Kalle Behrens, du alte Sau!, brüllt Fabian. Wenn ich dich erwische, erlebst du dein blaues Wunder! Und ich kenn meinen Bruder. Der ist echt sauer! Erst das Brett und nun auch noch nass. Und Kalle ist zwar fett, aber erst zehn und kriegt das richtig mit der Angst. Aber ihr müsst Fabian auch mal sehen! Wütend bis zum Anschlag! Stürmt auf Kalle zu. Die anderen Nord-Säcke glotzen nur. Da nimmt Kalle in seiner Not ein Brett und wirft das nach Fabian. Der hat genug an einer Beule und duckt sich. Und wer steht hinter ihm und kriegt das Brett ab? Na, wer wohl?

Ich höre, wie es laut knackt, das Blut schießt aus meiner Nase, und mir wird original schwarz vor Augen.

»Oh, Scheiße!«, ruft mein Bruder und wird blass.

»Oh, Scheiße!«, jammert Kalle Behrens und wird kreidebleich (das mit dem Schwarz vor Augen hat ein bisschen gedauert).

Ich liege auf dem Boden und die anderen, Besetzer und Bullen, beugen

sich über mich. »Tom, lebst du noch? Sag doch was, oder bist du tot?«
Das ist Kalles Stimme.

»Habt ihr noch Taschentücher?«, fragt Fabian. »Du bist so ein Idiot,
Kalle!« Er presst ein frisches Tuch auf meine Nase, in der es ganz merkwürdig pocht.

»Mann, das tut mir so leid!«, jault Kalle. »Aber was duckst du dich
denn auch?«

Ich kann nicht sehen, wie mein Bruder ihn anguckt. Sagen tut er nichts.

»Ich glaube, er muss zum Arzt.« Das ist Walter Sadowski, Nord. Rü-
benkamp, glaub ich.

»Boah, das Blut!« Erwin Dreyer, Süd. »Und die Nase wird immer
dicker!«

»Wir müssen ihn ins Krankenhaus schaffen!« Kalle wieder. »Mach
doch mal was, Fabian!«

»Wir brauchen ein Telefon!«, sagt mein Bruder. »Benny, lauf rüber zu
dem Nachbarn und sag Bescheid!«

»Was? Und wenn der das mit seinen Regentonnen geschnallt hat?«

»Hat er nicht! Der wär schon längst hier gewesen.«

»Beeilt euch! Thomas stirbt!« Kalle Behrens hat jetzt eine ganz wei-
nerliche Stimme. Ich hab ihn nie leiden können, den Fettsack! Ich weiß:
Er kann nichts dafür. Irgend 'ne Krankheit. Und Sorgen macht er sich ja!
Macht sich echt Sorgen um mich!

Damals hatte Fabian mir meine Nase gerettet, weil er schnell und
umsichtig reagierte. Den dicken Behrens zu verprügeln, kam ihm
in dem Moment nicht in den Sinn.

Ich kam schnell ins Krankenhaus und die Ärzte konnten meine
Nase so richten, dass nur die kleine Narbe übrig blieb. Und es war
immerhin ein doppelter Bruch gewesen.

Klar, so was passierte dann auch mal! Nicht alles ging ohne
körperliche Schäden ab – trotzdem! Man schlug sich, man vertrug
sich, und das oberste Gesetz, das erste aller Gesetze bei Reibereien
war: bis hierhin und nicht weiter! Ein Gesetz, das zu späteren Zeiten seine Bedeutung verlor. Später, als die Hemmschwelle bei den
Kindern deutlich sank und sie weiter auf den wehrlosen Kontra-
henten einschlugen. – Tritt nicht auf den Gegner, hieß es damals,
wenn er am Boden liegt!

Fabian hielt sich an diese Regeln – bis er volljährig wurde.

Leichtsinn, falsche Freunde – es gab genug Gründe, dass er den Pfad der tugendhaften Schlägereien verließ.

Den dicken Kalle hat er übrigens Jahre später doch noch vertrimmt. Das hatte aber nichts mit nachfolgender Blutrache und Wiederherstellung der Familienehre zu tun.

Nein, Kalle hatte Fabian seine damalige Freundin ausgespannt. Ausgerechnet! *Was hat er, Tom, was ich nicht habe?* Er war völlig ratlos. Ich sagte ihm die Wahrheit: *Kohle, Fabian, 'ne Menge Kohle! Vergiss die Schnalle!*

Mein Bruder folgte meinem Rat, verdrosch den Dicken trotzdem – *einfach, damit ich mich wieder wohlfühle, Tom. Damit nichts bleibt, verstehst du?* Er machte es einfach zum Spaß, und damit begannen seine Probleme.

Sie endeten, als er auf Sabine traf. Sie entstammte einem streng christlich geprägten Elternhaus, und es war für Fabian nicht einfach, dass sie nun sein Leben komplett umkrempelte und es nach ihrem Glauben ausrichtete. Aber es war seine einzige Chance.

Nach zehn Minuten bog ich in eine Schotterpiste ab, die mich zu ihrem Resthof brachte.

Sabine und Fabian hatten sich mit dem Erwerb des alten Anwesens einen Traum erfüllt. Mein Bruder war sofort Feuer und Flamme gewesen, und mit seinem handwerklichen Geschick schaffte er es (unter Sabines Antrieb), nach zwei Jahren nicht nur die Gebäude komplett zu restaurieren, sondern auch einen Biohof entstehen zu lassen. Von den Erlösen und Sabines Beschäftigung als Erzieherin erzielten sie ein hinreichendes Einkommen.

Vierzehn Tage zuvor wollte ich Fabian aufsuchen, denn als leidenschaftlicher Krimifan gab er, neben einem pensionierten Kriminalbeamtem, mir oft nützliche Ratschläge.

Ich hatte Wagner beiläufig von meinem Bruder erzählt und war überrascht, als er mich bat, ihn mitzunehmen. »Warum überrascht? Mein Opa hatte einen Bauernhof, und ich habe meine halbe Kindheit dort verbracht.«

»Wagner! Eines sag ich dir! Irgendwelche krummen Sachen, irgendein fieses Ding, und ich trete dir in den Arsch! Ich liebe meinen Bruder und will ihm keinen Nachwuchsgangster ins Haus bringen.«

»Es gibt keinen Stress! Versprochen!«

Im Unterschied zu mir hatten Fabian und Sabine keine Bedenken, und da Wagner richtig Feuer und Flamme zu sein schien, war ich schließlich einverstanden. Es waren Osterferien und er sei froh, sagte Wagner, ein paar Tage aus der stickigen Luft Hamburgs herauszukommen.

Am Abend hatte ich Skrupel, den Hof allein wieder zu verlassen, aber Wagner machte einen so guten Eindruck auf die ganze Familie, dass sie ihn einluden, so lange dort zu bleiben, wie es ihm passte.

Fabian rief mich in der Zeit regelmäßig an und schwärmte geradezu vom neuen Gast. Wagner sei interessiert an allem, was auf dem Hof geschah, packe kräftig zu und passe sich den häuslichen Gepflogenheiten problemlos an. Zu diesen Gewohnheiten gehörte der Verzicht auf vieles, was das Leben komfortabel macht. Sabine predigte Enthaltsamkeit und sparsames Wirtschaften, und ihre Familie hatte sich damit weitgehend abgefunden. Zum Beispiel gab es zwar fließendes Wasser, das aber nur kalt aus den Hähnen kam. Eine Dusche war bewusst nicht eingebaut worden, sondern befand sich außerhalb des Hauses in einer Ecke hinter der Küche. An einem Gestänge hing eine große Gießkanne, die mit einer langen Schnur betätigt wurde. Im Winter wurde dieses Wasser auf dem Herd erwärmt.

Was ich für einen Spleen hielt, meinte sie durchaus ernst. »Das Leben im Einklang mit der Natur ist so voller Erfüllung, Thomas! Du solltest es auch mal versuchen.« (Wenn ich nach einer Sauftour bei bitterkalter Nacht mein Wasser in die Büsche abschlug, konnte ich ihr nicht ganz folgen.)

Wagner hatte kein Problem mit diesem spartanischen Leben. Er ließ sich erklären, worin der Vorteil von biologisch angebautem Gemüse besteht und habe gestaunt, sagte Fabian, wie alles miteinander zusammenhing und wie wichtig unbehandeltes Gemüse für die Gesundheit des Menschen (und der Tiere) sei. Bereitwillig habe er Gesprächen beigewohnt, in denen Sabine mit ihrem Mann über religiöse Fragen redete und oft auch stritt (das Thema Juden schien er wohlweißlich zu vermeiden; ich hörte jedenfalls nichts Nachteiliges).

Meine Bedenken wurden nach jedem Anruf geringer, und ich

freute mich, dass sich Wagner seinen Aufenthalt in Sahlenstedt so hartnäckig erstritten hatte.

Nach weiteren fünf Minuten hielt ich vor dem Haupthaus.

Ich hatte kein gutes Gefühl. Schon jetzt plagten mich Gewissensbisse. Es hat keinen Zweck, dachte ich. Er ist auf die Dauer nicht zu bändigen. Es wird immer etwas geben, das ihn aus den Gleisen wirft.

Sabine lief mir fast in den Wagen. Ich machte eine Vollbremsung und sie riss am Türgriff. »Er ist der Teufel!« Ihre Stimme überschlug sich. »Der Teufel in Menschengestalt!« Sie warf die Hände in die Luft und schrie in den Himmel: »Herr, erlöse uns von ihm!« Als ich ausstieg, schob sie sehr irdisch nach: »Von diesem Arschloch!«

»Willst du mir nicht endlich sagen …« Dann sah ich meinen Bruder mit finsterem Gesicht aus der Tür kommen. »Fabian! Was ist passiert? Wo ist Wagner?«

»Ich kann ihn nicht finden! Werde ich wohl auch nicht. Er hat seine Klamotten gepackt und ist verschwunden. Wenn ich ihn erwische, drehe ich ihm den Hals um!«

»Könnte mir irgendjemand mal endlich erklären, was er …« Die Erklärung gab mir keiner von den beiden, sondern Jonas. Der jüngste Spross kam mit verweinten Augen auf mich zu und hielt eine tote Katze in der Hand, von deren Hals eine Schnur baumelte. »Warum hat er das gemacht, Onkel Thomas?« Jonas schaute mich ratlos und verzweifelt an. »Genesa hat ihm doch nichts getan.«

In diesem Moment packte mich die Wut. Nicht, dass ich ein großer Katzenliebhaber wäre und warum, zum Kuckuck, hatte Sabine das Tier *Genesa* getauft? Aber was Wagner getan hatte – und ich hatte keinen Grund, daran zu zweifeln – widersprach allen Regeln der Fairness. Widersprach allen Grundsätzen der Menschlichkeit.

»Nackt?«

»Ja, vollkommen nackt!«, sagte Fabian. »Er hat wohl geduscht und rannte wie ein Wahnsinniger über den Hof. Nackt und pitschnass. Und er schrie.«

»Er schrie? Was hat er geschrien?«

»Nichts, was man in Worte fassen könnte. Einfach einen lauten, langen Schrei.«

»Und?«

»Er schlug ständig Haken und lief auf den Schuppen zu. Dann habe ich ihn nicht mehr gesehen. Ich habe zuerst gedacht … bei der ungewöhnlichen Wärme, die schon seit Tagen herrscht, haben wir ein frühes Wespennest ein paar Meter neben der Dusche. Ich habe vergessen, es Wagner zu sagen. Deshalb hatte ich angenommen, er wäre ihm zu nahe gekommen.«

»Aber du hast keine Wespen gesehen«, sagte Sabine.

Fabian schüttelte den Kopf. »Nein. Das Ganze war sehr unheimlich.«

»Warum, Thomas?« Sabines Augen waren feucht, und sie zerknüllte ein Taschentuch. »Warum macht er so etwas? Warum macht jemand so was?«

Ich war froh, dass sie mich nicht mit ihrem üblichen Es-sind-alle-Geschöpfe-des-Herrn-Sermon nervte. Sie reagierte einfach so, wie ich es auch getan hätte.

»Das wüsste ich auch gern. Wo habt ihr die Katze gefunden?«

»Wenn einer von uns es jedenfalls gewesen wäre!«, sagte Sabine. »Es war Jonas. Wagner hat Genesa einfach …« Sie verfiel ins Weinen.

»Er hat sie aufgehängt, Tom!« Fabians Stimme war voller Hass. »Mit einer Schnur aus der Werkstatt. Er hat sie nicht einfach erwischt und sie getötet. Hingerichtet hat er sie.«

»Wie meinst du das?«

»Die Werkstatt liegt ganz auf der anderen Seite. Dein Freund hat die Verfolgung abgebrochen, sich eine Schnur besorgt und sich dann wieder auf ihre Suche gemacht. Dann hat er sie ganz überlegt und gezielt umgebracht. Das ist der Gipfel der Barbarei, Tom! Das ist nur noch grausam!«

»Er ist ein Killer! Ein blutrünstiger Mörder!«, rief Sabine.

»Ja! Ja! Okay! Ihr habt ja Recht! Trotzdem − es ist schon ein Unterschied, ob …«

»Sag es nicht, Tom!«, zischte meine Schwägerin. »Sag es ja nicht!«

Ihre verweinten Augen sahen mich sehr, sehr böse an, und ich führte den Satz nicht zu Ende.

»Ich werde mit ihm reden«, versuchte ich zu beschwichtigen. »Es muss einen Grund geben …«

Sabine unterbrach mich. »Thomas, was immer der Grund ist und ob er je einen hatte, … schaff ihn uns aus den Augen!«, fauchte sie. »Ich will ihn hier nie wieder sehen! Nie mehr, verstehst du?«

Ich erwiderte ihren Blick und nickte.

»Es ist auch wegen der Kinder«, sagte Fabian. Er war etwas ruhiger geworden.

»Richtig, Fabian«, sagte ich. »Die Kinder.«

Ich drehte mich um und ging auf meinen Wagen zu. Beim Einsteigen wandte ich mich noch einmal um. »Auch Wagner ist ein Kind.«

12

Klanzow. Montag 14. September 2015

Der Jenosse Staatsratsvorsitzende …«, ätzte die stämmige Frau in dem geblümten Kittel, »… hat damals nämlich jedacht, bei uns kann er sich vastecken und warten, bis die Uffrejung sich jeleecht hat und er wieder machen kann. Aber …«, lachte sie hämisch, »… der Mann hat bei uns keen Been uff die Erde jekricht. Wir ham ihn jleich wieder rausjeschmissen.« Sie stellte die Gläser ab und den Teller mit den Bestecken in die Tischmitte. »Erich, ham wer jesaacht, nu is Sense. Nu is Schluss mit vierzisch Jahre Rumkommandiean. So ham wa uns den Sozialismus nich vorjestellt. Nu saacht det Volk der Arbeiter un Bauern dir, wo et längs jeht. – Der Herr bekommt den Zander, wa?«

Ich nickte.

»Jute Wahl. Bei mir bekomm Se nur janz frisch aus der Rejion.« Stolz lächelnd legte sie das Fischbesteck auf meinen Platz und nahm den Faden umgehend wieder auf. »Damit hat er nich jerechnet, der saubere Herr. Un, wohin nu? hat er jejammert. Wissen wir ooch nich, Erich, ham wa jesaacht, aber nich zu uns! Nimm deine Marjott und macht euch vom Acker! – Ihren Salat ohne Zwiebeln. Hab ick nich vajessen. – Woran's denn jefehlt hat,

hat er jefragt. Bananen in der Kaufhalle und 'n Loch inna Maua, ham wa jesaacht. Hat er nur dumm aus der Wäsche jekiekt. Na ja. Is denn ja ooch allet janz anders jekommen. – Ick kiek ma, wie weit wa sind.«

Wir bedankten uns und prosteten einander zu. Der Wein war exzellent, hatte die richtige Temperatur und war nicht zu süß. Ich hatte mit mir gerungen, ob es richtig sei, Alkohol zu trinken. *Ein* Glas, hatte ich schließlich gedacht, ein Glas wird nicht schaden. Wie ich bei solchen Gelegenheiten immer dachte. Ach komm, *ein* Glas!

Wir erreichten Klanzow, ein verschlafenes Nest in der Uckermark, am frühen Nachmittag, nachdem wir uns ein paarmal verfahren hatten. Die Landschaft war unglaublich reizvoll, aber ohne markante Punkte, an denen wir uns hätten orientieren können. Dichte Wälder drängten sich bis an die Ufer der klaren Seen, die strahlende Sonne tauchte die sanften Hügel in ein sattes Grün. Der holprige Belag der schmalen Straßen bildete einen einvernehmlichen Kontrast zu den alten, knorrigen Laubbäumen, die sich als schützende Hauben über den brüchigen Asphalt wölbten. Halb verborgen von nachlässig gekürzten Ästen wies uns ein unauffälliges Schild schließlich den richtigen Weg.

Die Wirtin der *Pension Strehler* konnte uns weiterhelfen. »Da fahrn Se janz eenfach zirka fuffzehn Kilometer jradeaus, halten sich links, denn kommt eine Weggabelung. Sie nehm die rechte Straße, denn noch'n Stück am See lang. Hinter dem kleenen Wäldchen sehn Se det Landgut. Zum Schloss is et denn ooch nich mehr weit.«

Wir baten sie, uns ein Essen zu machen, bevor wir unseren Weg zur Unterkunft fortsetzen wollten. Schnell kamen wir ins Gespräch und sie erzählte uns Geschichten aus der Zeit, in der es zwischen Rhein und Oder noch zwei Staaten gab. (»Ick weeß nich, ob allet schlecht war. Ich weeß nur, det nich allet jut war.«)

»Alle Achtung!«, flüsterte Anna. »Das war die beste …«

»Hats Ihn jeschmeckt?«, fragte die Wirtin, von der wir nur den Vornamen kannten (»Sagen Se einfach Traute. So nennt mich jeder hier. Nur Traute.«).

»Ich wollte gerade zu meinem Begleiter sagen, dass dies die beste Soljanka war, die ich je gegessen habe.«

»Det freut mir unjemein, Frollein!«, strahlte Traute. »Aber dit is keen Wunder. Allet handjemacht. Ooch det Letscho. Un echte Jurkenlake. Keen Essig. Janz wie früher.«

»Wie lange gibt's die Pension denn schon?«, fragte ich, während ich mein viertes Glas Wein leerte.

»Eewich un drei Tage«, erklärte Traute. »Jenerationen von meine Familje ham den Laden jeführt. Hier ham schon Fontane, Willem Zwo und der Ernst jespachtelt. Thälmann. Da drüüm is der Ernst jesessen un hat sein Bauernfrühstück vaputzt. Un denn warn die Nazis da, ham jegrölt, jesoffen wie nüscht Jutet un uff de Tische jereihert.« Geschickt platzierte sie das schmutzige Geschirr auf Hand und Unterarm. »Und da vorn, der Tisch neben dem Kamin, da hat der Herr Professor jesessen.« Ihre Stimme wurde warm und sie sah mit verklärtem Blick auf den schweren Eichentisch. »Imma mit'm Kleenen. Watt for'n süßer Fratz! So uffjeweckt und imma fröhlich.«

»Sie meinen Werner Assauer?«, fragte Anna.

Sie kassierte ein Paar strafende Augen. »*Professor!* Professor Assauer, ja, der. Kennen Se ihn denn näher?«

»Ganz entfernt. Eigentlich mehr vom Namen her«, lächelte Anna. »Ist ja eine Berühmtheit.«

»Un nich umsonst. So een feiner Herr! Sieht ümma noch jut aus, ooch wenn er nich mehr der Jüngste is.«

»Und der Junge?«

»'n janz Lieba! Een Joldstück, saach ick Sie. Blond wie Siechfried un Oogen so blau wie die Südsee … ümma untawegs, seine Augen. Überall hin. Wollt allet wissen, der Kleene.«

»Wissen Sie, wer er war?«

»Na klar. Eina aus dem Internat. Wohl'n Verwandta vom Herrn Professor. Dieselben Augen.«

»Vom Schloss Wallstein?«

»Ja. – Sagen Se, watt interessiert Se det eijentlich allet?«, fragte Traute argwöhnisch.

»Es ist so, Traute«, bemühte ich mich um einen vertraulichen Ton. »Ich bin freiberuflicher Journalist und meine Kollegin Kahlenberg ist Fotografin …«

Zur Bekräftigung zeigte Anna auf ihre Ausrüstung.

»… und wir schreiben gerade eine Geschichte über das Internat, verstehen Sie?«

Sie verstand, behielt aber ihren skeptischen Blick bei.

»Hm. Und wie wir erfahren haben, sorgt der Ass… der Herr Professor ja dafür, dass das Schloss finanziell gut ausgestattet ist.«

Sie nickte. »So is det! Wenn der nich wär, die hätten die Schule schon lange zumachen müssen.«

»Wissen Sie denn auch, wie es zu dieser Verbindung kam?«, fragte ich. »Was hat Herr Assauer denn mit dem Internat zu tun?«

»Det is 'ne lange Jeschichte. Er hat sich nach dem Mauafall hier'n bissken umjekiekt un is zufällich uff det Schloss jestoßen. Da hat er den Mühlbauer kennenjelernt …«

»… den Leiter des Internats«, sagte Anna.

Traute runzelte die Stirn. »Na, Se wissen ja schon allet.«

»Nur, dass er das Internat aufgebaut hat«, beeilte sich Anna zu sagen. »Aber Professor Assauer ist Dirigent, Musiker …«

»Sehn Se, det war der Mühlbauer doch ooch. Nich Dirigent, aber sonst. Na, so mehr Hobby. Ham sich jleich juut verstanden, die beeden. Mühlbauer hat sich nach der Wende um det baufällje Jemäuer bemüht. Sie wissen noch, wie det mit der Treuhand lief? – Sehn Se! – Der Mühlbauer hat eene Abfuhr nach der annern jekricht, aber sobald der Professor uff'n Plan trat, flutschte det. Un er hat jleich dafür jesorgt, det die Jungs neben andere Fächer vor allem Musik lernen.«

»Aha.« Ich leerte mein Weinglas und bat Traute, nachzureichen. Sie schaute mich mit einem ahnenden Blick an. »Sie auch noch, Anna?«, versuchte ich abzulenken. Die schüttelte den Kopf und fragte: »Jungs, sagen Sie. Es gibt also keine Mädchen im Internat?«

Traute wiegte den Kopf. »Wenije. Sie müssen wissen: Det is keen leichtet Leben da. Die Kleenen müssen richtig ran. Det is nüscht for det schwache Jeschlecht. Aber seit kurza Zeit sind ooch'n paar Meechen dabei.«

Unauffällig schielte ich zum Tresen, wo die Getränke aufgereiht auf einer Konsole standen. »Danke, Traute. Nun weiß ich wieder mehr.«

Mein Versuch, das Gespräch abzukürzen, lief ins Leere. »In welchem Alter sind die Schüler denn so?«, hakte Anna nach.

»Von janz früh bis so … siebzn, achtzn. Allet Hochbejabte. Musik, Kopprechnen, Kompjuta, Schreim, watt weeß ick.«

»Schreiben? Nachwuchsliteraten? Konkurrenz für mich?«, grinste ich. Mir wurde jetzt warm und meine Zunge bekam Gewicht.

»Kann schon sein.« Traute schaute auf das Geschirr in ihren Händen. »'tschullijen Se. Ick muss det ma eben …« Als sie Richtung Küche ging, öffnete sich die Außentür und ein großer, überaus dünner Mann etwa in den Siebzigern kam herein. Er trug eine leuchtend rote Kunststoffbox vor seiner Anglerhose, die ihm um den Körper schlotterte und bis zur Brust reichte. »Hallo, Traute! Hier ist dein Fisch.«

»Tach, Claudius. Wundaba! Folge mia unauffällich!« Sie ging voran und stieß die Schwingtür mit dem Hintern auf.

»Was halten Sie davon?«, fragte Anna leise.

»Klingt glaubwürdig«, antwortete ich. »Wir werden auf dem Internat sehen, ob das alles stimmt.«

»Wir werden es jedenfalls versuchen. – Mühlbauer, Mühlbauer.« Sie überlegte. »Irgendwo habe ich den Namen schon mal gehört.«

»So furchtbar selten dürfte er nicht vorkommen.«

»Trotzdem. Mein Gefühl sagt mir, ich hätte ihn in einem passenden Zusammenhang gehört oder was über ihn gelesen. Und ich denke nicht an Musik.«

Unter Gelächter wurde die Schwingtür wieder aufgedrückt. Traute und ihr Fischlieferant sahen in unsere Richtung und ich hatte das Gefühl, ihr Heiterkeitsausbruch galt mir.

»Guten Tach.« Claudius hatte die Daumen hinter die Hosenträger seiner Anglerhose gehakt und sah uns freundlich an. »Sie sind aus Berlin, habe ich gesehen.« Er deutete zum Parkplatz, auf dem Annas Wagen stand. »Traute sagte mir gerade, dass Sie sich für das Internat interessieren. Da sind Sie ja nicht die Ersten.«

»Aha!«, sagte ich.

»Nee. Vor knapp zwei Jahren war schon einmal ein Kamerateam vom *rbb* hier. Haben 'ne nette Reportage gemacht.« Er lächelte. »Ich war da auch zu sehen. Auf meinem See. Gleich neben dem Schloss. Beim Angeln. Aber nur kurz. So für die Stimmung, ham sie gesagt. Für die Idylle.«

»Schön!«, erwiderte ich.

Claudius räusperte sich, sah sich zu Traute um, die am Tresen stand und etwas auf einen Zettel schrieb. Dann beugte er sich zu uns herunter und sprach sehr leise. »Das war aber noch nicht alles. Von Zeit zu Zeit kommen ganz eigenartige Leute auf das Internat … oh!«

»So, Claudius, hier sind deine Piepen. Zweeunfuffzisch. Jleich nachzähln, spätere Reklamationen werden nich anerkannt.« Trautes Lächeln war jetzt von einer gespannten, aufmerksamen Art. Eindringlich sah sie den großen Mann an, der sich etwas wand und unsicher zur Seite blickte. Dann schaute sie uns an. »Tja, Herrschaften, wenn Se noch zeitig zu Ihre Unterkunft wollen, sollten Sie sich am besten bald auf den Weg machen, wa? Es is noch 'ne orndliche Strecke. Aber ick freue mia, det Se det Essen jeschmeckt hat. Achtnvierzisch dreißisch bekomm ick denn.«

Anna warf mir einen bedeutungsvollen Blick zu. Ich zahlte und wir bedankten uns noch einmal bei der Wirtin. Als wir fast schon zur Tür hinaus waren, sagte Traute: »Ach, Claudius, hast du noch'n Minütchen for mia? Ick hätte da jern een Problem, wie mein Männe immer saacht.« Ihr Lachen klang gekünstelt. »Die Türe hinten nach'n Hof, die klemmt'n bissken. Ob du da mal eben … – ja, wiedaschaun, die Herrschaften! Empfehln Se mir weita.«

»Halten Sie hier, Anna! Gleich hinter der Kurve.«

»Denselben Gedanken hatte ich auch schon«, lächelte sie. »Können wir sicher sein, dass er hier vorbeikommt?«

»Können wir nicht. Wir können aber sicher sein, dass er uns noch was zu erzählen hat, richtig?«

»Richtig, Herr Kommissar!«

Wir warteten eine knappe halbe Stunde, dann kam der graue Kastenwagen stotternd um die Ecke. Er pfiff auf Abgasnormen und spuckte dunklen Ruß aus dem Auspuff. Durch die verdreckte Windschutzscheibe sahen wir, dass der Fahrer uns ein Zeichen gab.

Anna warf den Motor an und wir folgten Claudius zu einer Abzweigung, wo sein alter Nissan die Straße verließ und schaukelnd auf einen Waldweg holperte. Als der Mann in der zu großen Anglerhose ausstieg, sah er sich in alle Richtungen um, bevor er die Tür hinter sich zuschlug. »Es gibt hier viele Leute, die es nicht mögen, wenn man was Kritisches über das Internat sagt.« Er zündete sich eine Zigarette an und nahm einen tiefen Zug. »So wie Traute. Die lässt auf ihren Professor nichts kommen und ignoriert alles, was da vor sich geht. Wenn ich was sage, bin ich gleich der Nestbeschmutzer.«

»Was geht denn da vor sich? Sie hatten etwas angedeutet von seltsamen Besuchern«, sagte ich. »Was meinen Sie damit?«

»Also, ich will ja wirklich nichts Falsches über das Internat sagen.«

»Nur raus damit!«, lächelte Anna. »Es bleibt alles unter uns.«

Claudius sah uns nachdenklich an. Dann nickte er. »Einige tragen Uniformen. Schwarze Uniformen. Sie kommen meistens in vier Autos, so richtige Limousinen, die man sonst nur in Gangsterfilmen sieht. Blickdichte Scheiben.«

Ich zeigte auf ihn. »Sie arbeiten im Internat?«

»Nee, dahin habe ich keinen Zutritt. Darüber habe ich mich immer gewundert, aber heute ist mir klar, warum das so ist. – Ich habe Ihnen ja schon gesagt, dass ich auf dem schuleigenen See angle. Ich bin der einzige, der das darf. Die Fische, die ich fange, verkaufe ich an die umliegenden Gaststätten. Der Erlös geht an das Internat. Ist nicht viel, aber der Leiter, Herr Mühlbauer, versucht alles zu Geld zu machen. Ich bekomme zwanzig Prozent. Ich würde auch darauf verzichten, weil der See ist mein See, und ich habe mein Leben lang auf ihm gefischt.« Er lächelte. »Er ist meine Heimat.«

»Schön!«, drängte ich den Fischer. »Sie waren also gerade beim Angeln …«

»Als ich sie das erste Mal gesehen habe, legte ich gerade an – da ist ein kleiner Bootssteg mit einem Schuppen, wo ich meinen Kahn festmache. Das Schilf da unten ist fast so hoch wie ich, sodass man mich nicht sehen kann. Die Männer stiegen aus, manche in Uniformen, wie gesagt.«

»Schwarz.«

»Ja. Mit einem weißen Zeichen am Ärmel. So ein Emblem. Ziemlich groß.«

»Wie sah das aus?«, fragte Anna.

»Hm. Ganz komisch. Wie … wie eine Straßenkreuzung. Ein

doppeltes Rondell vielmehr. Ein kleiner Kreisel in einem großen mit acht Abzweigungen.«

»Ein Kreisel«, sagte Anna. »Und dann?«

Claudius zog an der Zigarette und bekam einen Hustenanfall. »Verdammte Dinger! Ich sollte aufhören damit. – Ich hab die Männer zwei-, dreimal gesehen. Irgendwas haben sie an sich, dass ich gedacht habe, ich sollte mich lieber nicht bemerkbar machen. Es war … sie kamen mir vor wie … also, auf ein Internat gehören sie sicher nicht.«

»Sondern?« In meinem Magen machte sich ein flaues Gefühl breit.

»Eher wie beim Militär. Oder Objektschutz, irgend so was. Nur dass die Männer keine richtigen Abzeichen trugen, sondern nur dieses weiße Ding. Und darüber stand noch ein Spruch im Halbkreis.«

»Ein Spruch?«

»Ja. Ich konnte ihn auf die Entfernung natürlich nicht lesen. Erst als ich zum ersten Mal … es ist nicht so, dass ich anderen Leuten hinterher spioniere, bestimmt nicht!«, schüttelte er den Kopf. »Ich war nie bei der Stasi! *Ich* nicht! Dabei ham sie's oft genug versucht.« Grimmig warf er die Kippe auf den Waldboden und trat sie aus.

»Aber Sie waren neugierig«, sagte Anna.

»Neugierig, das ist das richtige Wort. Deshalb habe ich mich heimlich umgesehen. Und eines frühen Morgens – da war ich gerade beim Angeln – da höre ich einen leisen Laut, ein Quäken.«

»Was meinen Sie mit Quäken?«, fragte ich.

Er lachte. »Zuerst habe ich gedacht, das wäre eine Ente. Um die Zeit quakt es gern mal aus dem Schilf. Aber eine Ente, die eine Melodie singt, habe ich dann doch noch nicht gehört.«

»Claudius!« Ich war jetzt etwas ungehalten. »Lassen Sie sich doch nicht die Würmer aus der Nase ziehen! Was war denn das nun für …«

»Langsam, langsam!« Er sah mich verärgert an. »Warum drängen Sie so? Was wollen Sie eigentlich? Ich weiß gar nicht, warum ich euch das alles erzähle! Was geht euch das alles an? Ich hab von Anfang an nicht geglaubt, dass Sie eine Reportage schreiben wollen!«

»Entschuldigen Sie bitte!«, sagte Anna. »Er meint es nicht so! Herr Prokopp ist manchmal etwas forsch.«

»Sollte nicht so viel bechern, der Mann!«

Ich erinnerte mich an das Gelächter aus der Küche der *Pension Strehler* und wurde wütend. »Sind Sie sicher, dass Sie nicht bei der Stasi waren? Sie hätten sich gut gemacht als Spitzel!«

»Tho … äh … Matthias! Bitte!« Anna zog mich am Ärmel. Ich erschrak und war sicher, dass ich es verhauen hatte. Claudius würde dichtmachen und uns nichts mehr erzählen.

Ich sah mich getäuscht. Claudius sah mich mit leerem Blick an. »Was wissen Sie denn schon von der Stasi? Soll ich Ihnen was erzählen über die Stasi? Diese Verbrecher!« Er zog eine neue Zigarette aus der Schachtel und zündete sie mit zitternden Bewegungen an. »Rainer! Rainer war mein Sohn und schon früh ein halsstarriger Bengel. Rotzfrech, aufmüpfig, legte sich ständig mit mir und meiner Frau an … aber er war aufrecht! Einer der wenigen, die sich geradegemacht haben damals.«

Er steckte das Feuerzeug in die Jackentasche, ohne zu merken, dass es noch brannte. Die kleinen Löcher in der Tasche zeigten, dass ihm das nicht zum ersten Mal passierte. Claudius schien sich oft zu ereifern. »Hat sich mit dem Staat angelegt, weil er leben wollte. Er wollte frei sein, wollte reisen. Aber er war ein Kind der DDR. Wäre nie auf den Gedanken gekommen, woandershin zu gehen. Die DDR war sein Staat und er hat sich ihn nur besser gewünscht.« Claudius inhalierte tief und prompt überwältigte ihn der Husten. Es war eine schlimme Attacke, die minutenlang anhielt. Anna klopfte ihm sanft auf den Rücken und gab ihm ein Taschentuch.

»Danke!«, keuchte er. »Es geht gleich wieder.«

Wir ließen ihn durchatmen und warteten.

»Er hat ihnen Angst gemacht. Sie hatten wirklich Angst vor ihm, diese Feiglinge! Unter einem Vorwand haben sie ihn eingesperrt. Hohenschönhausen. Sie haben ihn so zusammengeschlagen, dass ich ihn fast nicht wiedererkannt habe. Tagelange Verhöre. Republikverräter, meinten sie! Staatsfeind Nummer eins! Mein Sohn! – Sie haben ihn nicht kleingekriegt. Er war so tapfer!« Tränen, die nicht nur vom Husten herrührten, bedeckten die Augen und seine Stimme wurde leise. »Ganz anders als sein Vater.«

Anna schüttelte den Kopf. »Sagen Sie so was nicht! Sie waren kein Feigling! *Sie* waren nicht bei der Stasi, Claudius. Im Unterschied zu vielen anderen.«

»Ein Wunder, dass er das überlebt hat! Körperlich hat er sich nie wieder erholt. Komisch – später, als er alles sagen durfte, sagte er nichts mehr. Wollte von all dem nichts mehr wissen. Hat nie in seine Akte geschaut. Hat sich zu keiner Zeit gefreut, dass das Verbrecherregime verschwunden ist. Das hab ich nie verstanden. Merkwürdig!« Er knüllte das Taschentuch zusammen und trocknete sich die Augen. »Entschuldigung! Ich wollte nicht …«

»Ich muss mich entschuldigen, Claudius«, sagte ich ehrlich betroffen. »Was mir auffällt: Sie sprechen die ganze Zeit in der Vergangenheit von Ihrem Sohn.«

Betrübt nickte Claudius. »Es ist ein Drama! Den Unrechtsstaat, in dem er lebte, hat er überstanden, einen Unfall auf dem See – auf meinem See! – den nicht. Es gab einen Schaden an einer Elektroleitung auf seinem Motorboot und er erhielt einen Stromschlag, als er zusammen mit einem Freund versuchte, den entstandenen Brand zu löschen.«

»Das tut mir sehr leid!«, sagte Anna und ich nickte beipflichtend.

»Er war ein guter Junge! – So, und nun verrate ich Ihnen das mit dem Emblem.« Er lächelte. »Sonst kriegen Sie Ihre Reportage ja nie fertig.«

»Danke.«

»Also – von der Melodie wollte ich Ihnen erzählen. Es war der Klang einer Kindertrompete! Sie haben, wenn die schwarzen Männer im Internat waren, am Morgen einen Appell auf dem Innenhof abgehalten.«

»Was??«

»Ja. Mit allem Drum und Dran. Sauber aufgestellt in Reih und Glied, Strammstehen, das ganze Programm. Und Fahne grüßen. So!« Er streckte den rechten Arm und spreizte drei Finger der Hand ab.

»Fahne? Was für eine Fahne?«, fragte Anna.

»Mit genau dem Zeichen, das die Besucher auf ihrer Uniform hatten. Und da konnte ich dann auch den Spruch lesen.«

»Warum lachen Sie?« Er irritierte mich.

»Also … ich bin ja nicht so gut in Englisch, und der Spruch war auf Englisch. Ich hab ihn mir so gut wie möglich gemerkt und meinen Sohn nachher gefragt. Damals lebte er noch.« Claudius schaute mich betrübt an. »Er hat bis zuletzt gehofft, dass sein Staat sich doch noch mal ändert, und hat damals schon fleißig Englisch gepaukt. In seiner Freizeit. Ganz allein.«

»Und?«

»Der Spruch auf der Fahne lautete: Proud of my …« Es hörte sich aus seinem Mund etwas hölzern an, war aber zu verstehen.

»… of my … *what?* Stolz auf mein …?« Vorsichtig ermunterte ich ihn.

Jetzt lachte er lauthals. »Wissen Sie, wie ich mir das letzte Wort gemerkt habe? Als ich den Spruch das erste Mal deutlich lesen konnte, war ich zwei Tage vorher in Schwerin gewesen und da waren gerade die Heringstage. Und weil sich das Wort so ähnlich las, habe ich es mir auf diese Weise eingetrichtert. Ich hatte ja nichts zum Schreiben dabei.«

Anna ließ sich von seinem Lachen anstecken. »Heringstage?«

Die Wirkung des Weines hatte bei mir jetzt nachgelassen und ich schaltete sofort. »Heritage! Richtig?«

Claudius nickte.

»Heritage!«, brachte ich heraus. »Erbe! *Stolz auf mein Erbe!*«

Betreten schwiegen wir. Ich sah Anna an. Sie wirkte angeekelt und erschüttert.

Auch Claudius bemerkte es. »Ich weiß, was Sie denken«, sagte er. »Aber ganz so einfach ist das nicht.« Sein Sohn habe sich sofort im Internet schlau gemacht. Der Ausspruch sei zunächst einmal universell und habe einen wertneutralen Klang. Weiße wie Schwarze benutzten ihn, Konservative wie Liberale. Aber es sei schon ein Unterschied, wenn ein Ire sagt, er sei stolz auf seine kulturellen Wurzeln, oder ein Weißer meint, er sei stolz, nur, weil er von heller Farbe sei. Als wenn das, habe Rainer verächtlich gesagt, ein Grund wäre.

In Verbindung mit dem merkwürdigen Zeichen allerdings, in etwa ein keltisches Kreuz übrigens, sei die Richtung in diesem Fall eindeutig. *Wir kommen vom Regen in die Traufe, Vater,* habe sein Sohn gesagt. »Es ist in den vergangenen drei Jahrzehnten nichts besser geworden! Was die Leute am Ärmel tragen, ist das Kelten-kreuz und bezeichnet die *Vormachtstellung der weißen Rasse.*«

»Ich kann es nicht verstehen! Das kann doch unmöglich verborgen geblieben sein!« Annas Hände verkrallten sich ins Lenkrad.

»Viele Leute hier werden so denken wie Traute«, sagte ich. »Assauer sorgt dafür, dass das Internat läuft, und die Menschen in dieser strukturschwachen Region profitieren auf unterschiedliche Weise davon. Im Grunde genommen sogar Fischer Claudius.«

»Aber … es kommt das zurück, was alle … oder die meisten hier überwunden glaubten – faschistische Strukturen … Die Eltern! Die Eltern der Kinder müssen doch wissen, was sich hier ereignet.«

»Nach rechts jetzt.« Ich sah auf die Karte. »Dann müssten wir es eigentlich schon sehen.«

»Da!« Anna zeigte nach vorn, wo sich für einen Moment eine Lücke zwischen den Bäumen auftat. »Ein See. Das könnte der Engersee sein.«

»Ist er! Nach zweihundert Metern kommt die Abzweigung. – Tja, die Eltern. Aber nicht nur sie. Vielleicht wollen sie es nicht wissen. Oder die Internatsbetreiber sind zu geschickt. Oder zu mächtig. Nach unserem Besuch in Aarhus erscheint mir nichts mehr abwegig.«

»Sie sagen es!«, zischte Anna. »Werner Assauer ist ein Wolf im Schafspelz!«

»Langsam! Es ist doch trotzdem möglich, dass er von den Vorgängen nichts weiß.«

Ich spürte ihren scharfen Blick von der Seite. »Und ob er es weiß, Thomas! Glauben Sie mir. Er weiß alles, und er will es so.«

»Es ist unfassbar! Werner Assauer, berühmter Dirigent und Träger des Bundesverdienstkreuzes. Wenn Claudius Recht hat, wäre das Internat ein verkapptes rechtsradikales Pfadfinderlager. *Stolz auf mein Erbe!* Zum Kotzen!«

Anna nickte. »Fascho-Uniformen! Morgenappell!«

»Das mit dem Appell würde ich nicht mal überbewerten. Das gibt's woanders auch. In ganz normalen Schulen. Korea, Japan, sogar in den Vereinigten Staaten …«

»Mit deutschem Gruß?«

»Mit *fast* deutschem Gruß.« Ich kopierte ihn so, wie Claudius ihn uns gezeigt hatte.

Anna sah auf meine Hand und schnaubte verächtlich. »Die anderen zwei Finger kommen auch noch raus. Nur eine Frage der Zeit.«

»Ich fürchte, Sie haben recht! – Da ist die Einfahrt.«

Was mir auffiel, war die Stille.

Obwohl ich von den Ereignissen noch aufgewühlt war, spürte ich sie sofort. Der weitläufige Park mit den hohen Bäumen gab keinen Laut von sich. Kein Vogel hielt es für nötig, die neuen Gäste zu begrüßen, der große See, nicht weit vom Haus entfernt, lag so still, als ob er traumlos schliefe. Wenn nicht in dieser Minute eine junge Frau aus dem Eingang getreten wäre, hätte ich mich für den Prinzen halten können, der gekommen war, um Dornröschen nach hundertjährigem Schlaf wach zu küssen.

»Vorsicht an der Berberitze!«, rief sie, als wir ausstiegen. »Sie hat lange Stacheln.«

»Danke!«, gab Anna zur Antwort. »Warum grinsen Sie, Tom?«

Ich sagte ihr, was mir spontan durch den Kopf gegangen war.

»Dass Sie auf dem Gebiet der Märchen bewandert sind, hätte ich nicht erwartet. Ich habe immer gedacht, Krimiautoren würden stets in Bächen von Blut waten.«

»Wenn Sie nicht aufpassen und den Dornen zu nahe kommen, könnte es passieren, dass Sie Recht behalten.«

Die junge Frau, die uns mit der Warnung empfangen hatte, war wohl kaum älter als Anna. Sie wirkte sehr selbstbewusst und stellte sich uns als Frau Dangert, Verwalterin des Anwesens, vor. Das große Landgut, erzählte sie, habe eine lange und wechselvolle Geschichte. Fürsten und Könige hätten hier übernachtet, den letzten großen Umbau habe ein hohes Tier im Dritten Reich veranlasst. Auch die Damen und Herren Politbüromitglieder hätten es sich hier gut gehen lassen. Heute sei das Gut Teil eines internationalen Hotelkonzerns.

»Ihr Eindruck täuscht nicht«, schmunzelte sie, nachdem ich ihr meinen ersten Eindruck geschildert hatte. »Diese Stille ist das, was unsere Gäste an dem Haus so schätzen. Diese Abgeschiedenheit. Manchmal allerdings, so wie an diesem Wochenende, geht es hier etwas lebhafter zu. Außer Ihnen und einem Paar aus der Schweiz haben wir eine große Hochzeitsgesellschaft aus Berlin zu Gast. Sie möchten drei Tage feiern und haben für den letzten Abend ein großes Feuerwerk geplant. Es wird also nicht gar so still bleiben.«

Frau Dangert ließ durchblicken, dass Paare oder Einzelpersonen nur in seltenen Fällen das Haus frequentierten. Die Betreiber seien spezialisiert auf große Gesellschaften, aber es sei natürlich jeder Gast willkommen.

Nachdem wir unsere Zimmer bezogen hatten, bestellten wir ein leichtes Abendessen, das in einem kleinen, stilvollen Salon serviert wurde.

Um uns ungestört unterhalten zu können, gingen wir hinunter zum See, wo ein kleines Bootshaus und ein idyllisch gelegener Steg auf uns warteten. Auf dem Weg dahin kamen wir an einer uralten Buche vorbei, deren mächtiger, von Narben gezeichneter Stamm wie der Mittelpunkt dieses wundersam stillen Parks wirkte. Sie strahlte eine souveräne Gelassenheit aus, die mich gefangen nahm und ich spürte, dass auch Anna berührt war von der Würde dieses Baumes. Ein Sonnenfleck, der sich einen Weg durch die hohen Wipfel der umstehenden Eichen, Lärchen und Ahorne gebahnt hatte, wärmte seinen arthritischen Rücken, und er schien unter dieser Wohltat leise zu seufzen.

»Ich denke gerade an das, was Claudius über seinen Sohn sagte«, überlegte Anna. »Warum lässt man die Menschen nicht auch so wachsen, so aufrecht, so stolz? Warum müssen sie schon in jungen Jahren gebrochen, erniedrigt und entwurzelt werden?« Sie streckte die Hand nach dem Stamm aus und fuhr sachte über die faltige, knorrige Rinde. »Für mich steht so ein Baum für Beständigkeit, für das Bestreben nach dem immer währenden Glück des Lebens. Tief verwurzelt in der Erde steht er da, wankt nicht, weicht nicht. Mir kommt er vor wie das Sinnbild der Aufrichtigkeit.« Sie drehte sich um und zwinkerte mir zu. »Zu dick aufgetragen? Verzeihen Sie mir den Abstieg in die Tiefen der Poesie, Tom. Einem Gebrauchsprosaiker wie Ihnen kommen meine Worte sicher lächerlich vor.«

Ich lächelte zurück. »Vielleicht ist es die Magie dieser späten Stunde, aber ähnliche Gedanken spukten auch mir just im Kopf herum.«

Wir lachten und ich sagte: »Nein, Anna, es gibt keinen Grund, sich für solche Worte zu schämen. Ich glaube nur, Sie denken nicht so sehr an Rainer als vielmehr an Wagner. Richtig?«

Sie schaute wieder zur Buche und nickte bedächtig. »Das könnte stimmen. – Der Baum auf dem Waldfriedhof, unter dem er liegt, ist nicht annähernd so alt wie dieser, und wenn er es eines Tages sein wird, ist von meinem Bruder nichts mehr da als eine nüchterne Steinplatte. Aber der Baum wird für alle Zeiten Wagners Baum bleiben.« Sie griff in ihre kleine Handtasche und holte ihr Portemonnaie heraus. Mit den Worten »Hab ich immer dabei!« entfaltete sie einen kleinen Zettel. »Darf ich?«

Ich nickte stumm.

»Ich war vor Jahren mit Freunden auf einer Urlaubsreise durch Spanien. In Madrid hat uns unsere Gastgeberin auf ein Schild aufmerksam gemacht, das dort an einem Baum hängt und das folgendes Gedicht trägt.« Kurzes Lächeln. »Auf Spanisch.« Sie schaute auf den Zettel. »Ich hab's mir übersetzen lassen.« Ihr Kopf kam wieder hoch. »Zum Glück!« Noch ein Lächeln. Wieder senkte sie den Blick.

»Ich bin die Wärme deines Herdes an kalten Winterabenden.
Ich bin der Schatten, der dich vor
der heißen Sommersonne beschirmt.
Meine Früchte und belebenden Getränke
stillen deinen Durst auf deiner Reise.
Ich bin der Balken, der dein Haus hält,
die Tür deiner Heimstatt,
das Bett, in dem du liegst und
das Spant, das dein Boot trägt.
Ich bin der Griff deiner Harke,
das Holz deiner Wiege und
die Hülle deines Sarges.«

Sie räusperte sich und hob kurz die Achseln. »Verfasser unbekannt.« Sie sah bezaubernd aus, wie sie da vor der alten Buche stand. Die Sonne, die ein Stück gewandert war, hatte ihr Haar erfasst und ließ es leuchten.

Kommissar Max Fröhlich war einmal (es muss im dritten oder vierten Band gewesen sein) in eine ähnliche Situation geraten.

Die junge Frau, die während einer Vernehmung vor ihm gesessen und ihm das Rezept für eine vegetarische Reispfanne vorgelesen hatte, machte das mit einer solchen Anmut, dass er versucht war, sie an sich zu ziehen und zu küssen.

Mit einem solchen Gericht hatte sie ihren Mann vergiftet. Der Kommissar war froh gewesen, saftige Steaks vorzuziehen.

»Meine Mutter war Sachbearbeiterin in einer Konzertagentur«, sagte Anna, wobei sie auf den stillen See hinausschaute. »Sie hat dort auch ihre Ausbildung gemacht, galt als zuverlässig, kompetent und kollegial. Ihre Ehe war glücklich, das haben mir später auch Freunde meiner Eltern versichert. Mein Vater Robert war Ingenieur im Tiefbau. Er …«

»Ingenieur. Es war also nicht alles gelogen, was Wagner mir erzählt hat«, lachte ich.

Sie drehte sich zu mir herum. »Was denn?«

»Seinen Vornamen habe Ihr Vater während seines Aufenthalts in Brasilien aufgeschnappt und seinem Sohn verliehen.«

»Vater war sein Leben lang nicht in Brasilien«, lächelte Anna. »Natürlich hat Wagner das gesagt! Er hat niemandem die Wahrheit erzählt.«

»Assauer hat es ihm verboten.«

»Auch. Aber nicht nur! Es gab eine Reihe von Gründen. Wagner fühlte sich immer als Sohn meines Vaters, auch und gerade, als er verunglückt war. Er war zwar erst zwei, behielt aber eine sehr starke Bindung. Robert Hollmann ist ein großartiger Mensch gewesen, Thomas! Auch ich habe ihn von Herzen geliebt.«

»Trotzdem hat Ihre Mutter ihn betrogen.«

»In einem Punkt glaube ich Werner: Für *sie* war es ein Ausrutscher. Ich denke, es war ihre erste Berührung mit dem Alkohol und blieb leider nicht die letzte. – Meine Mutter war damals sechsundzwanzig …«

»… hatte ein vierjähriges Kind …«

»Drei. Ich war vier, als Wagner zur Welt kam. – Ich will ihr Verhalten nicht entschuldigen, aber Sie müssen sich vorstellen: Da kommt ein berühmter, attraktiver Mann in die Agentur. Er wirft ein Auge auf die junge Frau – und meine Mutter war damals eine Schönheit.«

»Davon konnte ich mich im Heim überzeugen. Sie hat immer noch eine starke Ausstrahlung.«

Anna nickte. »Der Mann erfährt, dass die Frau eine Tochter hat. Seine eigene Frau ist zu seinem Leidwesen kinderlos und er weiß, dass sie das auch bleiben wird.«

»Sie unterstellen Assauer Berechnung. Er klang anders.«

»Werner *ist* berechnend, Tom! Das sollten Sie inzwischen bemerkt haben. – Jedenfalls: Der Mann beginnt, ihr den Hof zu machen …«

»Sie glauben also nicht, dass er seine Frau geliebt hat und nur traurig war, dass sie ihm kein Kind schenken konnte?«

Anna zuckte die Schultern. »Ich weiß es nicht. Aber Werner ist jemand, bei dem das eine das andere nicht ausschließt. – Er stellt ihr also nach, flirtet mit ihr, macht ihr Komplimente. Zweimal, dreimal, wer weiß? Macht ihr Geschenke. Unter anderem einen wirklich schönen Gedichtband. In ein Gedicht hat sie sich regelrecht verliebt.«

»*Wir werden die Mandeln blühen sehen, den Marmor in der Sonne leuchten und das Meer sich wiegen.*«

»Oh! Sie haben es gelesen?«

»Wagner hat es vorgetragen.« Ich erzählte ihr, wie gefangen ich von seiner Rezitation gewesen war. »Das hat er wohl bei jedem Besuch gemacht.«

»Ich habe meinen Bruder jedes Mal verfehlt, wenn ich da war. Merkwürdig, nicht wahr?«

»Das kann man doch absprechen.«

»Das stimmt! … Jedenfalls hat es nie geklappt. Fast nie. Einmal waren wir zusammen bei Mutter.« Schnell wechselte sie das Thema. »Wie gesagt, Werner hat sie eingewickelt.«

»Sie müssen zugeben, dass alles, was Sie sagen, auf Annahmen beruht. Sie sagten selbst, sie waren damals ein kleines Kind.«

»Meine Mutter hat mir später alles erzählt, Tom. Da war ich vierzehn. Vater war schon fast acht Jahre tot. Er starb mit vierunddreißig.« Sie blickte wieder auf den See. Die Dämmerung hatte eingesetzt, und eine fahle Sonne warf ihre letzten schwachen Strahlen über den dichten Wald.

»Ich möchte ins Haus, Tom. Ich friere.« Ich zog mein Jackett aus und hängte es ihr über die Schultern.

Wie bei unser Ankunft war es jetzt, als wir den Rückweg antraten, absolut still. Ich fragte Anna nicht, ob sie es auch bemerkte. Kein Vogel war zu hören, auf der großen Parkanlage regte sich nichts – kein Hase, kein Igel, keine Maus.

Es war, als hätte die Natur für diese Stunde, für diese Minute, für diesen Moment Stillstand verfügt.

Behutsam ertastete ich Annas Hand und sie ließ es geschehen.

13

Klanzow. Dienstag, 15. September 2015

Thomas?« Es klopfte leise an meine Zimmertür.

Zum ersten Mal seit langer Zeit wurde ich sofort wach und fühlte mich munter. Es war lange her, dass ich geschlafen hatte, fest geschlafen, ohne vorher mein übliches Quantum Alkohol getrunken zu haben. Mir war etwas schwindelig, aber ich fühlte mich so gut wie ewig nicht mehr. Kein pelziger Geschmack auf der Zunge, kein lautes Herzklopfen, ich kam mir nicht so zerschlagen vor wie sonst.

»Tom?«

»Kommen Sie ruhig näher, Anna! Ich bin wach.«

Lächelnd schaute sie zur Tür herein. Sie sah aus wie frisch aus dem Ei gepellt. »Es tut mir leid, sollte ich Sie geweckt haben, aber es ist ein wundervoller Morgen.«

Ich sah zur Uhr. Halb sieben. Es geschah nicht selten, dass ich um diese Zeit erst unter die Decke schlüpfte.

»Ich wollte vor dem Frühstück gern noch einmal runter an den See.« Sie hielt ihre Kamera hoch. »Vielleicht kann ich da ein paar Schnappschüsse ergattern.«

»Sie erwarten um diese Zeit aber keine spielenden Kinder in Regencapes, oder?«

Sie lachte. »Möchten Sie eine weltberühmte Fotografin auf ihrer Safari durch die weiten Savannen Brandenburgs begleiten? Kostenlos! Sie müssen mir nur die Alligatoren vom Hals halten.«

»Hier in der Uckermark gibt's nur Kaimane«, grinste ich. »Soll ich denen den Objektivdeckel an den Kopf werfen?«

»Ich freue mich, Sie zu so zeitiger Stunde bei guter Laune zu hören. Eigentlich ist es ja *sehr* früh.« *Eigentlich ist es verdammt sehr früh*, Anna! Dennoch fühlte ich mich ausgeschlafen und unternehmungslustig.

»Aber das Licht ist jetzt von besonderem Reiz. Und deshalb müssen wir uns … muss ich mich beeilen.«

»Geben Sie mir zwanzig Minuten.«

»Gut. Ich warte unten.«

»Ich habe diese Leica schon ewig lange«, sagte Anna voller Besitzerstolz. »Sie ist zuverlässig, liegt gut in der Hand, und der Verschluss reagiert auf den zartesten Fingerdruck. Das Tele, das ich draufhabe, ist äußerst lichtstark. Ideal bei diesen Bedingungen.«

Ein dichter, einförmig grauer Nebelschleier gab die Konturen des Bootsanlegers preis. Himmel und See gingen ineinander über. Kein Windhauch regte sich. Wenn am Abend zuvor schon Stille geherrscht hatte – jetzt bot uns die Natur ein Bild der Einsamkeit, das nicht wirklich stattzufinden schien. Es war, als beträten wir eine Leinwand, um sie mit uns selbst zu einem Stillleben zu füllen.

Der See präsentierte sich spiegelglatt, überzogen mit einer bleiern-grauen Haut, ohne einen Makel, eine Verformung. Und doch lebte er. Einer geheimnisvollen Abfolge gehorchend, traten an immer neuen Stellen Ringe zutage, die sich geräuschlos aus einem Zentrum nach außen hin weiteten. Das Gewässer musste unerhört fischreich sein. Diese Ringe waren das Einzige um uns herum, das Leben verhieß.

Anna fingerte kurz am Gehäuse des Fotoapparats und richtete ihn auf den kleinen Bootsschuppen, der etwas abseits lag. Der Verschluss erzeugte ein kaum hörbares Sirren. Sie senkte die Kamera und betrachtete das Resultat im Sucher. Zufrieden flüsterte sie: »Schön!« Ob es ihrer Arbeit galt oder dem eingefangenen Objekt, verriet sie mir nicht.

Sie sog die Luft tief ein. »Ich liebe diese frühen Stunden. Der Tag scheint nicht zu bemerken, dass er schon ein Bein aus seinem Bett gehoben hat. Trotzdem schenkt er mir ein Licht, das so gleichmäßig, so rein ist. Es kommt mir fast unwirklich vor.«

»Sie klingen so poetisch, Anna, wie es Ihre Bilder sind.«

Sie grinste. »Das mag sich so anhören. Ich möchte das, was ich mit diesem Apparat einfange, irgendwie in Worte kleiden, verstehen Sie? Sonst hängt mich meine kleine Leica noch ab.«

»Ihr seid ein gutes Team, ihr beiden.«

»Hast du gehört, Partner?« sagte sie zur Kamera. »Das Wort eines …« Anna schaute an mir vorbei und riss die Augen weit auf. Etwas hatte ihre Aufmerksamkeit erregt. »Pscht!« Sie legte einen Zeigefinger an ihre Lippen. »Bewegen Sie sich nicht!«, flüsterte sie. Ihr Blick wanderte von links nach rechts, ohne dass sie den Kopf bewegte. »Oh, Gott! Schauen Sie!«

Vorsichtig drehte ich den Kopf. Ein Vogel zog über dem See seine Bahn. Flatternd kam er näher, beschrieb eine Kurve um den Anleger.

Ein Eisvogel!

Das helle Grau des Morgennebels, das ihn umgab, bildete den perfekten Hintergrund für sein leuchtend buntes Gefieder.

Er verschwand in der Dichte des Schilfs, um kurz darauf wieder aufzutauchen, erneut eine flache Bahn über den See zu ziehen und wenige Meter neben uns auf dem Geländer des Stegs zu landen.

Anna sah mich lächelnd an, hob mit einer gleitenden Bewegung den Fotoapparat und nahm den Vogel ins Visier.

Ich bewegte mich nicht, wagte kaum zu atmen und sah vom Eisvogel zu Anna. Die Ruhe ihrer Hände war bewundernswert, sie zeigten nicht das geringste Zittern. Ich spürte, dass sie nicht nur über handwerkliches Können, sondern auch über große Routine verfügte. Bei der Verwendung eines Teleobjektivs, das wusste ich aus eigener Erfahrung, reicht der kleinste Wackler, um das Foto zunichte zu machen.

Ich war sicher, sie würde bildfüllend auf den Vogel zoomen – oder? Ich verfolgte die imaginäre Linie vom Objektiv zum Vogel und mir fiel hinter ihm ein grüner Zweig mit winzigen gelben Blüten auf, der über den See ragte, und das Auge des Laien, der ich war, sagte mir, dass Anna sich diesen vielleicht als eine farbliche Ergänzung zunutze machte.

Ohne dass sie ihre Haltung änderte, schoss sie Bild um Bild. Die leisen Geräusche, die die Leica erzeugte, schienen den Vogel nicht zu stören.

Ich sah gebannt auf das kleine Tier, denn es war der erste Eisvogel, den ich in natura erlebte. Und ich hatte Annas Reaktion, als sie ihn entdeckt hatte, so gedeutet, dass es auch für sie das erste Mal war.

In diesem Moment schoss mir durch den Kopf, dass man als Stadtbewohner vieles vermisst, ohne sich dessen bewusst zu sein. Erst die Begegnung mit einem solchen Lebewesen in seiner natürlichen Umgebung macht dem Menschen klar, wo er seine Ursprünge zu suchen hat.

Ich erfreute mich an dem Farbenspiel, das der Vogel bot. Sein kobaltblaues Oberkleid mit dem türkisblauen Rückenstreifen kontrastierte farblich perfekt zu der kastanienbraunen Unterseite. Der schwarze Schnabel erinnerte an die Spitze eines Dolchs, er war seine Waffe, sein Werkzeug, der Garant für sein Überleben.

Ich überlegte, ob Tiere auch eitel sind, wenn sie sich nicht gerade auf Partnersuche befinden. Wenn das so wäre – dieser Vogel hätte ein uneingeschränktes Recht darauf, es zu sein!

Nach einigen Minuten und sicher ohne dass wir es durch eine falsche Bewegung herbeigeführt hätten, löste sich der Eisvogel vom Geländer, vollzog einen Gleitflug über das stille Wasser und landete auf einem Zweig, dort, wo der See in das flache Ufer überging und der Grund deutlich sichtbar war.

Regungslos blickte der Vogel in das kristallklare Wasser und wartete auf ein Opfer.

Ich sah zu Anna und stellte mit Erstaunen fest, dass sie sich währenddessen in die Hocke begeben hatte und das Objektiv jetzt nur um ein weniges bewegen musste, um das Tier wieder im Fokus zu haben. Hatte sie geahnt, was es vorhatte?

Meine Augen wanderten von Anna zum Vogel, vom Objekt zur Fotografin, von der Künstlerin zu ihrem Modell. Beide verharrten sie in absoluter Bewegungslosigkeit, bildeten eine vollkommene Symbiose zwischen Mensch und Tier. Es kam mir vor wie ein Duell, ein stiller Wettstreit der Geduld – und Anna ging als Siegerin hervor. Sie hatte ihre Bilder, der Vogel bekam keinen einzigen Fisch vor den Schnabel. Die dachten gar nicht dran, sich in der Nähe des Ufers blicken zu lassen.

Irgendwann gab er die Hoffnung auf und stieg in die Lüfte.

»Wollen Sie sie sehen? Einen Moment!« Ich wischte meine Hände sorgfältig an einer Serviette ab und nahm die Kamera entgegen. Bild für Bild betrachtete ich, versuchte, jedes Detail aufzunehmen.

»Sie sind großartig geworden, Anna!« Ich reichte ihr die Leica zurück. »Ich hab's auch nicht anders erwartet.«

Lächelnd biss sie ins Brötchen und nickte dankend. »Warten Sie, bis Sie die Fotos auf einem großen Monitor sehen«, sagte sie kauend.

»Was für Farben! Ein faszinierendes Blau!«

Anna schluckte. »Edelblau!«

Ich stutzte und sah ihr in die Augen. »Oh! Sie haben es nicht vergessen.«

»Wie könnte ich?«, antwortete sie. Dann setzte sie die Tasse ab und lächelte. »Ihre Tochter hat ein so herrlich passendes Wort erfunden. Edelblau! – Wenn Sie möchten, Tom, kopiere ich die besten Bilder auf einen Stick und Sie zeigen sie Jessica. Sagen Sie ihr, dass ihre Wortschöpfung in der Natur vielfach Verwendung findet. Sie wird sich bestimmt freuen.«

»Danke. Das werde ich machen.«

Anna schaute zur Uhr. »Oh! Gleich halb neun! Ich denke, wir sollten bald aufbrechen. Die Fahrt wird bestimmt eine Dreiviertelstunde dauern.«

»Ich bin gespannt, was uns erwartet.«

»Claudius wird sich das, was er gesehen hat, sicher nicht eingebildet haben.« Sie sah mich fest an. »Ich erwarte Antworten. Ich bin überzeugt, dass ich dort erfahre, was mit meinem Bruder passiert ist.«

Werner Assauer hatte nicht übertrieben.

Umsäumt von uralten, hochgewachsenen Laubbäumen stand ein Märchenschloss in einer Landschaft, wie sie anmutiger nicht sein konnte. Filigrane Türme erhoben sich über das weiße Hauptgebäude. Das Gemäuer wirkte nach all den Jahren immer noch wie frisch renoviert. Es war offensichtlich, dass eine Menge Geld in das Anwesen geflossen sein musste.

Ein schwarzes, schmiedeeisernes Portal öffnete sich wie von Geisterhand. Grüßend winkte uns ein junger Mann hindurch.

»Ein letztes Mal noch«, sagte ich. »Wie heißt du?«

»Barbara Kahlenberg«, antwortete Anna wie aus der Pistole geschossen. »Freiberufliche Fotografin. Kein Problem! Und du?«

»Matthias Prokopp. Reisejournalist.«

Die Auffahrt zum Schloss führte vorbei an einer Vielzahl flacher Gebäude, von denen einige kaum auszumachen waren, so unscheinbar duckten sie sich in die Landschaft. Große Freigelände unterbrachen die Ansammlung von Häusern, auch sie waren durch die Baumreihen kaum zu sehen.

»Da!« Anna zeigte nach links. Ganz kurz zog ein Sandplatz an uns vorbei, in der Mitte ein Fahnenmast. Ich wusste, was sie meinte. Mir wurde beklommen, als ich mir die morgendlichen Paraden vorstellte, gespenstisch erhellt von einer großen Anzahl Fackeln.

Einige Hundert Meter weiter entdeckte ich ein riesiges Areal von Sportplätzen, mit allem ausgestattet, um hier Olympische Spiele ermöglichen zu können. Laufbahn, Hoch- und Weitsprunganlage, Hammerwurfkäfig, Kugelstoßring – es fehlte nichts. Auf den Plätzen herrschte geschäftiges Treiben. Kinder, Jugendliche, junge Männer, junge Frauen – in voneinander abgegrenzten Arealen betrieben sie ihren Sport mit konzentriertem Ernst und Hingabe. Es ging ihnen offensichtlich nicht primär um den Spaß an Leibesübungen, nein, sie forderten ihren Körper, trieben ihn zu Höchstleistungen an. Hallen in der unmittelbaren Nachbarschaft deuteten auf weitere Sportanlagen hin und auch in ihnen würde ähnliches Treiben vonstattengehen.

»Schauen Sie!«, rief Anna. Sie deutete auf einen Turm, den ich glatt übersehen hätte. Er sah den Wachtürmen, die an der innerdeutschen Grenze gestanden hatten, zum Verwechseln ähnlich, er war nur nicht so hoch. Auf der Dachterrasse waren zwei Gestalten auszumachen. Auf ihrem Rücken ragten Gewehrmündungen empor.

»Welcome to Napola!«, sagte ich. »*Werdet tüchtig an Leib und Seele für den Dienst an Volk und Staat!*«

»Napola?«

»Nationalpolitische Lehranstalt. Es gab im Dritten Reich Dutzende von Internaten, auf denen junge Männer zu Führungspositionen in Partei und Wehrmacht vorbereitet wurden. Besonderer Wert wurde neben weltanschaulicher Festigkeit auf sportliche Fitness gelegt.«

»Woher wissen Sie das alles?«, fragte Anna.

»Ich habe vor einigen Jahren einen Kinofilm darüber gesehen. Interessant und beklemmend.«

»Glauben Sie, damit haben wir es zu tun? Sie sagten selbst, Fahnenappelle seien noch kein Beweis für derartige Umtriebe. Und Sportplätze sind es schon gar nicht.«

»Das stimmt«, sagte ich.

»Trotzdem! Wenn ich mir vorstelle …« Anna brach ab und schlug mit der Faust auf das Lenkrad. »Irgendwie passt das, Tom! Es könnte passen! Wagner war körperlich fit und hatte eine sehr merkwürdige Meinung über Ausländer und Juden. Rassistisch eben. Herrenmenschlich geradezu! Und dann der Hass auf Homosexuelle und Farbige. Den hat er nicht aus der Familie. Und bestimmt auch nicht aus der Schule. – Mir wird immer bewusster, wie wenig ich über meinen Bruder weiß.«

»Wie sollten Sie auch? Er war ein meisterhafter Märchenerzähler.«

»Irgendwo muss der Schlüssel liegen, Tom. Der Schlüssel zur Tür, hinter der sich sein Geheimnis verbirgt. Ich muss diesen Schlüssel finden.«

»Nicht Sie, Anna! Wir!«, sagte ich entschieden. »Sie sind nicht allein!«

»Ich weiß und ich danke Ihnen. Gleichzeitig frage ich mich, frage mich seit unserem ersten Kennenlernen, warum Sie ein so großes Interesse an Wagner haben. – Glauben Sie, er war ihr Freund? Und Sie seiner?«

Ich zögerte eine Weile. »Das ist schwer zu beantworten. Wagner hat es mir schwer gemacht, sein Freund zu sein. Er hat mich belogen, mich betrogen, mich hintergangen. Wie oft hatte ich den Vorsatz gefasst, mich von ihm abzuwenden und ihn stehen zu lassen. Es war schwer für mich, mir ständig in Erinnerung rufen zu müssen, dass er sehr jung und eigentlich unerfahren war. Das meiste, was er tat, wirkte so erwachsen, so reif, so abgeklärt.«

»Trotz allem war er noch ein Kind. Ein Kind auf der Suche nach sich selbst.«

»Ich weiß es nicht, Anna. Ich glaube, Kind ist das falsche Wort. Er war ungerecht, aber auch selbstlos. Er konnte so grausam wie mitfühlend sein. So furchteinflößend wie vertrauenswürdig. So wechselvoll scheint mir der Charakter eines Kindes nicht zu sein. Was an ihm Kind war: Mitunter merkte man, dass er sich anlehnen wollte und nur sein Stolz es ihm versagte. Wagner hat …«

»Ich glaube nicht, dass es nur sein Stolz war«, fiel Anna mir ins Wort. »Wenn Sie anlehnen im wörtlichen Sinn meinen: Er hasste es, wenn man ihm zu nahekam. Ihn berühren wollte.«

»Das sagen *Sie?*«

»Ich habe ihn geliebt und er mich. So gut es ihm möglich war. Trotzdem sträubte er sich gegen Berührungen. Es fiel ihm schwer, sich umarmen zu lassen. Er machte sich steif wie ein Brett.«

»Und ich habe immer gedacht, nur mir sei es mit ihm so gegangen«, überlegte ich.

Sie schüttelte den Kopf. »Wir *waren* Kinder, Thomas, und eine Umarmung unter jungen Geschwistern ist das Normalste auf der Welt. Trotzdem hat er sich dagegen gesträubt. Ich verstehe es nicht.«

»Herr Mühlbauer ist noch in einer Besprechung«, sagte die Frau am Empfang freundlich. »Er bittet Sie, ein paar Minuten zu warten. Darf ich Ihnen eine Erfrischung bringen? Ein Bier? Ein Wasser? Kaffee? Tee?«

Ich staunte, dass ich keine Lust auf Alkohol verspürte. Dieser Reflex war bei mir über die Jahre zur Gewohnheit geworden. Heute nahm ich wie selbstverständlich ein Glas Wasser. Die Wärme im Auto hatte mich durstig gemacht. In diesem alten Gemäuer allerdings herrschte eine wohltuende Kühle.

Nach einer Viertelstunde kam ein großer, schlanker Mann aus einer Tür und wechselte leise Worte mit der Empfangsdame. Danach kam er mit ausgebreiteten Armen auf uns zu. »Frau Kahlenberg! Herr Prokopp! Herzlich willkommen auf Schloss Wallstein! Ich bitte vielmals um Entschuldigung, dass Sie warten mussten, aber in einer Woche erwarten wir unsere Neuankömmlinge, und bis dahin ist noch eine Menge vorzubereiten.« Der Leiter des Internats trug einen perfekt sitzenden grauen Anzug zu einer blauweiß gestreiften Krawatte. Sein Alter schätzte ich auf Mitte sechzig. Er machte auf mich einen sympathischen Eindruck.

»Wenn Sie erlauben, führe ich Sie an die wesentlichen Stätten unseres Hauses, an die, von denen ich annehme, dass sie Sie interessieren. Das ganze Anwesen zu zeigen, würde zu lange dauern. Es ist einfach zu groß.« Der Klang seiner Stimme war angenehm, und nichts deutete darauf hin, dass er etwas zu verbergen hatte. »Dann können wir gern noch ein paar Minuten in meinem Büro plaudern.«

»Haben Sie etwas dagegen, dass ich Fotos mache?«, fragte Anna.

»Aber ganz und gar nicht! – Wenn Sie mir bitte folgen wollen?« Er wies auf eine Tür. »Wie lautet doch gleich der Name Ihrer Zeitschrift? Ich habe ihn leider vergessen.«

Ich tauschte einen schnellen Blick mit Anna und antwortete: »Es sind verschiedene. Wir sind freie Journalisten und schreiben für mehrere Magazine. Je nach Bedarf und Nachfrage.«

»Und nach Bezahlung«, lächelte Anna. »Wir sind gut.«

»Wir sind die Besten!«, ergänzte ich.

»Und Sie schreiben einen Bericht über …« Mühlbauer führte uns einen langen Flur hinunter.

»Es soll eine Reportagereihe über restaurierte Landhäuser, Schlösser und Gutshöfe in der ehemaligen DDR werden«, sagte Anna.

Ich nickte. »Wir haben uns schon einige angesehen und sind beeindruckt, was in den knapp drei Jahrzehnten erreicht worden ist. *Auferstanden aus Ruinen* kann man mit Fug und Recht sagen. Wirklich fantastisch!«

Mühlbauer nickte. »Nicht wahr? Es wurde höchste Zeit, dass die Kommunisten zum Teufel gejagt wurden. Lange hätte es nicht mehr gedauert, und die Bausubstanzen wären unwiederbringlich verloren gewesen.« Er öffnete eine weitere Tür und wir traten ins Freie. Ein prächtiger Garten lag vor uns mit mächtigen Laubbäumen, blühenden Rhododendronhecken, Rosensträuchern, die sich an kunstvoll verzierten Gittern emporrankten. »Die erste Station …« Der Internatsleiter deutete auf eine Mauer, in die ein mächtiges Rundportal eingearbeitet war.

»Halt, halt!« rief Anna. »Bitte nicht so schnell, Herr Mühlbauer! Ich muss unbedingt Bilder von diesem wundervollen Garten machen!«

Er lächelte. »Sie haben natürlich Recht, Frau Kahlenberg! Wie dumm von mir! Wenn man jeden Tag hier vorbeikommt, verliert man irgendwann den Sinn für solche Schönheiten.«

Anna schoss Bild um Bild und Mühlbauer blickte von Zeit zu Zeit verstohlen auf seine Armbanduhr. Er schien es wirklich sehr eilig zu haben. Nach wenigen Minuten drängte er uns, weiterzugehen. »Sonst bekommen Sie nicht viel zu sehen«, entschuldigte er sich. Er führte uns in ein altes Backsteinhaus, das von wildem Wein fast zugewachsen war. Nach der Wärme im Freien empfing uns auch hier eine erfrischende Kühle. Ein blasser junger Mann, der vor einem PC saß, nickte uns zu.

»Na, Holger?« Obwohl keine andere Person in der Nähe war, die er hätte stören können, senkte Mühlbauer die Stimme zu einem Flüstern herab. »Alles in Ordnung?«

Der Junge nickte lächelnd. Seine dicke Hornbrille erzeugte große Augen, die uns interessiert anschauten.

»Holger ist einer unser Bibliothekare.« Mühlbauers Stimme blieb leise. »Eine sehr verantwortungsvolle Aufgabe! Herausgabe der Bücher, Bestandspflege, schauen, was es an Neuigkeiten gibt. Die Aktualisierung der zeitgemäßen Literatur ist uns genauso wichtig wie das Angebot an Klassikern. Nicht wahr, Holger?« Wieder nickte der junge Mann.

»Zu seinen weiteren Aufgaben gehören der Überblick über neueste Computersoftware. Unsere jungen Leuten werden hier zukunftssicher ausgebildet und so gehört der Umgang mit Rechnern zum normalen Alltag. Deshalb ist der Begriff Bibliothekar auch veraltet. Wir nennen die Personen auf diesem Posten deshalb *Mediathekare*. Und Holger ist einer der besten!« Unter der Brille blitzte es und ein breites Lächeln erschien auf Holgers Gesicht. Nichts unterschied ihn von anderen Nerds, die ihren Drehstuhl nicht mal bei einem Erdbeben der Stärke acht Komma noch was verlassen würden und den Umgang mit dem PC zu ihrem Lebensinhalt gemacht haben.

»Was gibt es denn an neuester Lernsoftware, die noch nicht auf den Rechnern dieser Welt laufen würde?«, fragte Anna.

»Nun, vieles hier basiert auf Computerspielen. Strategiespiele und so etwas. Ich bin da natürlich nicht der Experte. Holger kennt sich da besser aus. – Aber kommen Sie! Lassen Sie uns einen kurzen Gang durch die Räume machen.« Er ging voraus in eine Halle mit deckenhohen Regalen, gefüllt mit Büchern. Dazwischen standen Schreibtische mit Riesen-Monitoren.

»Spiele«, sagte ich. »Etwas ungewöhnlich für ein Internat, finde ich.«

Mühlbauer lächelte. »Dies ist auch ein ungewöhnliches Internat, Herr Prokopp! Es ist im Grunde genommen ganz einfach: Wir verschaffen uns einen Überblick, was der Spielemarkt bietet und versuchen, die Vorteile dieses Mediums mit gängiger Lernsoftware zu verknüpfen.«

»Wie das?«, fragte ich.

»Ich zeige es Ihnen.«

Anna machte ein paar Fotos von der Bibliothek und Mühlbauer leitete uns durch eine Tür in einen Raum, der nur aus Tischen, Stühlen und Rechnern bestand. Jeder zweite Platz war von Jungen besetzt, die höchstens acht bis zehn Jahre alt waren. Wir traten an einen Tisch, an dem ein rothaariger Knirps saß, das runde Gesicht übersät mit Sommersprossen.

Mühlbauer legte ihm die Hand auf die Schulter. »Der junge Mann hier heißt Ludwig und ist ein sehr hoffnungsvolles Nachwuchstalent. Eine Zierde für unsere Schule. Er ist acht und verfügt bereits jetzt über Kenntnisse in der Mathematik, die Adam Riese vor Neid hätten erblassen lassen.«

Der Junge schaute uns mit lustigen blauen Augen an und grüßte artig.

»Ludwig, das sind Reporter, die eine nette Geschichte über uns schreiben wollen. Bist du so freundlich und führst ihnen ein bisschen was aus deinem Spezialgebiet vor? Und – Ludwig!«, sagte Mühlbauer, wobei er gespielt mit dem Zeigefinger drohte. »Nicht so schnell wie sonst! Haben wir uns verstanden?« Ludwig grinste glucksend und nickte eifrig.

»Gut. Also – unsere Idee ist folgende: Wir möchten … Anders: Erinnern Sie sich noch an Ihre Schulzeit? An die erlittenen Qualen während des Unterrichts, sofern Sie gerade eine Stunde in einem Fach hatten, das Sie abgrundtief hassten? Hatten Sie so eins, Herr Prokopp?«

Ich lachte. »Und ob! Mathe! Entschuldige, Ludwig!«

Der Kleine krähte vor Vergnügen. Auch Mühlbauer lachte. »Sehen Sie? Und Sie, Frau Kahlenberg?«

»Hm. Da muss ich überlegen. Tja, ich wüsste so auf Anhieb nicht…«

»Du Streberin!«

»Sei still! – Na ja, so naturwissenschaftliche … ach ja, Chemie!«, lächelte Anna. »Säuren, Laugen und auch all dieser Kram, der gern mal in die Luft fliegt. War nicht so mein Ding. Ich bin ganz froh, dass ich gleich den Einstieg in die digitale Fotografie gefunden habe. Entwickler, Fixierer und so stinken mir zu sehr.«

»Na bitte!«, sagte Mühlbauer. »Es hätte mich auch gewundert, wenn jemand von Ihnen kein Hassfach gehabt hätte. In vielen Fällen hatte die Abneigung auch was mit dem Lehrpersonal zu tun. Habe ich Recht?«

Ich sah Anna an und wir nickten lachend.

Der Internatsleiter hob den Zeigefinger. »So! Und für all die armen Schülerinnen und Schüler sind wir jetzt da! Als ultimativer Rettungsanker vor dem Untergang in der rauen See der Lehranstalten. Wir vermitteln den jungen Leuten jetzt Spaß am Lernen. Passen Sie auf! – Ludwig!«

Der Kleine drückte einige Tasten an seinem PC. Auf dem Monitor erschien ein drolliges dickes Männchen, das uns ansah und uns mit einer Stimme wie Homer Simpson einen Einstieg in die Geheimnisse des kleinen Einmaleins bot, wobei er nach einer kurzen Ansprache auf die Folgesequenzen verwies. Eine Art Super-Mario wie aus den Frühzeiten der Computeranimation huschte über ein mit Hindernissen gespicktes Spielfeld, wobei jedes Hindernis eine Zahl trug. Der grobpixelige bunte Held trat jede Ziffer, die ihm und der Lösung im Weg stand, kurz und klein und erreichte die Lösung keuchend und schnaufend und hob die richtige Zahl in die Höhe. Danach war heftiges Kichern und Grölen zu hören. Gelächter vom Band wie in einer amerikanischen Soap.

»Ist das nicht putzig?« Mühlbauer war begeistert.

Ich sah Anna an, die ein verkniffenes Lächeln zeigte.

»Hm. Na ja!«, sagte ich. »Ich weiß nicht so recht …«

Mühlbauer nickte. »Ich verstehe, was Sie meinen. Aber wir stehen ganz am Anfang. In der Steinzeit des computeranimierten Lernens gewissermaßen. Lassen Sie uns doch ein paar Epochen weitersehen.« Er bat Ludwig, von Level eins auf Level fünf zu gehen.

Was dann folgte, warf mich schlicht um. Die mathematischen Termini waren so ziemlich das einzige, was ich aus der Erinnerung präsent hatte. Die Animation zeigte in verblüffender Einfachheit eine Rechenart am Beispiel eines Zuges, der über einen verbogenen Schienenstrang mehr hüpfte als fuhr, uns mit nasaler Stimme seinen jeweiligen Aufenthaltsort verriet, Angaben zu Reisegeschwindigkeit und Tachostand machte und uns am Ende der Reise bat, seine Gesamtfahrstrecke zu ermitteln.

Ich erinnerte mich mit Schaudern an die Differentialrechnung und die Folgen, die sie in meinem armen Hirn angerichtet hatte. Wenn es außer Liebeskummer, so war ich in meiner Schulzeit überzeugt, noch einen anderen Grund gab, sich das Leben nehmen zu wollen, war es sicher die Differentialrechnung.

Was ich hier sah, war etwas völlig anderes als die merkwürdigen Hieroglyphen, die mein Lehrer mit quietschender Kreide an das Grün der Tafel warf. Die Animation, ein hochaufgelöster optischer Genuss in leise musikalisch untermalten Sequenzen, nahm dem diffizilen Thema jede Schwere, machte (sogar mir) Zusammenhänge in spielerischer und höchst amüsanter Weise verständlich.

Als Gimmicks traten die Herren Newton und Leibniz, die uns diesen ganzen Unfug eingebrockt haben, als witzig gezeichnete, sich selbst nicht ernst nehmende Figürchen auf (wobei sich Newton an einem Ipad verzweifelt abmühte, sich an die Lösung der jeweiligen Aufgabe zu erinnern).

Ich war beeindruckt und sah, dass auch Anna aus dem Staunen nicht herauskam.

Mühlbauer lächelte. »Ein weiterer Vorteil ist: Der Lehrer, der nachts zuvor schlecht geschlafen hat, mit dem falschen Bein aufgestanden ist, dessen Frau vergessen hat, ihm die Butterbrote einzupacken – diese übellaunige Person bleibt Ihnen als Schüler erspart!«

»Herr Mühlbauer«, lachte Anna, »ich wette, Sie haben in Ihrer Schulzeit ähnliche Erfahrungen gemacht wie wir.«

»Allerdings!« gab er zurück.

»Einen Einwand hätte ich vorzubringen«, sagte ich. »Es macht einen Heidenspaß, den Animationen zuzusehen. Aber – wird es den jungen Leuten nicht zu leicht gemacht? Sie bekommen die Lösung ja gleich präsentiert.«

»Warten Sie ab! – Ludwig!«

Der Knabe drückt zwei Tasten und dieselbe Animation begann

neu zu laufen. Nach einem kurzen Piepton stoppte sie dieses Mal allerdings mittendrin und eine weibliche Stimme sagte: *»Lösungsansatz A.«* Das Bild blieb stehen und die Stimme bot Alternativen zum weiteren Vorgang. Der Schüler hatte per Knopfdruck die Wahl zu treffen. Traf er die richtige, lief die Animation weiter, wenn nicht, lief Super-Mario noch ein paar Schritte, um dann durch eine sehr laute Explosion in tausend Stücke zerrissen zu werden.

Es war ungemein witzig, aber etwas irritierte mich.

Die Figur wurde weiter durch das Rechenspiel geführt, begleitet von der Stimme, die eine für die Lösung der Aufgabe notwendige Formel anbot. *Berechne zunächst die Steigung der Sekante an f über einem endlichen Intervall.*

Es war die Stimme! Sie war gleichförmig, monoton und passte in keiner Weise zum sonst so fröhlich-bunten Ablauf der Animationssequenzen. Ein Rückfall, dachte ich, in die muffige Welt des Unterrichts zu Kaisers Zeiten. In die Zeit der Feuerzangenbowle.

Warum ich das tat, konnte ich später nicht mehr sagen, aber ich schaute in dieser Sekunde auf Ludwig, dessen Gesicht sich für Sekunden veränderte. Sein fröhlicher Ausdruck wich einer Fratze. Er zog die Mundwinkel herunter, seine Augen verengten sich zu Schlitzen und er ballte kurz die Fäuste. Gleich danach war es wieder vorbei.

»Es darf nicht zu sehr ins Spielerische gehen«, sagte Mühlbauer. »Das Resultat muss schließlich stimmen. Nicht das Ergebnis macht den Unterschied, sondern die Methode.«

»Also, das ganze kommt mir sehr martialisch vor«, sagte Anna. »Man bekommt den Eindruck, der Schüler würde bestraft werden, wenn er nicht den richtigen Lösungsweg findet. Ein Schüler, der in die Luft fliegt! Also wirklich, Herr Mühlbauer!«

Der war um eine schnelle Antwort nicht verlegen. »Frau Kahlenberg, wir wenden neue Methoden an und sind durchaus nicht immer sicher, sofort das Richtige zu tun. Aber – so sind die Zeiten! Meine Schüler lieben diese Verzahnung von Lernmaterial und Spiel. – Richtig, Ludwig?«

Der Kleine nickte begeistert. Nichts deutete mehr auf seine kurzzeitige Veränderung hin.

»Überall auf der Welt wachsen Kinder mit Computerspielen

auf. Schon die Jüngsten beherrschen den Umgang mit ihren Geräten. Aber was wird ihnen an Software schon geboten? Ballerspiele en masse, Gewalt, wohin sie schauen. Und das setzt sich fort in der Literatur, besonders auch im Kino, wo nur noch Horror-, Kriegs- und digitalisierte Fantasyfilme zu laufen scheinen. Und alles wird auf dem Tablett serviert, keine Reflexion, nichts. Wir hingegen bemühen uns, wenig Anleihen bei Gewalt- und Kriegsspielen zu machen, sondern bevorzugen pfiffige Denk- und Strategiespiele. Ich habe mich auch erst nach und nach überzeugen lassen müssen, aber inzwischen bin ich ein begeisterter Anhänger dieser Lehrmethode.« Er legte Ludwig die Hand auf die Schulter. »Dank so kluger Köpfe wie diesem jungen Mann hier ist es uns gelungen, auf dem Markt vorhandene Spiele passgenau in unsere Software einzupflegen, wobei wir darauf achten, sie nur als Vorlage zu verwenden. Da kennt das Urheberrecht keinen Spaß.«

»Das heißt, Sie programmieren Ihre Software selbst?«, fragte Anna.

»Richtig! Selbst und in diesem Haus! Und es sieht beinahe so aus, als dass wir damit eine Erfolgsgeschichte schreiben würden. Das brandenburgische Kultusministerium, dem wir unsere Entwicklung schon vorführen durften, ist sehr angetan und möchte unser Material auf einigen Schulen zunächst zu Testzwecken verwenden.«

»Gratuliere!«, sagte ich.

»Diese Mischung von Lernsoftware und Spiel – verwenden Sie die auch für andere Fächer?«, fragte Anna.

»Oh ja!« nickte der Internatsleiter. »Hm. Ich bin nur nicht so recht sicher – meinen Sie denn, dieses Thema passt in einen Reisebericht?«

»Na klar!«, antwortete Anna im Brustton der Überzeugung. »Wir möchten dem Leser ja nicht nur zeigen, was aus den Gebäuden selbst geworden ist, sondern, dass sie auch eine zweckgerichtete Verwendung gefunden haben.«

Das gefiel Mühlbauer. Er strahlte und sagte: »Ich verstehe! Wunderbar! Kommen Sie!« Wir verabschiedeten uns von Ludwig, der höflich aufstand und uns mit einem Diener die Hand gab.

»Ein netter Junge«, lächelte Anna, als wir einen angrenzenden Raum betraten, in dem ältere Schüler vor ihren Rechnern saßen.

»Dann fragen wir doch mal Fräulein Vivian, ob sie Zeit für uns hat«, schmunzelte Mühlbauer und stellte uns ein junges Mädchen vor, das wohl etwas älter als meine Töchter war. Ein gelbes Stirnband hatte Mühe, sein langes, schwarzes Haar zu bändigen.

»Hallo! Es freut mich!« Vivians Lächeln legte eine Zahnspange frei. Es fiel auf, dass die Schüler dieses Internats ungemein höflich und freundlich waren. Vielleicht aber suchte sie Mühlbauer danach für uns aus.

»Vivians Interessen liegen auf dem Gebiet der Literatur.«

Das Mädchen nickte. »Ich möchte später Germanistik studieren. Oder Literaturwissenschaft. Genau weiß ich das noch nicht. Vielleicht schreibe ich auch Reiseberichte. Für welche Magazine arbeiten Sie?« Wir wurden vollständig überrumpelt.

»Tja«, sagte Anna, die sich schneller fing als ich. »*Geo* manchmal, *Land und Reisen*, dann so für Periodika, die sich mit Landhäusern befassen …«

»*Haus und Grund* auch?«

Anna druckste. »Äh … ja, auch. Also … wenn ich mich recht erinnere … ja, doch!«

Vivian sah uns mit scharfem Blick an.

»Nun mal nicht so neugierig, junge Dame!«, lächelte Mühlbauer. »Wie ich dich kenne, wirst du ihnen früh genug Konkurrenz machen, stimmt's?«

Die Kleine sah jetzt verlegen aus. »Entschuldigung. Ich wollte nicht aufdringlich sein.«

»Kein Problem!«, sagte ich. »Ich weiß auch immer gern, mit wem ich es zu tun habe.« Mein Blick fiel in den Ausschnitt ihres großzügig geschnittenen T-Shirts. Sie hatte für ihr Alter enorm große Brüste, die sich in einen offenbar zu kleinen Büstenhalter drängten.

»Vivian, zeig unseren Gästen doch mal, womit du dich beschäftigst.« Sie nickte, und ihre Finger fuhren rasch über die Tastatur ihres PCs.

Wieder sprach Homer Simpson den Einleitungstext. Er präsentierte uns den Dichter Heinrich Heine, dessen handsigniertes Porträt auf dem Schirm erschien. Eine diesmal bezaubernd klingende Frauenstimme rezitierte sein Gedicht *Das Fräulein stand am Meere*:

Das Fräulein stand am Meere
Und seufzte lang und bang,
Es rührte sie so sehre
Der Sonnenuntergang.

Mein Fräulein! sein Sie munter,
Das ist ein altes Stück;
Hier vorne geht sie unter
Und kehrt von hinten zurück.

Der Vortrag wurde wieder unterlegt von sehr witzigen, aber auch anrührenden Animationen.

»Sie sehen, es funktioniert auch in diesem Fach«, sagte Mühlbauer.

Die freundliche Stimme führte durch den Werdegang Heines, stellte an verschiedenen Stellen Fragen und eröffnete Möglichkeiten der Lösung (*Er gilt als der letzte Dichter der …*). Auch in dieser Animation wurde dem nicht wissenden Schüler in Gestalt eines kleinen dicken Männchens der blutige Garaus bereitet, sofern er die richtige Antwort nicht parat hatte (*… Romantik*).

»Mir fällt auf«, sagte Anna, »dass im Abschnitt über seine Biografie Heines jüdische Herkunft zwar erwähnt wird, nicht aber, dass er deswegen angefeindet und verfolgt wurde. Das ist doch ein wesentlicher …«

»Ich muss gestehen, dass die Software an einigen Stellen noch Lücken aufweist«, fiel ihr Mühlbauer ins Wort. »Aber das wird sich im Laufe der Zeit ändern.«

»*Denk ich an Deutschland in der Nacht,*« rezitierte die wundervolle Stimme, »*dann bin ich um den Schlaf gebracht. Ich kann nicht mehr die Augen schließen, und meine heißen Tränen fließen.*«

Unvermittelt wechselte der Klang. Wir hörten nun wieder den blechernen Ton, den wir schon aus der Mathematik-Vorführung kannten: »*Schrieb Heine dies a. als Nationalist in Sorge um Deutschland? oder b. als Sozialist in der Hoffnung, die politischen Zustände mögen sich ändern?*« Der kurze Pfeifton war wieder zu hören und die Stimme sagte »*Lösungsansatz A: Heine wollte …*«

Da wir hinter Vivian standen, sah ich nur, dass auch ihre Hände jetzt zu zittern begannen, wie ich es schon bei dem kleinen

Ludwig erlebt hatte. Die Zahnspange sorgte dafür, dass ich ihren verbalen Ausbruch kaum verstand. »Sehr witzig!« meinte ich zu hören. Machte sie sich über die Animation lustig?

»Vivian!«, zischte der Internatsleiter in scharfem Ton. Plötzlich schwankte das Mädchen auf dem Stuhl hin und her. »Was ist mit dir?« Mühlbauer schien wütend zu sein. »Was sollen unsere Gäste denken?« Schnell besann er sich und fragte treusorgend: »Ist dir nicht gut? Hast du etwas Schlechtes gegessen? Du musst an die frische Luft!« Er wandte sich an den Nebentisch. »Mandy! Bist du so freundlich und bringst Vivian nach draußen? Ihr ist wohl schlecht. Und was ist mit dir? Irgendwelche Probleme? Ist die Luft hier zu stickig? Vielleicht lüftet ihr mal kurz durch.«

Mandy kam sofort zu uns und geleitete das junge Mädchen zur Tür. Ein schlanker Junge ging an die Fenster und öffnete zwei von ihnen weit.

»Entschuldigen Sie bitte die Unannehmlichkeiten!«, sagte Mühlbauer. »Es wird wohl besser sein, wir gehen zum nächsten Raum. Da habe ich etwas sehr Interessantes für Sie. Einen der Höhepunkte unseres Rundgangs.«

Ich wechselte einen schnellen Blick mit Anna. Auch sie schien das Gefühl zu haben, dass etwas faul war. Was bedeuteten die plötzlichen Ausfälle der beiden Kinder? Mühlbauer ging über die Ereignisse auffallend schnell hinweg.

Wir gingen über einen kleinen, kopfsteingepflasterten Hof und erreichten ein weiteres Backsteinhaus mit einer doppelflügeligen Tür. Mühlbauer öffnete einen Flügel und Musiktöne drangen nach draußen. »Ah! Wir kommen gerade recht! Offenbar stimmt man sich ein. Kommen Sie!« Der Raum war groß, die Wände waren verkleidet mit Schaumstoffmatten. Ein Musikstudio mit allen Finessen tat sich vor uns auf. Seitlich stand eine ganze Ansammlung von Mischpulten, Aufnahmegeräten und anderem Equipment.

Hier trafen wir auf die bisher ältesten Schüler unseres Rundgangs. Sie spielten sich warm.

»Gleich findet ein kleines Übungskonzert statt«, erklärte Mühlbauer nach einem Blick auf eine Tafel. Er ging auf die Gruppe von Musikern zu und bat mit erhobener Hand um Aufmerksamkeit.

»Meine Lieben! Wir haben heute zwei Journalisten zu Gast, die sich gern ein Bild von unserem Internat machen möchten. Sie haben einen anstrengenden Rundgang hinter sich, viele Eindrücke gewonnen und lechzen jetzt nach einer Entspannungspause, die sie gern mit schöner Musik gefüllt sehen würden. Ich bitte euch also, eurem guten Ruf Ehre zu machen und unsere Gäste mit einer überzeugenden Darbietung zu erfreuen.«

Wir winkten den Schülern zu und sie grüßten freundlich zurück. Einer brachte uns Stühle und wir saßen nun vor einer kleinen Bühne, auf der ein Heer von Mikrofonen stand. Die Musiker beendeten das Einspielen und servierten uns Auszüge aus bekannten Stücken von Bach, Beethoven, Vivaldi, Mozart und Verdi.

Nach etwa zwanzig Minuten senkten die jungen Leute ihre Instrumente. Wir waren überwältigt von der Darbietung und dem Können der Zöglinge. Als die letzten Töne verklungen waren, spendeten wir ihnen Beifall. Sie bedankten sich mit einer Verbeugung.

»Unsere Vorzeigeklasse«, sagte Mühlbauer und führte uns zum Mischpult. Aus einem Stapel CDs fischte er eine heraus, die er uns mit den Worten »ein Geschenk des Hauses« überreichte. Mit einem Marker waren handschriftlich Stücke auf der Scheibe vermerkt, von denen wir gerade einige gehört hatten.

»Es dürfte Ihnen nicht entgangen sein, dass unsere Eleven auf einer gehobenen Ebene spielen. Sie gehören zu einem der besten Schülerorchester Europas, wenn nicht weltweit. Vor ein paar Jahren waren sie noch besser, weil sie einen Könner von außerordentlichem Format in ihren Reihen hatten. Einen blutjungen Violinisten mit genialen Momenten. Leider konnte er sich schlecht in das Ensemble einfügen, ihm stiegen Flausen in den Kopf, er entwickelte Allüren bis hin zum Größenwahn. Im Alter von zwölf! Können Sie sich das vorstellen?«

Wir schüttelten entsetzt und mitfühlend den Kopf.

»Wir haben alles versucht, ihn zurück auf den Teppich zu holen, aber vergebens. Wir mussten ihn leider hinauskomplimentieren. Welch ein Verlust!«

»Woher kam der junge Mann denn?«, fragte ich. »So einen haben Sie sicher nicht jeden Tag in Ihrem Internat.«

»In der Tat!«, bestätigte Mühlbauer. »Es kam dazu, dass der Knabe auf Empfehlung eines unserer hervorragendsten Gönner zu uns kam. Ein früher weltbekannter Dirigent. Werner Assauer. Sagt Ihnen der Name etwas?«

Nein, kannten wir leider nicht.

»Das machte es doppelt traurig. Assauer hat dem Buben eine eigene Geigenlehrerin besorgt und ihm eine wertvolle Violine geschenkt. Eine Guarneri! Wissen Sie, was der Kerl gemacht hat?« Heftig schüttelte er den Kopf. »Verbrannt hat er das Stück! Verbrannt! Unglaublich!«

»Wahnsinn!«, pflichtete ich bei. »Herr Assauer muss dem Kleinen sehr nahegestanden haben, richtig? Man schenkt nicht dem Erstbesten eine Guarneri.«

»Ehrlich gesagt, war ich auch erstaunt, als Werner es mir sagte. Aber was der Junge für ihn darstellte …« Mühlbauer hob die Achseln. »Keine Ahnung! – Na, Mieze! Bist du auf Mäusejagd? Da wirst du wohl kein Glück mehr haben.« Eine schwarze Katze mit einem schneeweißen Kopf und ebensolchen Pfoten schritt majestätisch an uns vorbei und sah uns mit starren Augen an. »Manchmal habe ich den Eindruck, das Internat entwickelt sich zum Katzenzoo. Ich werde doch mal ein Wörtchen mit deinem Herrchen sprechen müssen, was, Stubentiger?«

»Ein hübsches Tier«, sagte Anna. »Es gehört zum Inventar?«

Mühlbauer verzog das Gesicht. »Wie man's nimmt. Vor einigen Jahren war das Haus noch katzenfrei. Dann kam ein neuer Lehrer und mit ihm die Katzen. Erst waren es vier und jetzt sind es über sechzig. Eigentlich sollen sie nicht so frei herumlaufen, aber … sagen Sie so etwas mal einer Katze. Immerhin – seit zwei Jahren ist hier keine Maus mehr gesehen worden.«

»Und ich dachte, das Sezieren der kleinen Nager, wie wir es früher in der Biostunde gemacht haben, erledigt bei Ihnen der Computer«, sagte ich.

Mühlbauer grinste. »Das Sezieren, Herr Prokopp, gehört bei uns schon lange der Vergangenheit an. Nein, aus dem Problem Mäuse ist ein Problem Katzen geworden.«

»Sie lassen Katzen sezieren?« Mühlbauer sah mich groß an und merkte dann, dass ich einen Scherz gemacht hatte. Er lachte. »Jetzt hätten Sie mich fast drangekriegt!«

»Ein Lehrer, sagten Sie, ist für die Katzenplage verantwortlich?«, fragte Anna. »Sehr ungewöhnlich.«

»Ja, Herr von Grabau ist auch ein ungewöhnlicher Lehrer. Ich sagte eingangs ja schon, dass wir es mit einem außergewöhnlichen Internat zu tun haben. In vielerlei Hinsicht.«

»Ich wette, Herr von Grabau ist nicht der Biolehrer«, lächelte ich.

»Ist er nicht und Sie sollten ihm gegenüber auch Ihren Witz nicht anbringen.«

»Keine Sorge! – Wir wären sehr interessiert, den Mann kennen zu lernen.«

»Hm.« Mühlbauer schaute zur Uhr. »Ich denke, das ließe sich machen. Er hat jetzt gerade frei. Für mich wird's eh höchste Zeit. Ich werde ihn bitten, Ihnen den Rest des Anwesens zu zeigen. – Rest ist gut! Es wird vieles bleiben, was Sie nicht zu sehen bekommen.« Er klang unverfänglich. »Das Gelände ist einfach zu groß. – Folgen Sie mir bitte.«

Er führte uns zu einem weiteren alleinstehenden Gebäude. »Ach, und noch was!« Auf halbem Weg drehte sich Mühlbauer zu uns herum. »Moritz von Grabau ist etwas … nun ja … eigentümlich, was das Verhältnis zu seinen Katzen anbetrifft. Ungewöhnlich eben. … Hm … ach, was soll's? … ein Kollege hat mal über ihn gesagt, dass er noch nie einen so großen Kater gesehen hat. Sie werden sich bestimmt wundern.« Er lächelte. »Nur, damit Sie vorbereitet sind!«

»Sie glauben gar nicht, was für Typen uns bei den Recherchen schon untergekommen sind«, sagte Anna. »Wir wundern uns über nichts mehr.«

Wir wunderten uns gewaltig und verstanden jetzt die flapsige Bemerkung von Mühlbauers Kollegen.

Der Mann, den der Internatsleiter uns vorstellte, hatte tatsächlich viel von einer Katze. Seine Ohren waren klein und sehr spitz, die Augen vergaßen, zu zwinkern. Lange Schnurrbarthaare tanzten bei jedem seiner Worte unter der kleinen Stupsnase. Er trug den Kopf mit der schütteren Frisur gesenkt, und der Hals verbarg sich zwischen seinen schmalen, ständig hochgezogenen Schultern. Das und seine gebückte Haltung ließen ihn noch kleiner wirken, als er ohnehin war. Starre Augen waren fest auf uns gerichtet, was unheimlich wirkte und mich frösteln ließ.

Er gab uns zur Begrüßung nicht die Hand. Ich war nicht sicher, ob er es gemacht hätte, wenn seine Hände frei gewesen wären. Aber sie waren nicht frei; auf dem linken Unterarm ruhte eine schneeweiße Katze, der Grabau in einem fort mit der Hand durch das dicke Fell fuhr. Am Mittelfinger steckte ein silberner Ring mit einem großen blauen Stein. Er hatte eine Eigenart, die befremdlich auf uns wirkte: Alle paar Minuten hob er das Tier an sein Gesicht, vergrub seine Nase im weißen Fell und sog kurz den Geruch der Katze ein. Dann senkte er sie wieder ab und lächelte. Lächelte glückselig.

Grabaus Alter war schwer zu schätzen. Seine Garderobe war die eines älteren Mannes – zu einer braunen, schweren Strickjacke trug er eine ausgebeulte grüne Cordhose, die so lang war, dass nur die Spitzen seiner hellbraunen Slipper frei blieben. Die Haut seines Gesichts und die der Hände waren nahezu faltenlos.

Ich machte es so wie Kommissar Fröhlich: Ich schaute auf ein untrügliches Merkmal für das Alter eines Menschen – den Hals. Auch hier zeigte sich keine Falte. (Der Kommissar bildete sich ein, auf diese Weise das Alter von Toten noch vor der Begutachtung durch den Gerichtsmediziner treffsicher bestimmen zu können. Nur im fünften Band wollte er sich nicht festlegen: der Serienmörder Alfons Trapzulik hatte die Angewohnheit, seine Opfer säuberlich getrennt nach Kopf und Rumpf zu hinterlassen.)

Mühlbauer ließ uns in Grabaus Obhut und verabschiedete sich kurz. Ich hatte das Gefühl, er suchte nicht unbedingt die Nähe dieses merkwürdigen Mannes.

Der Gang Grabaus offenbarte Erstaunliches. Es sah aus wie ein Vorwärtstasten. Sanft setzte er die Fußballen auf und ging mit sehr kleinen Schritten durch den Raum. Als er um den Tisch bog, fiel mir die enorme Fehlstellung seiner Beine auf: Seine X-Beine konnte auch die ausgebeulte Hose nicht kaschieren. Der Oberkörper machte die Schritte nicht mit. Ohne sich zu bewegen schwebte er durch die Luft. Die Hand, die die Katze ständig sanft streichelte, war das einzige Körperteil, das oberhalb der Taille Leben zeigte.

»Wie Herr Mühlbauer sagte, haben Sie schon einige unserer Kätzchen kennen gelernt.« Seine leise Stimme jagte mir einen Schauer über den Rücken. Ich fragte mich, ob ich wohl Erfolg hätte, wenn ich den Ausdruck *tonloser Gesang* bei Google eingeben würde. Wahrscheinlich bekäme ich zur Antwort: Sorry, null Treffer – eine Person mit einer solchen Begabung ist bei uns nicht gemeldet.

»Bisher nur zwei«, erklärte Anna. Sie zeigte auf das Tier in Grabaus Arm. »Die und draußen eine.«

Ob es wirklich ein Lächeln war, was seine schmalen Lippen unter dem Katzenbart formten, konnte ich nicht mit Gewissheit sagen. »In diesem Fall habe ich eher an unsere zweibeinigen Kätzchen gedacht.«

Mein Gott, dieser Mann war mir so was von unheimlich! Vielleicht könnte ich ihn fragen, dachte ich, ob er mir die Rechte an seiner Person abtritt – meine Krimireihe wäre für die nächsten fünf Bände gesichert.

»Herr Mühlbauer sagte uns, dass Sie uns noch einiges vom Internat zeigen könnten.« Anna ließ sich von dem seltsamen Auftritt dieses kleinen Herrn nicht so leicht beeindrucken. Sie hielt die Leica hoch. »Ich habe noch reichlich Platz im Speicher.«

»Wie könnte ich dem Flehen einer so reizenden jungen Dame widerstehen?«, säuselte Grabau. »Nicht wahr, Totus, mein Guter, haben wir einem solch bezaubernden Gast schon mal einen Wunsch abgeschlagen?« Erneut nahm er eine Geruchsprobe. Diesmal inhalierte er tiefer als zuvor.

Ein Piepton vom Schreibtisch erschreckte mich.

»Entschuldigen Sie!«, sagte Grabau und schaute auf das Display seines Handys. Offenbar hatte er eine SMS bekommen. Er lächelte und tippte einen kurzen Antworttext.

Ich dachte über das mehrmalige Piepen während unseres Rundgangs nach. Ich wusste nicht, ob es etwas bedeutete, aber … die beiden Kinder … der Ton … die eigenartige Stimme … die Reaktion der beiden …

Ich würde mir später den Kopf darüber zerbrechen.

»Tja«, überlegte Grabau. »Wo fangen wir an? Ah ja! Hat Ihnen Herr Mühlbauer unser Wahrzeichen schon gezeigt? Unser Ensemble Rotunde Schrägstrich Aussichtsturm und den Blumengarten? Ich kann Sie nicht aus unserer Anstalt entlassen, ohne Ihnen das gezeigt zu haben. Ein Anachronismus zweifelsohne, aber ein sehr hübscher.«

»Vielleicht …«, Grabau sprach jetzt klarer und ungezierter als noch in seinem Büro, und weil er die Katze dort gelassen hatte, kam er mir fast normal vor, »… haben Sie auf meinem Schreibtisch oder woanders im Internat unser Markenzeichen gesehen. Den strahlenförmigen Doppelkranz. Wenn Sie hinunterschauen, sollten Sie erkennen, was uns als Vorlage diente.«

Von der Aussichtsplattform aus schauten wir in die Tiefe und sahen, was er meinte. Der Rundturm wurde nach mehreren Metern von einem Wassergraben eingefasst, über den sich in gleichmäßigen Abständen acht kleine, kunstvoll gearbeitete Holzbrücken streckten. Sie senkten sich nach weiteren Metern in ein breites, gepflegtes Blumenbeet, das den äußeren Rand des Ensembles bildete. Die Brücken gingen in schmale Kieswege über, die in die umliegende Parklandschaft führten.

Anna ging um die Plattform herum und schoss Bild auf Bild.

»Wirklich großartig, Herr Grabau!«, sagte sie, als sie uns wieder erreichte. »Diese Goldruten! Und die Astern! Die Farbabstimmung der Blumen ist perfekt! Eine Komposition, die man so schön nicht alle Tage sieht. Sie müssen einen guten Gärtner haben.«

»Danke für das Kompliment, Frau Kahlenberg!«, sagte er fast schüchtern. »Der Gärtner steht vor Ihnen. Dabei können Sie momentan eben nur diese Ansammlung von Spätblühern sehen. Sie sollten uns im Frühjahr besuchen – welch eine Pracht!«

Anna sah ihn groß an. »Toll, Herr Grabau! Wirklich toll!« Ich merkte ihr an, dass ihre Begeisterung nicht gespielt war.

»Es freut mich, dass Sie das sagen.«

»Jetzt verstehe ich, was Kohl damals mit *Blühende Landschaften* meinte«, sagte ich.

Grabau lächelte gequält und räusperte sich. »Wie gesagt: eigentlich ein Anachronismus, aber für mich die konsequente Fortführung der Tradition dieses Anwesens. Ich könnte Ihnen jetzt aus dem Stegreif die Geschichte des Schlosses nahe bringen.« Er lächelte. »Lückenlos wohlgemerkt! Aber dann stünden wir heute Abend noch hier.«

Wir machten uns auf den Weg abwärts. »Eine Frage, Herr Grabau«, sagte ich. »Sie befassen sich nicht nur mit Rundbeeten, sondern vornehmlich mit der Ausbildung der jungen Leute.«

Er kicherte. »Richtig. Vornehmlich. Ich gebe Unterricht in den Fächern Geschichte, Deutsch und Englisch.«

»Und Sie verwenden in Ihren Stunden auch diese lustige Software, die man uns vorgeführt hat?«

Unvermittelt blieb Grabau auf einer Treppenstufe stehen. Sein Gesicht verfinsterte sich und seine Stimme bekam überraschend einen harten, metallischen Klang. »Was Sie lustig finden, Herr Prokopp, ist unzweifelhaft die Zukunft der Bildungsmethodik. Wie wollen Sie Kinder besser unterrichten als mit einer Mischung aus dem, was sie lieben, Computerspiele nämlich, und herkömmlicher Lernsoftware? Nicht wahr? Und die Begeisterung, mit denen meine Kätzchen dieses Material annehmen, beweist, dass wir auf dem richtigen Weg sind.« Er setzte seinen Weg fort und die Stimme wurde wieder weich. »Im Übrigen möchte ich bescheiden anmerken, dass ich, wiewohl nicht der Programmierer, so doch der Initiator dieser technischen Neuerung bin.«

Die nächste Station unseres Rundgangs, immer vorbei an geschmackvoll angelegten Parkanlagen, klaren Teichen, gepflegten Wegen, die von mächtigen Laubbäumen gesäumt wurden, war ein moderner Flachbau.

»Werden Sie Zeuge, dass auch in diesem Internat die Losung der alten Römer *mens sana in corpore sano* beherzigt wird.«

»Die körperlichen Aktivitäten ihrer Schüler haben wir schon auf der Herfahrt registriert. Sie haben einen imposanten Sportpark«, sagte Anna.

»Unter guter Bewachung, wie man sieht.« Einer der Wachtürme rückte in mein Blickfeld.

»Die Wachtürme, ja!« Grabau lächelte. »Es geht um Disziplin und Verantwortung. Die jungen Leute sollen lernen, ein wachsames Auge auf die Umgebung zu haben, um ihre Mitschüler vor Gefahren von außen im Bedarfsfalle schützen zu können. Die Waffen sind natürlich Attrappen, geben den jungen Leuten aber ein Gefühl von Sicherheit. – Die Türme haben wir aus NVA-Beständen und waren eine freundliche Spende der Treuhandgesellschaft. Wir haben sie etwas eingekürzt, damit sie nicht so sehr an die traurige Vergangenheit erinnern.« Er öffnete die Eingangstür. »Was Sie hier sehen, geht etwas über eine Sportanlage hinaus.«

Das war deutlich untertrieben. Was wir zu Gesicht bekamen,

war nicht weniger als eine Ansammlung von Kampfstationen. Eine Fechtplanche mit wettkampfgerechten elektronischen Anzeigen, mehrere Boxringe, Matten, auf denen asiatische Selbstverteidigung betrieben wurde. Alles gut besucht.

»Im Keller befinden sich Schießstände. Kleinkaliber, Armbrust.« Grabau zählte auf, ohne Betonung oder gar Koketterie. »Großkaliber werden in einer Freiluftanlage betrieben.« Er zeigte mit den Zeigefingern beider Hände auf seine Ohren. »Hier drinnen wäre es zu laut.«

Ich staunte über seine Offenheit, und mir kamen Zweifel. Alles das, was wir hier sahen, waren Indizien für eine paramilitärische Ausrichtung, geeignet für die Heranbildung von jungen Elitekriegern. Die Schilderungen des Fischers Claudius hatten einen dringenden Hinweis auf solche Umtriebe geliefert.

Und trotzdem! Nichts hatte uns bisher darauf schließen lassen, dass Verbotenes im Gange sei. Es gab keine Örtlichkeit, die zu sehen uns verwehrt wurde, Anna konnte Bilder machen, wie es ihr beliebte, und wenn man vom schrulligen Herrn Moritz von Grabau absah, hatten wir es ausnahmslos mit zuvorkommenden Internatsbewohnern zu tun. Dabei war auch er um uns bemüht und keineswegs unfreundlich. Die Herkunft und Bedeutung des ominösen Emblems, das Claudius auf Jacken und Fahnen gesehen hatte, war von Grabau auf dem Turm erklärt worden. Und die morgendlichen Appelle waren *so* ungewöhnlich eben auch nicht.

Blieben die rätselhaften Ausfälle der beiden Kinder an den Computerplätzen. Aber das konnte man auch ihrer Aufregung zuschreiben. Sie waren es sicher nicht gewohnt, dass man ihnen über die Schulter schaute.

»Seien Sie nicht so naiv, Thomas! Es passiert etwas Unnormales mit den Kindern. Irgendein … ich weiß es nicht. Und das mit dem Appell hatten wir schon. Drei abgespreizte Finger! Das ist Faschokram! Gottverdammter, beschissener Faschokram!« Anna fuhr vor Erregung viel zu schnell auf der schmalen Straße. In einer Kurve kam uns ein Wagen entgegen, und fast wäre es zum Zusammenstoß gekommen. Der andere Fahrer hupte wütend, als er sein Auto wieder in die Gewalt gebracht hatte.

»Fahren Sie langsamer, zum Teufel!«, rief ich. »Mir ist vorhin ein

Gedanke gekommen, aber wenn Sie so weiterrasen, kriegen Sie ihn nicht mehr zu hören.«

Sie ging deutlich vom Gas herunter. »Ein Gedanke?«

»Mir ist aufgefallen, dass die Reaktion der Kinder, dieses Zittern … ich habe gesehen, wie der Kleine … wie heißt er noch?«

»Ludwig.«

»Ludwig, richtig. Er hat … ha, ha! Würden Sie Ihren Sohn Ludwig nennen? *Willkommen, werte Herrschaften, auf Schloss Neuwallstein! Habe die Ehre!*«

»Könnten Sie *bitte* beim Thema bleiben, Tom!«

»’tschuldigung! – Er hat total sein Gesicht verzogen. Eine richtige Hassfratze kriegte er! Ganz kurz.«

Anna war erstaunt. »Ich habe das nicht gesehen.«

»Eine Millisekunde. Ich irre mich nicht.«

»Und …?«

»Er und Vivian änderten ihr Verhalten genau an der Stelle, an der die Software den Piepton abgab und diese merkwürdige Stimme den Spruch vom *Lösungsansatz* brachte. Beides zusammen muss irgendwas ausgelöst haben.«

Anna sah mich mit großen Augen an. »Sie meinen, die Kinder regieren auf versteckte Signale? Befehle?«

»Ja. Irgendetwas wirkt auf ihr Unterbewusstsein ein. Ihr Hirn empfängt Signale, wandelt sie um in Wut und sie sind machtlos dagegen. Für kurze Zeit sind sie andere Menschen.«

Wortlos fuhren wir eine Weile weiter. Die Sonne begann, ihre Farbe zu ändern und ließ sich gemächlich hinter einer Hügelkette nieder. Anna schaltete das Licht ein. Weit voraus stand ein Reh mitten auf der Fahrbahn, sah uns mit leuchtenden Augen erschreckt an und floh ins Gebüsch.

»Sie haben recht, Anna«, sagte ich.

»Womit?«

»Ich habe wirklich für einen Moment gedacht, auf dem Schloss gehe alles seinen rechten Gang. – Die müssen verdammt ausgekocht sein!«

»Allerdings! Die Kinder …«

»Die Kinder! Die Kinder!« Ich hatte plötzlich das Gefühl, in etwas hereingezogen zu werden, das mich so nicht interessierte. »Anna, ich möchte eines klar stellen! Ich will wissen, wie Wagner in dieses Bild passt. *Die Kinder* als solche berühren mich nur ganz am Rand. Die Jungen und Mädchen da drüben sind keine Kinder, sondern Heranwachsende. Schlimm genug, dass sie offenbar von Rechten missbraucht werden, aber … was hat das mit Wagner zu tun?«

»Ich … ich verstehe nicht …«

»Ich bin nicht geschaffen zum Kindergärtner, Anna. Was mich bewegt, ist: Was hat Wagner mit alledem zu tun?«

Nach einigen Sekunden platzte es aus ihr heraus. »Alles, Herr Sagnier! Alles! Sie scheinen nichts begriffen zu haben! Gar nichts!«

»Hören Sie auf! Es ist doch möglich, dass er nicht …«

»Nein, Tom! Nein! Nein! Nein!«, rief sie. »Mein Bruder ist auf diesem verdammten Internat zu Grunde gerichtet worden. Ich bin so fest überzeugt davon wie nie zuvor. Ich werde anfangen, die Lösung zu suchen. Sie haben recht. Vielleicht ist es besser, dass ich von jetzt ab allein weitersuche. Ich will Sie da nicht reinziehen.«

»Einverstanden!«

»Was?«, sagte sie irritiert.

»Auf mich können Sie verzichten.« Ihr vehementer Ausbruch hatte mich tief berührt. »Aber doch nicht auf Kommissar Fröhlich, oder?«

Sie erwiderte meinen Blick und lächelte. »Ich finde, wir können eigentlich gleich beim Du bleiben.«

»Dann schau du gefälligst mal auf die Straße!«

14

Berlin. Donnerstag, 17. September 2015

Ich habe mir alles nochmal durch den Kopf gehen lassen«, sagte Anna beim Frühstück. »Angenommen, du hast recht und sie versuchen wirklich, die Kinder mittels ihrer Software zu beeinflussen. Wir müssen der Sache auf den Grund gehen! Deshalb habe ich gestern Abend Djamal angerufen. Er hat eine Bekannte an der Hand, die in der Werbung arbeitet. Er hat sie erreicht und Amina, so heißt sie, will uns helfen.«

»Und wie soll das laufen? Und wieso Werbung?«

»Keine Ahnung! Wir fahren nachher zurück nach Berlin und bequatschen alles mit den beiden. Beziehungsweise machst du das allein, weil ich für ein paar Tage ins Studio muss. Da stapeln sich die Aufträge bis an die Decke. Du hast Zeit, hoffe ich?«

»Jede Menge. Immer vorausgesetzt, die Hamburger Mörder machen verlängerte Sommerpause.«

»Das nennt man *subliminale Wahrnehmung* und ist ein alter Hut.« Amina nahm den Teebeutel aus ihrer Tasse und ließ ihn auf einen Unterteller fallen. »In der Werbung gibt es dafür den Terminus *hidden persuaders* – geheime Verführer.«

»Und funktioniert wie?«, fragte ich.

»Es ist ein Begriff aus der Psychologie und bezeichnet die unterschwellige Wahrnehmung von Reizen. Unterschwellig bedeutet, dass die Schwelle des Bewusstseins nicht überschritten wird, dass also Menschen die ihnen dargebotenen Reize nicht bemerken.«

»Wie wird das gemacht?«

»Zum Beispiel werden dir Bilder gezeigt, ohne dass du es merkst. In der Wahrnehmungspsychologie wird dazu ein Tachistoskop eingesetzt.« Amina lächelte, weil sie den Zungenbrecher unfallfrei über die Lippen gebracht hatte. Sie richtete ihre großen tiefbraunen Augen auf den Teelöffel, mit dem sie etwas Zucker in die Tasse rieseln ließ. »Das ist ein Gerät, das sehr kurze Darbietungen von visuellen Reizen, Bildern eben oder auch Symbolen erlaubt. Die Darbietungszeiten können bis unter eine Millisekunde dauern.« Amina rührte ausgiebig um und sah mich an. »Tachistoskope arbeiten entweder mit einer Hochgeschwindigkeitsblende bei kontinuierlicher Beleuchtung oder mit einer Hochspannungs-Zündautomatik und sind meist als Projektoren konstruiert.«

»Mach es nicht zu kompliziert, sonst verstehen wir nichts«, mahnte Djamal.

»Woher weißt du das eigentlich alles?« Ich hatte den beiden das Du angeboten, nachdem sie mich in Annas Wohnung empfangen hatten.

»Als Djamal mich angerufen hat, habe ich gleich nachgeschaut«, sagte Amina. »Der Begriff subliminale Wahrnehmung ist mir wie gesagt aus der Werbung geläufig. Da brauchte ich nur noch einen Abstecher in die verwendete Technik zu machen.«

»Was ist denn der Ursprung dieses Verfahrens?«, fragte ich.

»Das ist eine witzige Geschichte, Tom. Der Besitzer einer Werbeagentur in den USA kam, weil es mit seiner Firma bergab ging, auf die glorreiche Idee, den potentiellen Kunden Wünsche ins Hirn zu pflanzen, die sie eigentlich nicht hatten. Dieser James Vicary ließ durch ein Buch, das ein Bestseller wurde, verbreiten, dass seine Idee funktionierte, und der Autor, Vance Packard, behauptete 1957 frech, Versuche mit Popcorn und Cola hätten zu einer gewaltigen Umsatzsteigerung geführt. Mit schlichten Bildern auf Kinoleinwänden im Millisekundenbereich. Es wurde aber später nachgewiesen, dass die Versuche nie stattgefunden hatten.«

»Das verstehe ich nicht.« Ich war verunsichert. »Wenn wir es nur mit einem Schwindel zu tun haben …«

»Da irrst du dich aber gewaltig, mein Lieber!«, versicherte Amina. »Das erwähnte Verfahren weckte natürlich Begehrlichkeiten von Seiten des … rate mal.«

Ich zuckte die Achseln.

»Das Stichwort lautet *psychologische Kriegsführung*. Na? Klingelt's?«

»Militär?«

Sie nickte. »Na, klar! Wie alles, was man zur Manipulation und zur Gehirnwäsche verwenden kann, machte sich das Militär auch darüber her. Schnell hatten sie erkannt, dass, wie gesagt, die Technik kein Problem ist und es wurden die ersten Versuche angestellt. Man geht davon aus, dass sie mehr oder weniger erfolgreich waren. Davon wiederum – da schließt sich der Kreis – profitierte die Werbung und die angewandte Psychologie.«

»Ich habe immer gedacht, nach dem Tausendjährigen Reich gäbe es solche menschenverachtenden Versuche nicht mehr«, sagte ich.

»Hast du eine Ahnung!«, lachte Djamal. »Im Kalten Krieg ging's erst richtig los! Selbst kleine Kinder wurden als Versuchskaninchen missbraucht, wenn auch nur bedingt vergleichbar. Ich bin vor einiger Zeit bei Hansen & Balle zufällig auf eine Internetseite gestoßen, wo es um Versuche an Kindern in England ging. In einem Hospital in dem kleinen Ort Aston Hall in der Grafschaft Derbyshire wurde den Kleinen ein *Wahrheitsserum* verabreicht. Es handelte sich um Natrium-Amytal und sollte angeblich *versteckte Traumata* lösen. Die Versuche fanden in den sechziger und siebziger Jahre statt.«

»Das ist ja unglaublich!«, stöhnte ich.

»Allerdings!«, fuhr Djamal fort. »Die Betreiber des Hospitals bekamen Wind davon, dass Recherchen zu diesen Sauereien im Gange waren, und haben den Gebäudekomplex abreißen lassen. Zum Glück sind die Beweise rechtzeitig gesichert worden. Fotos, Medikamente, Krankenakten, die keine Zweifel zuließen, alles wurde ins Internet gestellt. Dazu die Aussagen der Leute, die damals als kleine Kinder diese Qualen über sich ergehen lassen mussten.«

Ich nickte und sah die beiden eine Weile wortlos an. Natürlich war ich skeptisch. Sie waren, auch wenn sie sich mehr oder weniger lange in Deutschland aufhielten, von politischen Systemen geprägt worden, die dem Westen kritisch gegenüberstanden.

Amina schien meine Überlegungen auf der Stirn zu lesen. »Ich glaube, ich weiß, was du jetzt denkst, Thomas! Zwei Leute aus dem Nahen Osten erzählen dir Schauermärchen, stimmt's? Vergiss es! Ich bin überzeugt, unabhängig von Systemen und Ideologien gibt es solche Machenschaften überall auf der Welt. Aber anzunehmen, so etwas könne nur in diktatorischen Staaten passieren, ist halt ein Irrtum. Die urdemokratischen Staaten England und USA hängen genauso mit drin wie Russland oder der Iran oder China.«

»Versuche an Menschen, Tom, sind so alt wie die Medizin«, ergänzte Djamal. »Das heißt fast so alt wie die Menschheit selber. Und es hilft nicht, sie nur zu verteufeln. Viele Mediziner und forschende Wissenschaftler haben sicher aus hehren Motiven gehandelt. Medikamente, die Millionen Menschen heilen sollen – wie kann man sicher sein, dass sie auch wirken? Tests mit Ratten reichen nicht, sagen diese Leute. Es ist ein schmaler Grat zwischen Forschung und Verbrechen.«

Mein geplagtes Hirn brauchte eine Pause. »Woher kennt ihr euch eigentlich? Aus Syrien?«

Die jungen Leute sahen sich an und lächelten. Djamal schüttelte den Kopf. »Wir kennen uns aus dem Café Bleibtreu in Charlottenburg, wo Amina mir Kaffee über die Hose gegossen hat.«

»Das war aber keine Absicht!«, lachte Amina. »Djamal hat sich am kalten Buffet so trottelig angestellt und ist mir voll in die Tasse gelaufen. Selbst schuld! – Nein, ich bin aus Kabul, nicht aus Syrien. Mit vierzehn bin ich nach Deutschland gekommen. Ich habe an der FU studiert.«

Ich nickte. »Mir ist einiges noch nicht klar, Amina. Kannst du mir anhand eines Beispiels erklären, wie dieses … hm … Verfahren praktisch angewandt wird und ob es wirklich Einfluss auf die Hirne der jungen Leute nehmen kann? Wir sind ja nicht mal sicher, ob wir mit unserer Vermutung nicht danebenliegen.«

»Das kann ich und rein theoretisch liegt ihr absolut richtig«, versicherte sie. »Und wenn ihr richtig liegt, seid ihr einem abscheulichen Verbrechen auf der Spur.«

»Erläutere das bitte.«

»Okay! Versuch dir mal vorzustellen, Tom, du säßest gerade in einem Kino, es ist Januar. Draußen ist es lausig kalt und die Heizung in deinem Kino funktioniert wie üblich nicht. Du ziehst es vor, deine Jacke anzubehalten und auf der Leinwand läuft der Film … äh …«

»*Der Spion, der aus der Kälte kam*«, grinste ich. »Mit Richard Burton.«

»Genau!«, lachte Amina. »Plötzlich, und du wirst dich später darüber wundern, läuft dir kalter Schweiß über die Stirn und du verspürst einen Riesenschmachter auf ein schönes großes Eis in der Waffel. Drei Riesenkugeln, … äh … Himbeer, Stracciatella und …?«

»Joghurt-Maracuja, bitte!«

»Wie Sie wünschen, mein Herr! – Komische Zusammenstellung!«

»Mitten im Winter im eiskalten Kino bekomme ich Appetit auf ein Eis.«

»Genau!«

»Und ich gehe hinaus an die Kasse und bestelle ein Eis mit drei Kugeln.«

»Die Kassiererin wird sagen: Guter Mann, es ist Januar, und wir haben vier Grad unter null!«

»Worauf ich frage: Und draußen? – Was ist mit mir passiert, Amina?«

»Du hast, ohne es zu merken, in einem Bruchteil einer Sekunde zwei Bilder gesehen«, antwortete sie. »Sie haben sich direkt in dein Unterbewusstsein gepflanzt. Zuerst das Bild einer glühenden Sonne, die auf eine ausgedörrte Wüstenlandschaft brennt, und gleich danach das Bild eines großen, leckeren Softeises.«

»Und das funktioniert?«

Sie hob die Schultern. »Das ist die große Frage! Technisch wie gesagt absolut machbar. Die Wissenschaft streitet sich allerdings, ob es immer klappt oder nur bei bestimmten Menschen. Oder anders: Die meisten sagen, es kann klappen, wenn die Werbebotschaften zu momentanen Bedürfnissen des potentiellen Konsumenten passen. Das heißt: wenn du an einem Tag wie heute im Kino sitzt, es warm ist, die verdammte Heizung sich nicht abstellen lässt und du deshalb ohnehin irgendwann den Wunsch nach einem Eis verspüren würdest. Verstehst du?«

»Ich denke schon«, nickte ich. »Und was bedeutet das im Hinblick auf die Kinder im Internat?«

»Du hast gesagt, sie reagieren irritiert oder verstört auf ein Signal oder eine Stimme«, sagte Amina. »Entweder versucht man, unschuldigen Kindern Rassismus durch versteckte Signale einzuimpfen, oder sie bringen einen latenten Rassismus von zu Hause mit, den man nur an die Oberfläche holen muss. Das wäre analog zu dem, was die meisten Wissenschaftler annehmen. – Eines ist klar: Kinder und Jugendliche sind viel empfänglicher für Einflüsse von außen als Erwachsene.«

»Mir scheinen die Signale das Entscheidende zu sein.« Djamal schaltete sich in das Gespräch ein.

»Warum?«, fragte Amina.

»Thomas sagte, bei dem ersten Jungen habe es keine rassistischen Äußerungen oder etwas Vergleichbares gegeben. Es gab nur den Piepton und die komische Stimme. Richtig?«

Ich nickte. »Es scheint so zu funktionieren wie beim Pawlow'schen Hund.«

»Es ist widerlich, was da passiert!« Amina schüttelte den Kopf.

»Warum aber sagte das Mädchen über Heine *sehr witzig,* wenn es doch dazu gebracht worden ist, ihn zu hassen?«, überlegte Djamal. »Das passt doch nicht! Du bist sicher, dass du die Kleine richtig verstanden hast?«

Ich zuckte mit den Achseln. »Ich denke, ja! Ich stand allerdings hinter ihr. Und sie trug eine Zahnspange. Es kann sein, dass …«

»Soll ich euch verraten, *was* sie gesagt hat?« Wir schauten Amina erstaunt an.

»Sie hat gesagt: *der Itzig*! Sie hat das deutsche Schimpfwort für einen Juden gebraucht.«

Schweigend sahen wir sie an, und ich wusste, dass sie recht hatte.

Sie bringen Kinder dazu, dachte ich, Sachen zu denken, die sie sonst nie denken würden. Kinder, die ihrem Wesen nach unschuldig sind, werden zu Schuldigen gemacht. Junge Menschen, die nie daran denken würden, einen Unterschied zu machen in der Herkunft der anderen, ihrer Hautfarbe, ihrer Religion, werden dressiert, manipuliert; ihre Arglosigkeit wird hintergangen.

Ich erinnerte mich an die Zeit mit Wagner, seine Ausfälle gegen Farbige, Schwule, Juden. Ich hielt es für möglich, dass Werner Assauer, sein leiblicher Vater, die Person war, die Wagner den Rassismus oktroyiert hatte. Er hatte seinen Sohn wohl nicht zufällig an dieses Internat gebracht. Assauer finanzierte es mit und hatte großen Einfluss auf den Ablauf in dem Haus.

Aber die anderen Halbwüchsigen? Woher kamen die? Wie waren sie an Mühlbauer und seine Spießgesellen geraten?

»Merkwürdig!«, sagte Amina.

»Bitte?« Sie hatte mich aus meinen Gedanken aufgeschreckt.

»Ich habe gedacht, so etwas gibt es nur in unserer Heimat.« Sie schaute zu Djamal. »Nicht in einem politisch transparenten Staat wie Deutschland.«

»Was meinst du?«, fragte ich.

»Kindersoldaten! Sie werden zu Kindersoldaten herangebildet.«

»Glaubst du nicht, dass der Vergleich hinkt?«, lächelte Djamal.

»Warum? Wahrscheinlich wird auch diesen Kindern der Hass ins Herz gepflanzt, und sie werden zu willenlosen Instrumenten gewissenloser Verbrecher. Die große Frage ist: Warum merkt das keiner?«

Bilder kamen mir vor Augen, Bilder auf einer Mattscheibe in einem Hotelzimmer in Frankfurt. Bewegte Bilder von marschierenden Kindern und Jugendlichen, bewaffnet mit Kalaschnikows. Die Augen voller Stolz, voller Angst; die vom heißen Wüstensand ausgetrockneten Lippen ihrer hass-

verzerrten Münder. Und Bilder von spielenden Kindern in den Trümmern von Aleppo, Bilder von kleinen, seltsam verdrehten Leichen nach einem Giftgasangriff nahe Beirut.

Ich sagte: »Ich muss noch mal in das Internat! Ich muss herausfinden, was da im Einzelnen passiert. Sie haben uns nicht alles gezeigt! Irgendwo, in irgendeinem dieser Räume, muss des Rätsels Lösung sein.«

»Du kannst da nicht mehr hinein!«, sagte Djamal. »Anna auch nicht! Sie kennen euch und würden misstrauisch werden. Amina und ich werden gehen.«

Die junge Afghanin schaute ihn verblüfft an. »Wie kommst du denn darauf? Das geht doch nicht!«

»Hast du Schiss?«, grinste Djamal.

»Quatsch! Ich würde es machen! Aber wir bräuchten einen glaubwürdigen Vorwand, um ins Schloss zu kommen.«

Wir schwiegen.

»Vielleicht … ach nein!«, sagte Amina.

»Vielleicht was?«, fragte Djamal.

»War eine Schnapsidee. Vergiss es!«

»Ich habe eine!«, überlegte ich. »Ob das klappt, weiß ich nicht.« Ich holte mein Smartphone hervor. »Es ist so lange her …« Wieso lange? Zwei Jahre waren keine Ewigkeit. »Wie oft legt ihr euch ein neues Handy zu?«, fragte ich die beiden.

»Na ja«, sagte Amina. »Einmal im Jahr.«

»So oft?«, staunte Djamal. »Ich kauf mir nur ein neues, wenn nichts mehr geht. Auf jeden Fall behalte ich immer meine SIM-Karte.«

Ich hatte die Nummer von Wagners Freund Manni gefunden und versuchte, eine Verbindung herzustellen. Das Freizeichen ertönte so oft, dass ich kurz davor war, aufzulegen. Dann aber meldete sich eine Stimme und es war unverkennbar die von Manni. Er hatte von Wagners Tod erfahren und war tief erschüttert. Wir tauschten einige Erinnerungen aus, und dann kam ich zur Sache. »Hast du noch Verbindungen zu …«

Vorsicht! dachte ich in letzter Sekunde. Vorsicht, Sagnier! Was hier läuft, ist kein Kapitel aus einem deiner billigen Romane. Dies ist Realität! Du bist mitten in einem echten Kriminalfall! Mit allem, was dazugehört! Rechte Zirkel, Verfassungsschutz, Militärischer Abschirmdienst, Abhören, Mails hacken, die ganze Palette wahrscheinlich. Sei vorsichtig mit dem, was du sagst!

Ich senkte die Stimme um eine Nuance und verlegte mich aufs Flüstern. »Wir haben einen gemeinsamen Freund aus früheren Tagen. Er … wie soll ich sagen? … er ist ein Fachmann. Ein Fachmann für … nun ja …«

»Meinst du Ratte?«, kam es aus dem Apparat. »Ratte Ratkowski? Du brauchst Papiere?«

Vielleicht sollte ich tatsächlich Reiseberichte schreiben, dachte ich.

»Äh … wenn's keine Umstände macht!«

»Kein Problem! Ratte ist noch aktiv. Ich geb dir mal eine Telefonnummer. Hast du was zu schreiben? Also …«

15

Berlin. Freitag, 25. September 2015

Dein Freund hat wirklich gute Arbeit geleistet«, lächelte Amina. »Es war ganz einfach. Sie haben uns die Story mit den Veterinären, die die Unterbringung der Katzen prüfen sollen, abgenommen. Und der Pförtner hat sich die Ausweise sehr genau angesehen. Sie sind perfekt!«

»Ja, Ratte gehört zu den besten seines Fachs«, sagte ich. »Und?«

»Dieser merkwürdige Herr von Grabau nahm uns in Empfang«, antwortete sie. »Er hat uns ganz erstaunt angesehen. Er hat wahrscheinlich gedacht: Jetzt infiltrieren die Araber sogar schon das Gesundheitsamt! Überall, wo wir hinkamen, sind wir auf Misstrauen und Ablehnung gestoßen.«

»Bestimmt nicht, weil ihr euch um Hygienevorschriften kümmert«, sagte ich.

»Immerhin: Keiner hat Schwierigkeiten gemacht«, ergänzte Djamal. »Grabau scheint eine große Nummer im Internat zu sein und sorgt sich um seine Miezen. Und ich muss sagen, Tom: Überall, wo die Katzen ihre Schlaf- und Futterplätze haben, ist es absolut sauber. Grabau sorgt auch dafür, dass sie nur in bestimmten

Terrains herumlaufen dürfen. Er scheint tatsächlich der einzige Mensch auf der Welt zu sein, von dem sich Katzen etwas sagen lassen.«

»Während des Rundgangs hat er immer diesen weißen Kater auf dem Arm gehabt«, lachte Amina. »Er hat ihn die ganze Zeit gestreichelt. Ich nehme an, das arme Viech ist oben inzwischen kahl.«

»Wie Blofeld«, nickte Djamal.

»Wer?«, fragte Amina.

»Blofeld ist der Gegenspieler James Bonds in den meisten seiner Filme«, erklärte Djamal. »Der hat auch immer eine weiße Angorakatze auf dem Arm und eine Glatze.«

»Und einen dicken Fingerring«, sagte ich.

»Und will die Welt beherrschen!«, betonte Djamal.

Ich nickte. »Ich befürchte, davon träumen auch die Herren auf Schloss Wallstein. – Ist euch denn irgendwas aufgefallen?«

»Und ob!«, nickte Djamal. »Wir waren dreist genug und haben uns zu den meisten Räumen Zutritt verschafft. Es gab ab und zu Schwierigkeiten, aber Grabau hat uns überall durchgelotst. Der muss sich sehr sicher sein, dass niemand von außerhalb etwas Ungewöhnliches bemerkt.«

»In einem kleinen Haus links vom Hauptgebäude befindet sich mit Sicherheit die Programmierabteilung«, sagte Amina. »Dort werden die Hirnfilmchen in die Software eingearbeitet.«

»Was macht dich so sicher?«, fragte ich.

»Es gibt zwei Tische, auf denen Röhrenmonitore stehen.«

»Ja und?«

Sie hob die Schultern. »Auch, wenn es euch nervt, ich muss noch einmal auf die Technik der Wahrnehmungspsychologie eingehen.«

»Nur zu!«, sagte ich.

»Ihr erinnert euch an das Tachistoskop? – Gut. Die kurzen Darbietungszeiten im Millisekundenbereich lassen sich nur mit guten Röhrenmonitoren erzielen, die auch die ausreichende Helligkeit erreichen. Flachbildschirme haben enge physikalische Grenzen in der Bildwiederholfrequenz und in der Leuchtdichte, sodass sie ungeeignet sind. – Die Technik auf Schloss Wallstein ist überall auf dem allerneuesten Stand. Ich glaube nicht, dass im täglichen

Umgang noch Röhrenmonitore verwendet werden. Nein, ich bin sicher: in diesem Haus wird die Gehirnwäsche vorbereitet.«

Djamal fragte: »Wie aber, meine Liebe, werden die Schnipsel in die Lernsoftware eingebracht? Die läuft überall auf TFT-Schirmen.«

»Da erwischst du einen wunden Punkt, Djamal.« Amina wurde kleinlaut. »Um die Bilder zu senden und zu kontrollieren, sind Echtzeitbetriebssysteme notwendig, die es nach dem Stand der heutigen Technik noch nicht gibt.«

»Das bedeutet, dass man auf Schloss Wallstein unter Umständen über eine überlegene Technik verfügen könnte«, stellte ich fest. »Richtig?«

»Richtig!«, nickte Djamal. »Blofeld! Aber leider ein realer!«

Betroffen tauschten wir Blicke.

»Noch etwas, Tom!«, nahm Amina den Faden wieder auf. »Wir sind auf unserem Rundgang auch zur Rotunde gekommen, die du beschrieben hast. Grabau wollte uns davon abbringen und wurde nervöser, je näher wir kamen. Er behauptete, zum Ensemble hätten die Katzen keinen Zugang. Wir waren auf dem Turm und der Anblick war wirklich fantastisch! Dieses Pflanzenrund mit den vielen Herbstblumen! Wirklich schön!«

»Als wir wieder zurückgegangen sind, wirkte Grabau erleichtert«, sagte Djamal. »Er hat auch nicht bemerkt, dass mir im Vorbeigehen eine Kleinigkeit aufgefallen ist. Ein winziges Detail, das irgendwie nicht passt.«

»Erzähl schon!« Ich war angespannt. Mein Gefühl sagte mir, dass Djamal etwas Wichtiges entdeckt hatte, das nicht unmittelbar mit den manipulativen Machenschaften im Zusammenhang stand, aber bedeutungsvoll für unsere Suche nach Wagners Leben war.

»Ein Rohr! Der Form und der Machart nach ein Lüftungsrohr. Gut verdeckt unter einem Busch. Ich habe mich vergewissert, dass der Turm rundherum Fenster hat, die offensichtlich erst vor Kurzem eingebaut worden sind. Warum also ein Lüftungsrohr?«

»Was denkst du?«

»Ich bin überzeugt, dass es unter dem Turm einen Raum gibt«, sagte Djamal mit Nachdruck. »Einen Kellerraum ohne Fenster.«

»Einen versteckten Raum? Aber zu welchem Zweck?«, fragte ich.

Er zuckte die Achseln. »In diesem Internat gibt es eine Menge zu verstecken. Orte, an denen etwas Verbotenes gelehrt wird. Oder geheimes Training.«

»Nein!« Amina schüttelte den Kopf. »Verbotene Inhalte werden verdeckt mit der Software gelehrt. Das Training in Kampfsportarten, Schießausbildung – alles wird offen betrieben. Außerdem hat der Turm nur einen Durchmesser von fünf, sechs Metern und dabei dicke Mauern. Dieser Kellerraum müsste also ziemlich klein sein.«

Wir sind einen Schritt weiter, dachte ich. Einen großen Schritt! Der Keller unter dem Turm – wenn es ihn denn wirklich gab, aber Djamal klang sehr überzeugt – diente einem anderen Zweck als der Ausbildung. Und auch für die Gehirnwäsche der Kinder schien er ungeeignet. Wir mussten ihn in Augenschein nehmen – um jeden Preis! Und – auch wenn es fast unmöglich erschien – die Software musste in unsere Hände! Ein, zwei Datenträger – das würde reichen.

Das Problem war, so etwas zu bewerkstelligen. In den Turm zu gelangen schien noch das leichtere Unterfangen. Wahrscheinlich war der Zugang verschlossen, aber da gab es Mittel und Wege. Kommissar Fröhlich hat sich von versperrten Türen nie beeindrucken lassen.

Aber wie in den Programmierraum gelangen? Oder in die Mediathek, wo die Software ausgegeben wurde?

»Tom?« Djamal stieß mich an. »Träumst du?«

Ich ließ ihn und Amina an meinen Überlegungen teilhaben.

»Wir müssen einbrechen«, sagte Djamal. »Anders wird es nicht gehen.«

Ich schüttelte den Kopf. »Nein! Auf keinen Fall! Unsere Vermutungen scheinen sich mehr und mehr zu bewahrheiten, und ich werde nichts unternehmen, was Misstrauen erregt. Sie dürfen keine Beweise vernichten. – Ich habe eine andere Idee.« Ich rief in Annas Studio an. Sie war umgehend am Apparat. »Kannst du dich daran erinnern, dass Mühlbauer gesagt hat, man habe das brandenburgische Kultusministerium für die Lernsoftware interessieren können? Haben sie denen nicht Exemplare zur Verfügung gestellt?«

»Für mich klang es als ob sie die Software nur vorgeführt haben, ohne sie aus den Händen zu geben.« Ich hörte sie verächtlich schnauben. »Die wissen schon, warum!«

»Verdammt!« Ich berichtete ihr vom neuesten Stand unserer Überlegungen.

»Djamal hat recht!«, sagte Anna. »Wir müssen einbrechen! – Nein! Stopp! Es gibt noch eine andere Möglichkeit.«

»Nämlich?«

»Erinnerst du dich an Bäumer? Den Lehrer?«

»Von dem Assauer uns erzählte? *Bäumer der Träumer*?«

»Richtig!«, sagte Anna. »Diesen Mann hat Grabau vom Internat geekelt. Ich könnte mir vorstellen, dass der einen gewaltigen Rochus auf Grabau hat. Außerdem kennt er viele Interna. Bäumer kann uns bestimmt helfen. Zumal ihm nicht recht sein dürfte, was mit den jungen Leuten veranstaltet wird.«

»Viel kann er nicht wissen, Anna!«, gab ich zu bedenken. »Wir müssen davon ausgehen, dass sich seit Grabaus Eintreffen auf der Schule einiges geändert hat.«

»Es ist anzunehmen, dass er nichts von der manipulierten Software weiß«, schränkte sie ein. »Die Kampfschulungen aber dürfte er kennen, und womöglich hat er auch die gespenstischen Appelle, von denen uns Claudius berichtet hat, mitbekommen.«

»Apropos«, sagte ich. »Du hast dir doch von Claudius dessen Handy-Nummer geben lassen, richtig? Könntest du …?«

»Was wäre Kommissar Fröhlich ohne seine Assistentin, nicht wahr?«, feixte sie.

»Ist ja gut! Du bist die Beste! – Also?«

Sie gab mir die Nummer durch. »Danke! … Äh … die von Bäumer hast du dir nicht zufällig … hallo? … Anna?«

»Bäumer … Bäumer … Bäumer … hier!« Mein Finger sauste über die Telefonbuchseite. »Bäumer, Anton. Lehrer. Jablonskistraße. Das könnte er sein.«

»Aber klar! Der erste Eintrag ist wahrscheinlich genau der richtige.« Anna lachte. »Thomas, wir sind nicht in einem deiner Romane.«

»Bäumer, Daniel, Unternehmensberater …«

»Tom?«, sagte Anna.

»… Bäumer, Jens … Ja, bitte? …«

»Ich finde es ja gut, dass du so engagiert bist, aber …«

»… Bäumer, Karl-Heinz, Florist … aber was? …«

»Was macht dich so sicher, dass er nach Berlin gezogen ist?«

»… Bäumer, Manfred … Bäumer, Marie, Schauspielerin … Nichts! Aber irgendwo müssen wir ja anfangen.«

»Ah ja!«

»Bäum… Siehst du! Hier kommt schon Bäumler! Bäumler und Kilius. Schlittschuhverleih. – So viele Bäumers gibt es nicht. Das sind vielleicht … hm … dreißig.«

»Na, dann viel Spaß beim Anrufen! – Schlittschuhverleih? Steht das da wirklich?«

»Nö! War'n Joke.«

Anna verzog das Gesicht. »… für den ich wahrscheinlich zu jung bin, richtig? – Langsam gehen mir deine Späße auf die Nerven! Du bist ein Luftikus, Tom, ein Bruder Leichtfuß, der nur Firlefanz im Kopf hat. Ich frage mich langsam, ob du wirklich ein echtes Interesse hast, nach Wagners Spuren zu suchen, oder ob du damit deine Langeweile bekämpfst.«

Sie hatte recht. »Entschuldigung! Du hast recht. Ich wollte mich nicht lustig machen.«

Sie sah mich intensiv an und schüttelte den Kopf.

»Den Vornamen hatte Assauer nicht genannt?«, fragte ich.

»Nein, aber du könntest Mühlbauer anrufen und ihn danach fragen.«

»Mühlbauer?«

»Oder meinetwegen die Sekretärin, die uns empfangen hat«, sagte sie.

»Und was soll ich sie fragen?«

Anna sah mich mit großen Augen an und schien jetzt ernsthaft wütend zu sein. »Herrgott, Thomas!! Was schon? Du gibst vor, ein alter Studienfreund zu sein, der wissen will, wo sein früherer Kommilitone abgeblieben ist. Oder etwas Ähnliches!«

»Und du meinst, das klappt?«

Ich musste sehr überzeugend gewesen sein, denn binnen zwei Minuten hatte ich eine Adresse von Bäumer in Schwerin nebst einer Telefonnummer.

Nein, sagte mir der Mann, den ich dann an den Apparat bekam, sein Vormieter Bäumer sei, wenn er sich recht erinnere, nach Berlin gezogen. Der Vorname laute tatsächlich Anton.

Anna lachte aus vollem Halse. »Der steht als erster Bäumer im Telefonbuch! Warum hast du da nicht gleich angerufen?«

»Danke für die Retourkutsche!« Mir war nicht nach Lachen zumute.

»Da! Da ist es!«, rief ich. »Kannst du das vergrößern?«

Anna zoomte auf einen Busch.

»Noch weiter!« Das Bild wurde scharf und deutlich war der Stutzen zu sehen. Er wurde am oberen Ende von einer Haube bedeckt. Wohl zur Tarnung war sie mit grüner Farbe angestrichen.

»Du hast wirklich gute Augen«, sagte Anna zu Djamal. »Ich habe nichts bemerkt.«

»Eindeutig ein Lüftungsschacht«, antwortete er.

Anna klickte sich jetzt durch die Serie von Bildern, die sie aus luftiger Höhe geschossen hatte. »Da! Noch einer! Das ist die Rückseite des Turms. Dieser Schacht liegt genau entgegengesetzt vom ersten.«

»Hast du auch Bilder vom Eingang?«, fragte ich.

»Mal schauen.« Nach wenigen Sekunden wurde sie fündig. »Wartet! Ich geh mal ran.«

»Das scheint ein herkömmliches Schloss zu sein«, stellte Djamal fest. »Nichts Besonderes!«

»Da kämen wir also mit einem Nachschlüssel rein«, sagte ich.

»Den wir woher nehmen, Herr Kommissar?«, fragte Anna.

»Ganz einfach! Dazu wird ein Stück Draht gebogen und das Ende flachgeklopft. Habe ich in zwei Bänden beschrieben.«

»Für den kleinen Bau neben dem Hauptgebäude gibt es keinen Schlüssel«, sagte der Mann mit dem Vollbart. »Da hat Grabau nach einiger Zeit ein Zahlenschloss anbringen lassen. Wenn sich nichts geändert hat, kommen Sie da rein. Die Kombination kenne ich.«

Anna schrieb sie auf einen Zettel. »Aber wie kommen wir ungesehen aufs Gelände?«

Anton Bäumer war ein großer, schlanker Mann, der Vertrauen einflößte. Mit einer ruhigen Bewegung setzte er seine Kaffeetasse ab. »Da gibt es nur eine Möglichkeit«, sagte er mit angenehmer, tiefer Stimme. »Sie müssen den nächsten Morgenappell abwarten. Er findet einmal im Monat statt, und zu dieser Veranstaltung sind die Sponsoren des Internats eingeladen. Alle Ausbilder und Schüler treffen sich auf dem Exerzierplatz und feiern den *Tag des Rechten Weges*.«

»Was??« Anna sah ihn entsetzt an.

»Ja. So hat Mühlbauer diese merkwürdige Veranstaltung getauft.«

»Aber ...«

»Ich weiß!« Er nickte. »Sie wundern sich. Viele Menschen, die rund um das Internat leben, wundern sich ebenso. Aber niemand sagt was. Nicht mehr. Einige haben es gewagt, zwei von ihnen haben es mit dem Leben bezahlt.«

»Ich kann es immer noch nicht glauben!«, sagte ich. »Da werden faschistische Rituale abgehalten, und niemand ... vor den Augen der Öffentlichkeit?«

Auf Bäumers Gesicht erschien ein müdes Lächeln. »Es sind Anzeigen erstattet worden, man hat die Presse informiert und, und, und. Nichts! Die Polizei ist wohl mal vor Ort gewesen, es wurde aber beschwichtigt und abgewiegelt. Die Zeitungen schreiben über die Appelle, als wenn es um das Erntedankfest ginge.«

»Das gibt es doch nicht!« Anna war vollkommen konsterniert. »Wenn ich recht auf dem Laufenden bin, schreiben wir das Jahr 2015 und sind in der Bundesrepublik Deutschland. Richtig?«

»Es gibt eine ebenso schreckliche wie logische Erklärung, Frau Hollmann«, sagte Bäumer. »Mühlbauer und seine Clique sind der mit Abstand größte Arbeitgeber rund um Klanzow. Das Gebiet gehört immer noch zu den strukturschwächsten Regionen der Neuen Bundesländer.«

»Aber gerade die Uckermark hat doch enorm prosperiert«, sagte Anna. »Tourismus, Landwirtschaft, erneuerbare Energien ...«

»Alles richtig, aber Klanzow hat den Nachteil, weitab vom Schuss zu liegen. Es gibt in der Nähe eine Großwäscherei, eine Großbäckerei, eine Schlachterei, diverse Einkaufsmärkte. Aber leider konnte die Verkehrsinfrastruktur bis heute nicht Schritt halten. Schöne Landschaft, schlechte Straßen. All die genannten Betriebe verdanken ihre Existenz ausschließlich Schloss Wallstein. Wenn das Internat aus welchen Gründen auch immer seine Pforten schließen würde, kämen noch einmal ein paar hundert Arbeitslose zu den vorhandenen hinzu. – Vielen Dank!« Er trank einen Schluck von dem Kaffee, den ich ihm neu eingeschenkt hatte. »Dann wäre alles wie gehabt: Die jungen Leute zögen weg, was bliebe, wäre eine überalterte Bevölkerung.«

Ich sah Anna an. Sie erwiderte den Blick mit dem Ausdruck der Hilflosigkeit und Verzweiflung.

»Was ist Mühlbauer für ein Mensch?«, fragte ich Bäumer. »Wo kommt er her? Was hat er vorher gemacht?«

»Er stammt aus Nürnberg, ist nach der Wende in den Osten gegangen und hat einige Jahre für die *National-Freiheitliche Deutsche Volksbewegung* agitiert, die es fast in den sächsischen Landtag geschafft hat …«

»Aber klar!«, rief Anna. »Jetzt weiß ich wieder, woher ich diesen Namen kenne. Gab es da nicht vor langer Zeit … hm … Gerüchte um diese sogenannte Partei?«

»Richtig!«, nickte er. »Es gab Untersuchungen wegen des Verdachts der Steuerhinterziehung. Aber die sind unter merkwürdigen Umständen eingestellt worden. Es zog Herrn Mühlbauer in den Norden und er baute in Klanzow einen kleinen Verlag für nationalkonservative und rechtspopulistische Literatur auf. Dann kaufte er mit mehreren Mitstreitern zusammen das Schloss Wallstein und ließ es für einige Millionen restaurieren.«

»Wissen Sie, wie er zu dem Reichtum gekommen ist?«, fragte ich.

»Fast ausschließlich über Beteiligungen und Sponsoring. Er muss über ein großes Netzwerk quer durch Europa verfügen. Na ja, Gleichgesinnte gibt es genug. Zudem haben die jungen Leute, die auf das Internat kommen, reiche Eltern. Die Gebühren sind gesalzen.«

Es waren zwei Begriffe, die in meinem Hirn nachhallten. Bäumer hatte *Beteiligungen* genannt und Mühlbauers *Verlag* erwähnt. Begriffe, die ich in dieser Kombination nicht das erste Mal vernahm. Für Sekunden dachte ich über diese Duplizität nach, dann vergaß ich den Gedankengang wieder.

»Sind es ausschließlich reiche Eltern, die ihre Kinder auf das Schloss schicken?«, fragte ich.

»Wie gesagt: Das Internat ist teuer«, antwortete Bäumer. »Und staatliche Stipendien werden nicht vergeben. Wallstein erfüllt nicht alle Kriterien dafür.«

»Welche nicht?«

»Nun, Sie haben es selbst gesehen. Es gibt zwar viele private Schulen, auf denen Leistungssport auf dem Stundenplan steht, aber keine, in der ohne Lizenz Kampfsport betrieben wird und gar Schießübungen stattfinden, teils mit Waffen, die geeignet wären, jemanden umzubringen.«

»Ja!«, sagte ich. »Wir waren auch überrascht zu sehen, dass das alles ganz offen betrieben wird. Und die Behörden sagen nichts?«

»Wie gehabt, Herr Sagnier. Einem Mitarbeiter der Sozialbehörde, der um das Wohl der Schüler besorgt war, erging es ähnlich wie mir. Er durfte binnen einer Woche seinen Schreibtisch räumen.«

Anna legte nachdenklich einen Finger auf die Lippen. »Sie betonten vorhin sogar, zwei Menschen hätten ihr Leben verloren. Was meinten Sie damit?«

»Die beiden Männer waren waghalsig genug, auf eigene Faust Untersuchungen anzustellen«, antwortete Bäumer. »In einer Nacht- und Nebelaktion drangen sie in das Verwaltungsgebäude ein und stahlen eine Menge Dokumente, Festplatten, CDs. Ich war zu dieser Zeit noch am Internat. Es gab eine Riesenaufregung.«

Wieder lief mir ein Schauer den Rücken hinab. »Und?«

»Die beiden konnten nicht wissen, dass Mühlbauer in allen Gebäuden versteckte Videokameras hatte installieren lassen und so wurden sie wohl identifiziert«, erklärte er. »Zwei Tage nach der Aktion wurden ihre Leichen drüben im Engersee gefunden. Auf den Wellen trieb der verkohlte Rumpf eines kleinen Motorboots. Offizielle Unfallursache: Kabelbrand im Maschinenraum. Die Männer seien durch einen Stromschlag getötet worden, als sie versucht hätten, den Brand zu löschen. Vom gestohlenen Material gab es keine Spur.«

»Um Gottes willen!«, stieß Anna hervor. »Der eine war der Sohn vom Fischer Claudius, richtig?«

»Sie kennen ihn?«

Sie nickte. »Ja. Er hat nicht gewusst, dass sein Sohn einem Verbrechen auf der Fährte war?«

»Sie haben Rainers Geschichte erfahren?«, fragte Bäumer.

»Dann wird es Sie nicht wundern, dass er seinem Vater nicht noch mehr Kummer machen wollte. Leider hat er Claudius dann den größten Schmerz zugefügt, den ein Vater erleiden kann.«

»Eine Frage, Herr Bäumer«, sagte ich. »Haben Sie eine Vorstellung, warum die beiden Männer das Material entwendet hatten?«

Er hob die Schultern. Wir berichteten, was wir im Internat gesehen hatten und schilderten ihm unseren Verdacht. Anna äußerte unsere Hoffnung, auf seine Mithilfe rechnen zu dürfen.

Bäumer sah uns ungläubig an und schwieg einige Minuten. Dann stand er auf und sah aus dem Fenster. Wieder vergingen Minuten. Danach drehte er sich um. »Ich habe Ihnen die Kombination für das Zahlenschloss verraten. Ich sage Ihnen ganz offen, dass Sie keine weitere praktische Hilfe von mir erwarten dürfen.« Er lächelte schwach. »Ich bin der geborene Feigling. Schon immer gewesen. Das Format eines Rainer Sanftleben habe ich nicht. Ich sage nicht *leider*, es ist einfach so. Ich hänge zu sehr an meinem Leben. Ich bin verheiratet, habe eine wunderbare Frau und vier Kinder. Meine Anstellung hier in Berlin wirft bei weitem nicht so viel ab wie der Job auf dem Schloss, aber es reicht zu einem sorglosen Dasein. Das alles werde ich unter keinen Umständen aufs Spiel setzen.«

»Dafür haben wir natürlich Verständnis«, sagte ich. »Aber sicher werden Sie uns noch weitere Fragen beantworten.«

»Natürlich! Wenn Ihnen die Antworten weiterhelfen, will ich sie gern geben.«

»Sie kennen Werner Assauer?«

»Den Dirigenten? Selbstverständlich! Er war – oder ist, da bin ich natürlich nicht mehr auf dem Laufenden – der größte Geldgeber für das Internat. Er hat dafür gesorgt, dass sich eine kleine, aber feine Musikklasse etablieren konnte. Professionelle Geigenlehrerin, die besten Instrumente, teures Equipment.«

»Kannten Sie auch Wagner Hollmann?«, fragte ich. »Den Jungen, den Assauer an die Schule brachte?«

Bäumer zögerte kurz. Dann lächelte er. »Aber ja. Er war einer meiner besten Schüler. Mit neun war er ein Ass in Mathematik, Englisch, Deutsch. Und in der musikalischen Ausbildung hatte er sich schon vorher als Wunderkind herauskristallisiert.«

»Und er blieb ein guter Schüler, solange Sie im Internat waren?«

»Bis auf den letzten Tag.« Bäumer überlegte kurz. »Wobei – einige Veränderungen waren mir in meinen letzten Wochen schon aufgefallen.«

»Nämlich?«, fragte Anna.

»Er war … Sie haben sich ja über meinen Nachfolger Grabau informiert. Sie wissen auch, dass er geholt wurde, weil man mit mir nicht zufrieden war.«

Anna nickte. »Sie galten als zu nachgiebig, wollten, dass die Schüler früh eigenständig und selbstbewusst wurden. Kurzum: Ihr Fehler war, dass Sie die Kleinen nicht an die Kandare nahmen. Ihr Fehler war, dass Ihre Schüler Sie mochten.«

Bäumer lächelte geschmeichelt. »Vielleicht hätte ich die Zügel etwas straffer anziehen sollen. Einige von den Bengels haben wirklich versucht, mich auszutricksen. Man merkte das mitunter übersteigerte Selbstbewusstsein der Kinder aus reichem Haus nur allzu oft. Aber auch die haben letztlich mitgezogen, und ich kann mich nicht an *ein* Kind erinnern, das nicht mit Feuereifer bei der Sache war.«

»Und das änderte sich, als Grabau Ihr Nachfolger wurde?«, fragte ich.

»Nicht sofort und nicht bei allen. Einige vertrugen seine harte Hand leichter und unbeschadet, aber die sensiblen Naturen – und Wagner gehörte zu denen – reagierten erschreckt auf den Neuen.«

»Haben Sie erlebt oder gehört, warum das so war?«

Bäumer überlegte kurz. »Herr Sagnier, ich gehöre nicht zu denen, die aus Frust und Enttäuschung über eine erlittene Niederlage nachkarten. Von Moritz von Grabau allerdings war ich nicht nur fachlich, sondern auch menschlich enttäuscht. Wie er die Mehrheit des Kollegiums auf seine Seite bekommen hat, entzieht sich meiner Kenntnis, erklärt sich aber für mich aus dem Druck, unter dem sie standen. Einige aus dem Lehrkörper allerdings haben sich ohne Rücksicht auf persönliche Nachteile an meine Seite gestellt. Bis zuletzt. – Hätten Sie noch etwas Kaffee?«

»Der ist alle. Ich koche welchen«, sagte ich.

»Du?«, staunte Anna.

Ich warf ihr einen Kussmund zu und trabte in die Küche.

»Wir warten solange!«, rief Anna mir nach.

Ich hörte an leisem Stimmengemurmel, dass sie ihr Versprechen brach. Wahrscheinlich machte sie sich über mich und meine Kochkünste lustig. Statt mich zu ärgern, ließ ich das warme Gefühl zu, das sie in mir weckte. Die anfängliche Skepsis in Annas Blicken und ihrem Verhalten war nach und nach einer vorsichtigen, wenn auch auf Distanz bleibenden Zuneigung gewichen. Ich stellte fest, dass diese Distanz zunehmend schwand und hoffte inständig, dass sie sich irgendwann in Nähe verwandeln würde.

»Wunderbar!«, hauchte Bäumer nach dem ersten Schluck. Das konnte zwar nicht stimmen, oder er wusste nicht, wie guter Kaffee schmeckt. Das verschmitzte Lächeln, das er mir zudachte, ließ mich allerdings darauf schließen, dass er an *die* Art von Solidarität glaubte, die eher Frauen nachgesagt wird.

»Wir sprachen zuletzt über Grabau«, sagte Bäumer. »Wie ich schon sagte, er führte ein hartes Regiment. Ich benutze den Ausdruck bewusst, weil er Mühlbauer faktisch als Schulleiter ablöste. Der blieb zwar weiterhin für den organisatorischen Teil des Internats zuständig, aber die Lerninhalte wurden jetzt von Grabau vermittelt.«

»Und sein Verhältnis zu Wagner?«, fragte ich. »Haben Sie davon etwas mitbekommen?«

»Der Junge gehörte zu der Handvoll Kinder, die es nur entfernt mit Grabau zu tun bekamen. Als Musiker war er privilegiert, das Hauptaugenmerk lag auf seiner musikalischen Ausbildung. Deshalb hat er seltener unter Grabaus Einfluss gestanden. Allerdings …«

»Ja?«

»Von Anfang an beschlich mich das Gefühl, dass Grabau einen Narren an ihm gefressen hatte«, sagte Bäumer und zog die Stirn in Falten. »Herr Assauer hat nie gesagt, in welcher Verbindung Wagner zu ihm selbst stand und als Respektsperson, die jedem als großmütiger Gönner bekannt war, wurde er auch nie gefragt. Es wurde einfach angenommen, dass der Kleine ein Talent war, das Assauer entdeckt hatte.«

»Und Grabau …?«, sagte Anna und ich spürte, dass ihr Instinkt sie auf eine neue, nie gedachte und unheimliche Fährte lenkte.

»Assauer machte sich vertraut mit Grabaus neuen Methoden

und war sofort angetan von ihm. Ihr Verständnis von Erziehung war absolut deckungsgleich. – Auf der anderen Seite …«

»Kommen Sie bitte auf den Punkt, Herr Bäumer!«, drängte Anna. »Was war mit Grabau und meinem Bruder?«

»Sie haben den Katzentick von Grabau mitbekommen?«, fragte er. »Ja, eine seltsame, eine verrückte Geschichte! Vierzig Katzen schlichen um ihn herum …«

»Inzwischen sind es ungefähr sechzig«, erklärte ich.

Bäumer stieß ein kurzes Lachen aus und schüttelte den Kopf. »… und trotzdem sind auch die wohl nicht genug, sonst würde er seine Schüler nicht so titulieren. *Kätzchen!* Etwas unheimlich, finden Sie nicht?«

»Ich finde es eher albern«, sagte ich.

»Herr Bäumer!« Anna fasste ihn am Ärmel. »Sie halten etwas zurück! Erzählen Sie es mir! Bitte!!«

Bäumer sah sie lange an, und sein Blick bekam etwas Schmerzhaftes. »Frau Hollmann, ich tu mich schwer damit, jemanden zu denunzieren.«

»Was war es? Was??«

Bäumer wandte sich von ihr ab und sprach leise ins Leere. »Grabau hat ihn quasi verfolgt. Mehrfach habe ich gesehen, dass er ihn vor der Musikschule abgepasst hat. Er hat ihn angelächelt, ihm die Hand auf die Schulter gelegt und ihm das Haar gestreichelt.«

»Und Sie haben nie gesehen, dass er anderen Jungen so nahe gekommen ist?«, fragte ich.

»Nein. Nie!«

»Anna!«, sagte ich. »Das muss nicht heißen …«

»Es gibt da noch etwas!«, sagte Bäumer schroff, wobei er sich abrupt zu ihr umdrehte.

Ich sah Anna an. Sie nickte. Sie nickte und ihr Gesicht war wie versteinert. Die Zunge fuhr über ihre spröden Lippen, die Augen flackerten. »Sagen Sie's!«

»Es war … eigentlich wollte ich das niemandem erzählen … ich war mit meiner Biologieklasse unterwegs, und die Schüler sollten die Pflanzen am Weg bestimmen. Ich hatte ein Fernglas dabei und etwa hundert Meter vor der Rotunde … – Sie wissen, wovon ich …? – Gut. – … ich sah zufällig zum Turm hinüber und entdeckte Grabau und den kleinen Wagner auf der Aussichtsplattform.«

Anna hörte mit verkniffenem Mund zu und atmete schwer.

»Er hatte sich zu ihm hinuntergebeugt, seine Hand um Wagners Hüfte gelegt, und mit der anderen schien er ihm etwas in der Ferne zu zeigen. Sie schauten in eine andere Richtung und konnten uns nicht sehen. Schnell schickte ich die Schüler den Weg hinunter und sah durch das Fernglas.« Er schwieg und schüttelte langsam den Kopf.

»Was dann?«, flüsterte Anna.

»Grabau richtete sich auf, presste sich eng an den Jungen und … es sah aus, als riebe er sein Glied an Wagners Rücken.«

Es wurde still in Annas Wohnzimmer. Bäumer sah zu Boden und fuhr sich verlegen durch den Bart. Anna ging zum Fenster und schaute mit einer hilflosen Geste hinaus.

»Sie sind aber nicht sicher, richtig?«, fragte ich Bäumer nach einer ganzen Weile. »Ich meine … Sie waren hundert Meter entfernt …«

»… und hatte ein gutes Fernglas, Herr Sagnier«, sagte er bestimmt. »Doch, ich bin ziemlich sicher!«

»Was geschah dann?« Ich merkte, dass mein Herz schneller schlug.

»Das war merkwürdig!«, überlegte Bäumer. »Ich schaute natürlich wie erstarrt auf die beiden und war unfähig, mich zu rühren. Dann sah ich, wie Grabau den Jungen ins Treppenhaus drängte. Nach einigen Minuten hätten sie den Turm verlassen müssen. Aber nichts geschah! Ich stand so, dass ich die Tür im Blickfeld hatte, aber sie kamen nicht heraus.«

»Was für Räume befinden sich im Turm?«, fragte ich.

»Das ist ja das Seltsame! Wie Sie selbst gesehen haben werden, hat die Rotunde eigentlich nur die Funktion eines Aussichtsturms. Im Grunde genommen besteht er nur aus der Plattform, dem Treppenhaus und diesen kleinen Absätzen, von denen aus man aus den Fenstern sehen kann.«

»Es passt! Der Keller!«, rief Anna. »Oh, dieser Dreckskerl! Dieses Schwein!«

»Keller?« Bäumer war irritiert. »Was für ein Keller?« Ich erzählte ihm von unserer Entdeckung. »Belüftungsrohre? Die habe ich nie gesehen.«

»Sie sind gut getarnt unter immergrünen Büschen.«

»Ich weiß wohl«, sagte Bäumer, »dass sich unter dem Turm eine Gruft befand, ein altes Verlies. Dort hat man im Mittelalter Straftäter eingesperrt und sie dann ›vergessen‹. Frische Luft brauchten sie nicht mehr. Keiner von uns ist je da drinnen gewesen. Aber ein Keller?«

»Den hat dieser Verbrecher nachträglich einbauen lassen«, sagte Anna. »Werner Assauer hat uns erzählt, dass Sie ungefähr ein halbes Jahr nach Grabaus Auftauchen das Internat verlassen haben …«

»Das stimmt nicht ganz«, sagte Bäumer. »Ich war fast noch ein Jahr da.«

»Und Sie haben nichts von Umbauten mitbekommen?«

»Doch! Es war tatsächlich so, dass am Turm sofort fieberhaft gearbeitet wurde, kaum, dass Grabau da war. Das Blumenrondell, die Holzbrücken, der Turm bekam neue Fenster – doch, es ist möglich, dass man auch einen Kellerraum hat einbauen lassen. Gemerkt habe ich davon aber nichts.«

Anna fuhr zu mir herum. »Wir müssen da rein, Tom! Ich weiß nicht, was uns da erwartet, aber ich muss in diesen Keller! Was hat das Schwein mit meinem Bruder gemacht?«

16

Hamburg. Samstag, 8. Juni 2013

Wagner hatte nie versucht, sich für die Tötung der Katze zu rechtfertigen.

Nicht, dass er den Eindruck machte, als wollte er es nicht – es schien ihm einfach nicht möglich zu sein. Zwar hatte ich ihn auf die Missetat angesprochen, und er nahm meine Worte ruhig und gefasst entgegen, aber er fand keine Worte dafür. Erklären konnte er es mir nicht und sagte mir, auch sich selbst nicht.

Zu meiner Überraschung rief mich Fabian eines Abends an – Wagner hatte ihm einen Brief geschrieben, in dem er um Verzeihung bat. Er machte auch ihm klar, dass er nicht begreiflich machen könne, warum er ausgerastet war.

Mein Bruder sagte, dass es ihm und Sabine schwer fiel, Wagners

Bitte nachzukommen, aber sie zeigten sich doch beeindruckt und gerührt. Wagner hatte geschrieben, dass er – schon der Kinder wegen – sie nie wieder aufsuchen würde, und das war für sie selbstverständlich.

Da er keine Adresse hatte, sandte Fabian mir eine Rückantwort, mit der Bitte, sie weiterzuleiten.

Als ich Wagner fragte, was im Schreiben stand, sagte er nur: »Ist erledigt. Alles gut!«

Abgesehen von diesem Zwischenfall – ich kam ihm zu dieser Zeit näher als je zuvor. Er antwortete auf Fragen, die er zu anderen Zeiten abgewehrt hätte.

Auch körperlich kamen wir einander näher. Wenn er früher unter der leisesten Berührung zusammenzuckte und mir böse Blicke zuwarf, ließ er sich jetzt manchen Schulterklopfer gefallen. Eine Umarmung ließ er weiterhin nicht zu.

Wir unternahmen viel zusammen, und ich entdeckte immer neue, überraschende und aufregende Seiten an ihm. Sie reichten von seinen üblichen halbkriminellen Unternehmungen bis hin zu kindlichen Anwandlungen – manchmal innerhalb von Minuten.

Der Kiez war seine Spielwiese – hier kannte er jede Ecke und jeden zweifelhaften Zeitgenossen. In meiner Gegenwart sprach er kurz mit dem einen oder anderen, die Gespräche waren aber immer unverfänglich. Mir war klar, dass er zu anderen Zeiten Geschäfte mit diesen Leuten machte. Ich vermutete Drogenhandel und falsche Papiere, die er für Aaron verkaufte.

Und dann, ganz unvermittelt, war er wieder Kind. Sein Lieblingsspielplatz war das Miniatur Wunderland in der Speicherstadt. Hier, in der größten Modelleisenbahnanlage der Welt, konnte er sich stundenlang aufhalten, das Gewirr der Touristen klaglos ertragen und sich fühlen wie ein Vierjähriger.

Es war das erste Mal, dass ich Wagner komplett entrückt erlebte. Während er auf diese Welt im Kleinen schaute und sie bestaunte, bewegten sich seine Lippen in einem fort und ich hätte ein Vermögen gegeben, zu erfahren, welche lautlosen Worte sie bildeten.

Es konnte nicht ausbleiben, dass die tage- und wochenlangen Touren mit Wagner nachteilige Auswirkungen auf mein Familienleben hatten. Ich war selten zuhause, ließ oft die Mahlzeiten ausfallen, ohne Bescheid zu geben, wechselte kaum noch die Kleidung. Katja reagierte zunehmend gereizt, und die Mädchen, obgleich sie im Moment eigentlich gut auf ihren Vater verzichten konnten, sahen mir bekümmert in die Augen.

Am Computer saß ich nur noch selten, verzettelte mich in Details, verlor jeden Überblick und wusste mitunter nicht mehr, welche Handlung mein neuer Roman haben sollte.

Mein Leben drehte sich nur noch um Wagner.

Ich trank immer mehr und zog mit meinem Freund um die Häuser. Wenn er wieder einmal Mist gebaut hatte, schlug ich mich auf seine Seite und nahm ihm nichts übel.

Es war ein neues, ein aufregendes Leben, so vollkommen losgelöst von Zwängen und Konventionen. Mir kam es vor, als hätte ich mich selbst neu erdacht und ließe meiner neuen Figur neue, ausufernde Handlungsfreiheit. Ohne ein schlechtes Gewissen zu haben.

Immerhin ließ ich die Finger von Drogen. Aber auch das sollte sich ändern. Es änderte sich an dem Tag, als ich Jo zum ersten Mal sah. Josefine. Wagners Freundin.

Später, sehr viel später, hätte ich mir gewünscht, ihr nie begegnet zu sein.

Der achte Juni war ein schwül-warmer Tag; es fehlte die Brise, die normalerweise zwischen Elbe und Alster für Abkühlung sorgt.

»Ich habe Lust auf Baden. Kommst du mit?«, fragte ich Wagner.

»Klar!« Ich hatte mir schon lange abgewöhnt, die Gestaltung seiner Zeit zu hinterfragen. Manchmal schien er zur Schule zu gehen, dann wieder nahm er seinen persönlichen Tagesurlaub – alles offenbar nach Lust und Laune. Kommentare dazu schenkte ich mir nach einer Weile – sie hätten zu nichts geführt. Außerdem war mir alles recht, was ihn von seinen kriminellen Eskapaden abbrachte. »Wohin?«, fragte er.

»Sag du! Ins Freibad?«

»Ich hab aber keine Klamotten dabei«, grinste er.

»Wofür gibt's Läden?«

Wir erstanden Badehosen, Handtücher, Latschen (»gegen Fußpilz« begegnete ich seinem erstaunten Blick).

»Ich hab noch was vergessen«, sagte er, als wir am Wagen waren. »Hast du'n Fuffziger für mich?«

Ich gab ihm einen Hundert-Euro-Schein. So würde er bestimmt nicht klauen. Hoffte ich.

Wagner lief zurück ins Kaufhaus. Nach einer Viertelstunde kam er wieder heraus und trug mit ernstem Gesicht einen gelben Schwimmring auf der Schulter. Eine Plastikente, fertig aufgeblasen. Durchmesser über einen Meter. Beide, die Ente und Wagner, trugen schwarze Sonnenbrillen.

»Sag bloß, du bist Nichtschwimmer!«, sagte ich erstaunt.

»Hab sogar 'n Schwimmschein. Willst du sehen?« Ich winkte ab. »Nö, ist zum Abhängen.«

»Toll! – Welches Bad?«, fragte ich. »Kaifu?«

Er schüttelte den Kopf. »Stadtpark. Treff ich manchmal Leute. – Hier.« Er gab mir zweiundvierzig Euro fünf zurück.

Die »Leute« waren zu fünft, zwei Mädchen und drei Jungen, wohl alle in Wagners Alter.

Dirk, ein hübscher, braungebrannter Junge, führte das große Wort. »Ey, Kai! Siehst du die Kleine da drüben? Die im gelben Bikini? Wär die nichts für dich? Schöne Nummer unter Wasser?«

»Nö!«, grinste der Angesprochene, ein dicker, blasser Knabe mit Sommersprossen und strohblonden Haaren. Er fixierte das Mädchen, das sich vorsichtig in die Fluten wagte. »Zwei Stunden Luftanhalten ist die nicht wert.«

Dirk prustete. »Hört euch den Dicken an! Du kannst mal froh sein, wenn deiner nicht nach innen schrumpelt.«

»Sag mal, Wagger, was hast du für seltsame Schuhe an?« Ein langer Kerl mit unglaublich dünnen Gliedmaßen und einer langen Kette um den Hals zeigte auf die Latschen, die Wagner ohne Kommentar angezogen hatte. »Trägt man so was jetzt?«

»Sind gegen Fußpilze«, bekam er zur Antwort. »Apropos Pils. Hast du Bier mit, Carlo?«

»Klar!« Der Lulatsch griff hinter sich, öffnete eine Sporttasche und warf Halbe-Liter-Dosen in die Menge. »Dem Onkel da auch?«, fragte er mit Blick auf mich.

»Jap!«, nickte Wagner. »Musst du aber vorher aufmachen. Das schafft er nicht mehr.«

Ich ließ das Lachen über mich ergehen und schaute überlegen in die Runde. »Meine Damen! Meine Herren! Nichts leichter als das!« Dabei zog ich lässig mit dem kleinen Finger den Ring ab. Leider hatte ich die Turbulenzen, die beim Anflug des Trinkgefäßes entstanden waren, unterschätzt. Die Lachsalven schwollen an, als ich mir den Gerstensaft aus den Augen wischte.

»Ey, Mann!«, rief Kai. »Baden außerhalb des Sees ist nicht erlaubt! Lass das mal nicht den Bademeister sehen! *Bademeister heißt er, in die Waden beißt er*«, skandierte er mit einer seltsam gurgelnden Stimme.

»*Heiße Fladen scheißt er, aber ’n Laden schmeißt er*«, ergänzte ein schwarzhaariges Mädchen fröhlich, ohne die Augen vom Smartphone zu wenden.

»Oh! Kai! Jetzt aber!« Dirk zeigte auf eine korpulente Frau im fortgeschrittenen Alter. Sie trug einen schwarzen Badeanzug, der ihre überschüssigen Pfunde kaum bändigen konnte. Die Schenkel waren gezeichnet von einer heftigen Cellulite. »Genau deine Kragenweite! Da hat man doch was in den Händen! Die wäre doch die Richtige, um dich zu entjungfern.«

Der Blonde grinste. »Mann, ich hab gut zweitausend Hühner in der Kiste gehabt. Nur vom Feinsten! Was soll ich mit einer, bei der du an den Schinken Hartkäse reiben kannst?«

»Was seid ihr bloß für Idioten?«, schimpfte das zweite Mädchen in der Runde. Es war brünett, hatte ein hübsches Gesicht und verschmähte als einzige das Bier. »Guck mal in den Spiegel, Kai! Meinst du, irgendein Mädchen interessiert sich für dich? Ich würde lieber lesbisch werden, als was mit dir anzufangen.«

»Ach, ich dachte, das bist du schon, Emilia, Schätzchen!«, feixte der Angesprochene.

Wagner war der einzige, der sich selten am Gespräch beteiligte. Er lag lässig in seinem Schwimmring, nippte am Bier und hörte den anderen mit ausdruckslosem Gesicht zu. Ganz selten verzog sich sein Mund zu einem Lächeln, das gönnerhaft wirkte. Im Moment tippte auch er etwas in sein Handy.

Ihn umgab die Aura des Unberührbaren. Alle schienen großen Respekt vor ihm zu haben. Selbst die Bemerkung Carlos über die Badelatschen wurde mit gebührender Vorsicht geäußert, nicht im vertraulich-kumpelhaften Ton, der sonst in der Runde herrschte.

Die Schwimmente wurde von niemandem mit einem Wort erwähnt.

»Ich geh baden«, sagte der dicke Kai und zerrte sich aus seinen Jeans. »Wer kommt mit?«

»Ich!«, rief die Schwarzhaarige. »Aber spring nicht rein, sonst bleibt für mich kein Wasser übrig!«

»Was ist mit dir?«, wandte sich Kai an mich. »Schwimmflügel an und los!«

Das ließ ich mir nicht zweimal sagen und fuhr aus der Kleidung.

»Donnerwetter!«, grinste Emilia anerkennend. »Gute Figur, ey! An dem könnt ihr euch mal ein Beispiel nehmen, ihr Gummibärchen.«

Ich lächelte ihr zu. Dann sah ich zu Wagner. »Was ist mit dir? Kommst du?«

Der schüttelte den Kopf. »Lass mal! Ist mir heute zu nass, das Wasser.«

»Was? Dafür hab ich dich neu ausstaffiert?«

Wagner zuckte die Achseln.

»Oh! Eingekleidet hast du ihn?«, fragte Carlo mit tuntenhaftem Ton. »Läuft da was zwischen euch?« Sofort zuckte es in seinem Gesicht und er bereute sichtlich seine unbedachte Äußerung.

»Halts Maul, Langer!«, zischte Wagner. Seine Augen schlossen sich zu Schlitzen. »Halt einfach das Maul!«

Sofort setzte Stille ein. Unheilvolle, auf der Haut zu spürende Stille.

»Ist ja gut!«, flüsterte Carlo verlegen. »War nicht so gemeint.«

»Auf die Plätze!« Das schwarzhaarige Mädchen löste die Spannung. »Wer zuerst im Wasser ist!«

Als ich aus dem See kam und mich abtrocknete, saß Wagner nicht mehr allein in seiner Ente.

Ein zierliches Mädchen mit blauem Haarschopf hatte sich zu ihm gesellt und saß auf dem Ring. Große dunkle Augen sahen mich unsicher an. Es flüsterte Wagner etwas ins Ohr und der nickte.

»Hallo!«, sagte ich und streifte mir ein T-Shirt über.

Wortlos und mit einer fast unmerklichen Handbewegung erwiderte das Mädchen den Gruß. Dann beachtete es mich nicht weiter und unterhielt sich leise mit Wagner. Seine Stimme war sanft und erstaunlich tief.

Die Kleine war sicher nicht älter als er, aber ihre Bewegungen, ihre Mimik – sie schien reifer als die anderen jungen Leute, die sich jetzt respektvoll und leise unterhielten. Es war, als huldigten sie ihrem Herrscherpaar.

Ein kleiner Junge in einer viel zu großen Badehose rückte den Majestäten näher, blieb stehen und sah staunend auf die Gummiente.

Wagner lächelte ihn an. »Willst du mit rein? Komm!«

Ohne zu zögern kletterte der Knirps ins Innere des Rings. Wagner zog ihn an sich und setzte ihn auf seinen Schoß. Verzückt kniff der Knabe in den gelben Kunststoff und strahlte Wagner und das Mädchen an.

»Luca! Nicht! Komm her!« Eine junge Frau kam gestikulierend herbeigelaufen. »Komm da raus!«

»Lassen Sie ihn doch!«, sagte Wagner. »Es macht ihm Spaß.«

Die Mutter ignorierte ihn. »Hörst du nicht, Luca? Komm da raus!«

Wagners Gesicht veränderte sich. Seine Augen verengten sich, die Mundwinkel zogen sich herab. Schnell nahm das blauhaarige Mädchen den Kleinen bei den Händen. »Komm, kleiner Mann!«, sagte sie und hob ihn aus dem Ring. »Geh zu deiner Mama!«

Seine Mutter packte ihn am Arm und zog ihn mit sich. Wortlos drehte der Junge sich noch einmal um. Auf seinem Gesicht stand die Enttäuschung.

Wagners Freundin kletterte zu ihm in die Schwimmente und legte ihm einen Arm um den Hals. Dann fuhr sie ihm durch das kurze Haar und flüsterte ihm etwas zu. Seine Blicke folgten der Mutter und dem Kleinen, dann nickte er ein paarmal. Er stellte dem Mädchen leise eine Frage. Das nickte und sah noch einmal mit skeptischem Blick zu mir, worauf es Wagner erneut etwas zuflüsterte. Wagner lächelte, schüttelte den Kopf und streckte seine geöffnete Hand aus. Nachdem die Kleine sich kurz umgeschaut hatte, griff sie in die Hosentasche und förderte ein Stanniolpäckchen zutage. Wagner nahm es, bekam von Carlo ein Tabakpäckchen gereicht, und ich sah staunend zu, wie er mitten zwischen dutzenden von Badegästen einen Joint drehte. Den zündete er an, nahm einen tiefen Zug und reichte das Stäbchen feierlich an Carlo weiter.

Den entspannten Gesichtern in der Runde entnahm ich, dass sie die Prozedur nicht zum ersten Mal zelebrierten. Süßlicher Geruch verbreitete sich, und einige Leute neben uns schnupperten, viele grinsend, wenige erstaunt oder erbost. Ein älteres Paar stand auf, nahm missmutig seine Badetücher und rückte ein erhebliches Stück von uns ab.

Als der Joint bei mir landete, war ich zunächst unschlüssig, was ich tun sollte. Ein Literat, der nur in seinen Romanen zum Gesetzesbrecher wurde, stand plötzlich vor der Frage, wie er sich mit einem verbotenen Gegenstand in der Hand verhalten sollte.

Dann aber dachte ich an das, was ich mit Wagner schon durchgemacht hatte, ahnte, dass ich sicher noch einiges in dieser Richtung erleben würde, wenn ich in seiner Nähe blieb, und steckte mir den Glimmstängel zwischen die Lippen. Als ich den Joint an Emilia weiterreichte, erwartete ich, dass der vielbeschworene *Flash* mich überkommen und ich augenblicklich ins Reich der süßen Träume fliegen würde. Nichts dergleichen. Außer einem leichten Schwindel spürte ich gar nichts, und bei einem Nichtraucher erklärte sich der von selbst.

Vielleicht – wenn ich mich locker machen würde … Unter Umständen sträubte ich mich gegen die Wirkung des Cannabis. Ich versuchte, eine bequemere Haltung einzunehmen.

Neidisch stellte ich fest, dass die Stimmung um mich herum schon gelöster wurde. Die Gruppe begann, seltsames Zeug zu reden – oder bildete ich mir das ein?

Ich richtete den Blick wieder auf die Blauhaarige an Wagners Seite. Sie faszinierte mich und das verstand ich nicht als Reaktion auf den Joint. Der wirkte überhaupt nicht! Hatte Wagner vielleicht die Dosis zu gering angesetzt?

Das kräftige Blau ihres Haars verlieh ihrem feinen Gesicht etwas Aristokratisches. Die großen, dunklen Augen blieben die ganze Zeit auf Wagner gerichtet. So konnte es ihr nicht auffallen, dass ich sie verstohlen betrachtete. Schade, dass sie nicht *einmal* zurücksah!

Ihr Körper war schlank, fast dünn, aber nicht ohne Reiz. Unter dem T-Shirt zeichneten sich kleine Brüste ab, die …

»Hey!« Kai stieß mich an. »Willst du noch?« Er gab mir den schon halb heruntergerauchten Joint. Und ob ich wollte! Irgendwann würde ich hinter das Geheimnis dieses Zeugs kommen, zum Teufel!

»Warum lachst du?«, grinste der Dicke. Der *sehr* Dicke, fiel mir jetzt auf. Unglaublich dick war er! Richtig wahnsinnig verdammt fett!!

»Wie? Ich hab nicht gelacht.«

»Und ob du gelacht hast!«, kicherte er.

»Quatsch! Worüber denn?« Ich sah mich um und alle lachten, weil ich angeblich gelacht haben sollte. Gemerkt hatte ich nichts. Das hätte ich doch gemerkt!

»Weiß ich nicht!«, sagte Kai. »Jedenfalls scheint der Stoff bei dir schnell zu wirken.«

»Ich spüre überhaupt nichts«, antwortete ich dem Buddha.

»Aha!«

Wo war ich gleich? Ach ja! Bei ihren Brüsten. Ich stellte mir vor … trug sie eigentlich Badekleidung? Wahrscheinlich. Man geht nicht ohne Badekleidung in ein Freibad, nicht wahr? Warum zog sie sich nicht …

Halt! Stopp! Nimm dich zusammen, Sagnier! Was machst du? Sie ist zwei, drei Jahre älter als deine Töchter. Und keine von diesen Bikinischönheiten, die sich ein paar Meter weiter in der Sonne aalen und die männlichen Blicke auf sich ziehen. Sie ist fast noch ein Kind.

Ich glaube, ich merke was. Ein bisschen! Irgendwie, dachte ich, irgendwie kreist da was in deinem Kopf. Komisch! Ausgesprochen merkwürdig!

Ob Nabokov auch Haschisch geraucht hat? Mein Kollege Nabokov?

»Warum lachst du dauernd?«, lachte die Schwarzhaarige, die wohl einen Weltrekord im SMS-Schreiben aufstellen wollte.

»Ich lach doch gar nicht«, kicherte ich. »Wie heißt du eigentlich? Ich heiße Tom.«

»Andrea.«

»Moin, Andrea!«

»Willst du noch'n Bier?«, fragte Carlo.

»Klar! Her damit!«, nickte ich.

»Sei bloß vorsichtig!«, lachte Wagner. »Geh lieber nicht noch mal ins Wasser.«

»Was geht dich das an?«, schnauzte ich zurück.

Wagner lachte jetzt aus vollem Hals. Es war schon das zweite Mal, dass ich das erlebte. Und neben ihm lachte, nein, lächelte der Blauschopf. Was für ein wundervolles Lächeln!

Mein Kollege Nabokov rief mich jetzt zur Ordnung. *Du bist nicht Humbert Humbert, und die da drüben mit dem wunderbaren Lächeln, deren Namen du nicht mal kennst, ist nicht deine Lolita. Du bist nur Thomas Sagnier! Du wirst nie Weltgeltung erlangen. Als Autor jedenfalls nicht. Vielleicht als hoffnungslos verliebter Trottel.*

Ich bin nicht verliebt, Herr Kollege. Ich schwärme nicht mal für sie. Sie ist ein Kind, Vladimir Nabokov! Wie konntest du so einen Roman schreiben? Ein Mann, ein erwachsener, ein gebildeter Mann, und du dichtest ihm Begehrlichkeiten für eine Zwölfjährige an. Pfui! Pfui! Und noch mal pfui!

»Wieso pfui?«, fragte Andrea. »Schmeckt dir das Bier nicht?«

»Äh ... doch! Schmeckt gut! – Kann ich noch mal ziehen?«

»Hab ich gerade ausgedrückt«, grinste Dirk. »Tut mir leid!«

»Schade! – Drehst du noch eine, Wagner?« Ich setzte die Dose an den Mund und nahm einen kräftigen Schluck.

»Nee, Tom! Das reicht für dich.«

»Woher willst du das wissen? Überhaupt – willst du Früchtchen mich bevormunden?«

»Pass auf, was du sagst, Mann!«, antwortete er.

»Leck mich am Arsch!« Ich stand auf, was mir komischerweise Schwierigkeiten bereitete, und ging auf den Badesee zu.

»Lass es, Tom! Es ist gefährlich in deinem Zustand!«, rief Wagner.

»Zustand?« Ich brüllte aus Leibeskräften zurück. »Was geht dich mein Zustand an, du Hänfling?« Ich patschte ins eiskalte Wasser. Meine Beine begannen zu frieren. Die Kälte kroch rasend schnell an mir empor, erfasste meine Hüften, den Bauch, die Brust. Plötzlich fühlte ich mich am Hals gepackt, ich wurde vorwärts geschoben, bis ich bis zum Bauch im See stand. Eine kräftige Hand drückte gegen meinen Kopf und ich tauchte unter. Mein Herz raste und ich konnte nicht verhindern, dass ich Wasser schluckte. Ich wehrte mich in Todesangst gegen die Hand, schlug um mich und verlor jede Orientierung.

Dann ließ die Hand meinen Kopf los, ein Arm packte mich um die Brust und zog mich zur Oberfläche. Ich japste, keuchte und spuckte Wasser. Ich war auf einen Schlag nüchtern. Mein Blick wurde klarer, und ich sah Wagners Augen dicht vor meinem Gesicht. »Ich habe dich gewarnt! Es ist gefährlich! Es ist gefährlich im See! Es muss einer da sein, der dich rettet! Wehe, es ist keiner da!« Er sah verzweifelt aus. Angstvoll. »Du musst einen Freund haben, der dich rettet! Verstehst du?«

Nein, ich verstand nichts. Ich verstand Wagner nicht, verstand nicht, was er sagte, nicht, was er tat. Er stand vor mir im hüfttiefen Wasser und sah so klein aus, so schmächtig, so hilflos. In diesem Moment hasste ich ihn und wollte ihn in die Arme nehmen, ihn drücken. Ihn zerquetschen. Ihn los sein und vergessen können. Er war ein Kind, aber kein Kind von dieser Welt!

Wagner drehte sich um und ließ mich stehen. Ich fror entsetzlich und konnte mich nicht bewegen. »Wagner! Warte! Ich …« Ohne sich umzudrehen, verließ er den See, verließ die Wiese, ging zum Ausgang. Allein. Seine Jeans waren triefend nass, sein Hemd hatte große Wasserflecken.

Ich zitterte am ganzen Leib. Ich legte meine Hände über Kreuz auf die Oberarme, hatte aber nicht die Kraft, sie zu reiben, meinem Körper Wärme zu spenden.

Es war Kai, der dicke Kai, der auf mich zu kam, mir den Arm um die Schulter legte und mich aus dem Wasser holte.

»Manchmal glaub ich wirklich, Wagner ist nicht ganz dicht!«, schimpfte Emilia. »Er hätte Thomas fast umgebracht!«

»Er ist unberechenbar!«, sagte Dirk. »Ein Bier, 'n paar Züge Dope! Das ist doch gar nichts!«

»Was hat er, Jo?«, wandte sich Andrea an das blauhaarige Mädchen. »Warum ist er manchmal so komisch?«

Jo! Sie hieß Jo! Sicher war das nicht der vollständige Name. Natürlich nicht. Johanna? Jolina? Josie?

Achselzucken war ihre Antwort. Die Antwort von Jo.

Ich lag auf einer Decke, einer warmen Decke und die Mädchen und Jungen, die Kinder, die ich so liebte, hatten mich mit ihrer Kleidung zugedeckt.

Aus der Nachbarschaft kamen teils mitleidige, teils wissende

Blicke. Sollte sich schämen, der Mann! Sich unter Jugendlichen so aufzuführen! Sich so gehen zu lassen! Der ist bestimmt nicht normal! Bestimmt nicht richtig im Kopf!

Es ging mir gut. Sie waren so wohltuend, meine Kinder! Meine Freunde! Ich schloss für einen Moment die Augen, und um mich herum war Stille. Absolute Stille.

Du musst einen Freund haben! Wehe, es ist keiner da!

Dann fühlte ich eine Hand in meinem Gesicht, eine kleine Hand, und sie streichelte meine Wange und eine sanfte, tiefe Stimme sagte: »Es tut mir leid. Er meint es nicht so.«

Nach einer Weile öffnete ich die Augen. Die gelbe Ente starrte mich durch die schwarze Brille an.

17

Klanzow. Donnerstag, 1. Oktober 2015

Kameraden! Liebe Jugend! Meine Kinder!« Mühlbauers Stimme hallte über den Exerzierplatz.

Die Szenerie war gespenstisch. Im ersten fahlen Licht des Morgens standen die Jungen und Mädchen in Reih und Glied, einheitlich und erkennbar zu dünn gekleidet. Ich glaubte, das fröstelnde Zittern unter ihren Hemden bis zu unserem Platz inmitten des Schilfs zu spüren. Die Fackeln, die das Gelände notdürftig beleuchteten, sorgten kaum für Wärme.

Ein kleiner Junge hatte seiner Kindertrompete eine kurze Fanfare entlockt, Mühlbauer war auf ein Podest geklettert, flankiert von vier schwarz uniformierten Männern. Vor dem Podest war eine Stuhlreihe aufgebaut worden, besetzt von Frauen und Männern. Ich konnte ihre Gesichter nicht erkennen, weil sie uns den Rücken zuwandten.

Claudius zupfte mich am Arm und zeigte auf den Fahnenmast. Eine schwarze Flagge wurde von zwei älteren Schülern hochgezogen. Im mäßigen Wind entfaltete sie sich, und in altdeutschen Lettern breitete sich der Wahlspruch des Internats aus: *Proud of my Heritage*. Ich lachte hämisch in mich hinein. Stolz auf ihr Erbe? Gehörte Englisch dazu? Ein Zugeständnis an soziale Netzwerke?

Unter dem gebogenen Schriftzug prangte das strahlenförmige Emblem.

»Zum heutigen *Tag des Rechten Weges*«, fuhr Mühlbauer fort. »möchte ich insbesondere unsere neuen Mädchen und Jungen begrüßen. Ihr seid erst ein paar Tage bei uns, und die Umgebung ist euch noch fremd. Ich bin zuversichtlich, dass die Kameraden, die schon länger da sind, euch helfen werden. Habt Vertrauen zu ihnen. Seid selbstbewusst, stolz, aber auch gehorsam und ordnet euch unter.«

Ich fühlte, wie die Kälte an meinen Beinen emporkroch. Auf Anraten von Claudius hatten wir uns mit wetterfester Kleidung ausgestattet, die aber der kühlen Witterung nicht lange standhielt.

»Es erfüllt mich mit großer Freude, so vielen ehrgeizigen, gesunden, unverbrauchten Menschen in ihre strahlenden Augen blicken zu dürfen. Meine jungen Gefährten! Ihr seid die fruchtbare Saat dieses Landes, die kommende Generation aufrechter Bürger, das Salz der deutschen Erde. Eure Nachkommen werden in nicht allzu ferner Zukunft die Geschicke dieses Staates bestimmen, sie werden die herrschende Klasse bilden. Großartige Menschen werden den deutschen Boden bevölkern. Menschen von starkem Charakter, Menschen von reinem, von unverfälschtem Blut.«

Mir wollte sich schier der Magen umdrehen. Auf Annas Gesicht erkannte ich trotz der noch schwachen Dämmerung Ekel und Abscheu. Amina und Djamal starrten mit völligem Unverständnis auf das Ritual.

»Bis dahin aber haben wir noch einen langen Weg vor uns. Viele Feinde im Land warten darauf, dass wir Fehler begehen. Feinde, die es eines Tages bereuen werden, dass sie uns Widerstand entgegenbringen!« Zunehmend ereiferte sich der Internatsleiter, untermalte seine Rede mit heftigen Gesten. »Und Fehler, meine lieben Kinder, dürfen wir uns nicht erlauben! Ich rate euch inständig, über das, was ihr hier erlebt, kein Wort nach außen dringen zu lassen. Es gibt zu viele Verräter jenseits dieser Mauern, Menschen, die kein Pardon kennen, die euch vernichten wollen, weil sie Hass im Herzen tragen.« Mühlbauer ließ seinen Blick in die Runde schweifen. »Ich sage es nicht gern, aber ihr dürft niemandem trauen! Niemandem! Auch nicht euren Eltern, euren Geschwistern, euren Freunden. Mögen sie auch in guter Absicht handeln – schnell plappern sie unser Geheimnis an unsere Feinde aus, und die werden versuchen, uns Schwierigkeiten zu bereiten. – Also, sollte euch jemand unangenehme Fragen stellen – wendet euch an uns! Vertraut uns!«

»Es wird Zeit!«, flüsterte Anna.

Claudius zeigte uns den Weg durch das Schilf und wir folgten ihm geduckt. Immer wieder sahen wir hinüber zum Wachturm, auf dem zwei Jungen mit umgehängtem Gewehr in Richtung Exerzierplatz schauten.

Im kleinen Wäldchen vor dem Aussichtsturm angekommen, entspannten wir uns. Hier waren wir außerhalb des Blickfeldes der Wachposten. Schnell liefen wir über eine der hölzernen Brücken und erreichten den Turm. Djamal prüfte das Schloss der niedrigen Tür. »Kein Problem!«, sagte er und zog einen Dietrich aus der Tasche. Binnen Sekunden hatte er das Schloss überlistet. Knarrend öffnete sich die Tür, und wir standen in einem kleinen Raum. Der Lichtkegel aus Djamals Taschenlampe, die er für Sekunden einschaltete, fiel auf eine große Anzahl von Kisten, Kartons und Baumaterial, das noch niemand entsorgt hatte.

»Da!« Amina zeigte auf einen von zwei schmalen Treppenschächten. Einer führte hinauf zur Plattform, der andere in den Keller. Sofort löschte Djamal das Licht und wir tasteten uns im Dunkel vorwärts. Die steile Treppe hatte einen Handlauf, von dem die Farbe an einigen Stellen abgeblättert war. Die Stufen waren so schmal, dass ich meine Füße schräg aufsetzen musste, um nicht ins Stolpern zu geraten. Als wir sicher sein konnten, dass kein Lichtschein die Fenster im Erdgeschoss erreichen würde, schaltete Djamal die Taschenlampe wieder ein. Er verzichtete darauf, nach einem Lichtschalter zu suchen. Am Fuß der Treppe angekommen, sahen wir einen kurzen Flur vor uns, der auf eine graue Tür zuführte.

Es war eine Metalltür moderner Bauart, mit stabilen Riegeln, schwarz abgesetzten Bändern und einem ebensolchen Drücker. Sie stand in einem deutlichen Widerspruch zu den alten, rissigen Backsteinen der Wände und dem porösen Putz an der Decke. Offensichtlich war hier an Material gespart worden, was für mich ein Indiz dafür war, dass man sich in diesem Raum nicht ständig aufhielt.

Dies war ein Versteck! Hinter dieser Tür geschah etwas, das nicht für die Augen der Bewohner des Internats bestimmt war.

Djamal ging auf die Tür zu und schob die Blende vor dem Zylinder beiseite. »Scheiße!«, flüsterte er. »Ein Sicherheitsschloss.«

Ratlos sahen wir uns an. So kurz vor dem Ziel und alles vergeblich! Anna schimpfte leise und setzte sich auf eine Treppenstufe.

Claudius sah sich um und tastete über die Steine neben der Tür. »Na bitte!«, sagte er nach einer Weile. Er hatte einen breiten Spalt im Mauerwerk entdeckt und hielt triumphierend einen blitzblanken Schlüssel in der Hand. »Hätte mich auch gewundert. – Wollen Sie?« Er drückte mir den Schlüssel in die Hand. Ich sah ihn an. Sein unsicherer Blick sagte mir, dass er mit dem Schlüssel auch die Verantwortung loswerden wollte. Er riss sich nicht darum, eine Tür zu öffnen, hinter der sich wahrscheinlich nichts Gutes verbarg. Es betraf ihn nicht.

Ich sah Anna an und sie nickte entschlossen.

Der Schlüssel drehte leicht und die Tür öffnete sich geräuschlos. Sofort kam mir ein beißender Gestank entgegen. Der Geruch von Ammoniak.

»Katzenpisse!«, stöhnte Claudius. »Widerlich!«

Ich musste die Luft anhalten, um diesen Gestank zu ertragen. Djamal ertastete einen Lichtschalter und eine Deckenlampe warf ihr helles Licht in den fensterlosen Raum. An der gegenüberliegenden Wand hing ein kleiner weißer Kasten, der wohl für Lüftung sorgen sollte. An der Decke waren charakteristische Verdickungen zu sehen. Dort waren sicher die Anschlüsse an die Schächte verborgen, die an die Erdoberfläche führten.

Es war vollkommen still im Raum, die typischen Geräusche eines eingeschalteten Lüfters fehlten. Das erklärte auch diesen penetranten Gestank. Massenhaft Körbe und Käfige waren im Zimmer verteilt und deuteten darauf hin, dass viele der sich im Internat befindlichen Katzen hier zeitweise untergebracht waren.

»Merkwürdig!«, sagte Amina, die ihre Nase mit einem Taschentuch bedeckte. »Auf unserem Rundgang haben wir überall Katzenställe gesehen, die peinlich sauber waren. Was soll das hier?«

Der Raum war klein, viel kleiner, als es nach den Ausmaßen des Turms anzunehmen war. Der Grund war sicher, dass er mit geraden Wänden versehen worden war. Sie waren mit weißer Raufaser tapeziert, alles wirkte sehr sauber, was im krassen Widerspruch zu dem bestialischen Gestank stand. Über eine der Wände erstreckte sich eine cremeweiße Schrankwand mit orangefarbenen Türen.

Ich merkte, dass Anna sich irritiert im Raum umsah. Sie hatte befürchtet, etwas anderes entdecken zu müssen – etwas ganz anderes! Nun schien sie mir erleichtert, verunsichert, aber erleichtert. »Grabau wird seine Tiere hier verstecken«, sagte sie. »Aber vor wem? Und warum?«

»Verschlossen!« Djamal zog an der Tür eines kleinen Schranks, der in einer Ecke stand. Amina ging zur Schrankwand und zog an einem aus der Ferne kaum sichtbaren Bügel. Sie musste einige Kraft aufwenden, dann hatte sie ein Einbaubett heruntergeklappt.

Ich entdeckte einen Griff in einer Bücherwand, mit dem ich eine Schreibtischplatte in die Waagerechte bringen konnte. Feine Staubränder ließen darauf schließen, dass hier etwas gestanden haben musste, was der Größe eines Laptops entsprach.

»Schlicht und ergreifend ein Arbeitsraum, denke ich«, sagte ich in die Runde. »Passt zu Grabau. Arbeitet gern im stillen Kämmerlein. Der dürfte auch der einzige Mensch sein, der es in einer solchen Umgebung aushält.«

»Wahrscheinlich war er lange nicht mehr hier. Wenn die Lüftung einige Zeit läuft, dürfte es erträglicher werden«, sagte Djamal.

»Aber die Körbe!«, rief Amina. »Schaut euch das an! Altes Katzenstreu, fleckige, zerrissene Decken. Das passt *nicht* zu Grabau!«

»Wie auch immer!«, sagte ich. »Es wird Zeit, dass wir verschwinden. Hier ist nichts. – Achtet darauf, alles wieder in Ordnung zu bringen!«

»Warte, Tom! Langsam!« Anna hielt mich am Arm fest. »Denk daran, was Bäumer gesagt hat. Als Grabau mit Wagner den Turm hinabging, hat er die beiden nicht herauskommen sehen. Sie müssen hier gewesen sein!«

»Vielleicht gibt es weiter oben doch noch einen Raum«, vermutete Amina.

»Richtig!«, sagte Anna. »Lasst uns nachsehen.«

Als wir uns anschickten, den Raum zu verlassen, hielt Djamal uns zurück. »Sekunde mal!« Er fixierte eine Stelle auf dem Boden. »Was ist das?«

»Was denn?«, fragte Amina. Djamal zeigte auf die Stelle.

Jetzt sah ich es auch. Drei kleine weiße Kreuze waren im Abstand von ungefähr sechzig Zentimetern zueinander so auf den Boden gemalt worden, dass sie die Ecken eines gleichschenkligen Dreiecks bildeten.

»Hier gibt es noch so was!«, rief Claudius von der gegenüberliegenden Wand.

»Keine Ahnung!«, sagte Amina. »Ich vermute, da …«

»Stative!« Annas Stimme bekam unvermittelt einen ängstlichen, verzweifelten Ton. »Das sind Markierungen für Stative!« Sie stellte sich zwischen die zuerst entdeckten Kreuze und wandte ihren Blick zum Einbaubett. »Dieses Schwein hat alles gefilmt!« Langsam und seltsam gebückt schritt sie auf das Bett zu und richtete den Zeigefinger zitternd auf das Bett. »Hier hat er es mit Wagner gemacht und alles gefilmt! Hier!« Sie presste ihre Hände auf den Bauch, als wenn sie starke Schmerzen hatte. »Und die Katzen waren dabei! Die Katzen haben zugesehen! Immer wenn er sich an den Kindern vergeht, holt er die Katzen hinzu! Der Geruch! Das gibt ihm den Kick! Diese perverse Drecksau!« Sie setzte sich wimmernd aufs Bett und schlug die Hände vor die Augen.

Außer Annas Schluchzen war lange nichts zu hören. Djamal setzte sich neben sie und versuchte, sie in den Arm zu nehmen. Heftig wehrte sie sich. »Ich bring ihn um! Ich bring das Schwein um!«, schrie sie und fuhr hoch.

»Ruhig, Anna, ruhig!«, mahnte Amina. »Der Verbrecher wird seine Strafe bekommen. Aber dafür müssen wir uns konzentrieren und weitermachen. Verstehst du? Wir brauchen Beweise.« Sie hatte klar und bestimmt gesprochen. Anna hörte auf zu weinen und nickte. »Du hast recht! Ja!«

»Wahrscheinlich sind in dem Schrank da die Videos oder Fotos«, sagte Djamal. »Soll ich ihn aufbrechen?«

»Keine gute Idee!«, antwortete ich. »Wenn wir nichts finden, war alles vergeblich und sie wissen, dass wir hier waren.«

Djamal nickte widerstrebend.

»Mein Gott!«, stöhnte Claudius, dessen Gesicht so weiß war wie die Wände. »Und ich kenne ihn jahrelang! Was für ein kranker Mann!«

Schnell richteten wir den Raum so her, wie wir ihn vorgefunden hatten, und verließen vorsichtig den Turm.

Leise wehte die Stimme eines der Redner vom Paradeplatz herüber, als wir das gelbe Gebäude erreichten. Am Horizont zeigten
sich die ersten Lichter, und wir mussten uns beeilen.

Obwohl ich von den Ereignissen der letzten Minuten aufgewühlt war, hatte ich das Gefühl, die Stimme des Redners zu kennen. Grabau konnte es nicht sein, er sprach deutlich heller. Und
Assauer kam sicherlich auch nicht in Betracht. Oder? Ich sah zu
Anna, aber sie war noch viel zu verstört. Wahrscheinlich nahm sie
die Stimme überhaupt nicht wahr.

Wir bekamen keine Probleme. Alles lief glatt. Ich tippte die
Zahlenkombination ein und die Tür ließ sich öffnen. Bäumer
hatte uns noch einmal ausdrücklich vor den Videokameras gewarnt, die Claudius' Sohn und seinem Gefährten zum Verhängnis
geworden waren. Daher wussten wir, dass sie nur aufzeichneten,
wenn das Deckenlicht eingeschaltet wurde. Djamal knipste seine
Taschenlampe an, und schnell fanden wir die unverschlossenen
Schränke mit den Datenträgern. Wir entnahmen drei beschriftete
Blu-ray-Discs, die eindeutig mit den Unterrichtsinhalten in Verbindung zu bringen waren. Ich suchte gezielt Scheiben heraus,
die sich mit den Fächern Geschichte, Literatur und Staatskunde
befassten. Insgesamt waren es hunderte von Discs, die aufgereiht
in den Schränken standen, sodass das Fehlen dieser drei Exemplare
kaum zu bemerken sein würde.

Blassrot erhob sich die Sonne, als wir das Gelände verließen und
Anna den Wagen startete. Claudius winkte uns nach. Die Wachposten auf den Türmen verfolgten immer noch das Treiben auf
dem Exerzierplatz und bemerkten uns nicht.

18

Hamburg. Samstag, 10. Oktober 2015

*Krachend brach die Tür aus den Angeln, und Fröhlichs Assistent
Mannerthal richtete seine Waffe auf die überraschten Gangster.
»Polizei! Hände hoch! Das Spiel ist aus, meine Herren! Jeder Wider-
stand ist zwecklos!«*

Die Männer der Special Forces schwärmten blitzartig aus, verpassten den Ganoven stählernen Armschmuck und schnitten Kommissar Fröhlich die Fesseln durch.

»Das war aber höchste Eisenbahn, Mannerthal!« Fröhlich rieb die tauben Handgelenke. Der alte Haudegen war wieder einmal davongekommen! Mit grimmiger Miene schaute er in die Wanne mit der blubbernden (?) Todessuppe. »Fünf Minuten später und Sie hätten mit meinen Überresten Ihre Auffahrt streuen können.«

»Tja, Chef!« Freudestrahlend legte Mannerthal seine Kauleiste frei, in der immer noch ein Schneidezahn fehlte. »Timing ist alles!«

»Freuen Sie sich nicht zu früh!«, brummte Quentin Pompur aus dem Hintergrund. »Sie werden Ihre Rechnung schon noch begleichen!«

»Bis Sie wieder aus dem Knast sind, Pompur, dürfte ich schon längst eines natürlichen Todes gestorben sein«, entgegnete der Kommissar. »Abführen! Aber schnell!«

Fröhlich und Mannerthal sahen den schwarz gekleideten Beamten und ihren Gefangenen nach. Die Männer trugen den Schriftzug »Special Forces« auf dem Rücken, darüber prangte das strahlenförmige Emblem der Truppe mit dem Schießeisen in der Mitte. Müssen wir eigentlich jeden Scheiß aus amerikanischen Krimiserien übernehmen? dachte Fröhlich missmutig.

Er wandte sich an Mannerthal. »Gute Arbeit, mein Freund!«, sagte er und klopfte dem Kollegen anerkennend auf die Schulter. »Ich werde Sie an höchster Stelle als meinen Nachfolger vorschlagen.«

Der lächelte zurück. »Ich bin überzeugt, Herr Kommissar, dass noch einige Jahre ins Land gehen, bis das soweit ist. Jedenfalls bin ich froh, dass wir Sie herauspauken konnten!«

Kopfschüttelnd starrte ich auf den Monitor, von da auf die Ansammlung eingetrockneter Ringe, die das Rotweinglas neben der Tastatur hinterlassen hatte. Der Versuch, den leeren Bildschirm am Abend zuvor mit Leben zu erfüllen, zurückzufinden in das Milieu Kommissar Fröhlichs, mündete in Qualen.

Anfangs hatte ich mich einfach darüber geärgert, dass ich dem Drängen Clausens, die Krimireihe fortzusetzen, nachgegeben hatte. (Sein Argument, der Kommissar könne im Alter von achtundvierzig nicht gut in Pension gehen, wog zugegeben schwer.)

Mir klangen seine Worte noch im Ohr: *Man schlachtet nicht die Kuh, die man melkt!* und leider wusste er, dass meine schriftstellerischen Alternativen begrenzt waren. Ich war bequem geworden, zu faul, um andere Möglichkeiten auch nur anzudenken. Das Geld hatte mich bewegungsunfähig gemacht. Körperlich und geistig.

Dann kam der Schock! Irgendwann tief in der Nacht hatte ich mir eingestehen müssen, dass mir die Fähigkeit abhandengekommen war, zu schreiben. Ich war abgeglitten in das Aberwitzige, begann, mich selbst zu karikieren. Mein Versuch, zusammenhanglosem, trivialem Zeug eine Richtung ins Humorfach zu geben, endete im Lächerlichen. Die Zeilen, die mir neben dem mahnend blinkenden Cursor entgegensahen, hatten mit Literatur so viel zu tun hatte wie Hochsommer mit Pulverschnee.

Kommissar Fröhlich sah sich gezwungen, seinen Ruhestand zu verschieben. Ich kam nicht heraus aus der Falle!

Ich hatte versucht, zurückzukehren in Fröhlichs muffiges Büro mit der vertrockneten Palme in der Ecke, dem Aktenschrank, in dem der Whiskey versteckt war, dem Besucherstuhl mit der angebrochenen Armlehne.

Ich wollte wieder Einfluss nehmen, wollte den Geschichten einen neuen, einen humorvollen und dabei doch spannenden Touch geben, aber man ließ mich vor der Bürotür stehen, weil niemand Interesse an mir hatte. Keiner brauchte mich, alles ging seinen Gang wie schon in den letzten Romanen, es herrschte der immer gleiche Rhythmus von Verrat, Verhaftung, Verhör und Verderben. Die von mir erdachten Gestalten hatten sich im Laufe der Zeit verselbstständigt, und ich hatte es nicht bemerkt. Ich hatte ihnen auch nichts mehr hinzuzufügen oder gar entgegenzusetzen. Und trotzdem schrieb ich weiter, schrieb und schrieb und versackte irgendwann in der Spalte zwischen verzweifeltem Bemühen und Aussichtslosigkeit.

Ich war nicht mal mehr in der Lage, einen läppischen Gut-und-Böse-Roman zu schreiben!

Als mein Zeigefinger sich der Löschtaste näherte, klingelte das Smartphone. Wie bei einer schweren Sünde ertappt, zuckte ich zusammen.

»Herr Sagnier, ich hoffe, ich störe Sie nicht. Hier ist Corinna Neubert aus Frankfurt. Sie erinnern sich?«

Auch das noch! In meinem Hinterkopf läutete das schlechte Gewissen. »Frau Neubert! Selbstverständlich erinnere ich mich.«

»Das ist schön zu hören.« Sie klang zweifelnd, aber auch zögernd, als könnte sie die Nachwirkungen des Weins aus meiner Stimme heraushören.

Sie sagte mir, dass sie gerade Urlaub hätte und eine Woche in ihrer Heimatstadt zu verbringen gedachte. »Ich bin bei meiner Mutter in Eilbek einquartiert. – Herr Sagnier, ich hoffe, Sie halten mich nicht für aufdringlich, aber ich würde gern … Sie haben sich ja nach der Beisetzung in Frankfurt nie gemeldet.« Ihre Stimme klang vorwurfsvoll. »Ich möchte gern wissen, ob Sie etwas Neues über Wagner erfahren haben. Und es gibt noch jemanden, der das wissen möchte.«

»Nanu?«

»Ja. Ich soll Ihnen Grüße bestellen. Grüße von einer gemeinsamen Bekannten.«

»Von wem sprechen Sie?«

»Das würde ich Ihnen gern vor Ort sagen.«

»Sie machen es ja sehr spannend.« Ich überlegte einen Moment, wen sie meinen könnte. »Sie haben natürlich Recht, Frau Neubert. Ich hätte mich schon längst mal melden müssen. – Ehrlich gesagt sind wir noch nicht viel weiter bei unserer Suche. – Das heißt … nein, das stimmt so nicht. Wir haben eine Menge erfahren, was Sie nicht wissen können. Aber mir fehlen noch einige Mosaiksteine. Und Anna weiß vieles auch nicht.«

»Das hat sie mir gesagt. Ich habe sie vor ein paar Tagen angerufen.«

»Corinna, wenn Sie Zeit haben, können wir uns gern irgendwo treffen. Oder wollen Sie zu mir nach Hause kommen?«, fragte ich. »Platz für zwei ist vorhanden.«

»Ach herrje! Sind wir immer noch beim Selbstmitleid, Thomas? Das muss langsam aufhören! Sie sollten schauen, dass Sie die Dinge geregelt bekommen.«

Als sie auflegte, sah ich auf den Bildschirm. Sie hatte in jeder Hinsicht recht.

Die Türklingel läutete Sturm. Das musste sie sein! Kein anderer Mensch trat mit einem solch hemmungslosen Selbstverständnis auf. Gleichzeitig hatte ihr Erscheinen etwas Herzerwärmendes. Die Ärmel ihres weiten, quietschbunten Gewandes, mit dem sie geschickt ihre Körperfülle kaschierte, hatten Mühe, ihr durch den Türrahmen zu folgen. Lachend rauschte die Sachbearbeiterin Jugend- und Sozialamt an mir vorbei und bestaunte unter *Oh*s und *Ah*s die halbleeren Räume, an denen sie vorbeidefilierte. Sie schien nicht wirklich beeindruckt (warum auch?), sondern wollte wohl nur freundlich sein. Auf jeden Fall hatte sie die Zurückhaltung, die sie während des Telefonats an den Tag gelegt hatte, aufgegeben.

»Ich freue mich, Sie ...«, begann ich.

»Wissen Sie, wie lange wir uns schon kennen?«, schnitt sie mir forsch das Wort ab. »Über ein Jahr. Ich denke, wir können so langsam zum Du übergehen, oder? Ich heiße Corinna.« Netto kannten wir uns ein paar Stunden, aber das schien ihr für ein engeres persönliches Verhältnis ausreichend.

»Das finde ich auch. Mein Name ist Thomas. Thomas wie auf dem Türschild. Herzlich willkommen in *good old Hamburg*, Corinna!«

Ich war heilfroh, sie zu sehen.

»Ich würde zu gern wissen«, sagte sie mit Blick auf den Monitor, auf dem immer noch mein missratener geistiger Erguss der letzten Nacht stand, »was die Leser an diesen Geschichten fasziniert. Herz und Schmerz, Mord an Bord, Frauen mit Tücken, Männer in Stücken? Wer liest so was? Und vor allem: warum so viele?«

Einem Impuls folgend, hatte ich die Zeilen nicht gelöscht. Ich wollte Corinna an meiner Misere teilhaben lassen und hoffte, dass sie mir etwas von ihrer Kraft abgab, mich aufbauen würde.

Zunächst erging ich mich in triefendem Sarkasmus und leierte meine mir in den Jahren angeeigneten Statements herunter. »Es sind die, denen komplizierte Handlungen ein Gräuel sind. Eskapismus ist das Stichwort. Die Flucht aus dem Alltag. Und je enger die Muster gestrickt sind, je weniger Zutaten, desto verlässlicher bleiben die Leser dabei.« Routinemäßige Floskeln. Tausende Male hergebetet. »Spannung ja, aber überschaubar. Nicht zu kompliziert, die handelnden Personen immer sich ähnelnd und deshalb vertraut. Zudem sollte der Humor nicht fehlen.« Ich sandte ein bitteres Lachen hinterher. »Wie du hier sehen kannst! – Ach, vergiss diesen Scheiß!«

Ihre Miene blieb ernst und sie nickte. »Dass man damit so viel Erfolg haben kann! – Thomas, du kannst es besser! Schreib was Vernünftiges! Schreib ein Buch über die Kinder! Über die Vergessenen, die Verlorenen, die Liegengelassenen!« Sie beschwor mich geradezu. Ironie konnte ich ihrer Stimme nicht entnehmen. »Sie brauchen eine Stimme. Eine laute Stimme!«

Sie sprach den Gedanken aus, der sich ganz hinten in meinem Hirn verbarg, aber von mir nie die Chance zur Umsetzung erhalten hatte. Ich hielt mich nicht für fähig, etwas Fundiertes zu dieser Materie zu schreiben. Kinder! Was wusste ich von Kindern? Ich kannte nicht mal meine Töchter! Was wusste ich wirklich von Wagner?

Aber ich lächelte ihr zu. »Genau das habe ich vor.« Hatte ich nicht. Bis jetzt nicht. Warum sollte ich etwas über Kinder schreiben? Kinder interessierten mich nicht! »Die Geschichte eines Vierzehnjährigen. Und anderer.«

Sie erwiderte mein Lächeln nicht. »Die Geschichte der Betrogenen.«

»Es ist eine Herausforderung. Das Thema ist heikel. Man kann sehr viel verkehrt machen.«

»Stimmt! Aber ich wette, du kannst es.« Unvermittelt stöhnte sie lachend. »Sei mir nicht böse, aber ich habe mächtigen Hunger. Ich habe seit drei Stunden nichts gegessen, und stehe auf der Schwelle zum Hungertod!«

Du kannst es, Thomas! Das sagt eine, die es wissen muss. Meint sie wirklich …? Will ich das wirklich?

»Dagegen müssen wir schleunigst etwas unternehmen!«, sagte ich. »Wollen wir … es gibt gute Restaurants in der Nähe. Ich würde vorschlagen …«

»Ich würde vorschlagen, wir kaufen ein, und ich brutzele uns was Schönes. Danach werden wir reden.«

Ich war wirklich froh, dass sie da war!

»Großartig!« Ich schob den Teller von mir, nachdem ich auch den letzten Rest des leckeren Auflaufs verschlungen hatte. Wir erhoben das Glas und stießen an.

»Sag mir bitte, Corinna – was hat es mit den Grüßen auf sich? Von wem sollst du grüßen?«

Sie sah mich an und schüttelte den Kopf. »Später, Thomas!«

»Aber …«

»Später! Es hat gute Gründe, glaub mir.«

»Du machst es wirklich spannend«, sagte ich und zermarterte mir das Hirn, warum sie so seltsam reagierte.

»Lass uns zunächst über Wagner sprechen«, sagte sie. »Deshalb bin ich hier. – Du hast Fragen, ich antworte. Damit es ein gutes Buch wird.«

»Okay. – Seine Mutter, Corinna. Ich habe sie kennen gelernt. Was weißt du über Annas Verhältnis zu ihr?«

»Nicht viel. Wir haben nach Wagners Beisetzung mehrere Telefonate geführt. Eigentlich wollte Anna mich besuchen, aber … Sie sagt, sie habe eine sehr enge Bindung zu Elke. Genau wie Wagner hat sie ihre Mutter im Heim oft besucht. Früher, als Frau Hollmann noch ein normales Familienleben führte, hat sie mit ihrer Tochter viel unternommen, sich neben der Arbeit stets um sie gekümmert. Anna sagte, dass es ihr an nichts gefehlt hatte.«

»Führten Annas Eltern eine gute Ehe?«

»Sie sagt, dass es eine sehr harmonische Verbindung war. Trotz allem, was zwischen ihrer Mutter und Assauer vorgefallen ist.«

»Es muss ein Schock für sie gewesen sein, den Absturz ihres Mannes mitzuerleben.«

»Sicher. Obwohl …«

»Ja?«

»Es gab damals Gerüchte. Schlimme Gerüchte.«

»Erzähle!«

»Die beiden waren an dem Tag nicht allein auf dem Berg. Eine zweite Wandergruppe befand sich in Sichtweite und eine ihrer Teilnehmerinnen …« Corinna nahm ihr Glas wieder in die Hand und fuhr mit dem Finger über den Rand.

Ich wartete.

»Eine von ihnen hat später bei der Polizei ausgesagt … hat Anna dir erzählt, dass Elke versucht hatte, Robert festzuhalten, als er ins Stolpern kam?«

»Ja.«

»Diese Dame also hat ausgesagt, Elke habe ihm einen Stoß gegeben.«

»Was?? Wie kam sie denn darauf?«

Sie zuckte die Achseln. »Sie waren zwar in Sichtweite, aber doch weit genug entfernt, dass es vielleicht so ausgesehen haben könnte.«

»Das ist doch Unsinn! Warum sollte sie so etwas gemacht haben?«

»Das hat man sich bei der Polizei natürlich auch gefragt.« Corinna sah mich an. »Sie sind nach einiger Zeit hinter die Liaison zwischen Elke und Assauer gekommen. So schwer war es ja nicht. Das Schlimme war: Elke hat zunächst behauptet, der kleine Wagner sei der Sohn des Verunglückten. Weil sich das als Lüge erwies, hat sich der Verdacht natürlich erhärtet.«

»Ich verstehe nicht! Warum sollte sie ihren Mann umbringen?«

»Thomas! Assauers Frau war gestorben, er hat keine weiteren Angehörigen, und für Annas Mutter wäre der Weg frei gewesen!«

Ich brauchte einige Zeit, um ihre Erklärungen, die sich logisch anhörten, zu verdauen. Es schien mir trotzdem absurd. Ich hatte Wagners Mutter erlebt. Niemals wäre sie imstande gewesen, so etwas zu tun. Sie hatte mich für ihren Mann gehalten, angelächelt, meine Hand gestreichelt. Das konnte unmöglich gespielt gewesen sein!

»Das ist Quatsch, Corinna! Das glaube ich nicht!«

Sie schüttelte den Kopf. »Ich auch nicht! Und die Ermittlungen sind später eingestellt worden. Die Polizei hat Elke geglaubt, dass sie versucht hätte, ihren Mann festzuhalten.«

Ich überlegte. »Unfall oder Selbstmord – was glaubst du?«, fragte ich.

»Ich weiß es nicht! Aber ich glaube kaum, dass er vor den Augen seiner Frau gesprungen wäre.«

»Auf jeden Fall war es kein Mordversuch!«, sagte ich. »Diese Dame hat sich wohl interessant machen wollen. Erlebnisurlaub der besonderen Art. – Du sprachst von Wagner. Fühlte er sich hinter seiner Halbschwester zurückgesetzt?«

»Ganz und gar nicht! Elke Hollmann hat beide gleichwertig behandelt.«

»Er hatte also, bis Assauer ihn in Beschlag nahm, eine normale Kindheit. Wie Anna.«

Corinna nickte. »Wenn man berücksichtigt, dass beide ihren Vater, also Robert, sehr früh verloren hatten, waren sie trotzdem glückliche Kinder in einer intakten Familie.«

»Wobei die Großeltern einen erheblichen Anteil hatten.«

»O ja!«, sagte sie. »Wagner liebte Roberts Eltern. Er war so gern auf ihrem Bauernhof und spielte mit den Tieren.«

»Bis auf die Katzen.«

»Wie kommst du darauf? Es gab einen Kater auf dem Hof, ein hübsches schwarzes Tier mit weißen Pfötchen und einer weißen Nase. Mohrle hieß er und war Wagners Ein und Alles.«

Ich erzählte ihr von den Ereignissen auf dem Hof meines Bruders.

»Das verstehe ich nicht!«, sagte Corinna. »Das widerspricht allen Erfahrungen, die ich mit Kindern gemacht habe. Mitunter dreht sich ihr Leben wie ein Karussell, aber es gibt gewisse Konstanten. Die Liebe zu Tieren gehört auf jeden Fall dazu.«

Dann erst berichtete ich ihr von den Vorgängen auf Schloss Wallstein, wie sie sich uns dargestellt hatten, und die Vermutungen, die sich für uns daraus ergaben.

Ungläubig sah Corinna mich an. Nach einigen Minuten nickte sie langsam. »Das würde vieles erklären.«

»Es wird nur schwierig, das zu beweisen«, antwortete ich.

»Was gedenkt ihr zu tun?«

»Na, wir werden Anzeige erstatten. Den Behörden so lange auf die Füße treten, bis sie endlich etwas unternehmen.«

Sie schüttelte den Kopf. »Der arme Junge!«

Ich stand auf und stapelte das Geschirr. »Allerdings! – Wann hast du Wagner kennen gelernt?«

»Das war kurz nach der Zeit, als er aus dem Internat geflohen war. Und jetzt weiß ich, warum er das gemacht hat.«

Sie nahm die Bestecke und wir räumten alles in die Spülmaschine.

»Wie hast du ihn danach erlebt?«, fragte ich.

»Während meiner Tätigkeit habe ich hunderte von Kindern kennen gelernt und betreut. Viele von ihnen waren extrem schwierig – kein Wunder bei ihrem Werdegang. Trotzdem gab es einige, die ich ins Herz geschlossen habe. Wagner gehörte dazu. Ein verstörter, ein aufsässiger, ein patziger Junge. Trotzdem hat er mich mit seinem Charme eingefangen.« Sie lachte bei der Erinnerung. Es war ein kurzes Lachen. »Manchmal aber war er gefährlich, Thomas. Richtig gefährlich!«

»Allerdings! So habe ich ihn auch erlebt.«

»Ich meine auf eine Art gefährlich, wie sie selten vorkommt«, sagte sie. »Es gibt Kinder, die sind gefährlich in ihrer Unberechenbarkeit, wenn sie von einem begrenzten geistigen Horizont rührt. Sie sind eine Gefahr, weil ihre Einfalt ihnen keine moralischen Grenzen setzt. Wagner aber war hochintelligent, und unter normalen Umständen wusste er immer, was er tat. Er konnte seine Handlungen jederzeit steuern.«

»Nur dann nicht, wenn er unter Drogen stand.« Wir nahmen unsere Gläser und gingen ins Wohnzimmer.

»Das passierte selten, Tom! In der Regel ließ er sich in seinen Gewalthandlungen eher von seinen Aversionen und Vorurteilen leiten. Das meine ich mit gefährlich. – Es gab nur eine Person, die ihn steuern konnte. Ihn einigermaßen im Griff hatte.«

»Anna?«

»Die war ja kaum je in seiner Nähe. Ich meine Wagners kleine Freundin. Josefine.«

»Du kennst Josefine?«

Corinna zögerte einen winzigen Moment, wobei sie mir aufmerksam in die Augen sah. »Aber ja! Sie hat ihn oft ins Amt begleitet, den Papierkram erledigt, der ihm lästig war, ihn beruhigt, wenn er aus der Haut zu fahren drohte.«

»Eine erstaunliche junge Dame!«

Wieder das kurze Zögern. »... von der ich dich herzlich grüßen soll.«

Jetzt war es raus! Ich sah Corinna an und fühlte, wie mir das Blut ins Gesicht schoss. Die Erinnerung an Jo überwältigte mich. Die Stunden der Vertrautheit mit ihr. Die Stunden mit ihr ...

Ich räusperte mich. »Wo hast du sie getroffen?«

»Zu Hause. In Frankfurt.« Ihre Augen sogen sich an meinen fest.

»Was macht sie denn da?«

»Sie wohnt dort«, sagte Corinna. »Die beiden hatten sich damals getrennt. Deshalb war sie auch nicht auf Wagners Beerdigung. Josefine wusste nichts von Wagners Tod, obwohl sie ganz in seiner Nähe war. Sie wohnt bei einem ihrer gemeinsamen Freunde. Einem gewissen Sonny.«

»An den Namen kann ich mich erinnern.« Ich schaute in mein Glas. »Und ... und was macht sie da?«

»Sie jobbt in einem Café, während Sonny auf ihren Sohn aufpasst.«

»Josefine hat einen … einen Sohn?«

Womöglich bildete ich mir das ein, aber Corinnas Blicke schienen bohrend, wissend. Oder ahnend. »Ja.«

Ich versuchte, eine unbeteiligte Miene aufzusetzen. »Fein! Weißt du, wie alt er ist?«

»Allerdings! Anderthalb.« Sie lächelte. »Ein hübscher und netter Bengel. Er trägt übrigens denselben Vornamen wie du. Tommy.«

»Ach, wie nett!« Anderthalb Jahre alt! Ich musste nicht lange rechnen … Räuspernd fragte ich: »Und … hat sie dir gesagt, wer … äh …« Ich konnte ihrem Blick nicht länger standhalten.

»Wer der Vater ist? Hat sie nicht, nein. Sie hat mir gesagt, dass sie dich kennt. Mehr nicht.«

Als ich Corinna wieder ansah, wusste ich, dass ich ihr meine Gedanken nicht verheimlichen konnte. Es entstand eine verlegene Pause.

Wieder räusperte ich mich und sagte hilflos: »Wagner hat sie mir in einer Diskothek vorgestellt. Wobei – gesehen hatte ich sie schon vorher. In einem Freibad. – Ein nettes Mädchen.«

Corinna überspielte unsere Verlegenheit. »Und das hat mich an ihr immer gewundert. Sie ist wirklich nett, freundlich, voller Humor. Sie ist ein ewiger Optimist und war Wagners großer Rückhalt.«

»Warum hat dich das gewundert?«

»Hast du dich … äh … näher mit ihr unterhalten?«

Ich riss mich zusammen. »Sie hat mir einiges von sich erzählt. Aber nicht viel.« Ich musste grinsen. »Das meiste war … hat sie sich zusammengereimt.«

Corinna nickte. »Dann hat sie dir auch erzählt, wie ihre Eltern angeblich ums Leben gekommen sind, nicht wahr?«

»Die beide in den Twin Towers gearbeitet und sich jeden Morgen am Fenster zugewinkt hätten. Und ob!«

»Man darf ihr deshalb nicht böse sein …«, sagte Corinna.

»Man *kann* ihr nicht böse sein!«

»Möchtest du die Wahrheit über sie hören, Tom? Aber ich warne dich! Es ist für uns beide schwer vorstellbar, was das Mädchen durchgemacht hat.«

»Erzähle mir alles, Corinna! Bitte!«

Langsam nickte sie. »Es hat eine ganze Weile gedauert, bis sie sich mir anvertraut hat. Ich habe sie in der ersten Zeit nur als Begleiterin Wagners wahrgenommen und sie für ihre Geduld und Freundlichkeit bewundert. Außergewöhnlich für eine … oh Gott, ja! … damals war sie elf Jahre alt! Wagner hatte das Internat verlassen und kam in die Obhut der Jugendbehörde. Er war zu dieser Zeit völlig außer Rand und Band, und nur mit viel Geduld haben wir es erreicht, dass er sich fing und später sogar ans Gymnasium vermittelt werden konnte. Es war das erste Mal, dass ich so etwas erlebt habe, Thomas. Andere Kinder in seiner Situation landen regelmäßig wieder im Heim. Nicht Wagner! Er trieb sich herum, klaute, prügelte sich und schien gleichzeitig vom unbezähmbaren Wunsch beseelt, weiter zu lernen. Dort anzuknüpfen, wo er unterbrochen wurde.«

»Zudem er das Glück hatte, auf Josefine zu treffen«, sagte ich.

»Ich weiß bis heute nicht genau, wie sie sich kennen gelernt haben, aber sie war für Wagner der reine Glücksfall. Seine Rettung, sonst wäre er viel früher gestorben.«

»Du sagtest, sie habe viel durchgemacht.«

»Die Kleine hat ein Martyrium erlebt, das einen sprachlos macht. Sie … sag mal, hast du noch Wein?« Sie lachte verschämt. »Ich glaube, ich brauche noch welchen. Es ist nicht leicht, Josefines Geschichte zu erzählen.«

»Ihre Eltern waren …« Sie sah versonnen auf ihr Glas, in dem ein tiefroter Bordeaux schwappte, »… sie entsprachen leider exakt dem Bild, das man sich gern von Leuten macht, die ihre Kinder schlecht behandeln. Grundlos schlecht behandeln. Hemmungslos, rücksichtslos, gewissenlos. – Das Sozialamt sorgte für ihren Lebensunterhalt, und sie machten keine Anstalten, ihre Situation zu verbessern.« Sie trank einen Schluck. »Es ist ohnehin sehr schwer, fast aussichtslos, aus dieser Mühle zu entkommen, aber die beiden unternahmen nicht einmal den Versuch. Sie fanden sich mit ihrer Situation ab, kümmerten sich nicht um das, was ringsherum passierte, schimpften auf den Staat, schimpften auf alles und machten ihrer Tochter das Leben zur Hölle. Zur Hölle, Thomas! Man kann es nicht anders beschreiben.«

Corinna blickte aus dem Fenster und sah auf die Buche, die den Mittelpunkt des Gartens bildete und unter der sich vor langer Zeit eine glückliche Familie in der frühen Sommersonne zum Frühstück versammelt hatte. Der lange Tisch aus Teakholz stand nun verwaist zwischen den Stühlen, als warte er darauf, dass auf ihnen wieder Platz genommen würde. Aus diesem Grund vielleicht hatte ich alles so stehen lassen. Weil ich weiter hoffte.

Leise sprach sie weiter. »Meiner Behörde wurde später – wie üblich! – der Vorwurf gemacht, nicht frühzeitig eingeschritten zu sein. Wie üblich – aber in diesem Fall leider zu Recht! Wir bekamen Hinweise von der Polizei, die Anzeigen aus der Nachbarschaft erhielt. Die Beamten waren vor Ort, konnten allerdings keine konkreten Hinweise entdecken.« Sie lächelte. »Wenn alles so einfach wäre, Thomas, wie in deinen Romanen … wenn man immer auf konkrete Spuren stoßen würde … aber im richtigen Leben verhält es sich leider anders. Eltern, die ihre Kinder quälen, bringen es in der Vertuschung ihrer Untaten zu wahrer Meisterschaft. Ich will damit nichts entschuldigen, und im Fall Josefine Carows haben wir restlos versagt.« Corinna seufzte und nahm noch einen Schluck Wein. Wortlos schenkte ich nach. »Halbvoll, bitte«, lächelte sie.

»Erzähle weiter.«

»Ich glaube … nach allem, was mir Josefine erzählt hat, hatte sie unter den in solchen Familien leider üblichen Torturen zu leiden. Ihre Eltern hatten viel Zeit, ihren geballten Frust an ihrer Tochter auszulassen, und die Kleine war immer der Blitzableiter für ihre Wut, ihre Enttäuschung, die sie über sich selbst verspürten, ihre Depression. Nichts im Leben lief annähernd so, wie sie es sich wünschten, und Josefine musste es büßen. Zunächst wurde sie angebrüllt, später geschlagen, dann eingesperrt.« Corinna griff nach ihrer Handtasche, nahm ein Taschentuch heraus und schnäuzte sich. »Zu ihrem Pech hatte die Kleine etwas mitbekommen, was in solchen Kreisen eher unüblich ist und was ihr zum Verhängnis wurde: Sie hatte Grips! Und sie begriff sehr schnell, dass sie ihre Eltern genau dies nicht spüren lassen durfte und konnte es doch nicht verhindern. – Sie ging sehr gern zur Schule und lernte leicht, schnell und ohne dass sie Hilfe brauchte. Damit trieb sie ihre Eltern zur Weißglut, denn sie fühlten sich ihrer Tochter mehr und mehr unterlegen. Die Folge waren noch mehr Prügel, aus den banalsten Anlässen. Für Josefine begann jetzt eine schwere Leidenszeit. Weniger wegen der Züchtigungen, sondern – und dieses Muster erleben wir so oft! – weil sie die Schläge *von ihren Eltern* erhielt, die sie trotz allem liebte. Sie wusste lange nicht, warum, bis sie das schreckliche Spiel durchschaute. Irgendwann hat sie gespürt, dass sie verschwinden musste, dass es sonst eskalieren würde. Obwohl noch so jung, erkannte sie, dass ihr Leben in Gefahr war.«

Corinna machte eine Pause und schaute wieder aus dem Fenster. Ich fühlte, dass sie in der Erinnerung versank. Nach einiger Zeit erwachte ihr Blick, sie lächelte und sagte: »Wir haben etwas vergessen!« Dann stand sie auf, ging in die Küche und kam mit einem Holzbrett in der Hand zurück, auf dem die Käsewürfel lagen, die sie zuvor geschnitten hatte. »Käse schließt den Magen, sagt man.« Sie spießte ein Stückchen auf eine Gabel. »Hoffentlich«, seufzte sie und schüttelte den Kopf. Ich musste lachen.

Sie erwiderte mein Lachen und nahm noch ein Stück. Während sie kaute, fuhr sie fort: »Sie musste verschwinden, aber es war zu spät!« Sie schluckte. »Ich habe dir noch nicht gesagt, dass ihr Vater von dem wenigen Geld, das die Familie erhielt, einen großen Teil verzockte. Er spielte mit seinen Freunden Poker und merkte nicht, wie diese Freunde ihn übers Ohr hauten. So häufte er eine Menge Spielschulden an, die er nie hätte zurückzahlen können.« Sie spülte mit einem großen Schluck Wein nach. »Und so ließ er Josefine die Schulden ihres Vaters begleichen. Mit ihrem Körper.«

Ich verstand alles und mein Gesicht brannte.

»Neun Jahre war sie beim ersten Mal und sie waren zu viert.« Sie machte eine hilflose Geste. »Und ihr Vater spielte weiter. Und verlor. Und spielte. Und verlor.«

Ruckartig stand ich auf. Schwindel erfasste mich, Wut und Scham machten sich in mir breit. »Corinna! Ich muss dir etwas gestehen!«

Energisch winkte sie ab. »Nein, Thomas! Nein! Du musst mir nichts sagen!«

»Ich habe … Josefine kann nichts dafür …«

»Lass es! Versuche nicht, Parallelen zu ziehen! Es ist etwas ganz anderes!«

Ich lehnte mich auf den Tisch und sah sie verzweifelt an. »Soll ich dir sagen, warum meine Familie mich verlassen hat?«

»Sag nichts! Du liebst deine Töchter, und du liebst deine Frau, und wenn du Qualen leidest, rede mit ihr. Aber zerfleische dich nicht und stell keine absurden Vergleiche an!« Nichts in ihren Augen deutete darauf hin, dass sie mich verurteilte. Und doch beschlich mich das Gefühl, dass sie mich tief im Inneren verachten könnte. Und dass ich ihr gleichzeitig leid tat.

Ich setzte mich wieder und schlug die Hände vors Gesicht. »Du hast Anna von deiner Begegnung mit Josefine erzählt?«, fragte ich.

»Ja.« Corinna wartete und fragte dann: »Willst du wissen, wie es weiterging?«

Ich sah sie an, zögerte kurz und antwortete: »Sag es mir!«

»Als Josefine elf Jahre alt war, lief sie von zu Hause weg. Sie hatte sich einer Freundin offenbart, und die erzählte sofort alles ihren Eltern. Die gingen zur Polizei. Josefines Eltern wurden vorgeladen und stritten alles ab. Natürlich! Genauso wie die sauberen Herren aus der Pokerrunde. Das Ende vom Lied war: Die Kleine sollte wieder zurück zu ihren Eltern.«

»Was??«

»Oh ja! So sind die Gesetze in diesem Land. Immerhin übertrug man uns den Fall, und wir standen regelmäßig auf der Matte. Und irgendwann gestand mir Josefine alles. Sie zeigte mir auch die lange Narbe auf ihrem Rücken, die von einem Bügeleisen herrührte, mit dem ihr Vater sie verbrannt hatte. Ich habe das Mädchen zu einem Arzt geschleppt, der bestätigte, dass Gewalteinwirkung vorlag, die Kleine außerdem keine Jungfrau mehr war. Der Vater wurde von der Polizei noch einmal intensiv befragt und gab schließlich zu, dass ihm *das eine oder andere Mal die Hand ausgerutscht* war.« Sie lachte bitter. »Die entscheidende Wende führte dann doch einer aus der Pokerrunde herbei. Er hatte sich im Suff vor einem Kollegen mit seinen Schandtaten gebrüstet. Vor Gericht wurden die Vergewaltiger je zu einer Geldstrafe und zwei Jahren Gefängnis verknackt. Immerhin ohne Bewährung. Das ist bei Ersttätern nicht selbstverständlich. Und jetzt kommt's! Weil Josefines Eltern glaubhaft machen konnten, dass sie aus einer finanziellen Notlage heraus gehandelt hatten, ersparte ihnen der Richter eine Geldstrafe und ließen sie mit Bewährung davonkommen.«

»Das ist ja unglaublich!«

»Inzwischen sind die Strafen in solchen Fällen deutlich verschärft worden, aber meiner Meinung nach immer noch zu niedrig. Zu viele von diesen Gangstern suchen sich, kaum, dass sie wieder auf freiem Fuß sind, das nächste Opfer. Die gehören in Sicherheitsverwahrung, die Schweine!«

Angesichts meiner Stimmung ersparte ich mir einen Kommentar zu ihrer letzten Bemerkung. Ich blieb bei meiner Meinung, dass niemand auf Dauer weggesperrt werden darf. Angesichts dessen, was Corinna mir gerade erzählt hatte, geriet meine Ansicht allerdings erheblich ins Wanken …

»Josefine kam dann in ein Heim, wo sie sich wirklich ordentlich behandelt fühlte. Dann traf sie Wagner und den Rest kennst du.«

Ich nickte und versank in Schweigen.

»Sie ist wirklich eine erstaunliche junge Dame«, sagte sie. »So gefestigt, so reif, so … ich weiß nicht. Alle anderen wären in ihrer Lage traumatisiert. Für alle Zeiten. – Ich habe mir oft Vorwürfe gemacht, den ersten Anzeichen für die Ereignisse in ihrer Familie nicht nachgegangen zu sein. Aber …«

»Corinna, nicht immer sind die Behörden schuld«, versicherte ich. »Du musst nicht an allem knabbern! Ich möchte ohnehin nicht in deiner Haut stecken!«

»Manchmal macht mich diese Gesellschaft krank, weißt du?«

»Sie *ist* in vielen Teilen krank, diese Gesellschaft. Möchtest du noch?« Ich senkte die Weinflasche über ihr Glas.

»Vielen Dank, nein! Das war schon mehr, als mir gut tut.«

»Gut, dass wir eine feste Unterlage haben.«

Sie lachte. »Dafür ist bei mir immer gesorgt! – Ich werde jetzt aufbrechen, Thomas. Mutti macht sich bestimmt schon Sorgen um ihre kleine, zarte Tochter. – Könntest du mir ein Taxi bestellen?«

»Na klar!«, nickte ich. »Wie alt ist deine Mutter?«

Sie setzte ein sanftes Lächeln auf. »Nächsten Monat wird sie zweiundsiebzig und erfreut sich bester Gesundheit. Ich werde sie in Zukunft öfter besuchen. Wir verstehen uns besser als je zuvor.«

»Es gibt sie noch, Corinna. Die gute Familie.«

Zum Abschied umarmten wir uns mit dem Versprechen, in Verbindung zu bleiben.

»Tom, was immer du mir sagen wolltest – es ist alles so gekommen, wie es ist! Mehr werde ich dazu nicht sagen. Und jetzt – setz dich auf den Arsch und schreibe ein gutes Buch!«

Ich goss mein Glas voll und nahm einen tiefen Schluck.

Josefine! dachte ich und meine Knie wurden so weich, dass ich mich setzen musste. Jo. So hatte Wagner sie genannt.

Ich erinnerte mich an den Tag, an dem ich Josefine – Josefine mit f, dachte ich lächelnd – näher kennen gelernt hatte. Sie und Herbert.

Es war die Nacht, in der ich das Vertrauen eines Freundes missbraucht hatte.

Die Nacht, in der ich Wagner Hollmann zum letzten Mal lebend sah.

19

Hamburg. Dienstag, 2. Juli 2013

Willst du'n Bier?«, brüllte Wagner in mein Ohr.

»Wein wäre mir lieber!«, schrie ich zurück.

»Weiß?«

»Rot!«

Er nickte und zwängte sich durch die Masse schwitzender Körper. Der ohrenbetäubende Lärm drang in die hintersten Winkel der Halle. Lautsprecher glotzten mich mit riesigen Zyklopenaugen an. Wummernde Bässe hatten es auf meine Magengrube abgesehen und trafen sie mit ständiger Unfehlbarkeit. Die gleichförmigen Töne der Sequenzer setzten sich flirrend in die Gehörgänge.

Der Raum war brechend voll. Die jungen Leute tanzten oder standen vor dem Pult des über ihren Köpfen thronenden DJs, der pausenlos an allen möglichen Knöpfen drehte, ohne dass ich der Musik anhörte, warum er das tat. Er wurde angehimmelt wie ein Hohepriester, und so fühlte er sich wohl auch.

Die Lichtblitze der Stroboskope in der sonst fast dunklen Halle ließen die Bewegungen auf der Tanzfläche wie abgehackt erscheinen. Laserbündel zuckten von der Decke herab auf die Tanzenden, packten sie bei den Hüften, schüttelten sie durch, brannten ihnen den Rhythmus der pulsierenden Musik auf die schweißnasse Haut.

Seit etlichen Jahren war ich in keiner Diskothek mehr gewesen. Und ohne Wagner wäre ich wohl kaum hineingekommen. Er schien überall freien Zugang zu haben. Denn die Türsteher erwiesen sich als ein fast unüberwindliches Hindernis. Es blieb ihr Geheimnis, nach welchen Kriterien sie selektierten. Junge Männer in Nadelstreifenanzügen konnten so wenig sicher sein, eingelassen zu werden wie attraktive junge Frauen, die den Fehler begingen, in falscher Begleitung aufzutauchen.

Fröhliche, aber beschwipste Kiezbummler wurden abgewiesen, andere, die so gar nicht nach Techno-Verehrern aussahen, wurden mit Handschlag begrüßt, wobei sicher der eine oder andere Geldschein den Besitzer wechselte.

Ungeduldig warteten die Einlasswilligen in der Schlange, lieferten bissige Kommentare ab zu Vorderleuten, die mit den Türstehern diskutierten und doch keine Aussicht auf Erfolg hatten. Die einen ergaben sich in ihr Schicksal und steuerten umgehend die nächste Diskothek an, andere versuchten ihr Glück in immer neuen Anläufen, nicht selten unter Androhung von Gewalt. Das Ganze erinnerte mich an einen Versuch, eine leere Grappaflasche mit Teer zu füllen, und die Türsteher waren der Flaschenhals.

Für Wagner war das alles kein Problem. Warum auch immer – er wurde durchgewinkt. Und so auch seine Begleiter.

Wie viel friedlicher und gelöster waren meine Partynächte als Jugendlicher gewesen. Weder gab es nervende Aufnahmeprozeduren noch Stress an den Eingangsportalen. Und schon gar keine Türsteher, die einem allein durch die Präsenz ihrer massigen Gestalten das letzte Licht im Eingangsbereich raubten.

Man zahlte Eintritt, ging hinein, feierte, kotzte das Klo voll und torkelte wieder hinaus – fertig!

»Hier. Dein Wein.« Es war weißer, aber ich sagte nichts. Auch nicht, als ich bemerkte, dass das Glas offensichtlich schon den ganzen Abend von Hand zu Hand gegangen sein musste, ohne zwischendurch ein reinigendes Schaumbad genommen zu haben. Ich hoffte, dass es nicht an meinen Lippen kleben bleiben würde.

»Geil!« Wagner wippte zum Takt der Musik, nahm einen tiefen Schluck aus seiner Bierflasche, wischte sich mit dem Handrücken den Schaum von den Lippen und rülpste vernehmlich.

»Sau!« Ein sehr junges Mädchen mit blau getöntem Haar legte lachend einen Arm um Wagners Hals. Ich kannte es und ich musste nicht lange überlegen, woher.

Jo hatte diese Andrea die Kleine im Freibad genannt.

Durch die kräftige Schminke wirkte sie deutlich älter als im Stadtpark. Diskotauglich. Trotzdem war ich sicher, dass sie unter ihren Farbschichten nicht viel älter war als meine Töchter. Sie trug ein hauchdünnes, fast transparentes Hemd, unter dem weitere Textilien fehlten. »Hey! Kennen wir uns nicht?«, fragte sie mich. Ihre Aussprache war etwas undeutlich und jetzt, da ich sie aus der Nähe betrachtete, sah ich, dass eine silbrig glänzende Zahnspange die Ursache war.

Ich nickte, beugte mich an ihr Ohr und rief ihr meinen Vornamen zu.

Unter dick nachgetuschten Wimpern sahen mich ihre dunklen Augen an. »Genau! Stadtpark, nä? Bist du wieder auf'm Damm? – Ich bin Josefine«, nuschelte die Spange. »Josefine mit f. Was machst du hier?«

Josefine!

»Wein trinken.« Zum Beweis nahm ich einen Schluck, um meine Worte umgehend zu bereuen. Das Zeug schmeckte wie Essig.

»Toll!«, grinste sie. »Und sonst? Mir auf die Titten gucken?«

»Was soll ich machen? Da gibt es ja nichts, was mir den Blick verwehrt.«

Sie lachte. »Schäm dich, Vadder! Ich bin vierzehn!«

»Ich schau nur aus literarischem Interesse.«

»Ich hab dir ja gesagt: Der Typ ist Schreiberling.« Wagner störte mich bei meinen Studien, indem er eine Hand auf die Brüste des Mädchens legte. »Krimis und so'n Kram.«

»Ey, geil!« Ihre Augen wurden noch größer. »Meinst du, hier wird man abgemurkst? Nur, weil man keinen BH trägt?« Dabei schlug sie Wagner auf die Hand.

Ich sah trotz ihres starken Make-ups in ein Kindergesicht, das den Begriff Falten höchstens von den Röckchen in seinem Kleiderschrank kannte. Als sorgender Vater schoss mir der Gedanke durch den Kopf, warum es Kinder so leicht hatten, in Diskotheken zu kommen. *Auch dafür* waren die Türsteher da, und gab es nicht ein Jugendschutzgesetz? Für einen kurzen Moment spielte ich mit dem Gedanken, Melanie und Jessica auf dem Smartphone anzurufen, um zu hören, was sie gerade so trieben. Aber die Idee verwarf ich schnell wieder. Meine Töchter waren einfach noch zu jung, als dass ich mir Sorgen machen müsste. – Oder?

»Und? Gut?« Josefine stieß ihren Becher gegen mein Glas. Cola, der ewige Trank der Jugend, schwappte über den Rand und einige Tropfen veredelten mein in diesem Haus dreist Wein genanntes Gesöff.

»Nicht wirklich.«

Sie lachte. »Deshalb trink ich das hier.«

»Pur?«

Sie schaute kurz in den Becher und sagte: »Nee. Ist Cola mit drin.«

Sind die jungen Leute mit vierzehn heute alle so schlagfertig? dachte ich. In diesem Moment bereute ich es, so wenig Kontakt mit meinen Töchtern zu haben und ich hatte die Ahnung, dies läge vielleicht nicht nur an ihnen. Mit ihrer Mutter führten sie durchaus Gespräche, manchmal sogar ernste. Nur der Vater stand kommunikativ im Abseits und hatte selten mehr zu sagen als: *Bleib bitte sitzen, bis alle aufgegessen haben, Jessi!* Oder ging in sein Arbeitszimmer, während Katja die Nachspeise auftrug.

So hatte ich mutmaßlich den richtigen Moment verpasst, meine Töchter um Ratschläge zur Bewältigung des wahren Lebens zu bitten. Ich wusste nicht, ob sie jemals mit einer solchen Anfrage rechneten, war aber sicher, dass sie keine vermissten. Aber vielleicht tat ich ihnen unrecht. Meine Reifezeit würde ohnehin erst mit dem Fortschreiten ihrer Pubertät einsetzen.

Ein neues Stück setzte ein, wohl ein Hit, denn ein Aufjauchzen ging durch die Menge, und jeder beeilte sich, auf die Tanzfläche zu kommen. Josefine und Wagner ließen mich links liegen und mischten sich unter die Tanzenden. Das Mädchen hatte mir schnell noch seinen Becher in die Hand gedrückt.

Ich sah den beiden zu und amüsierte mich über Wagners halsbrecherische Verrenkungen. Sein Tanz folgte keinen mir bekannten Regeln der Bewegung, seine Arme zappelten um seinen Körper, der Kopf drohte irgendwann vom Rumpf geschleudert zu werden.

Josefine warf ihren schlanken Körper rücksichtslos zwischen die Tanzenden, die ihn am freien Flug hinderten, ihn auffingen und zurückprallen ließen. Durch ihr Outfit unterschied sie sich deutlich von den anderen Mädchen, die großen Sicherheitsnadeln, die ihre hautenge schwarze Hose vorm drohenden Zerreißen schützten, reflektierten das Licht der Laserstrahlen. Der blaue Haarschopf schoss vor und zurück, zur Seite, fiel in den Nacken, verharrte dort, während die Arme ihr rudernd Platz in der Menge verschafften. Durch das Aufstampfen mit ihren schweren Stiefeln markierte sie ihren persönlichen Claim.

Von ihrem Anblick fasziniert trank ich einen Schluck. Zu spät merkte ich, dass ich die Trinkgefäße vertauscht hatte. Meine Zunge, die den säuerlichen Geschmack des billigen Weins erwartet hatte, zog sich ob der Süße der Cola zusammen. Schnell trank ich noch einmal und ehe ich mich's versah, war der Becher leer.

Coca-Cola. Ich erwartete, dass das braune Zeug in mir Erinnerungen wachrufen würde, Erinnerungen an die Zeit meines Germanistik-Studiums, die langen Nächte im *Knust*, im *Onkel Pö*, im *Maybach*, an die seligen Stunden in der Altonaer Wohngemeinschaft, wo die Rockkonzerte in der *Fabrik* ihren feuchten Ausklang nahmen. Nichts dergleichen. Der Schluck aus dem Plastikbecher rief nur mein schlechtes Gewissen wach, das war's. Ich würde Jo ein neues Getränk spendieren.

Jo. Josefine. Ein eigenartiger Name für ein seltsames Mädchen – ein seltsamer Name für ein eigenartiges Mädchen, jonglierte ich mit den Attributen und grinste. Mir war plötzlich federleicht zumute. Ich sah ihrem Treiben auf der Tanzfläche zu, ihren stampfenden und doch fließenden Bewegungen, dem kindlich schlanken Körper, ihren dünnen Beinen, die in den wuchtigen Stiefeln steckten. Eine seltsame Eigenart für ein Mädchen, kicherte ich in mich hinein. Ich schaute auf die nackten Brüste, die sich unter dem schweißnassen Hemd deutlich abzeichneten.

Erregung machte sich in mir breit, ein heftiges Verlangen. Die flirrende Musik, der, wie es mir bislang vorkam, immer gleiche Rhythmus des Hip-Hop (oder hörte ich gerade etwas anderes?) klang mit einem Mal nicht mehr enervierend, sondern ich empfand die Töne als angenehm, vertraut. Mit einem Schlag kam es mir vor, als gehöre ich dazu, sei Teil dieser Menge, als gäbe es keine Unterscheidungen mehr in Alt und Jung.

Als ich einen Aufschrei aus Wagners Richtung hörte, gelang es mir, meinen Blick von dem Mädchen abzuwenden.

»Ey, Alter!«, rief Wagner einem deutlich älteren und größeren Jungen mit rötlichen Haaren zu. »Sieht man dich auch mal wieder?«

»War'n paar Tage unterwegs«, bekam er zur Antwort. »Frankfurt. Bei Sonny.«

»Und?«, fragte Wagner. »Was sagt er?«

»Du kannst nächste Woche wieder 'ne Tour für Rick machen, wenn du willst.«

Wagner sah kurz in meine Richtung und zog den anderen ein Stück zur Seite. Angeregt unterhielten sie sich weiter. Dann kamen sie wieder näher.

»Was geht sonst?«, fragte Wagner.

»Allerbest alles!«

»Gut!«

Wagners ausufernder Wortschwall trifft hier auf den eines Gleichgesinnten, dachte ich fröhlich. Und überhaupt war meine Stimmungslage deutlich gehoben. In meinem Kopf sauste es angenehm, mein Herz schlug heftig und im Takt der mitreißenden Musik, die ich plötzlich als entspannend wahrnahm, gleichzeitig als aufreizend, treibend.

Eine Tour für Rick. Was ging's mich an?

»Nachher is noch Party bei Mike«, rief der Rote. »Bis' da?«

»Ma sehn!« Wagner wischte sich den Schweiß von der Stirn. »Hab 'n Kumpel dabei. Geht das klar?«

»Immer!« Zum ersten Mal nahm mich Wagners Gesprächspartner wahr. »Der da?«

»Japp!«

Der Rothaarige sah mich von oben bis unten an und wandte sich an Wagner. »Zeigs' deinem Opa die große Welt?«

Ich lachte ihm ins Ohr. Mir wurde etwas schwindlig. Ich fühlte, dass meine Wangen glühten.

Mein Gegenüber wurde unsicher. »Hat er was genommen?«

»Weiß nicht«, antwortete Wagner. »Wein. Normal.«

»Kommt ei'm anders vor.« Pumuckl grinste. »Du bis' ja richtig gut dabei, wa?«

Ich nickte begeistert. Meine Beine begannen zu vibrieren. Ich fühlte mich wie aufgeladen.

»Eeeyy, Manni! Alles klar?«, klang es hinter mir.

»Josef! Wo geiht di dat, Lütte?«

Leicht schwankend drehte ich mich zur schönsten Frau auf Gottes Erden um, riss sie an mich, packte sie bei den Schultern und lotste sie zurück auf die Tanzfläche. Dort umklammerte ich sie fest und fing an, sie zu unsinnigen Tanzbewegungen zu animieren.

»He! Finger weg!«, rief sie mit bösem Blick. Dann starrte sie mich verblüfft an, fing sich schnell und lachte laut. »Mann, Vadder! Du legst ja konkret los! Wolf im Schafspelz, wa? Ich dachte, du hackst nur auf'n Computer rum! – Pass auf! Jetzt aber richtig!« Sie stieß mich von sich und begann, sich wild zu bewegen. Meine alten Knochen taten das Möglichste, ihr nachzueifern. Ich hörte neben mir Gelächter und Anfeuerungsrufe und ich genoss diese Bekundungen. Nichts würde mir an diesem Abend peinlich sein! Ich war Teil des Geschehens und bereit, zu genießen.

Josefine umtanzte mich, ihre Hände kreisten vor meinem Gesicht, sie lachte. Ich fand kaum noch Halt, mein Kopf fuhr Karussell. Die johlende Menge um mich herum war eine verwischte Leinwand. Die Musik wurde lauter und lauter, drang in die letzten Windungen meines Gehirns. Ich verlor jede Kontrolle über mich. Ich presste Josefines dünnen Körper an mich, roch eine Mischung aus Parfüm und Schweiß.

»Ey, Mann!«, rief sie. »Halt an dich!« Sie stieß mich lachend von sich. Ich taumelte einige Schritte rückwärts und verlor den Halt.

»Du hast ihn ja komplett abgefüllt!« Ich spürte Wagners Stimme direkt am Ohr. Seine Hände im Rücken hinderten mich am Umfallen. »Das Zeug kommt gar nicht gut auf Wein! – Er hat deinen ganzen Becher leer gemacht.«

Josefine unterbrach ihr Gehopse und sah mich abschätzend an. »Ach du Scheiße! Echt? Hat er aber selber Schuld! Versteh ich nicht, Wagger! War'n doch nur'n paar Tropfen drin!«

In meinem Magen begann es zu rumoren. Ich hielt mir die Hand auf den Magen und krümmte mich würgend.

»Siehs'? Fängt schon an«, stellte Wagner fest. »Los, ab zum Klo! Hilf mal, Manni!«

Sie schleiften mich mit sich, scheuchten mich einen Gang entlang, ließen mich eine Treppe hinabstolpern und Wagner riss eine Tür auf. Ich glaubte, *Ladies* auf dem Schild zu erkennen. »Zu unserem ist es zu weit«, bestätigte er. »Das schaffst du nicht mehr!«

Zu dieser Erkenntnis war auch ein kleiner Junge mit einem stark pickeligen Gesicht gelangt, der in der ersten unverriegelten Kabine, die wir fanden, vor dem Klo kniete und geräuschvoll Vorbereitungen traf, seinen Magen zu entleeren. Seine Akne schien unter dem pumpenden Würgen in seiner Kehle ständig die Farbe zu wechseln.

»Klar! Paul! Wer sonst?«, lachte Manni. »Denk an deine gute Erziehung, Paul!«

Der Kleine nickte und grinste mit geblähten Wangen, wobei feine erdnussfarbene Spuckefäden sich langsam von den Lippen hinab wanden. Erstaunt sah ich, dass er seine Brille hinauf bis in seinen dichten Haarschopf schob.

»Seine Mutti hat nämlich gesagt: Wenn du spucken musst, Paul, klapp die Brille hoch! Und das macht Paul! Nicht, Paul?«

Der hatte keine Zeit mehr, zu antworten. Zum Glück war er einer von der schnellen Sorte, sodass ich sehr bald seinen Platz einnehmen durfte. Mein Mageninhalt gelangte ohne Probleme ins Freie, Manni spülte drei-, viermal und keine Kundin hätte sich später beschweren können.

»Keine Sorge!«, grinste Manni, der mir ein großes Glas mit einer klaren Flüssigkeit vor die Nase gestellt hatte. »Ist Wasser. Ohne Zusatz.«

Ich nickte dankbar. Wagner hatte einen gerade frei gewordenen Tisch (er war nicht *ganz* frei gewesen, aber das war für Wagner kein Problem) in einer leiseren Nische organisiert, Josefine als Zeichen ihres schlechten Gewissens Salzstangen. Die vertrieben den üblen Geschmack auf meiner Zunge. Um mich herum sah ich in feixende Gesichter, tat ihnen aber nicht den Gefallen, das Geschehene zu kommentieren. Und auch sie verzichteten darauf.

»Seid ihr bitte so freundlich und steht auf? Das ist unser Platz.« Schlagartig verloren Wagner und seine Freunde das Interesse an mir und schauten auf zwei farbige Männer, die an den Tisch getreten waren. Der Sprecher gab beim Lächeln einen honiggelben Goldzahn frei und war ungeheuer dick. Beide hatten schwere Ringe an den Fingern. Der Schlanke zupfte sich am Ohrläppchen, sodass die Manschette seines Hemdes eine klobige goldene Armbanduhr freigab. Er trug eine Ray-Ban-Sonnenbrille mit kleinen Edelsteinen an den Fassungen.

Wagner war für einen Moment überrascht, dann hoben sich die Mundwinkel zu seinem typischen Grinsen. Seine Augen aber machten das Lächeln nicht mit, sondern starrten die beiden an. Ich vermutete Unheil und sollte Recht behalten.

Langanhaltend zog Wagner Luft durch die Nase ein, was in ein mehrfaches kurzes Schnuppern überging. »Riecht ihr das auch?« Wie suchend sah er um sich und schnupperte erneut.

»Wagner! Nicht!«, sagte Manni mit leiser Stimme.

Seine Warnung wurde ignoriert. »Irgendwo hat's hier gebrannt.« Wieder sog er die Luft ein. Dabei ignorierte er die beiden Schwarzen.

»Wagger!«, flehte Josefine. »Lass doch!«

»Oh!«, sagte Wagner unbeirrt und sah die Männer wieder an. »Euch hat's ja übel erwischt! Das tut mir aber leid!«

Die beiden Männer schienen sich zu wundern, dass ihr Auftreten ganz und gar nicht die gewünschte Wirkung erzielte. Dennoch blieben sie gelassen. Sie waren es sicher gewohnt, beleidigt zu werden. »Das ist unser Tisch«, wiederholte der eine. »Würdet ihr bitte aufstehen?«

Manni erhob sich und auch Josefine machte Anstalten, den Platz zu wechseln. Mir war immer noch flau im Magen und ich hatte keine Lust auf Ärger. Ich nahm mein Glas in die Hand und rückte meinen Stuhl nach hinten. Wagner hingegen beugte sich vor und seine Augen tasteten die Tischplatte ab. »Euer Tisch, ja? Oh, Verzeihung! Wie ungeschickt von uns!« Er beugte sich noch tiefer und schielte unter die Platte. »Ich such grad euer Schild. Irgendwo muss es ja sein. Was steht drauf? Bimbo und Bombi? Oder Blackie und Speckie?«

Die Farbigen sahen sich verunsichert an. »Hör mal!«, sagte der Schlankere. »Wir wollen keinen Streit mit dir. Wir haben hier wirklich gesessen und waren eben tanzen. Schau, da … äh …«, er blickte mit verärgerter Miene auf den Boden, »… wie kommen unsere Jacken da hin? Wart ihr das?«

»Tanzen wart ihr beiden Hübschen? So richtig eng an eng? Ich krieg 'nen Steifen, wenn ich mir das vorstelle! Hmmm!!« Genießerisch verdrehte Wagner die Augen.

»Hören Sie zu!«, fauchte der Dicke mich an. »Sie sollten Ihren Kindern Anstand beibringen und sie nicht …«

Josefine und Manni verließen fluchtartig den Tisch. Offensichtlich war das, was jetzt folgte, für sie keine Überraschung. Ich dagegen klebte wie gebannt auf meinem Stuhl und erlebte zum ersten Mal mit eigenen Augen, wie Wagner ausrastete.

Sein Stuhl flog durch die Luft, als er hochschoss und geduckt auf die Männer zuraste. Es schien ihn nicht zu kümmern, dass der Größere ihn um zwei Haupteslängen überragte, und auch der Füllige war deutlich höher gewachsen.

Es ging alles so schnell, dass ich später nicht mehr hätte sagen können, was eigentlich genau passiert war.

Wagner war wie ein wildes Tier. Wie ein lauerndes Krokodil, das aus den Fluten schießt, um ein friedlich saufendes Gnu zu reißen. Methodisch schlug er auf die Männer ein, kannte offenbar genau die Ziele, die er treffen musste, um die beiden umgehend wehrlos zu machen. Als sie in Sekundenschnelle am Boden lagen, ergriff Wagner seine Bierflasche am Hals und zerschlug sie auf der Tischkante. Schaum spritzte und Splitter flogen in alle Richtungen. Umgehend verbreitete sich ein herber Geruch.

Ich war vor Angst wie gelähmt, meine Hand krampfte sich um das Wasserglas. Merkwürdigerweise fühlte ich keinen Herzschlag.

Es war ein verzweifelter, langanhaltender Schrei Josefines, der Wagner bremste. Sein Kopf flog zur Seite, er starrte sie verständnislos an, sah irritiert auf den Flaschenhals in seiner Hand und auf die beiden am Boden liegenden Männer, die übel zugerichtet aussahen. Der eine wischte sich das Blut von der Nase, der zweite presste die Hand in die Rippengegend und stöhnte.

Wagner begann zu zittern und er wankte. Dann warf er den Flaschenhals fort und hastete wortlos in Richtung Ausgang.

»Ich weiß nicht, wo er hinläuft. Ich weiß nur, dass wir ihn suchen müssen«, schluchzte Josefine.

»Vielleicht ist es besser, wenn er sich erstmal beruhigt. Wahrscheinlich ...«, begann ich zu mutmaßen und sah seltsamerweise auf meine Armbanduhr.

»Nimm's mir nicht übel«, sagte Manni, »aber du kennst ihn nicht. Er ist noch nicht fertig.«

Es war halb eins, und die Nacht würde warm bleiben. Wir standen einige Straßen von der Diskothek entfernt. Als uns die Situation klar geworden war, in die Wagner uns gebracht hatte, verabredeten wir stillschweigend, den beiden Männern aufzuhelfen, uns ansonsten aus dem Staub zu machen. Angestellte des Musikschuppens hatten sich zu uns gesellt und einer in sein Handy gesprochen. Es wäre nur eine Frage der Zeit gewesen, bis man uns unangenehme Fragen gestellt hätte.

»Was meinst du damit?«, fragte ich. »Noch nicht fertig?« Eine leise Ahnung packte mich, was die Antwort sein könnte.

Manni schluckte und sah die Straße hinunter. »Ich kenne Wagner schon ein paar Tage länger. Wenn er in so einem Zustand ist, läuft er Amok. Dann rennt er durch die Straßen und provoziert die Leute, wo er kann. Er ist dann nicht zu bremsen.«

Ich sah Wagners Freund an und nickte mechanisch. »Aber warum?«, fragte ich sinnlos.

Zu meiner Überraschung bekam ich eine Antwort. Von Josefine. »Er ist verzweifelt. Irgendein Teufel hat ihn gepackt und lässt ihn nicht los.« Sie stand noch immer deutlich unter Schock. Ich fragte mich, ob sie Wagner wirklich schon einmal so erlebt hatte.

»Ein Teufel? Was für ein Teufel?«

»Ach Mann, ich hab keine Ahnung!« Sie fing an, zu weinen.

»Wollte er nicht auf eine Party? Kann jemand von euch ihn nicht anrufen?«, schlug ich vor. »Er hat doch bestimmt ein Handy.«

»Gute Idee!«, antwortete Manni. Dann rief er: »Scheiße!«

»Was ist?«

»Wo sind eigentlich unsere Jacken?«

Wir sahen uns ratlos an.

»Die sind noch da drin!« Er wies Richtung Diskothek. »So ein Mist! Mein Handy ist in der Jacke.«

»Nicht schlimm!«, sagte Jo, wischte sich die Tränen aus den Augen und fummelte ihr Smartphone aus der Gesäßtasche.

»Trotzdem müssen wir unsere Jacken haben!«, sagte ich. »Ich geh zurück und hol sie. Wo sind die eigentlich?«

»In der Garderobe. Links vom Durchgang zur Halle«, antwortete Manni. »Hoffentlich lassen die dich rein. Ohne Wagner wird's schwierig.«

Er sollte sich irren. Niemand hielt mich auf. Weder die Türsteher, die Pause hatten, noch die Polizisten, die vorläufig ihren Platz einnahmen. Ich erhielt gegen Vorlage unserer Chips die Kleidungsstücke.

»Was ist denn hier los?«, fragte ich die hübsche junge Garderobiere.

»Ach, das Übliche. Schlägerei. Vor einer halben Stunde.« Sie zeigte auf Wagners leichte Leinenjacke. »Gehört die auch Ihnen? Da hat eben, glaube ich, ein Handy in der Tasche geklingelt.«

»Äh … ja! Klar! Die gehört einem Freund.«

»Haben Sie den Chip?«

»Tut mir leid. Den habe ich vergessen. Deshalb ruft er wohl an.«

Wieder meldete sich das Smartphone. Lass es, Jo! dachte ich. Du wirst ihn nicht erreichen.

»Wollen Sie rangehen?«, fragte das Mädchen und tastete über Wagners Jacke.

»Ach nee! Nicht nötig!«

»Die Melodie kenn ich«, lächelte die junge Frau. »Die ist aus *Apocalypse Now*. Die Szene, als sie mit den Hubschraubern das Dorf der Vietnamesen angreifen. Tattattattattattat!« Die Salve aus ihrem imaginären Maschinengewehr schüttelte sie kräftig durch. »Geiler Film!«

Ich nickte und lächelte zurück. »Der *Walkürenritt*. Ist wirklich famos, der Film! Sie haben einen ausgezeichneten Geschmack! Ich finde, wir sollten mal zusammen ins Kino gehen. Was halten Sie davon?« Ich überlegte. »*Full Metal Jacket* wäre genau das Richtige. Meine Lieblingsszene ist die, wo der dicke Soldat sich mit dem Sturmgewehr die Rübe wegbläst.« Ich hielt den ausgestreckten Zeigefinger vor den Mund. »Buufff! Phänomenal! Gibt's leider nicht als Klingelton. Wird im *Holi* nochmal gezeigt. Morgen Abend vielleicht?«

Sie lachte. »Nehmen Sie ihre Jacken und verschwinden Sie! Sie sind wirklich nett. Aber nehmen Sie eine Frau in Ihrem Alter mit in die Vorstellung. Ich würde *Der brave Soldat Schwejk* empfehlen. Läuft als Remake im *Streit's*. Mit George Clooney.«

Ich schnappte mir das Bündel Jacken und warf dem Mädchen zu den Klängen von Wagner eine Kusshand zu.

»So ein Mist!«, fluchte Josefine, als ich ihr Wagners Handy in die Hand drückte.

»Er wäre sowieso nicht rangegangen«, sagte Manni. »Der ist jetzt absolut im Tunnel.«

»Steht er unter Drogen?«, fragte ich.

»Wie kommst du denn darauf?«, empörte Jo sich.

»Und du? … Diese Tropfen … warum bin ich so schnell … sind sie der Teufel? Die Tropfen?«

»Vergiss es!«, sagte Manni. »Wagner rührt nichts an. Er verkauf… äh … Quatsch … nein, das wär' mir neu! Der nimmt nichts.«

»Er verkauft?«, fragte ich entsetzt. »Er dealt mit Drogen?«

»Ich hab mich nur versprochen«, sagte Manni. »Da läuft nichts.«

»Das stimmt!«, nickte Josefine. »Wagger verkauft echt keine Drogen.«

»Was ist in Frankfurt? Was macht ihr da?«

»Freunde besuchen. – Hör mal, warum willst du das alles wissen?«

Ich packte ihn am Ärmel. »Wie alt bist du, Manni?«

»Siebzehn.« Er schüttelte meine Hand ab.

»Bist du sicher?«

Er riss die Augen auf und grinste. »Ja, so ziemlich. Warum fragst du?«

»Weißt du, wie alt Wagner ist?«

Manni zuckte mit den Schultern. »Also … genau weiß ich … sechzehn? Sechzehn, glaub ich.«

»Sechzehn? Wagner behauptet, er sei dreizehn«, sagte ich. »Das steht auch in seinem Ausweis.«

Irritierte Blicke. »Dreizehn? Das glaub ich nicht!«

»Das heißt, du weißt es nicht.«

Kopfschütteln.

»Weißt du es, Jo?«

Sie hatte sich die Jacke übergestreift, weil das heftige Zittern nicht aufhörte. »Hm! Keine Ahnung. Darüber haben wir nie gesprochen.«

»Aber du bist vierzehn.«

Sie brachte ein Lächeln fertig. »Klar. Hab ich dir doch gesagt.«

»Was sollen die Fragen eigentlich?« Manni sah mich skeptisch an.

»Weil ich eine Antwort will, Manni! Josefine ist vierzehn! Und auch Wagner ist deutlich jünger als du. Verstehst du? Wie kann ein so junger Mensch nachts durch Hamburg laufen und sich mit Mordlust auf Leute stürzen, die er nicht kennt und die ihn nicht kennen und die ihm nichts, aber auch gar nichts getan haben!« Ich sah sie nacheinander an und Furcht kroch mir ins Herz. »Warum ist das so, Manni? Was ist los mit euch? Was??«

Sie schauten mich an und antworteten nicht. Was hätten sie mir auch entgegnen können?

Manni nickte nur und sagte: »Ich werde ihn suchen. Zuerst ruf ich Mike an. Wenn Wagner da nicht ist, kenne ich einige Plätze, wo er sein könnte. Bist du so nett und bringst Josef nach Hause? In dem Zustand sollte sie nicht allein sein.«

»Komm rein«, sagte Josefine.

Was ich hinter der Eingangstür zu sehen bekam, hatte die Bezeichnung Wohnung nicht verdient. Dieser Feststellung legte ich natürlich keinen Vergleich zu meiner luxuriösen Bleibe zugrunde – aber das hier war schlicht ein Loch, eine Absteige. Es überstieg mein Vorstellungsvermögen, wie man – auch nur für kurze Zeit – in dieser Behausung leben konnte.

Die abgerissenen Tapeten, der Schimmel in den Zimmerecken, die maroden Fenster, die zum Teil mit rostigen Nägeln an den Rahmen befestigt worden waren, sodass sie einen notwendigen Luftaustausch verhinderten – wenn der Begriff *verwahrlost* für etwas Gültigkeit hat, dachte ich, dann für diese Unterkunft.

Die Wohnung bestand aus zwei Zimmern, dazu eine integrierte kleine Kochnische und ein Badezimmer, das immerhin über eine Wanne verfügte. Es roch so muffig, dass man es als Mensch mit dem gesunden Bedürfnis nach frischer Luft nicht lange aushalten dürfte.

»Dafür kostet es nicht viel«, klärte mich Josefine lächelnd auf, als sie mein Unbehagen bemerkte. Sie kassierte ein verständnisvolles Nicken.

»Vorher hat hier eine Familie aus Afrika gewohnt. Mit sechs Kindern, stell dir das mal vor!«

Das schaffte ich nicht.

Jos Bitte an mich, noch etwas zu bleiben, hatte klar und besonnen geklungen, sodass ich den Eindruck hatte, sie habe den erlittenen Schrecken weitestgehend verdaut. Natürlich machte sie sich weiter große Sorgen um Wagner.

»Wie meinst du das?«, antwortete sie auf meine Frage, wie sie eigentlich zu dem Jungen stünde. »Zu ihm stehen?«

»Na ja, wie ist eure Beziehung zueinander? Wohl nicht nur freundschaftlich, oder?« Ich führte mir den Moment vor Augen, als Wagner ihr wie selbstverständlich an die Brust fasste.

»Sex meinst du?« Sie kicherte. »Du hast gesagt, Wagger ist dreizehn. Ist natürlich 'n Schock für mich. Viel zu jung!« Der Schalk blitzte in ihren Augen. Sie war von einer entwaffnenden Frische und verfügte trotz ihrer jungen Jahre über einen göttlichen Witz.

»Willst du was trinken?«, fragte sie. »Bier? Wein? Cola … äh … ohne? Whiskey? Wodka? Orangensaft?«

»Hättest du ein Wasser?«

»Du hast Glück! Wasser hab ich. Sonst ist nur Cola da.« Sie lachte. »Bin blank diesen Monat.« Sie holte zwei Plastikbecher aus einem Regal und drückte im Vorbeigehen eine Schraube, die ein Stück aus der Wand schaute, an ihren Platz zurück.

Mit erheblichem Kraftaufwand überredete Josefine den rostigen Wasserhahn dazu, einen dünnen Strahl freizugeben. Mir wurde etwas mulmig, aber ein unauffälliger Blick in den Becher bot keinen Anlass zu Beanstandungen.

Jo führte mich zu einer kleinen Couch, die zur Begrüßung quietschte, als wir uns niederließen. Sie goss sich Cola ein und stieß mit mir an. Das Leitungswasser schmeckte überraschend gut.

»Besser als das Zeug in der Disse, glaub ich«, grinste sie.

»Für mich auf jeden Fall«, antwortete ich lachend und dachte an die vertauschten Getränke. »Besser als beides.«

Sie schaute zerknirscht. »Tut mir leid, dass ich …«

»Schon gut. Vergiss es.«

Sie sah mich einen Moment unsicher an. »Keine Fragen?«

»Welche?«

»Na – was war da drin? zum Beispiel. Oder: Nimmst du das häufiger? Oder immer?«

Ich schüttelte den Kopf. »Du bist zwar noch sehr jung, aber alt genug, um zu wissen, was du tust.«

»Cool. Obwohl – manchmal weiß ich das nicht.«

»Nein?«

»Nee. Manchmal hätte ich gern jemanden, den ich fragen könnte. 'nen Älteren.«

»Frag mich«, schlug ich vor. »Ich bin alt.«

»Stimmt.«

Ihr Lächeln wirkte reifer als sie war. Gar nicht kindlich.

»Du bist sehr ehrlich, Jo.«

»Nein, Quatsch! Du bist nicht alt!«

Ich schüttelte den Kopf. »Das meinte ich nicht.«

»Was denn?«

»Einfach ehrlich.« Ich lehnte mich zurück, nahm einen Schluck Wasser. »Weißt du, ich habe zwei …«

»Moment bitte! Äh … ich hab doch glatt deinen Namen vergessen …«

»Thomas. Sag Tom.«

»Gut. Tom, ich geh mir mal eben was Frisches anziehen, okay? Ich stink bestimmt schon.«

»Ich rieche nichts.«

Sie lächelte und ging ins Nebenzimmer. Ich stand auf und sah mir die Bücher in einem kleinen Regal an. Nichts Außergewöhnliches – Vampir-Romane, Fantasy, Liebesromane, Tierbildbände und -geschichten. Alles das, was meine Töchter auch lasen.

»Vorsicht!!« Josefine trug jetzt Blue Jeans und ein schwarzes T-Shirt. Sie schien sich in aller Eile abgeschminkt zu haben und ich schaute in ein sehr kindliches Gesicht. Sie hatte wieder Ähnlichkeit mit dem kleinen Mädchen vom Stadtparksee. »Latsch nicht auf Herbert rum! Das mag er nicht haben!«

»Herbert?«

Sie sah sich suchend um. »Irgendwo muss er doch stecken … Herbert? … Da bist du ja!« Sie kroch unter einen alten Holztisch und hob eine kleine Schildkröte hoch. »Herbert, das ist Tom. Tom, das ist Herbert.«

hat super mitgespielt und keinen Muckser von sich gegeben.« Sie kicherte. »War aber auch nicht so schwer, weil wir März hatten und Herbert war noch volles Rohr in der Winterstarre. Der Vermieter hat uns das abgekauft. Geil, nä?«

»Geil!«, nickte ich.

Josefine schüttelte den Kopf. »Wagger wollte die Wohnung erst nicht nehmen, als er gehört hat, dass Neger hier gewohnt haben. So ein Idiot!«

»Du denkst anders über Farbige?«

»Klar! War echt scheiße, was Wagner da vorhin abgezogen hat. Meine beste Freundin hat auch dunkle Haut. Nicht ganz so dunkel, weil sie aus Marokko ist. Aber die ist total in Ordnung.«

»Schön! Das freut mich!«

»Ich bring euch noch 'n Wasser«, sagte sie zu Herbert und mir und ging mit unseren Trinkgefäßen zum Waschbecken.

»Manchmal denk ich …«, sagte sie, als sie uns versorgte, »… dass ich mit Herbert viel gemeinsam habe. Man bemerkt uns kaum, wenn wir so rumlaufen und ich bin auch gern mal in Winterstarre und tu gar nichts.«

»Nur, dass Herbert keine blauen Haare hat.«

»Stimmt. Wär vielleicht besser, damit die Leute nicht immer auf ihm rumtrampeln. Ist schon öfter passiert. Gut, dass er so 'nen dicken Panzer hat.« Sie überlegte. »Wie Wagger.«

»Was sind denn das für Leute, die hierherkommen?«

»Ich weiß, was du meinst.« Sie schüttelte den Kopf. »Ich hab das vorhin ja mitgekriegt, was Manni erzählt hat. Er hat sich echt versprochen. Wagner vertickt keinen Stoff. Bestimmt nicht! Das wüsste ich. – Das sind einfach Typen, die vorbeikommen. Freunde von uns.«

»Ach, geht mich ja auch nichts an! – Erzähl mir, Jo, was machst du?«, fragte ich. »Was machen deine Eltern? Wo gehst du zur Schule?«

Sie wich meinem Blick aus und schwieg eine Weile. »Hm. Die gibt's nicht mehr … meine Eltern, meine ich. Die waren in den Türmen da in New York, wo die Flugzeuge reingekracht sind, weißt du?«

»Mein Gott! Du sprichst vom World Trade Center? 2001?«

»Genau! Nine eleven.«

»Oh Gott! Das tut mir leid! Da warst du … drei?«

»Zwei. Ich hab bei meiner Tante gewohnt. In Delmenhorst.«

»Du meinst, deine Tante hat auf dich aufgepasst, als deine Eltern Urlaub gemacht haben?«

Josefine schüttelte den Kopf. »Ja … nee. Die brauchten mich erstmal nicht.«

Ich starrte sie an und Schwindel erfasste mich. »Sie *brauchten* dich nicht? Was meinst du denn damit?«

»Ach, Papa hat da in dem einen Turm einen tollen Job bekommen und Mama auch, aber im anderen, und da hatten sie keine Zeit für mich. Sie wollten mich dann irgendwann nachholen. Stell dir mal vor, die haben sich jeden Tag zugewinkt. Durch die Fenster.«

Ich wusste nicht, was ich sagen sollte. Warum flunkerte sie? Was war ihr Geheimnis?

»Kannst mal sehen, was ich für ein Glück habe, dass ich nicht da war. Dabei möchte ich so gern mal nach New York! – Du, ich würde dir gern ein Bier oder so was geben, aber ich hab echt nichts da.«

»Kein Problem! Was wurde dann aus dir?«

Sie rutschte auf der Couch hin und her und ich merkte, dass ihr das Thema unangenehm war.

»Meine Tante hat mich noch 'ne Weile dabehalten«, sagte sie. »Aber ich kam überhaupt nicht mit ihr klar, und dann bin ich in ein Heim gegangen.«

»Da warst du … wie alt?«

»Fünf.«

Ich nickte. Wir schwiegen eine Weile.

»Hart ist das Leben an der Küste!«, sagte sie und sandte ihr trauriges Lächeln an mir vorbei. »Nicht, Herbert?«

Bei allem, was sie sich aus den Fingern sog, fand ich ihre Ausdrucksweise bemerkenswert. Mit zwei Jahren *wohnte sie* schon und mit fünf *ging sie* ins Heim.

Ich hätte noch so viele Fragen an Josefine gehabt, aber ich spürte, dass ich sie überfordern würde. Sie hatte mich so berührt wie selten ein Mensch zuvor, und das einzige, was ich im Moment für sie tun konnte, war, praktische Hilfe zu leisten.

»Hey, nur nicht den Kopf in den Sand stecken, okay?«

»Nö, da hab ich ihn lang genug gehabt. Mir geht's doch auch nicht schlecht. Ich hab alles, was ich brauch.«

»Vielleicht wäre ein bisschen finanzielle Aufbesserung nicht verkehrt, oder? Wovon lebt ihr beiden eigentlich?«

»Ach, wir kratzen uns überall ein bisschen zusammen. Meine Tante schickt mir ab und zu was. Sie hat wohl ein schlechtes Gewissen.« Jo kicherte. »Soll sie!«

»Und Wagner?«

»Na, der jobbt doch bei Altmeier. 'n Getränkehöker hier um die Ecke, weißt du? Hat er dir das nicht erzählt?«

»Ich hab's wahrscheinlich vergessen. – Jo, eine Frage musst du mir noch beantworten. Wenn ihr beide – genau weiß es ja keiner –«, ich grinste verschwörerisch, »beide vierzehn seid – wie könnt ihr eine Wohnung mieten? Soweit mir bekannt, geht das nur ab achtzehn. Oder ab sechzehn. Dann aber mit Unterschrift der Eltern.«

Lachend nickte sie. »Das gilt für alle, die nicht Wagner Hollmann heißen. Für ihn ist sechzehn zu sein keine Schwierigkeit und die Unterschrift der Eltern noch weniger.«

Ich erwiderte ihr Lachen. »Das war jetzt eine selten blöde Frage von mir. – Er ist ein Chamäleon.«

Josefines Kopf schoss nach vorn. »Wo du das sagst – wusstest du, dass die Zunge eines Chamäleons die anderthalbfache Länge erreichen kann wie sie selbst?«

»Wirklich? Beeindruckend! – Du liebst Tiere, nicht wahr?«

»Oh ja! Ich würde gern in einem Zoo oder so arbeiten. Meine Tante – lass sie sein wie sie ist – hatte unheimlich viele Haustiere. Katzen, Hamster, Kaninchen, all so was. Schade! Die vermisse ich. Wagner mag leider keine Katzen. Komisch! Nur Katzen nicht!«

Darauf antwortete ich nichts.

Es war schwer, das Gespräch mit einem so bezaubernden Geschöpf ausklingen lassen zu müssen. Ein Gespräch, das ich mit einem Mädchen oder einer Frau so noch nie geführt hatte, vollkommen ohne auch nur die leisesten erotischen Untertöne, ohne den verkrampften Flirt, weil der eine ihn vom anderen erwartet.

Aber ich fühlte, dass es an der Zeit war, sie zu verlassen.

»Hör mal, Jo. Ich werde jetzt langsam mal gehen. Zu Hause warten meine Frau und zwei nette … manchmal nette Mädchen in deinem Alter. Ich denke, du kommst jetzt allein klar, nicht? Vielen Dank für deine Gastfreundschaft, und das köstliche Getränk möchte ich dir bezahlen.« Ich zog mein Portemonnaie aus der Jacke und drückte ihr zwei Hundert-Euro-Scheine in die Hand. »Nebst einer kleinen Zuzahlung für die nächste Miete. Ich habe ja heute lange genug bei dir gewohnt.« Ich fürchtete mich vor ihrer doch so menschlichen Reaktion. *Aber nein, Tom, so was kann ich nicht annehmen! Du, das geht* überhaupt *nicht!* Stattdessen sagte sie leise: »Das können wir gut gebrauchen.« Sie stand auf, schaute auf das Geld, drehte es zusammen wie eine Zigarette. Dann ging sie, ohne mich anzuschauen, mit den Worten »Warte! Ich bin gleich zurück« ins Nebenzimmer.

Ich war erleichtert. Wenn ich etwas nicht ertragen konnte, war es der ermüdende Kampf um Bitten und Geben, Nehmen und Danken.

Mit allem rechnete ich jetzt, aber nicht damit, dass sie nur mit einem Slip bekleidet zur Tür hereinkam. Über ihrem unsicher lächelnden Mund schauten mich sanfte, aber tieftraurige Augen an. Sie kam auf mich zu.

»Josefine! Was …«

Ihr Lächeln erstarb, sie ging in die Knie und machte sich an meinem Hosengürtel zu schaffen.

»Was machst du denn?« Ich wehrte ihre Hand ab. »Lass das bitte!«

Zweifelnd sah sie mich an. »Aber … willst du mich denn nicht ficken?«

»Nein! Wie kommst du denn darauf?« Ich war perplex.

»Ach, komm! Du gibst mir doch keine zweihundert Piepen ohne 'ne Gegenleistung!«

»Aber ja! Ich habe dir doch erklärt …«

»Das ist doch Quatsch!«, fauchte sie. »Mietzuzahlung! Kein Mann tut so viel Kohle raus ohne dass er ficken will!«

»Jo! Hör auf! Mach doch diesen Abend nicht kaputt! Ich wollte freundlich zu dir sein und … komm mal her!« Ich stand auf und zog sie an der Hand hoch. Dann umarmte ich sie ganz vorsichtig, ließ einige Zentimeter Luft zwischen unseren Körpern. Sie zuckte zusammen, als meine Hand eine lange Narbe an ihrem Rücken spürte. Zunehmend zitterte und vibrierte sie. Dann verfiel sie in heftiges Schluchzen. Sie weinte minutenlang. Ich strich ihr übers Haar. »Ganz ruhig!«, flüsterte ich, »ganz ruhig!«

Mit einem lauten Knall flog die Tür auf. Wagner sah übel aus. Sein rechtes Auge war fast geschlossen, an den hassverzerrten Lippen klebte Blut.

»Was ist …?« Das Blau seines weit aufgerissenen linken Auges war einer riesengroßen Pupille gewichen, die ziellos durch den Raum irrte. Offenbar war er vollgepumpt mit Drogen.

Erst nach Sekunden schien er die Szenerie zu erfassen. Er torkelte, machte zwei Schritte rückwärts und knallte gegen die Tür, die hinter ihm krachend ins Schloss fiel. »Ich … was … Jo … was ist das? … Was macht …?«

Das Bild, das sich ihm bot, erübrigte irgendwelche Erklärungen von unserer Seite. Jeder Mensch hätte seine eigenen Schlüsse daraus gezogen. Falsche Schlüsse zwar, aber vollkommen logische. Und so ersparte ich mir das auch in meinen Romanen oft strapazierte *Es-ist-nicht-so-wie-es-aussieht*-Stoßgebet.

»Wagner! Lass dir erklären …« war zugegeben auch nicht einfallsreicher.

»Erklären?« Er brüllte nicht, er schrie nicht, er flüsterte, was es nicht besser machte. »Was willst du erklären? Du musst nichts erklären!« Er flüsterte es klar, deutlich, akzentuiert und es war unheimlich, klang drohend. Er riss den Mund auf und sah auf Josefines nahezu nackten Körper. Heraus kam ein langes, schmerzvolles Stöhnen.

»Wagger! Das ist … das ist nicht …« Lass es, Jo! Er wird dir nicht glauben. Selbst dir nicht.

Nach einer Ewigkeit, in der sich seine Mimik nicht veränderte, presste Wagner nur ein Wort heraus: »Ihr …« Schrill, aber nicht lauter als zuvor. Ich fühlte mich hilflos. Ich konnte ihm nicht erklären, was nicht zu erklären war.

Dann löste er sich aus seiner Starre, und es war wieder so wie vorhin, als er auf die Farbigen in der Diskothek zurannte. Angstvoll schloss ich die Augen und hoffte nur, dass es schnell vorbeigehen würde. Zudem bangte ich, er könne Josefine etwas antun.

Nichts davon! Was Wagner tat, war noch schlimmer, und es war nur damit zu erklären, dass er erkennbar nicht mehr Herr seiner Sinne war. Es war grauenvoll.

Er stolperte an uns vorbei und fiel vor dem Karton mit der Schildkröte auf die Knie. Ein Winseln entfuhr seiner Kehle, als er das Tier griff und schwankend wieder auf die Beine kam. Er blickte uns schwer atmend an, sein Gesicht mit den blutverschmierten Lippen war eine Fratze des Hasses.

Seine freie Hand, die heftig zitterte, griff zum Gemüsezerhacker und mit einem irrsinnigen Lachen schaltete er ihn ein. Dann stopfte er Herbert kopfüber in den Einfüllschacht. Das Tier war breiter als das Gehäuse und blieb weit oben stecken. Wagner schlug mit der Faust auf den Panzer der Schildkröte. Josefine, die ihre Blöße mit den Händen bedeckte, starrte mit weit aufgerissenen Augen auf die Szenerie, und auch ich konnte mich nicht bewegen. Ich war kaum in der Lage, zu atmen.

Wutentbrannt schlug Wagner auf das Tier ein. Das Plastikgehäuse verzog sich und es entstanden erste Risse. Herbert hing nur noch Zentimeter über dem rotierenden Messer, das ein unheimliches, surrendes Geräusch von sich gab. Wagner holte jetzt mit der geballten Faust zum letzten Schlag aus. Das Gehäuse der Küchenmaschine zerbarst mit einem hässlichen Knall, als ich mich endlich aus der lähmenden Umklammerung der Angst lösen konnte, auf ihn zusprang und ihm einen heftigen Stoß verpasste, der Wagner vor die Couch warf.

Geistesgegenwärtig sprang Josefine zur Wand und riss den Stecker heraus. Sie zog das arme Tier aus dem Gehäuse und drehte sein Vorderteil in ihre Richtung. Mit einem Aufschrei drehte sie sich zu Wagner um, der sich gerade mühsam aufrichtete.

»Du Schwein! Du Mörder! Herberts Kopf ist weg! Du hast ihm den Kopf abgetrennt!«

Wagner sah sie nur fassungslos an, dann auf die Schildkröte, schüttelte verständnislos den Kopf und stürzte zur Tür hinaus.

Zusammengesunken saß Josefine auf der Couch und streichelte dem reglosen Tier, das sie auf dem Schoß hatte, unablässig mit der Hand über den Panzer.

Ich hatte kein Zeitgefühl mehr. Wie lange war das her? Eine Stunde? Zehn Minuten? Es war ein Alptraum gewesen, wie ich ihn in meinen schlimmsten Autorenfantasien nicht erlebt hatte. Wagner hatte mich völlig ratlos in dieser schäbigen Wohnung zurückgelassen. Weder konnte ich den Menschen in ihm erkennen noch das Kind in ihm sehen. Sein wahres Alter war für mich völlig ohne Belang geworden. Für mich war er nur ein Ding, ein monströses Wesen, völlig losgelöst von allen menschlichen Merkmalen.

»Was sagtest du?« Leise Worte hatten sich in meine Gedanken geschlichen.

»Herbert, meine ich. Alles, was er macht, ist so fürchterlich langsam«, überlegte Josefine. »Er frisst langsam, er bewegt sich langsam, sein ganzes Leben ist langsam. Und trotzdem hat es der liebe Gott so eingerichtet, dass er alt wird wie ein Stein. Verstehst du das?«

»Vielleicht sorgt Gott so für ausgleichende Gerechtigkeit.«

»Kann sein. Auf jeden Fall ist er der Einzige auf der Welt, der heil aus 'nem Zerhacker kommt. Das macht ihm glaub ich keiner nach.«

Ich nickte. »Stimmt! Nicht mal Schrammen an den Beinen.«

»Ist schon klasse, wenn man seinen Kopf einfach so einfahren kann, nä?« Sie schluckte. »Glaubst du, Wagner wollte ihn echt umbringen?« Mit verweinten Augen sah sie mich an, und ich spürte die Hoffnung, ich würde die Frage verneinen.

»Eindeutig ja!«, raubte ich ihr diese Illusion. »In dem Zustand, in dem er war – er hätte es gemacht!«

»Ich verstehe es nicht. Er mag doch Tiere! Okay, Katzen nicht.«

»Er mag Tiere und tötet sie. Menschen verprügelt er einfach so. Kann es sein, Jo, dass er sich selbst nicht mag?«

»Meinst du?«

»Ich weiß es nicht. Seit heute Abend weiß ich nichts mehr.«

Wir schwiegen eine Zeit lang und sahen Herbert zu, der ins Weite blickte und sich sicher seine ganz eigenen Gedanken machte.

»Tom?«, sagte Josefine.

»Ja?«

»Ich habe dich angelogen. Es tut mir leid.«

»Angelogen?« Oh ja, Kleines! Das hast du! »Womit denn?«

»Ich habe dir gesagt, dass er keine Drogen nimmt. Das stimmt nicht, er …«

»Halt! Du hast nicht gesagt, dass er keine Drogen *nimmt*. Du hast Manni beigepflichtet, als der mir weismachen wollte, Wagner *dealt* nicht mit Drogen! Das ist etwas anderes.«

»Er drückt Heroin. Deshalb ist er manchmal so scheiße drauf!«

Ich fiel aus allen Wolken. »Heroin? – Nein, Jo, das glaube ich dir nicht!«

»Ich spinn dich echt nicht an.«

»Aber … dann müsste man doch Einstichstellen sehen, oder?«, fragte ich hoffnungsvoll.

Ihre dunklen Augen sahen mich traurig und verzweifelt an. »Was meinst du, warum Wagger so'n buntes Tattoo hat?«

Ich hatte das Gefühl, mein Herz bliebe stehen. Diesmal log sie nicht, das war mir klar. Die Einstiche, verborgen zwischen Schuppen und Flügeln eines Fabeltieres. Ich konnte es nicht fassen! Ich hatte unzählige Male auf diesen Arm geschaut und nichts gemerkt.

»Du hast das gewusst?«, fragte Jo.

»Nein! Überhaupt nicht! Ich habe nichts gesehen! Eine Tätowierung! Wer ahnt denn sowas?«

»Das meine ich nicht! Das Dealen meinte ich.«

»Wissen ist zu viel gesagt. Ich habe es vermutet. Er kennt wahnsinnig viele Leute aus der Szene persönlich. Da kann er mir nicht erzählen, er kennt sie alle nur vom Sehen.«

»Nee, du, er nimmt das Zeug leider auch und ziemlich oft. Und er kann nicht damit umgehen und baut richtig Scheiße, wenn er zu ist, und … und ich glaube, er will das alles gar nicht … mit Herbert und so und … Tom? Tom, du bist sein Freund. Hat er mir heute Abend nochmal gesagt. Er mag dich, und er mag sonst kaum jemanden, nur entfernt so … und … Tom! Bitte hilf ihm! Er braucht dich! Echt! Bitte!« Sie stand von der Couch auf und kam auf mich zu. »Und ich brauch dich auch! Jetzt! Und ganz doll! Und sag bitte nicht wieder nein!«

Das tat ich nicht. Ohne zu überlegen sprang ich aus dem Sessel und hastete auf sie zu. Ich zerrte ihr das Shirt über den blauen Haarschopf und sie öffnete mit flinken Fingern die Knöpfe meines Hemdes.

In diesen Sekunden brachen sich meine Verwirrung, meine Wut, meine Enttäuschung, Bahn und entluden sich in einem sinnlichen Gewitter. Wie betäubt und doch hemmungslos ergriff ich von diesem Mädchen, das unter mir auf der fleckigen, quietschenden Couch lag, Besitz. In besinnungslosem Taumel nahm ich Wagners Rolle bei ihr ein.

Ich trank vom Nektar der frühen Jugend, tauchte ein in den schmächtigen Körper, und ahnte doch, dass ich ihren seelischen Verletzungen nur eine weitere hinzufügen würde.

Josefine erfuhr nicht das schmerzliche erste Mal, sie erwies sich als kundig, für ihre jungen Jahre viel zu erfahren, von fast mechanischer Routine. Ich fühlte, dass sie von verzweifelten Erinnerungen zu sehr gepeinigt wurde, als dass ihr der Vorgang lustvolle Freuden bereiten konnte.

Ich trug das meine dazu bei. Schnell und rücksichtslos tobte ich mich auf ihr aus und konnte nicht verhindern, mich nach kurzer Zeit in sie zu ergießen.

Während ich mich von ihr löste, traf mich die bittere Erkenntnis, mich an einem Mädchen vergnügt zu haben, das kaum älter als meine Töchter war. Es waren lustvolle und traurige Minuten gewesen, und als meine Erregung verflogen war, wurde mir klar, dass Josefine mich in verzweifelter Erwartung geliebt hatte, nein, nicht geliebt, sondern mir die Ermächtigung erteilt hatte, sie zu benutzen. Sie hatte mir einen Deal vorgeschlagen und mich zielgerichtet und egoistisch zur Freundschaft mit Wagner verpflichtet.

Sie waren einander Halt, er war ihre zweite Hälfte, sie war das Seil, das ihn mit dem Leben verband. Für ihn würde sie alles tun.

»Es tut mir leid, dass ich … In meinem Alter sollte man sich geschickter anstellen«, flüsterte ich ihr verschämt zu. Und meinte nicht oder nicht nur das Körperliche.

»Nicht schlimm! Es wird schon nichts passiert sein«, antwortete sie.

Doch! Es war zu viel passiert und ich trug die Schuld daran.

Wir schauten uns nicht an, als wir uns bekleideten, und auch wenn ich wusste, dass sie ihren Lügen eine weitere hinzufügen würde, fragte ich sie: »Die Narbe auf deinem Rücken …«

»Die habe ich von einem Sturz mit dem Fahrrad, als ich vier war. Es hatte geregnet und …«

»Jo«, sagte ich trocken, »es ist ziemlich ausgeschlossen, dass man bei einem Unfall mit dem Fahrrad … ach, vergiss es!«

»Nee, echt, Tom! Du musst mir glauben!«

Ich merkte, dass es ihr ziemlich egal war, ob ich ihr das abnahm.

»Bye, bye, Jo! Es war ein …« Ich bremste mich gerade noch.

Was ich auch gesagt hätte, es wäre falsch gewesen. Ich ging zum Fenster und schaute hinaus. Der Asphalt auf der Straße glänzte.

»Es hat geregnet.«

»Ja? Ich hab gar nichts gehört.« Sie sah mich an und lächelte. Ihr Lächeln war warm und echt.

Ich beugte mich zu ihr und meine Hand, die durch ihr blaues Haar fahren wollte, zuckte zurück. Trotzdem schloss sie die Augen und hörte nicht auf zu lächeln.

»Meinst du, Wagner wird …«, begann ich.

»Mach dir keine Sorgen, Tom! Morgen ist er wieder da und dann ist er so wie immer.«

Wie immer …

20

Eberswalde. Dienstag, 20. Oktober 2015

Nichts von dem, was Sie erzählen, ist mir neu. Ich bin absolut im Bilde.«

Kriminalhauptkommissar Hellmich, stellvertretender Leiter der Direktion AR, AR wie Analyse und Abwehr des Rechtsextremismus, des Staatsschutzreferats im Polizeipräsidium Eberswalde, war ein bemerkenswerter Mann. Sein rundes Gesicht mit dem grauen Schnauzbart unter der großen Nase, den großen Ohren und den schmalen Augen, die uns durch eine randlose Nickelbrille ansahen, erinnerte mich an Mahatma Gandhi. Der stets zu einem sanften Lächeln verzogene Mund verstärkte den Eindruck noch.

»Der Verfassungsschutz hat den Laden seit langem auf dem Kieker. Persönlich bin ich der Meinung, wir hätten die Handhabe, die ganze Mischpoke hochgehen zu lassen. Aber gewisse Kreise sind strikt dagegen.«

»Wir haben schon gehört, dass einige mächtige Leute ihre schützende Hand über Mühlbauer und Konsorten halten«, sagte ich, »aber das, was dort vor sich geht, kann doch von den staatlichen Stellen nicht einfach ignoriert werden.«

»Genau darum geht's!«, lächelte Hellmich. »Die Leute, die Sie meinen, sitzen in genau diesen staatlichen Stellen. Der Verein da drüben ist einfach zu groß geworden, Herr Sagnier! Die Leute, die Sie meinen, sind der Ansicht, dass ohne das Internat die Region quasi austrocknen würde. Arbeitslose noch und nöcher, Abwanderung, Vergreisung. Das möchte niemand in der Uckermark. Wer das in Kauf nimmt, heißt es, ist verantwortlich dafür, dass der ganze Landesteil braun wird. Die besagten staatlichen Stellen sind der Auffassung, hier gelte es abzuwägen.«

»Aber Herr Hellmich!« Anna schlug mit der flachen Hand auf den Schreibtisch. »Es geht hier doch nicht nur um Politik. Es geht darum, dass junge Menschen …«

Der Kommissar bremste sie. »Frau Hollmann, bitte! Ich habe Sie sehr wohl verstanden.« Das Lächeln auf seinem Mund war wie festgewachsen. »Das Problem ist nur … für diese Belange ist der Staatsschutz nicht zuständig.«

»Tatsächlich?« Auch wenn mir der Mann nicht unsympathisch war, ließ ich ihn persönlich meine Wut spüren. »Wer in diesem gottverdammten Staat ist denn zuständig? Unsere Anzeigen sind in den Papierkorb der Polizeiwache Klanzow gewandert, kaum dass Ihre Kollegen hörten, gegen wen sie sich richteten. – Herr Hellmich, da drüben wird Kindesmissbrauch in seiner übelsten Form betrieben, seit Jahren schon, und keinen Menschen interessiert das? Der Bruder von Frau Hollmann ist sicher nicht der Erste und nicht der Letzte, an dem sich dieser Verbrecher vergangen hat, und jetzt ist er tot. Tot, verstehen Sie? Er wurde gerade mal achtzehn!«

Der Kommissar hatte mich nicht unterbrochen und sah mich mit seinem Gandhi-Lächeln an. »Gemach, Herr Sagnier! Ich verstehe Sie und ich verstehe Frau Hollmann. Glauben Sie wirklich, ich hätte kein Interesse daran, diese Halunken hinter Gitter zu bringen? Seit Jahren sitze ich hinter diesem verdammten Schreibtisch, recherchiere, telefoniere, habe mir so viele Informationen beschafft, dass ich bald …«, er wies auf die gegenüberliegende Wand, »… einen neuen Aktenschrank beantragen werde, schreibe Berichte, mache Eingaben, weise an und hake nach. Und?« Achselzuckend hob er die Hände. »Glauben Sie, man hat mir inzwischen den großen Staatsschutzorden mit Eichenlaub verliehen? Ich will Ihnen ja helfen! Aber – wie ich schon sagte: Offiziell kann ich gar nichts machen. Und zunächst müssen *Sie* einsehen, dass wir diese Strolche nur aus dem Verkehr ziehen können, wenn wir Beweise haben. Beweise, verstehen Sie? Es ist nämlich nicht so, dass die gesamte Polizei und alle Politiker die Augen verschließen, wenn es um Mühlbauer und seine Spießgesellen geht. Es fehlen einfach die Belege! Das betrifft den Missbrauchsverdacht genauso wie die Verstöße gegen demokratische Werte. Diese Spinner da drüben schotten sich hermetisch ab, aus den Eltern der jungen Leute kriegen wir nichts raus, und sie selbst halten sich schon für die Elite, kaum, dass sie ein paar Tage dort sind. Nichts zu machen! – Moment, bitte!«

Behände kam er hinter dem Schreibtisch hervor, ging mit schnellen Schritten zur Tür und rief hinaus: »Wolter? Wie weit sind die mit dem Automaten? … Hm! Seien Sie doch bitte so freundlich und fragen noch mal nach, ja? … Dann drei.« Er drehte sich zu uns. »Sie trinken doch Kaffee, oder? … Gut. … Also drei, Wolter. … Ach so, ja! … Jemand Milch oder Zucker? … Zweimal Milch, einmal Milch und Zucker. … Danke, Wolter!«

Er ging wieder hinter den Tisch und ließ sich mit Schwung auf den Drehstuhl nieder. Ohne nachdenken zu müssen, nahm er das Gespräch an der passenden Stelle wieder auf. »Aber vielleicht haben Sie die ersten wichtigen Hinweise geliefert. Wenn das mit der manipulierten Software stimmt und Mühlbauer sie wirklich an andere Schulen bringen will, hätten wir ein Pfund in der Hand und einen Fuß in der Tür.«

Wieder kam er hochgeschossen und rannte zur Tür. »Wolter? – Sagen Sie, ist unser Mann vom BKA schon eingetroffen? … Wunderbar! Können Sie ihn bitte gleich herbestellen? … Super! – Äh, was ist mit dem Automa…? … Endlich repariert? Fein!« Er rieb sich die Hände und war ohne Frage in seinem Element.

»Dieser Mann ist nämlich Psychologe, Profiler und deutschlandweit der einzige Polizist, der sich mit Wahrnehmungspsychologie befasst. Gottlob ist er mit der entsprechenden Technik ausgerüstet.«

»Wie gesagt, Zielinski, wenn Sie das hinbekämen, wären wir schon ein großes Stück weiter.«
Hellmich rührte mit einem umgedrehten Bleistift in seinem Kaffee.

»Ich habe mir das Material schon angeschaut. Es ist faszinierend und furchterregend!« Eugen Zielinski war ein nüchterner Zeitgenosse, der sich für die kommenden Aufgaben rüstete, indem er zunächst mit Akribie seine Brille putzte. Dann hielt er sie gegen das Licht, nickte zufrieden und setzte sie wieder auf. Große braune Augen schauten uns durch blankpolierte Gläser an. »Ich behaupte mal, Sie haben ins Wespennest gestochen.«

»Davon sind wir überzeugt«, nickte Anna. »Die Reaktionen der Kinder haben kaum einen anderen Schluss zugelassen.«

»Verstehe«, sagte Zielinski. Er wandte sich wieder an den Kommissar. »Ich habe im Wagen alles Notwendige, Herr Hellmich. Wenn Sie dafür sorgen würden, dass ich mein Equipment irgendwo aufbauen könnte …«

»Kein Problem!« Hellmich lief zur Tür und riss sie auf. »Wolter! Machen Sie doch bitte einen Raum ausfindig, in dem wir uns ausbreiten können und in dem wir nicht gestört werden. – Und … könnten Sie irgendwo einen Löffel auftreiben?«

»Auf dieser Scheibe befindet sich Unterrichtsmaterial zum Thema Geschichte. Passen Sie jetzt bitte genau auf! Ich zeige die Sequenzen zuerst so, wie sie auch die Schüler sehen.«

Gebannt sahen wir auf den klobigen Monitor.

Es erschien das dicke Männchen, das wir schon kennen gelernt hatten, und erzählte uns mit seiner Homer-Simpson-Stimme, dass wir uns in Eisenach zu Beginn des sechzehnten Jahrhunderts befänden. Dann zeigte er auf eine Anhöhe, auf der außer Büschen und Sträuchern nichts zu entdecken war. *Und hier haben wir die berühmte … Nanu?!* Das Männchen schaute sichtlich verwirrt um sich. *Hier muss sie doch irgendwo sein!*

Plötzlich tauchte eine Gruppe putziger Gestalten in blauen Overalls auf, mit langen Schnurrbärten, roten Kappen auf dem Kopf und stampften in null Komma nichts eine gewaltige Burg aus dem kargen Boden.

Ah ja, sagte das Männchen, *hier haben wir sie – die Wartburg!*

Die Anleihen an die Computerspiele *Sim City* und *Super Mario* waren nicht zu übersehen, die Grafik allerdings war noch wesentlich besser, schlicht atemberaubend.

Homer Simpson gab einen gerafften Ausriss aus dem Leben

und Wirken Martin Luthers. Er benannte die wichtigsten Stationen, und als er im Jahre 1517 landete, sehen wir den Reformator vor der Tür der Wittenberger Schlosskirche stehen, einen Hammer und einen Karton mit Blättern in der Hand. Luther geht nicht sofort zu Werke, sondern drückt, höflich wie er ist, auf einen Klingelknopf. Da sich niemand meldet, zuckt er die Achseln, greift in die Tasche seiner Kutte, holt eine Handvoll Nägel heraus und steckt sie zwischen die Lippen.

Wie er jetzt ein Blatt nach dem anderen an die Tür nagelt, dabei den Inhalt seiner Thesen aus zusammengepressten Lippen wiedergibt – es war unglaublich witzig gemacht.

Als Clou dreht er sich einmal um, sieht uns bei den historischen Worten *Hier stehe ich und kann nicht anders* an und schlägt sich mit dem Hammer prompt auf den Daumen.

Hellmich lachte herzlich, und auch Anna setzte ein Lächeln auf.

»Soweit ich weiß, gehört das Zitat an eine andere Stelle«, sagte ich.

»Warten Sie ab«, schmunzelte Zielinski.

Homer stellte jetzt verschiedene Fragen. Dabei mühte er sich von der Burg hinunter in die Stadt, was ihm bei seiner Körperfülle einige Mühen bereitete. Am Wegesrand standen Schilder mit möglichen Antworten und der Schüler hatte nun die entsprechenden Tasten zu drücken. Wenn er Luthers Nuscheln die richtige Antwort entnehmen konnte, durfte er weiterlaufen, wenn nicht, stürzte er mit gellendem Schrei einen Abhang hinunter.

Eine der Fragen lautete: Bei welchem Anlass spricht Luther den berühmten Satz *Hier stehe ich* … wirklich?

»Na, Herr Sagnier?«, lächelte Hellmich.

»Oh! Das war … ja, der Papst belegt Luther wegen Ketzerei mit seinem Bann. Luther aber verbrennt die päpstliche Bulle und wird aus der Kirche ausgeschlossen. Der Kaiser gibt ihm die Gelegenheit, zu widerrufen, was Luther verweigert. Er beruft sich auf sein Gewissen und wirft dem Kaiser den berühmten Satz an den Kopf.« Vielleicht sollte ich noch einmal zur Schule gehen, dachte ich. Ich könnte locker mithalten.

»Donnerwetter!«, staunte Hellmich grinsend. »Ihre Krimis scheinen ja eine beachtliche Bandbreite zu haben.«

Dann stoppte die Sequenz, und der Schüler, wenn er alle

Antworten richtig gegeben hatte, empfing die Gratulation des schnaufenden Homer.

»Aber – da war ja gar nichts!« Anna war sichtlich enttäuscht. »Kein Piepen, keine Blechstimme – nichts.«

»Richtig!«, antwortete der Mann vom BKA. »*Da* nicht! Es geht sofort weiter.« Er drückte eine Taste und Homer, der sich vom anstrengenden Abstieg etwas erholt hatte, schnippte einmal mit den Fingern, und die Kulisse änderte sich schlagartig.

Jetzt befanden wir uns in einer schmuddeligen Gegend, einer Slumsiedlung im Chicago der Neunzehnhundertsechziger Jahre, wie uns Homer voller Unbehagen berichtete.

Kinder in abgerissener Kleidung sitzen vor einem Hauseingang, zu dem Homer uns hereinwinkt, wobei er sich dezent die Nase zuhält. Wir erklimmen eine schmale, wackelige Treppe. An den Wänden sind dunkle Urinflecken zu sehen, das Treppenhaus scheint kurz vor dem Einsturz zu stehen. Dann klopft Homer an eine Tür und ein Farbiger öffnet sie. Öffnet sie auf allen vieren und schaut zu uns hoch! Es handelte sich unverkennbar um Martin Luther King, den Bürgerrechtler. Die Animation verunzierte ihn mit einer grotesk dicken Unterlippe, sein Oberlippenbart wuchs ihm zur Nase hinein und die Augen unter wulstigen Brauen berührten nahezu seine Ohren.

Mit einer unangenehm schleppenden, schnarrenden Stimme sagt die Figur von unten herauf: *If you can't fly then run, if you can't run then walk, if you can't walk then crawl, but whatever you do you have to keep moving forward.*

»Stoppen Sie das bitte, Zielinski!«, rief Hellmich. »Das ist ja nicht auszuhalten!«

Zielinski drückte eine Taste. »Dabei werden die Zitate sogar richtig wiedergegeben.«

»Wozu gibt es dann noch versteckte Signale? Wozu noch Bilder im Sekundenbruchteil? Der Rassismus liegt ja offen zutage! Das wird nicht mal ein Kind ernst nehmen!«

»Das ist das Perfide an der Methode!«, sagt Zielinski. »Computerspiele, Animationen, also alles, was künstlich erzeugt wurde und auch so aussieht, *wird* nicht ernst genommen, richtig! Ballerspiele werden ja – zum Glück! – selbst vom größten Dummkopf nicht als real empfunden. Aber wenn man Vergleichbares oft genug sieht, erzielt es im Gehirn seine unfehlbare Wirkung. Auch wenn man zuerst darüber lacht. – Und *so* leicht wird es uns ohnehin nicht gemacht. Die wirklich schlimmen Sachen kommen später.«

Hellmich starrte ihn an und schüttelte den Kopf. »Machen Sie weiter!«

Wie Zielinski andeutete, nahm die Animation zunächst eine andere Wendung. Homer gab verschämt lächelnd zu, dass es sich bei dieser Sequenz um eine Karikatur handelte, die der Schüler bitte nicht ernst nehmen solle.

Ich schluckte. Die Niedertracht war wirklich unglaublich!

Dann aber schlug der Dicke wieder in dieselbe Kerbe wie anfangs und verglich den Reformator Luther mit dem Aufrührer (!) King.

Letzterer habe sich bei dem Mann aus Eisleben nicht nur den Namen entliehen, sondern auch die Idee mit den Thesen abgekupfert. Am zehnten Juli 1966 habe er eine Menschenmenge zum Rathaus Chicagos geführt und dort unter großem Jubel achtundvierzig Thesen an die metallene Eingangstür geklebt. Pamphlete, die die Rassentrennung anprangerten.

Die Fakten stimmten, wie Zielinski versicherte, Homers Stimme klang wertfrei, aber der Tenor war eindeutig: Der weiße Mann zeigt dem Neger, wie es geht! Er ist ihm schlicht überlegen! Und es ist an ihm, dem weißen Mann, über das Schicksal des schwarzhäutigen zu befinden. Wohl und Wehe des Farbigen hängen vom Gusto des Weißen ab.

Und jetzt kam es!

Ein leiser Piepton drang in mein Ohr. »Achtung!«, rief Zielinski. »Schauen Sie hin! Ganz genau!«

Nichts! Es war nichts zu sehen. Dafür begann Homer, Fragen zu stellen, und die unheimliche, metallisch klingende Stimme ergänzte: *Lösungsansatz A …*

»Nichts zu entdecken, richtig?« Zielinski drückte auf eine Taste und fuhr mit dem Mauszeiger zurück auf einen Zeitpunkt in der Bildleiste, den er in einem kleinen Notizbuch festgehalten hatte. Dann drehte er an einem Rad auf einem angeschlossenen, merkwürdig aussehenden Gerät und schaute auf eine digitale, rotleuchtende Anzeige, die weit in den Millisekundenbereich reichte.

»Und jetzt nochmal das Ganze!« Wir sahen noch einmal den

letzten Teil vor dem Pfeifton, und kurz nachdem der erklang, stoppte Zielinski und tippte in schneller Folge auf eine Vertiefung in dem Rad.

Dann sah ich es! An derselben Stelle, wo ich vorher vielleicht ein kurzes Zucken auf dem Bildschirm sah – aber wahrscheinlich hatte ich mir selbst das nur eingebildet – nahm ich jetzt ein Bild wahr, das mein Unterbewusstsein nach den Worten Aminas womöglich schon längst abgespeichert hatte. Eine Gestalt in einer weißen Kutte mit einer lächerlichen weißen Zipfelmütze vor einem brennenden Kreuz. Und an diesem Kreuz hing ein Mann. Das war's! Dann war es vorbei.

Ein gruseliger Moment! Trotzdem, ich hatte etwas Spektakuläreres erwartet. Auch Anna schaute irritiert.

Zielinski stoppte die Aufzeichnung. »Ich sehe Ihnen an: Sie fanden es nicht so bedeutend. Ich versuche, es Ihnen zu erklären. Die Zeit für so einen Clip ist wirklich enorm begrenzt. Längere Sequenzen könnte das Hirn dem Auge signalisieren; Sie sähen sie ganz bewusst, und das ist nicht beabsichtigt. – Die jungen Menschen auf dem Internat – und nach dem, was ich gesehen habe, gibt es bei mir keinerlei Zweifel – werden pausenlos mit solchen Schnipseln traktiert, genau gesagt ihr Unterbewusstsein. Die Menge macht's, sage ich mal salopp. In diesem speziellen Fall …«, er zeigte auf den Monitor, »… ist mir eins aufgefallen. Ich habe mir eine ganze Reihe von Bildern über den Ku-Klux-Klan angesehen. Es gibt hunderte mit brennenden Kreuzen, aber nicht ein einziges, auf dem ein Mensch an diesem Kreuz hängt! Der Klan mordet mit der Schlinge! Verstehen Sie? Die Programmierer verstärken die Wirkung dieser kurzen Clips, indem sie drastisch überzeichnen.«

»Können Sie uns weitere Beispiele zeigen?« Anna schien nicht restlos überzeugt.

»Selbstverständlich!« Der Polizeipsychologe aktivierte die Daten einer weiteren Blu-ray.

»Hier geht es pauschal um die Umwelt. Klima, Wetterphänomene, Ernährung und so weiter. Es ist erstaunlich! Die haben jedem Thema etwas abgewinnen können, um die Kinder zu manipulieren. Erstaunlich und entsetzlich!«

Eine weitere Animation. Eine Insel irgendwo im weiten Ozean.

Zu den schmalzigen Klängen einer Hawaii-Gitarre schaukelt Homer in einer Hängematte zwischen zwei Palmen. Er doziert über das Meer, den Himmel und die Wolken. Die Sprache reicht von bildlicher Beschreibung bis hin zu Metaphern.

Plötzlich schießt er aus der Matte hoch, weil ihn etwas erschreckt hat. Er schaut nach links, seine Augen werden groß. Nach kurzer Zeit sehen wir es auch: Die Bugspitze eines Bootes schiebt sich ins Bild, begleitet von einem wilden Durcheinander von kreischenden, wüst schimpfenden Stimmen. Wir sehen halbnackte, schwarze Menschen, wir sehen ein Flüchtlingsboot!

Sachlich und mit Zahlen von UNHCR, dem Flüchtlingshilfswerk der Vereinten Nationen, untermauert, erklärt Homer, wie viele Menschen sich vor zwei Jahren auf den Weg nach Europa gemacht haben. Er fragt seine Schüler, aus welchen Ländern im Einzelnen 2015 die meisten Flüchtlinge kamen. Die Blechstimme nennt die Alternativen und Homer rüttelt an einer hohen Palme, von der Kokosnüsse mit den Namen infrage kommender Staaten fallen.

Ganz unvermittelt hörten wir den Piepton. »Da kommt sie!« Zielinski stoppte, drehte am Rad, tippte mehrfach und wir sahen die Riesenwelle eines Tsunami, der Boote zerschmetterte und über eine Mole donnerte.

»Diese Sequenz ist in vielerlei Hinsicht bemerkenswert«, sagte Zielinski. »Zunächst stellen wir fest, dass die Software offensichtlich immer auf den aktuellen Stand gebracht wird. Eine Fleißarbeit ohnegleichen! Der Clip selbst ist so angelegt, dass nicht nur die Flüchtlings- mit einer Monsterwelle in Zusammenhang gebracht wird – auch sprachlich! – sondern es wird dem Betrachter insbesondere vermittelt, dass die Gefahr, von dieser Welle überrollt zu werden, größer ist als bisher zu befürchten war! Nicht zufällig liegt das Männchen auf einer Insel, die sich erkennbar nicht im Mittelmeer befindet, sondern in der Karibik oder – man achte auf die Musik – noch weiter weg. Aber, sagt die Animation, die Gefahr kommt rasch näher! Die zivilisierte Welt möge sich hüten! Der Untergang ist nah! Und hier wird die Gefahr von Überfremdung geschickt vermischt mit Rassismus. Die Menschen in den Booten haben ihre dunkle Farbe ja keinesfalls von der Sonne.« Zielinski nahm seinen Kaffeebecher, stellte fest, dass er leer war und setzte ihn wieder ab. Sofort machte sich Hellmich auf den Weg zur Tür.

»Ich staune immer wieder, zu welchen Tricks die Hersteller dieser reizenden Lernsoftware greifen«, fuhr der BKA-Beamte fort. »Ist Ihnen aufgefallen, dass die Zahlen von UNHCR sich auf die weltweite Flüchtlingsbewegung beziehen und keineswegs nur auf die Menschen, die sich tatsächlich Richtung Europa aufgemacht haben? Bei näherer Betrachtung durchschaubar, aber sie setzen sich sofort und zunächst unbemerkt im Hirn fest.«

»Es ist kein Wunder«, sagte Anna, »dass die Schüler unter diesem Trommelfeuer an Manipulation in die Knie gehen.«

»Dabei«, ergänzte Zielinski, »handelt es sich ja nicht um Einfaltspinsel, sondern um hochintelligente junge Menschen. Ihr Pech ist, dass sie kaum über Erfahrung verfügen, wenig Wissen um Zusammenhänge haben und insofern leicht beeinflussbar sind.«

»Inwieweit wirkt das Elternhaus auf sie ein, Herr Zielinski?«, fragte ich. »Mir ist immer noch nicht klar: Kommen die Kinder mit einer vorgefertigten Meinung aufs Internat, einer rassistischen Prägung durch die Eltern, oder werden sie quasi weichgeklopft? Gegen ihren Willen?«

»Denk an die Rede von Mühlbauer, Tom«, sagte Anna. »*Kein Wort an die Eltern, meine Lieben! Die plaudern alles aus!*«

»Ich denke, das sagt alles. – Danke!« Zielinski nahm einen Kaffeebecher entgegen und trank einen Schluck. Hellmich drückte auch uns neue Becher in die Hand. Stirnrunzelnd schaute er in seinen und nahm den Bleistift vom Tisch. »Die Eltern werden sicher die gesamte Palette abdecken. Konservativ, gutbürgerlich, liberal – alles vertreten. – Herr Hellmich? Sie haben einige von ihnen gesprochen, richtig?«

Hellmich nickte. »Das war auch unser Eindruck. Was sie vereint: Alle sind gut betucht! Aber ohne Ahnung, was mit ihrem Nachwuchs geschieht.«

»Lassen Sie mich zum Abschluss den letzten Datenträger vorführen … Ach, bevor ich das vergesse: Ich habe, mehr zum Spaß, auch die Musik-CD, die man Ihnen geschenkt hat, untersucht. Versprochen habe ich mir davon nichts. Umso erstaunter war ich, als ich … Aber ich zeige es Ihnen einfach!«

Zielinski schob die CD in einen Player. »Erinnern Sie sich, Frau

Hollmann, Herr Sagnier, welche Stücke Ihnen das Schülerorchester vorgespielt hatte? Es reicht, wenn Sie mir die Komponisten nennen.«

Anna sah mich an. »Ja, das waren … Beethoven, Bach …«

Ich erwiderte ihren Blick. »Mozart, auf jeden Fall … Verdi, nicht?«

Sie nickte. »Ja. Mozart, Verdi, Bach, Beethoven … hm, einer fehlt noch. Es waren fünf.«

Zielinski schmunzelte. »Fünf? Wie die fünf Jahreszeiten?«

Anna lachte. »Richtig! Vivaldi!«

»Genau!«, ergänzte ich. »Die fünf waren es.«

»Merkwürdig!« Zielinskis Erstaunen war gespielt. »Auf der Scheibe sind *sechs*.« Er sah uns nacheinander an. »Aber – kein Wunder!« Er drückte die Starttaste.

Wir hörten das berühmte Eingangsglissando aus Gershwins *Rhapsody in Blue*. Anna lächelte versonnen. »Herrlich!«

»Leider nicht lange!«, rief Zielinski, um die Musik zu übertönen. Er spulte ein Stück vor. Dann hörten wir, was er meinte. Eine ruhige Passage setzte ein, aufgenommen von der Klarinette. Diese erzeugte plötzlich einen falschen Ton, ähnlich dem Fiepen eines Tieres. Ganz kurz nur! Dann lief das Stück normal weiter, wurde aber kurze Zeit später ausgeblendet.

»Haben Sie's gehört?« Zielinski hantierte wieder an seinem Spezialgerät. »Ich habe das Stück analysiert und gemerkt, dass unter die Tonspur tatsächlich ein Filmclip gearbeitet wurde. Also – noch einmal die Stelle.«

Auf dem Monitor sahen wir zunächst die grafischen Ausschläge der Töne, wieder das grässliche Fiepen, dann den Clip. Es war eine Sequenz, in der eine große Anzahl Ratten durchs Bild huschte. Die Nahaufnahmen vermittelten ein schauriges Bild, die langen glatten Schwänze der Nager hatten etwas Ekliges und Furchterregendes.

Zielinski stoppte die Aufnahme. »Ich konnte ermitteln, dass dieser Clip seinen Ursprung in dem Nazi-Propagandafilm *Der ewige Jude* hat. Seine Wirkung bezieht der Film aus der Kombination mit dem hasserfüllten Kommentar des Sprechers. An der gezeigten Stelle heißt es: *Sie sind hinterlistig, feige und grausam und treten meist in großen Scharen auf. Sie stellen unter den Tieren das Element der heimtückischen, unterirdischen Zerstörung dar – nicht anders als die Juden unter den Menschen.* – Wie der Jude Gershwin unter den Komponisten!«

Es wurde still im Besprechungszimmer des Eberswalder Polizeipräsidiums. Mir schmeckte der Kaffee nicht mehr, Anna hatte ein fahlweißes Gesicht, und Hellmich ging ans Fenster, um es weit zu öffnen.

Ich dachte an Wagner. Meinen jungen Freund Wagner, den Geigenvirtuosen. Ob er diese Scheibe gehört hatte? Hatte er gar an ihr mitgewirkt? Ich konnte es nicht glauben. *Er muss das doch gehört haben!* hatte er nach dem Konzert in der Musikhalle gesagt. *Warum hat er sie nicht zurechtgewiesen?* und Liu Yi gemeint, die einfach einen schlechten Abend gehabt hatte. Wie immer Wagner wirklich über Juden dachte, er hätte es sicher nicht hingenommen, dass jemand die *Rhapsody in Blue* verschandelt!

»Die nächste Scheibe behandelt die Litera…«

»Nein!«, rief Anna. »Es ist genug! Ich kann das nicht mehr sehen! Es tut mir leid, Herr Zielinski, aber das geht über meine Kräfte. Den Rest müssen Sie ohne mich machen!«

»Sie haben recht, Frau Hollmann«, sagte Hellmich. »Wir wissen jetzt, was wir wissen müssen. – Danke, Zielinski! Gute Arbeit!«

»Sehr gern!«, antwortete der Mann vom BKA. Er wandte sich an Anna. »Ich kann Sie gut verstehen. Herr Hellmich hat mir erzählt, wie Sie in diese Geschichte eingebunden sind, und es tut mir sehr leid.«

»Danke! – Herr Hellmich!«, sagte Anna. »Versprechen Sie mir, dass sie die Gangster zur Strecke bringen. Stoppen Sie diese Unmenschen! Tun Sie es um meines Bruders willen!«

»Versprechen kann ich Ihnen nichts.« Hellmich fasste sie vertrauensvoll bei den Schultern. »Aber ich versichere Ihnen, dass ich alles in meiner Macht Stehende tun werde, diesen Laden auszuräuchern. Was wir gerade gesehen haben, dürfte für ein Strafverfahren ausreichen.« Er lächelte Anna aufmunternd zu. »Und was den Missbrauchsverdacht anbelangt – ich werde bei den Kollegen Druck machen, dass sie sich dieser Sache annehmen.«

Sie nickte. »Danke!«

»Nur interessehalber«, fragte ich. »Was ist auf der dritten Scheibe zu sehen?«

»Es geht um Literatur und in sehr unappetitlicher Weise um Thomas Mann«, sagte Zielinski.

»Den homosexuellen Thomas Mann, nehme ich an.«

»Natürlich!«

21

Frankfurt. Freitag, 4. Oktober 2013

Mach dir keine Sorgen! hatte sie gesagt. *Morgen ist er wieder da.* Josefine irrte sich. Wagner blieb verschwunden. Zwar sei er am nächsten Tag noch einmal in der Wohnung gewesen, aber nur, um ein paar Sachen zu holen und sein Handy.

In den ersten Tagen nach unserer schicksalsschweren Begegnung telefonierte ich häufig mit Jo, aber sie konnte mir nicht sagen, wo er geblieben war. Weder hatte er sich bei ihr noch bei anderen gemeldet, mit denen sie in Kontakt stand. An sein Smartphone ging er nicht, so oft sie auch versuchte, ihn zu erreichen.

Sie beschwor mich, die Schuld nicht bei mir zu suchen. »Ich bin nicht mal sicher, ob er noch weiß, was er gesehen und gemacht hat. Ich glaub, er war so total zu, dass er nichts mehr gepeilt hat. Sonst wäre er nie im Leben auf Herbert losgegangen.«

Ich war anderer Ansicht als sie. Nach meiner Überzeugung hatte Wagner alles bewusst wahrgenommen und die Bilder, die für ihn schrecklich gewesen sein mussten, in seinem Hirn abgespeichert. Und ich gab mir, nur mir, die ganze Schuld. Ich war derjenige, der von sich hätte erwarten dürfen, einen kühlen Kopf zu bewahren und die Situation nicht auszunutzen.

Es war nicht nur diese Schuld, die auf mir lastete, sondern auch der schmerzliche Verlust eines Freundes. Josefine hatte mir gesagt, dass Wagner mich so, als Freund, bezeichnet hatte, und wahrscheinlich hatte sie in diesem Punkt nicht gelogen.

Katja fiel natürlich auf, dass Wagners Besuche ausblieben. Um ihren Fragen zu entgehen, bediente ich mich in meiner Not einer schäbigen Methode.

Josefine nämlich tat mir nicht den Gefallen, auf meine Anrufe zu warten, sondern wurde bald selbst aktiv. Mein Handy klingelte ein ums andere Mal, wenn Katja in der Nähe war und ich tat so, als liefere Wagners Freundin, von der ich meiner Frau beiläufig erzählt hatte, mir die neuesten Informationen von seiner Auslandsreise, die er mit Manni unternehme und die die beiden in verschiedene Länder führen sollte.

Die Notlügen führten dazu, dass ich zunehmend gereizter wurde. Gereizter und lustloser. An vielen Tagen ließ ich den PC unbeachtet, las nicht, tat überhaupt nichts außer Löcher in die Luft zu stieren.

Was ich tat: Ich begann zu trinken. Wo bei der Arbeit zuvor immer eine große Flasche Wasser oder eine Kanne Tee neben mir stand, war es jetzt Rotwein. Anfangs begnügte ich mich mit ein, zwei Gläsern und konnte Katja überzeugen, dass der Wein zur Entspannung beitrug. Sie zeigte Verständnis, wusste sie doch, dass mir das Schreiben inzwischen nicht mehr so leicht von der Hand ging wie in den vorangegangenen Jahren. Mehr Kummer machte ihr, dass ich oft vor dem leeren Bildschirm saß und nichts zustande brachte. Es war über die Jahre gängige Praxis geworden, dass meine Frau sich abends, wenn sie von der Arbeit kam, ein Kapitel vorlesen ließ und Vorschläge zu Inhalt und Formulierung machte. Das fand jetzt kaum noch statt.

Inzwischen staunte sie, abends dann und wann einen fertig gedeckten Tisch vorzufinden, verstand aber schnell, dass die ungewohnten Aktivitäten in der Küche ihrem Ehemann nur als Vorwand dienten, nicht am Schreibtisch zu sitzen.

Unsere Töchter, die sich in der Regel wie selbstverständlich über Brot, Salat und Obst hermachten, ohne selbst einen Finger bei der Zubereitung zu rühren, boten plötzlich ihre Hilfe an. Ich aber duldete niemanden in meiner Nähe und brauste auf, wenn Melanie und Jessica in der Küche auftauchten, bevor ihre Mutter da war. Mitunter reagierte ich so heftig, dass sie sich in ihren Zimmern verkrochen.

Auch Frau Schuster, die an manchen Tagen das Abendessen vorbereitete, was nicht zu ihren eigentlichen Arbeiten gehörte, war erstaunt, als ich sie immer häufiger aus der Küche komplimentierte.

Je länger ich nichts von Wagner erfuhr, desto angespannter wurde das Zusammenleben in der Familie. Meine Töchter, die jetzt mitten in der Pubertät standen, hatten unter dieser Doppelbelastung zu leiden. Wie es sich für ihr Alter gehört, fingen sie an zu zicken. Alles nervte sie, und sie wussten nichts mit sich anzufangen. Gerade jetzt, wo sie verständnisvolle Eltern brauchten, an denen sie sich reiben konnten, versagte der Vater auf der ganzen Linie und legte dasselbe Verhalten an den Tag wie sie. Alles ging ihm auf die Nerven, und er wusste nicht, was er machen sollte.

Nach einigen Wochen warf ich alles über den Haufen, kümmerte mich weder ums Essen noch ums Schreiben noch um die Mädchen, wenn ich sie nicht gerade wegen irgendwelcher Banalitäten zusammenstauchte.

Da wir uns den Luxus einer Haushälterin, die für das Mittagessen sorgte, sowie dreier Badezimmer leisteten, war es nicht schwer, einander aus dem Weg zu gehen. Und so begann ich, im eigenen Haus zu vereinsamen. Ich saß am späten Abend vor dem Computer, starrte auf den Monitor und versuchte zu zählen, wie oft der Cursor in einer Minute zuckte. Er zuckte hinter dem Wort *dann* oder auch *sagte, Doppelpunkt*. Und zuckte und blinkte. Denn nach *dann* kam nichts mehr, so wenig wie nach dem Doppelpunkt. Und wenn der kleine Balken aufhörte, auf der Stelle zu hüpfen, bewegte ich die Maus, und der Cursor nahm das Hüpfen wieder auf.

Der Cursor zuckte ungeduldig und ich trank. Nach zwei, drei Gläsern Wein begann ich zu saufen. Und nach jedem Glas, das mir Trost und Eingebung spenden sollte, wurde ich nur noch verzweifelter. Dann brauchte ich kein Glas mehr, sondern trank aus der Flasche. Und die Verzweiflung wuchs.

Ich schlief nur noch im Arbeitszimmer, und wenn ich irgendwann am Nachmittag erwachte und die leeren Flaschen sah, packte mich die Scham, und ich ließ sie heimlich verschwinden. Aber auch diese Mühe machte ich mir bald nicht mehr. Ich überließ es Frau Schuster, die Resultate meines nächtlichen Misserfolgs zu entsorgen, und mir war es egal, was sie dachte.

In der ersten Zeit zeigte Katja viel Verständnis für mich und ließ mich in Ruhe. Sie fragte abends auch nicht mehr, ob sie ein neues Kapitel zu lesen bekäme.

Erst als ich begann, Melanie und Jessica das Leben zur Hölle zu machen, fuhr sie aus der Haut, und wir stritten lautstark.

Die Mädchen entdeckten ihren Körper, und obwohl Katja sie mit den Veränderungen, die nun in ihm vorgingen, vertraut gemacht hatte, waren sie doch verwirrt. Die erste Periode mit ihren hygienischen Begleiterscheinungen kam über Nacht und mit ihr Probleme mentaler Natur.

Ich hatte mittlerweile jedes Zartgefühl verloren und machte deftige Bemerkungen, hänselte die beiden. Das Ergebnis war, dass sie sich kaum noch aus ihren Zimmern trauten oder den ganzen Tag mit Freundinnen herumhingen.

Wie sehr ich mich meinen Töchtern entfremdet hatte, wurde mir während einer vollkommen harmlosen Situation bewusst. Katja hatte Melanie eines Morgens in der Schule krankgemeldet, weil die Kleine heftiges Fieber hatte und im Bett bleiben musste. Da ich inzwischen auch das Rasieren vernachlässigt hatte und ein zentimeterlanger Bart meine Wangen zierte, riss ich mich an diesem Tage zusammen und schor mich. Die Tür des Badezimmers ging auf – obwohl ich drauf bestand, dass es ausschließlich für mich reserviert war – und meine Älteste kam herein. Sie trug nur ein Höschen und zitterte. »Kann ich mal aufs Klo?«, fragte sie leise. Ich sah sie an, und an normalen Tagen hätte ich bemerkt, dass sie ihren durchgeschwitzten Schlafanzug in der Hand hielt, um ihn in den Wäschekorb zu entsorgen. Ihr schmächtiger Körper glänzte vor Schweiß. Deshalb hatte sie den Weg zum nächstgelegenen Badezimmer genommen.

In meiner gegenwärtigen Verfassung konnte ich sie nur anstarren. Ich stellte weibliche Rundungen an ihr fest, bemerkte fassungslos, dass ihr kleine Brüste wuchsen, sie mit ihren zwölf Jahren die ersten unsicheren Schritte zum Erwachsenwerden unternahm.

Es kam mir nichts Besseres in den Sinn, als sie anzubrüllen. »Ihr habt doch ein eigenes Badezimmer! Und wie wäre es, wenn du dir etwas anziehst? Du kannst hier doch nicht pudelnackt durch die Gegend laufen!« Das hatte nichts mit der Angst eines Vaters zu tun, der sich um seine kranke Tochter sorgt, sondern entstammte einem plötzlich aufflammenden Schamgefühl. Dabei waren unsere Kinder seit Anbeginn so durch die Wohnung gelaufen, wie Gott sie schuf. Wir hatten großen Wert darauf gelegt, Melanie und Jessica ungezwungen aufwachsen zu lassen.

In den seltenen nüchternen Momenten, die mir blieben, taten meine Töchter mir leid, aber noch mehr tat ich mir selbst leid.

Die Spannung im Hause stieg ins Unerträgliche, und es war Katja, die eines Tages die Entscheidung herbeiführte. Sie kam ganz plötzlich in mein Arbeitszimmer und sagte mit ernster Miene: »Tom, wir müssen reden!«

»Wenn du meinst!«

»Es geht so nicht weiter! Du machst diese Familie kaputt! Es ist wohl besser, wir trennen uns.« Sie sprach ruhig, so als habe sie sich mit der Situation abgefunden. Gerade als ich zu einer Antwort ansetzen wollte, mich herauswinden wollte, kam der Satz, der meinen Atem stocken ließ. »Ich habe dir in der letzten Zeit alles nachgesehen, was du dir geleistet hast, aber dass du mich mit einem Mädchen betrügst, das kaum älter ist als deine Töchter, das ist wirklich der Gipfel!«

Ich starrte sie mit aufgerissenen Augen an und war unfähig, etwas zu sagen.

»Hast du das nötig? Ich habe ja schon öfter Torschlusspanik bei Männern erlebt, aber du bist nicht mal vierzig! Männer mit Mitte fünfzig suchen sich mit ihrer gerade volljährig gewordenen Geliebten eine Absteige, vögeln sie über ein verlängertes Wochenende und schenken ihr dafür das neueste iphone inklusive fünfjähriger Flatrate. Aber du? Das Mädchen ist vierzehn und … hör auf mit den Lügen von Wagners Freundin! Und wenn sie das wirklich ist, dann ist es noch schlimmer! – Ich weiß nicht, was mit dir los ist, Tom, aber ich denke, du bist von allen guten Geistern verlassen. Seit der Junge aufgetaucht ist, hat es keinen Sinn mehr, ein vernünftiges Gespräch mit dir zu führen. – Ich habe meine Eltern gefragt, sie haben nichts dagegen, dass die Mädchen und ich erstmal bei ihnen wohnen. Ich werde uns dann was Neues suchen.«

Ich konnte ihr nichts mehr entgegnen. Sie würde mir die Wahrheit nicht glauben. Nicht glauben, dass es anders war, und dass ich sie nicht betrog. Jedenfalls nicht so, wie sie glaubte.

Es war das Ende!

Und ich war inzwischen jenseits von Gut und Böse, sodass es mir ziemlich egal war. Mein ganzes Trachten galt der Suche nach Wagner.

Die Abreise Katjas, Melanies und Jessicas versetzte mir einen Stich, der keine zwei Tage währte. Mein Leben wurde wie das eines Junkies, der auf der Suche nach dem nächsten Schuss war.

Josefines Anrufe wurden seltener, auch sie hatte unter meinen Schimpftiraden zu leiden, die ich abfeuerte, als wenn sie Schuld daran trug, dass Wagner verschwunden blieb.

Ich erreichte seinen Freund Manni, der mir nicht weiterhelfen konnte und auflegte, als ich auch ihn beschimpfte. Immerhin sagte er mir noch, dass ich es bei Sonny in Frankfurt versuchen solle.

Was Wagner so oft nach Frankfurt trieb, war mir schleierhaft. Wenn ich ihn fragte, bekam ich eine ausweichende Antwort. Ich vermutete, dass er doch in Drogengeschäfte verwickelt war.

Die Anrufversuche unter der Handynummer, die ich von Manni erhalten hatte, schlugen fehl, und so fasste ich eines Tages den Entschluss, mich auf den Weg in die Mainmetropole zu machen.

Als ich Frankfurt erreichte, fiel mir ein, dass ich überhaupt keinen Anhaltspunkt hatte, wo Wagner zu finden sein könnte. Weder verfügte ich über Sonnys Adresse, noch hatte ich von Wagner jemals einen Hinweis erhalten, der mich weiterbringen würde.

Das letzte Telefonat mit Josefine hätte ich mir schenken können. Sie blieb einsilbig, gar schroff und behauptete, nie in Frankfurt gewesen zu sein und auch sonst nichts zu wissen, was mir weiterhelfen könnte.

Und so nahm ich mir ein Zimmer in einem Hotel und steuerte den Hauptbahnhof an, der in allen großen Städten als erste Adresse für den Drogenhandel gilt. Ich ging auf junge Männer zu, die herumstanden und zu warten schienen. Ob ich an Stricher geriet oder Drogenhändler – ich wusste es nie, denn meine Erfahrungen in diesen Fragen beschränkten sich auf meine imaginären Touren mit Kriminalhauptkommissar Fröhlich durch die Lasterhöhlen Hamburgs. Jetzt durfte ich endlich feststellen, wie wenig meine Romane mit der Wirklichkeit zu tun hatten. Nie hatte ich mir die Mühe gemacht, vor Ort zu recherchieren. Meine Kenntnisse hatte ich aus Gesprächen mit Polizisten, Sozialarbeitern, Politikern, aber die Stätten der Verbrechen, die Fröhlich stets und verlässlich aufklärte, hatte ich nie selbst in Augenschein genommen, mir nie ein eigenes Bild gemacht.

Ich richtete mich in Frankfurt ein, war den ganzen Tag unterwegs, sprach Menschen an, von denen ich annahm, dass sie mir weiterhelfen könnten – Drogendealer (mit der Zeit entwickelte ich eine gewisse Routine, sie zu erkennen) und andere junge Leute, die sich in Parks herumtrieben. Niemand kannte Wagner oder Sonny. Oder gar Rick.

Ich schlief wenig, war aber mit dem Trinken vorsichtig, wenn ich meine nächtlichen Streifzüge durch Kneipen und Diskotheken unternahm.

Nach einer Woche waren mir die Brennpunkte der Stadt vertraut, ich traf immer öfter auf Leute, die ich schon mal angesprochen hatte, sodass ich mir quasi einen Ruf erarbeitete. Was für ein Ruf das war, konnte ich mir ausmalen. Den ersten Gedanken, mich als Vater eines verschwundenen Sohnes auszugeben, hatte ich schnell verworfen. Wahrscheinlich wurde ich für einen Freier gehalten, der auf der Suche nach seinem favorisierten *lover boy* war.

Mehr und mehr reflektierte ich mein Tun und mein Verhältnis zu Wagner. Ich resümierte meine Erfahrungen mit dem Jungen und stellte mir die Frage, was es war, das mich so stark in seinen Bann zog.

Wahrscheinlich kommen nicht viele Menschen in die Situation, auf eine so außergewöhnliche Person wie diesen frühreifen Jungen zu treffen. Zweifellos war er ein Faszinosum. Seine schillernde Persönlichkeit, die Anziehungskraft, die er auf andere hatte. Trotz seiner Jugend hatte er einen Charakter von unerhörter Tiefe, mit Ecken und Kanten, war ein Mensch mit einer geistigen Schärfe und Klarheit, die weit entfernt von der unbefangenen Seele eines Kindes war. Er ließ mich nicht los.

Mit der Zeit überkam mich Müdigkeit. Ich wurde müde im physischen und psychischen Sinn. Die Suche nach Wagner und der Sinn der Suche nach ihm – sie laugten mich aus und lähmten mich. Meine Ausflüge, meine Nachfragen, meine Nächte in den Bars – alles wurde weniger und irgendwann gab ich die Suche auf und lag nur noch auf dem Bett, starrte an die Decke, fragte mich, warum da keine Risse zu sehen waren, keine abgelöste Tapete, kein Spinnennetz. Kommissar Fröhlich fiel immer etwas ins Auge, wenn er, am Leben und an den Menschen verzweifelnd, an die Decke seines billigen Hotelzimmers starrte, der Fliegendreck in der Kuppel der gelblich-trüben Lampe, das bunte, flackernde Licht vom Bordell gegenüber. Dieses Hotelzimmer hier hatte eine klinisch reine Decke, ohne Spinnenweben, weiß wie frisch gefallener Schnee.

Ich schaltete den Fernseher ein. In den Spätnachrichten wurde von einer Flüchtlingskatastrophe berichtet. Fünfhundert Menschen waren von einem vollkommen überladenen und brennenden Boot in der Nähe der Insel Lampedusa gesprungen, darunter viele Kinder. Über hundert von ihnen waren ertrunken, viele wurden vermisst.

Bilder von blauen Plastiksäcken an der Uferpromenade, in denen Leichen lagen, zeugten von der Tragik dieses Tages. Sie zeigten den ganzen Wahnsinn, sie legten Zeugnis ab vom Versagen der Politik in den reichen westlichen Staaten, die das Heft des Handelns skrupellosen Schleusern überließ, ihnen und den korrupten Potentaten auf dem schwarzen Erdteil.

Ein zweiter Filmbericht thematisierte den Bürgerkrieg in Syrien, zeigte grauenvolle Bilder von Menschen, die bei einem Giftgasangriff in der Provinz Ghuta nahe Damaskus erstickt waren, viele von ihnen Kinder.

Ferner Videos vom *Marsch der Truppen* des ISIS, wie ein Reporter mit aufgeregter Stimme vermeldete, durch die menschenleere Wüste. *Truppen?* Das Einzige, was ich auf diesen Bildern sah, waren blutjunge Mädchen und Buben, die, in Viererreihen marschierend, mit umgehängten Kalaschnikows und Stolz in den Gesichtern Spuren ihrer kleinen Füße im Staub hinterließen. Kerzengerade und eingeimpfte Losungen brüllend, defilierten sie an den Kameras vorbei, und ihre Augen sagten die Wahrheit. Augen, in denen die Angst zu sehen waren, Angst und Unverständnis.

Es waren dieselben Augen, die in den Gesichtern der Kinder zu sehen waren, die in den Ruinen der zerbombten Städte spielten, sei es in Damaskus, sei es in Aleppo, sei es anderorts. Überall, wo die gnadenlosen Schlachten tobten, gehörten die Kinder zu den ersten Opfern.

Es waren Augen, die in jungen Jahren mehr Grausamkeit gesehen hatten, als ein Mensch zu ertragen vermag.

Es half mir nicht, den Fernseher auszuschalten. Die dunklen, verzweifelten Augen der Halbwüchsigen verfolgten mich, bis ich in einen unruhigen Schlaf fiel.

»Ja, ich kenne Sonny.« Als ich schon alle Hoffnungen aufgegeben hatte, war ich eher zufällig an den jungen Mann geraten. In einem Café war ich mit ihm ins Gespräch gekommen, als er gerade in einem meiner Romane las. »Und auch Rick. Den müssen Sie sich wie den Hamburger Gangsterboss in Ihrem Buch vorstellen. Was immer Sie mit ihm zu schaffen haben – Seien Sie vorsichtig! Der Mann ist keine Romanfigur! Er ist sehr real und gefährlich!«

»Und Sonny?«

»Hat manchmal mit ihm zu tun. Drogensachen, soweit ich weiß. Aber sonst ganz okay.«

»Wo kann ich ihn finden?«

»Ist viel unterwegs. Aber am Wochenende können Sie ihn zuverlässig im *Batschkapp* treffen. Ein alternativer Rockladen in Eschersheim. Kennt hier jeder, den Schuppen.«

»Batschkapp? Klar!« Der Taxifahrer wusste sofort Bescheid. »Bist du nicht ein bisschen alt dafür?«

»Ich bin jung geblieben, Mann!«, entgegnete ich grinsend.

Endlich hatte ich eine Spur! Mit Glück würde ich diesen Sonny treffen, und über ihn könnte ich Wagner erreichen und ihm alles in Ruhe erklären. Die ganzen Missverständnisse ausräumen. Wie es sich unter Freunden gehört!

Sonny entpuppte sich als ein Mittsechziger in Hippieklamotten, aber mit dem Gebaren eines Teenagers. Er war hier bekannt wie ein bunter Hund und gehörte zu den ganz Umtriebigen. Während wir uns unterhielten, wurde er ständig von anderen angesprochen und hatte für jeden ein freundliches Wort.

»Ja, Wagner! Das ist schon 'ne Nummer!« Wir tranken ein Bier an einem Stehtisch außerhalb des Lokals. Die Musik einer Blues-Band drang leise aus dem Inneren, und ich fühlte mich wohler als in der Hamburger Diskothek, in die Wagner mich mitgeschleppt hatte. Es war zwar nur ein paar Wochen her, aber ich hatte jetzt schon ihren Namen vergessen. »Als Manni mir diesen Bengel vorstellte, wusste ich gleich, dass er für Rick ein gefundenes Fressen war. Sieht aus wie ein Windelkind, würde niemandem auffallen. Ideal für große Transporte. Und dann die Nummer mit dem Geigenkasten.«

»Geigenkasten?«

Sonny nickte. »Ja, der Typ hat die ganze Ware in seinen Geigenkasten geladen. Wär niemand drauf gekommen, da mal reinzuschauen.«

»Und was war das für eine Ware?«

Er stutzte und sah mich misstrauisch an. »Also, ich dachte, du wüsstest Bescheid.«

»Na klar!« Ich lachte und hoffte, so meinen Fehler auszubügeln. »Ich wusste nur nicht … na … so im Einzelnen, weißt du?«

Er nickte wieder. »Alles! Gras, O, Heroin. Was Rick eben so vertickt.«

»Das vertraut er Wagner ohne weiteres an?«

»Rick schwärmt geradezu von ihm. Der ist so was von zuverlässig! meint er immer. Der Bursche hat ihm die Kohle sofort und auf den Cent genau rübergereicht.«

»Und … wie stehst du zu Rick?«, fragte ich. »Machst du auch Transporte?«

»Ich? Nee, das war mal! Jetzt bin ich zu alt für solche Aufregungen. Das machen jetzt meine Kinder. Ich seh mich weiter nach zuverlässigen Lieferanten um.«

»Was meinst du mit *meine Kinder*?«, fragte ich erschreckt.

»Hab fünf!«, erklärte Sonny stolz. »Der älteste dreiunddreißig, die Kleinste wird nächsten Monat vier. Die verkauft natürlich noch nicht. Sind von drei Müttern. Ich liebe sie alle! Alle acht!«

»Fein!« Ich schüttelte den Kopf. »Und du lässt deine Kinder dealen?«, fragte ich ungläubig.

»Na klar!« Er lachte breit. »Nun tu mal nicht so entgeistert! Das bringt richtig Kohle, und Dope ist allemal besser als Saufen und Kriege führen.« Er sah auf seine Bierflasche. »Jedenfalls besser als andere totschießen.«

Ich musste über so viel Naivität lachen. »Ich weiß nicht recht!«

»Ist doch so! Ich meine … von H …«, *Ejtsch* zischte er fachmännisch, »… lass ich die Finger. Aber ’n anständiger Joint? Allemal!« Er sprach mit der Selbstverständlichkeit eines Dönerverkäufers. »Auf jeden Fall … wo dein Freund im Moment steckt, kann ich dir auch nicht sagen. Tut mir leid. Hab ihn schon lange nicht mehr gesehen. Schade! War immer lustig mit ihm. Hat er dir mal erzählt, dass er hier gespielt hat?« Sonny deutete zum Eingang des *Batschkapp*.

»Nein! Wirklich?«

»Und wie! Er hat die Leute zum Toben gebracht. Hier hat mal 'ne Band gespielt, Folk, so die Richtung, und die waren ein bisschen lahmarschig. Zum Einschlafen. Die hatten einen dabei, der spielte Violine. Hat er jedenfalls versucht. Da ist Wagner auf die Bühne gehüpft und hat den Jungs gezeigt, wo Bartel den Most holt.« Er ballte die Faust. »Soli vom Feinsten! Meine Fresse, was für'n Gig! Legendärer Abend, ich schwör's dir!«

Es wäre auch verwunderlich, dass er nur Klassik draufhat, dachte ich. Wieder bedrückte es mich, dass ich so wenig von Wagner wusste.

»Dann werde ich es mal bei diesem Rick versuchen«, sagte ich. »Kannst du mir seine Adresse verraten?«

»Du solltest erst anrufen. Aber sag nicht, dass du die Nummer von mir hast, okay? Hast du was zu schreiben?«

Ein Taxi brachte mich zur angegebenen Adresse. Ricks prachtvolles Appartement lag im Westend, dem nobelsten Viertel Frankfurts, hoch über den Dächern der Stadt.

Als ich die Gegensprechanlage betätigte und mein Anliegen vorbrachte, entgegnete eine schnarrende Stimme im Befehlston: »Kommen Sie rein!« Es surrte, und ich drückte die Tür auf. Im Erdgeschoss wurde ich von zwei Männern empfangen, denen die Bodyguards schon aus den Knopflöchern ihrer viel zu engen Anzüge schauten. Sie geleiteten mich in einem Fahrstuhl bis direkt aufs Dach, wo mir ein düster blickender Mann mit langem Pferdeschwanz entgegensah. Er hielt es nicht für nötig, aus seinem Liegestuhl zu kommen, der direkt neben einem großen Swimmingpool stand – hier, in luftiger Höhe.

Wir machten uns bekannt, und er schien sich über meinen Besuch nicht zu wundern.

»Sie sind nicht der Einzige, der diesen verdammten Bengel sucht«, blaffte er. »Er hat mich um Geld, um sehr viel Geld betrogen. Und Sie auch, hä? Gnade ihm Gott, wenn ich ihn erwische!

Und ich werde ihn erwischen, verlassen Sie sich drauf! Zwei meiner besten Männer sind hinter ihm her, und denen ist noch keiner durch die Lappen gegangen.«

Später sollte ich mich über meine eigene Kühnheit wundern, aber ich brachte es tatsächlich fertig, so zu reagieren, wie es Kommissar Fröhlich nicht besser gemacht hätte. Sogar ein verwegenes Lächeln schaffte den Weg auf meine Lippen. »Wie hat er Sie denn angeschmiert? Mich hat er um fünftausend Euro beschissen, der kleine Drecksack.«

»Fünftausend? Mann, wegen solcher Peanuts machen Sie so einen Aufstand? Fünftausend! Ich rede hier von einer sechsstelligen Summe!« Er machte große Augen. »Dieser Saukerl ist mit vier Kilo reinstem Koks unterwegs! Und ich Trottel hab ihm vertraut!«

»Vier Kilo! Das ist nicht ohne!« ließ ich den Experten durchschimmern.

»Allerdings! Wie konnte ich auch annehmen, dass ein Dreizehnjähriger solche Sachen macht.«

»Vielleicht ist er ja aufgehalten worden. Oder überfallen.«

»Der? Vergessen Sie's! Der ist viel zu clever! Nein, nein, das hat er selbst eingefädelt. Scheißtyp!« Er schoss aus der Liege hoch. »Aber ich kriege ihn!« Er schnappte sich seinen Bademantel. Dann grinste er. »Was zu trinken? – Hans!«, rief er einem seiner Leibwächter zu, »bring uns mal zwei Whiskey! – Ist recht? – Okay! – Setz dich zu mir!« Wir setzten uns auf die Liege.

»Wie lange kennst du Wagner schon?«, fragte ich.

»Wagner? – Ach so, ja! – Wir haben ihn immer Stradivari genannt. – Ich denke, seit gut einem Jahr.«

»Stradivari?«

Rick lachte. »Allerdings. Er hat den Stoff immer in einem Geigenkoffer durch die Gegend geschleppt. Wie ist er da wohl rangekommen? Er hat behauptet, mal Geige gespielt zu haben, und die sei ihm kaputtgegangen. Sie würde einem Freund gehören, und er wolle sie ihm ersetzen, meinte er. Deshalb wollte er die Touren für mich machen. Was für ein Spinner! Jedenfalls – der Koffer war ein gutes Versteck. Du weißt ja: Wo gesungen wird, da lass dich ruhig nieder …«

Ich nickte. »… Böse Menschen kennen keine Lieder.«

»Eben! Vor einem Jahr hat ihn ein Kumpel mitgebracht, und der

Kleine hat mir gefallen. Pfiffig war er, ein richtig ausgeschlafenes Kerlchen. Trotzdem – irgendwie merkwürdig! Ich hab gedacht, der müsste so sechzehn, siebzehn sein. Dreizehn! Wahnsinn! Zuerst hatte ich natürlich Bedenken, aber … Mann, den verdächtigt doch niemand! Kinder kommen doch überall durch! – War zuverlässig wie kein zweiter. Hat jeden Auftrag klasse erledigt. Holland, Luxemburg, Dänemark. Gab keine Grenzen für ihn. Rein, raus, zack, zack! Und nachher den Koffer immer bis an den Rand voll mit Zaster. – Mensch, warum dreht er auf einmal durch? War wohl diesmal zu viel Stoff. Kann man schon mal weich werden.« Er nahm die Gläser von seinem Leibwächter entgegen. »Prost, mein Bester! Wie war dein Name nochmal?«

»Prokopp. Matthias Prokopp.«

»Auf dein Wohl, Matthias.«

»Auf das deine, Rick.«

Er runzelte die Stirn und sah mich scharf an. »Wie bist du eigentlich an meine Telefonnummer gekommen?«

»Ein Freund von Wagner hat sie mir verraten.«

»Wusste gar nicht, dass Stradivari so schwatzhaft ist. Na, egal. – Sei es, wie es ist – wenn ich den Halunken zu fassen kriege, geht's ihm dreckig! Dreizehn hin oder her.« Er trank einen großen Schluck. »So was kann man sich in der Branche nicht erlauben! Mann! Acht Pfund Koks vom Besten! – Wie hat er dich denn beschissen?«

»Ach! Kein Vergleich! Ein paar Päckchen Cannabis.«

»Du, das summiert sich! Bald kann er sich wirklich 'ne Stradivari leisten, hä?« Er lachte. »Was mag so'n Teil kosten?«

»Na ja, ein paar Millionen, schätze ich. Aber genau weiß ich das auch nicht.«

»Ein paar Millionen? Echt?« Rick schüttelte den Kopf. »Ich glaub, ich bin in der falschen Branche.«

»Du nimmst das wirklich mit Humor, mein Lieber.«

»Täusch dich nicht!« Er verzog das Gesicht zu einer grimmigen Miene. »Bisher hat es noch jeder bereut, der mich gelinkt hat. – Nee! Das schafft er nicht! Das Geschäft ist zu groß für ihn. Auf eigene Faust kriegt er das Zeug nicht los.«

»Chef!« Hans kam im Laufschritt näher. »Chef, ich glaube, wir haben ihn! Aus Hamburg kommt gerade die Nachricht, dass er eine Schwester in Berlin hat! Die Adresse kriegen wir bald geliefert.«

»Ha! Berlin! Sag Eddy schon mal Bescheid, Hans! Wenn wir die Adresse haben, soll er sofort losschlagen!«

Eine Schwester in Berlin! Ich konnte ein Schmunzeln kaum unterdrücken. Typisch Wagner! Er führte jeden aufs Glatteis! Trotzdem – er war in Gefahr und ich musste ihn ausfindig machen, bevor Ricks Spießgesellen das schaffen würden.

»Ich muss dann mal weiterziehen, Rick. Ich wünsche euch viel Erfolg und wenn du den Halunken am Haken hast, gib mir bitte eine Nachricht, ja?«

Ich ließ mir einen Zettel geben, auf den ich eine Fantasie-Handynummer schrieb.

»Ist versprochen, Matthias! Freut mich, deine Bekanntschaft gemacht zu haben. Wir sollten in Verbindung bleiben. Vielleicht mach ich mal was in Hamburg. Was Großes mein ich!« Sein geringschätziges Lächeln begleitete mich zur Tür.

Noch am selben Tag checkte ich aus und nahm den nächsten Zug Richtung Norden.

22

Hamburg. Mittwoch, 11. November 2015

Als Fred Clausen mich in sein Büro bat, nahm ich an, er wolle mich an den längst fälligen Termin meines neuen Romans erinnern.

Ich hatte immer noch nicht den Mut aufgebracht, ihm zu sagen, dass ich trotz allem entschlossen sei, Kommissar Fröhlich endgültig in Pension zu schicken und dass ich an einem Roman über einen fünfzehnjährigen Jungen arbeitete, der zur Hälfte fertig war. Den einen Krimi würde ich noch schreiben und dann unwiderruflich Schluss machen.

Auf dem Weg zum Büro sah ich in der Empfangshalle drei Leute sitzen, eine Frau und zwei Männer, die mir unbekannt waren und die auf etwas zu warten schienen. Sie grüßten und ich ahnte, dass ihre Anwesenheit etwas mit mir zu tun hatte.

Clausen empfing mich mit düsterem Gesicht und kam ohne Umwege zur Sache. »Tom, vor einigen Tagen verriet mir mein guter Freund Frank Mühlbauer, Leiter des Internats Schloss Wallstein, dass Sie ihn bei der Polizei angezeigt hätten.«

Ich war wie vor den Kopf gestoßen. *Mein Freund Mühlbauer?* Ich starrte meinen Verleger an, unfähig, etwas zu sagen. Er kannte Mühlbauer? »Sie werfen ihm rechtsextremistische Umtriebe vor, Gehirnwäsche an Kindern sogar und, als Gipfel der haltlosen Unterstellungen, er dulde Kindesmissbrauch an seiner Schule.«

Endlich fand ich meine Sprache wieder. »Woher kennen Sie Mühlbauer?«

Er ignorierte meine Frage. »Thomas, wenn ich Sie nicht so lange kennen und Sie nicht als einen meiner vormals besten Autoren schätzen würde, würde ich Sie mit Schimpf und Schande vom Hof jagen! Wie können Sie so etwas machen?«

Vormals besten Autoren? »Aber …«

Mit einer Handbewegung wischte er meinen Einwand beiseite. »Kein Aber, Tom! Sind Sie denn von allen guten Geistern verlassen? Der Mann gehört zu den Pionieren einer revolutionären Bildungspolitik, deren Früchte in Kürze auch die Schulen hier im Westen genießen werden. Mühlbauer krempelt das ganze verstaubte Schulwesen um und gibt den Kindern endlich das, wonach sie sich die Finger lecken. Eine Verzahnung von Computerspielen mit Lerninhalten. Herrgott, wie ich die Kleinen beneide!«

»Fred, ich weiß immer noch nicht, was Sie mit Mühlbauer zu schaffen haben.«

»Das wissen Sie nicht? Sollten Sie aber, mein Freund, sollten Sie aber! Sie arbeiten schließlich für ihn.«

Ich sah Clausen an, als wenn er ein Gespenst wäre. Wovon, zum Teufel, redete er?

»Tom, Sie sind ein Träumer, ein Schlafwandler!«, ätzte er. »Sie sollten sich endlich mal um die handfesten Dinge kümmern, statt den lieben langen Tag zwischen Buchdeckeln zu hocken und zu schauen, ob vielleicht gerade ein Schurke um die Ecke biegt, auf den Sie Ihren Kommissar hetzen können. Schreiben ist nicht alles im Leben!«

»Ich weiß immer noch nicht, was …«

Er schnaubte. »Nein? Dann schauen Sie mal in Ihren Vertrag!

Da stehen die Namen der Eigner unseres kleinen, aber feinen Verlags. Und da steht auch ein gewisser Mühlbauer. Es ist an der Stelle nicht explizit ausgewiesen, aber er ist der Mehrheitseigner.«

Es dauerte eine Weile, bis ich die ganze Tragweite seiner Worte erfasste. Dann donnerte eine Lawine der Erkenntnisse zu Tal und begrub mich unter sich. Mühlbauer partizipierte an meinen Bucherfolgen, er schöpfte einen großen Teil meiner Verkaufserlöse ab und … und steckte sie in das Schloss! Ich war beteiligt an der Finanzierung eines rechtsradikalen Verbrechersyndikats, ich wirkte mittelbar an der Manipulation unschuldiger Kinder mit und half ungewollt einem Monster, sich an Minderjährigen zu vergehen!

»Ich hatte es Ihnen gesagt!«, rief Clausen. »Auf lange Sicht können wir ohne Mittel von außen nicht am Markt bestehen. Ohne finanzielle Einlagen gewisser Menschen könnten Sie heute vielleicht Wochenendkolumnen für das *Hamburger Abendblatt* schreiben. Auf jeden Fall müssten Sie kleinere Brötchen backen. Glauben Sie nur nicht, dass Ihre Manuskripte noch einen anderen Verlag finden. So gut sind sie nämlich nicht mehr! Oder um es deutlich zu sagen: Sie schreiben nur noch Schund, Tom! Und das merken wir an den Verkaufszahlen.« Clausen tippte mit dem Finger auf seinen Computermonitor, auf dem ich ein Schaubild sehen konnte, mit einer signalroten, kurvenreichen Linie, die unbeirrt den Weg Richtung Tastatur nahm. »Ja, Mühlbauer hat sich zum Glück mit einer großen Geldspritze beteiligt und hat jetzt einen Anspruch auf Rückzahlung. Wenn Sie nicht lesen, was Sie unterschreiben, ist Ihnen wohl auch entgangen, dass die Anteilseigner die gesamten Rechte an Ihren Werken übernehmen, wenn Sie einmal das Zeitliche segnen. Die früheren Romane laufen ja erstaunlicherweise immer noch gut.« Was sagte er da? Ich nahm mir vor, noch am selben Tag in meinen Vertrag zu schauen. Das konnte unmöglich sein! »So, und da Sie ja unbedingt wissen wollen, wie ich – zum Glück! – die Bekanntschaft Mühlbauers gemacht habe, sage ich es Ihnen. Vor einiger Zeit hat sich ein Bekannter von ihm – ein früherer Mitbesitzer und Mäzen des Internats – an ihn gewandt. Der war zu Kaisers Zeiten mal ein bekannter Dirigent und wollte seine Memoiren schreiben. Er suchte einen Verleger, bei dem er seinen Kram veröffentlichen kann.«

In meinem Kopf drehte sich alles. »Lassen Sie mich raten. Werner Assauer?«

»Ach, schau an! Das wissen Sie?«

»Ich habe es geahnt.«

»Aha. Jedenfalls scheinen Sie ihn zu kennen. – Ja, Assauer war damals auf der Suche nach einer Möglichkeit, eine Musikschule aufzubauen. Da kreuzten sich seine Wege mit denen Mühlbauers, der das alte Gemäuer in Brandenburg günstig erstanden hatte und dabei war, ein Internat zu errichten. Als vormaliger Verleger kannte er natürlich eine Menge Namen. Unter anderem meinen. Und so ergab das eine das andere.« Clausen drehte sich um und ging zu seinem Schreibtisch. Als er zum Telefon griff, fiel mir ein, dass ich seinen Hinterkopf vor nicht langer Zeit schon einmal gesehen hatte. Obwohl es noch früher Morgen gewesen war, hatte ich ihn erkannt und nur nicht gemerkt, dass es er war.

Er gehörte zu den Männern, die an der Parade im Schloss teilgenommen hatten!

»Ja, Sie können die Herrschaften jetzt hereinbitten«, sagte er. »Danke.«

Clausen stellte mir seine Gäste vor.

Ellen Ernst war eine attraktive Frau in den Dreißigern, Referendarin des brandenburgischen Innenministeriums, Abteilung Verfassungsschutz. Sie wirkte auf mich sympathisch, ihr Händedruck war fest und warm.

Ein kleiner, rundlicher Mann mit einem großen Kopf, der halslos auf seinen schmalen Schultern saß, grinste mich an, als er mir seine feiste Hand gab. »Guten Tag, Herr Sagnier!«, sagte er, und Clausen erklärte mir, dass es sich um Herrn Testorff handele, Mitarbeiter der Staatsanwaltschaft Brandenburg.

Mark Severin, Referendar im brandenburgischen Ministerium für Bildung, Jugend und Sport, war ein forscher, junger Mann mit großen Gesten. Er lachte viel und laut.

»Herr Sagnier«, begann Testorff nach einem kurzen höflichen Geplänkel, »Sie haben ja für einigen Wirbel gesorgt. Sie haben versucht, Staub aufzuwirbeln, wo keiner liegt. Vergleichbare Vorwürfe sind zu früheren Zeiten schon einmal erhoben worden und haben sich damals samt und sonders als haltlos erwiesen.« Seine wulstigen Finger vollführten einen nervösen Tanz. »Frau Ernst wird Ihnen bestätigen, dass penibelste Nachforschungen zu keinerlei Beanstandungen geführt haben.«

Die Angesprochene hakte ein. »Ganz so einfach, Herr Testorff, ist es nun auch nicht! Bei der Vorgeschichte Mühlbauers sind wir weiterhin skeptisch, ob sein Internat nach demokratischen Spielregeln geführt wird.«

»Und deshalb, Herr Sagnier«, fuhr Testorff unbeirrt fort, »nur deshalb, habe ich mir die Mühe gemacht …«

»… haben wir uns die Mühe gemacht …«, fuhr Ellen Ernst dazwischen, wobei sie dem Staatsanwalt einen unwilligen Blick zuwarf.

Der nickte lächelnd in ihre Richtung. »… sind wir Ihrer Anzeige nachgegangen und haben Ihre Angaben überprüft.«

»Und?«, fragte ich.

»Von verfassungsrechtlicher Seite – nichts!«, antwortete Frau Ernst.

Ich starrte sie an. »Aber … Ihr Kollege Hellmich ist der festen Überzeugung …«

»Der Kollege Hellmich, ja!« Testorff lachte kurz auf und schlug einen verächtlichen Ton an. »Der Kollege Hellmich, Herr Sagnier, ist ein unterbeschäftigter, überbezahlter, notorischer Stänkerer und Nestbeschmutzer, der einen persönlichen Feldzug gegen alle erfolgreichen Unternehmer zu führen scheint, besonders, wenn sie, wie Herr Mühlbauer, aus dem Westen kommen. Er gehört zu den Zeitgenossen, die vierzig Jahre im sozialistischen Dornröschenschlaf verbracht haben und denen die Umstellung auf die neue Zeit immer noch Schwierigkeiten bereitet.«

»Moment!«, rief ich. »Ich war dabei, als Herr Zielinski vom BKA …«

»Für den gilt Ähnliches!«, schnaufte Testorff. »Darüber hinaus haben wir es bei ihm mit einem ausgewiesenen Spinner und Taschenspieler zu tun, der sich mit seinen Tricks wichtig machen will. Aber die beiden Herren haben fortan keine Gelegenheit mehr, sich in Belange einzumischen, die von einer so erheblichen Tragweite sind. Entlassen können wir die beiden Herren Staatsdiener nicht, aber, glauben Sie es mir, die sitzen jetzt auf Pöstchen, wo sie kein Unheil mehr anrichten können. Die haben Sie ganz schön eingewickelt, Sagnier! Da sollten Sie in Zukunft vorsichtiger sein!«

Deshalb hatte ich wochenlang nichts von Hellmich gehört! Daher liefen meine Rückfragen stets ins Leere, und ich wurde telefonisch immer wieder vertröstet.

»Herr Sagnier!« Fast beschwörend redete er auf mich ein. »Nicht nur Sie, auch ich wurde Opfer dieser Herren. Hellmich hatte mich sogar so weich geklopft, dass ich einen richterlichen Durchsuchungsbefehl erwirkt habe. Und Sie können sich darauf verlassen – wir haben alles, was Sie in Ihrer Anzeige behaupten, untersucht und den ganzen Laden auf den Kopf gestellt. Nichts! Nichts! Blamiert habe ich mich! Die Datenscheiben wurden zu einem großen Teil geprüft, ganz normales Material.« Er grinste. »Und sehr witzig! Da wäre man gern noch einmal Schüler.«

»Vergessen Sie nicht die Causa Grabau!«, mahnte Frau Ernst.

»Wie werde ich denn, liebe Ellen! – Tja, Moritz von Grabau. Ein ganz besonderer Aspekt! In diesem Fall hätte es mich nicht gewundert, wenn Ihre Vorwürfe zutreffend gewesen wären. Ein recht zwielichtiger, unangenehmer Zeitgenosse!«

»Der Mann scheint mir nicht ganz richtig im Kopf!«, sagte die Verfassungsschützerin. »Dieser Tick mit den Katzen! Igitt!« Sie schüttelte sich.

»Und diese merkwürdige Marotte mit dem Kellerbüro! Gruselig! Aber im rechtlichen Sinne harmlos.« Testorff verzog das Gesicht. Als ich einen Einwand machen wollte, hob er die Hand. »Die weißen Kreuzchen, ich weiß. Von wegen Stative! Grabau wollte zwei neue Sessel bestellen, und da hat er schon mal Markierungen gemacht, wo sie stehen sollten.«

»Dreibeinige Sessel?«

»Ach, was weiß ich!« Der Staatsanwalt machte jetzt einen genervten Eindruck. »Sie sehen also: Auch die gegen seine Person erhobenen Vorwürfe entbehren jeglicher Grundlage. – Sturm im Wasserglas, Herr Sagnier! Man hat Sie aufs Glatteis geführt! Es ist nichts dran an Ihren Klagen. Nehmen Sie Ihre Anzeige einfach zurück, und alle haben ihre Ruhe.«

Clausen stand die ganze Zeit hinter seinem Schreibtisch und sah grimmig drein.

»Entschuldigen Sie, dass ich mich an dieser Stelle zu Wort melde«, sagte der junge Referendar aus dem Bildungsministerium und kam mit schnellen Schritten auf mich zu. »Herr Sagnier, ich bin seit langer Zeit ein großer Bewunderer Ihrer Romane und warte voller Ungeduld auf den nächsten! Man hat mir schon den Vorwurf gemacht, ich würde das ganze Ministerium mit dem Kommissar-Fröhlich-Virus infizieren.« Er lachte wiehernd. »Wissen Sie, dass ich Sie beneide? Wenn ich den Bruchteil Ihrer Fantasie hätte, wäre ich bestimmt auch Schriftsteller und müsste mir nicht tagein, tagaus in einer Behörde den Hintern plattsitzen. In der Tat, Sie verfügen über die Vorstellungskraft eines Kindes!« Er verfügte über Zähne, die so groß waren wie die eines Pferdes. »Und deshalb …«, schlagartig stellte er das Grinsen ein und sah mich intensiv an, »… gibt es nicht wenige in unserem Haus, die der Meinung sind, dass niemand so geeignet wäre wie Sie, an der fabelhaften Software des Schlosses Wallstein mitzuwirken. Kein Witz! Wir denken da an ein spezielles Lehrfach, das auf Ihrer Erfahrung als Krimiautor fußen und einem späteren Jurastudium dienlich sein könnte. Wäre das nichts für Sie? Das Ministerium könnte eine solche Tätigkeit großzügig bezuschussen. Und die Kinder im Internat hätten ein Fach mehr, auf das sie sich freuen könnten. Eine Software, in der sie Kommissar Fröhlich spielen *und* von ihm lernen könnten.«

»Clausen, Sie werden diesen Vertrag zerreißen, oder ich wende mich an die Medien! Spiegel, Stern, Panorama, was weiß ich! Für die ist das ein gefundenes Fressen! Oder – warten Sie! RTL am besten! Die wissen, wie man so was publikumswirksam aufzieht. Sind genauso wenig pingelig mit der Wahrheit wie die da.« Ich zeigte zur Tür, durch die Clausens Spießgesellen vor wenigen Minuten hinausgegangen waren.

Er ging an seinen Schreibtisch, holte eine Flasche Cognac und zwei Gläser heraus. Die hielt er gegen das Licht und schenkte ein.

»Wissen Sie, Tom, was ich an euch Schreiberlingen immer gehasst habe? Eure gottverdammte Selbstgerechtigkeit, euren unbezähmbaren Hang, den lieben langen Tag mit einem Heiligenschein durch die Gegend zu laufen, euren unterentwickelten Sinn für die Realität. Ihr verwechselt das Leben mit der Illusion, ihr denkt, die Märchen, die ihr anderen auftischt, hätten irgendetwas mit den Dingen da draußen zu tun. Ihr ereifert euch über Eiferer, statt den Nutzen zu sehen, den sie für uns haben können. Mühlbauer ist so ein Eiferer. Zudem ein Träumer, ein Spinner. Und da seid ihr wieder vom selben Fleisch! – Zum Wohle! – Ich mache Geschäfte mit dem Mann! Für mich gibt es außer denen meiner Frau nur zwei Kurven im Leben: Die eine geht nach oben, die andere nach unten.« Wieder zeigte er auf das Schaubild auf dem Monitor. »Meine zeigte nach unten, ich fand jemanden, den ich davon überzeugen konnte, dass es mir und vor allem ihm Gewinn bringt, wenn sie wieder nach oben zeigt. So einfach ist das! Du musst andere überzeugen, dass es gut für *sie* ist, wenn *du* Erfolg hast! Als Gegenleistung gibst du ihnen etwas, was für dich bedeutungslos ist, für sie aber ihr Lebensinhalt. Du willst ihr Geld, sie wollen ihre Träume! Ich schenke sie ihnen!«

»Sie machen es sich zu einfach!«, entgegnete ich. »Viel zu einfach! Auf Schloss Wallstein werden hunderte von jungen Menschen manipuliert. Das hat nichts mit Träumereien zu tun, sondern ist handfeste Machtpolitik! Mühlbauer will eine Elite heranzüchten, die irgendwann die Geschicke dieses Landes bestimmen soll, und es wird dann kein demokratischer Staat mehr sein, sondern an den erinnern, der vor siebzig Jahren Europa in Schutt und Asche gelegt hat. Aber wem erzähle ich das? Ich habe Sie bei dieser grässlichen Veranstaltung, die Mühlbauer *Tag des Rechten Weges* nennt, in der ersten Reihe gesehen und trotz der frühen Stunde sahen Sie nicht so aus, als ob Sie schliefen.«

Ich war erschüttert, als ich Clausen herzhaft lachen hörte. »Gut aufgepasst, Tom!«, sagte er und hob sein Glas wieder. »Aber das gehört sich auch so! Ich bin doch eingeschriebenes Mitglied! Ich versichere Ihnen aber, dass mich dieser ganze Zirkus nicht interessiert. Auf Fahnen gedruckter Idealismus war noch nie meine Sache. Wie war das? *Proud of my heritage*? So ein Schwachsinn! Wenn da stünde: *Proud of my business!* Einverstanden!«

»Sie sind ein gottverdammter Zyniker, Clausen! Ein Mistkerl!«

»Und Sie ein unverbesserlicher Idealist! Genau wie Mühlbauer, nur auf der anderen Seite. – Ich werde den Vertrag annullieren, und wir werden uns in gegenseitigem Einvernehmen trennen. Es ist wohl wirklich besser so! – Tom, Sie sind ein Trottel! Schauen Sie auf Ihre Kontoauszüge! Sie machen trotz des Auflagenschwunds mehr Kohle als vorher, und warum? Weil Sie durch das geänderte Firmenkonstrukt enorm Steuern sparen. Aber wenn Sie keinen Wert darauf legen – bitte! Reisende soll man nicht aufhalten!«

Als ich das Verlagsgebäude verließ, überfiel mich große Angst.

23

Tage vergingen, aus Tagen wurden Wochen, aus Wochen Monate, und meine Ängste wurden nach und nach geringer.

Jedenfalls die Befürchtungen, keinen neuen Verlag zu finden um weiter schreiben zu können.

Denn sie erwiesen sich als unbegründet – als mein Ausstieg bei Clausen sich in der Branche verbreitet hatte, kamen mehrere Verleger auf mich zu und boten mir einen Vertrag an. Dieses Mal sah ich sie alle genau durch – nicht noch einmal wollte ich auf einen Hasardeur hereinfallen.

Schließlich entschied ich mich für einen kleineren, aber alteingesessenen Verlag, einen, der als sehr seriös bekannt war. Der alte Verleger hatte sich vor kurzem aus dem Geschäft zurückgezogen, sein Sohn und Nachfolger sorgte dafür, dass mancher Staub aus den Bücherregalen geblasen wurde und das Unternehmen sich neu und frisch aufstellte. Zudem stimmte die Chemie zwischen uns beiden von Anfang an.

Was blieb, war die Sorge um meine Familie. Ich litt mehr und mehr unter der Trennung und hielt die Zeit für gekommen, mich nach der langen Zeit endlich bei Katja und den Mädchen zu entschuldigen.

Ich hatte sie von Zeit zu Zeit besuchen dürfen. Katja achtete immer darauf, dabei zu sein – mich mit den Mädchen nicht allein zu lassen.

Eines Tages bat ich Katja um ein Gespräch unter vier Augen. Nach langem Zögern willigte sie ein, und wir unternahmen einen langen Spaziergang an der Elbe. Dabei erzählte ich ihr die ganze Wahrheit ohne mich zu schonen. Erzählte ihr von dem

Nachmittag im Stadtpark, dem Abend in der Diskothek und sagte ihr, was in Josefines Wohnung geschehen war, ohne etwas zu beschönigen oder wegzulassen. Meine Frau ging still neben mir her, unterbrach mich selten, ließ mich einfach reden. Seltsamerweise hatte sie mich nie nach meinem Verhältnis zu Anna gefragt. Zu der jungen, überaus attraktiven Frau, mit der ich wochenlang unterwegs gewesen war.

Es war so erleichternd, Katja zu beichten! Viel zu lange war mir nicht klar gewesen, welches Glück ich mit dieser Frau hatte und wie sehr ich sie liebte. Ich wollte sie zurück und machte dabei nur den Fehler, keine Sekunde einen Gedanken daran verschwendet zu haben, ob sie den gleichen Wunsch hegte.

»Tom«, sagte sie, während wir auf die Schiffe sahen, die langsam die Elbe befuhren, »zweieinhalb Jahre sind eine lange Zeit, und du kannst nicht annehmen, dass sich nur dein Leben geändert hat, wobei ich mich natürlich über deinen neuen Vertrag freue! – Ich sag's ganz offen: ich habe einen anderen kennen gelernt, einen sehr netten, verständnisvollen Mann und ich bin mir noch nicht sicher, was ich im Innersten für ihn fühle. Ich suche noch. Die Mädchen mögen ihn, aber sie hängen natürlich auch sehr an dir. Was aus dem Ganzen wird, weiß ich noch nicht. – Ich freue mich, dass du ehrlich zu mir warst. Auf der anderen Seite gibt es keine Entschuldigung für das, was du getan hast, und das hat nicht nur mit mir zu tun. Das Mädchen ist vierzehn, Thomas. Vierzehn! Die Umstände spielen keine Rolle. Das werde ich dir nie verzeihen können!«

Auch die dritte meiner Befürchtungen blieb und wurde sogar immer größer.

Nach dem Gespräch in Clausens Büro, bei dem mir klar geworden war, dass man seitens staatlicher Stellen nicht auf meine Anzeige reagieren würde, wandte ich mich an die Presse. Für die Medien war das Thema natürlich ein gefundenes Fressen und sie schwärmten aus, um alles in Erfahrung zu bringen, was sich unter den Wachtürmen des Internats ereignete.

Sie schienen aber nicht voranzukommen. Ab und an erschienen Artikel in verschiedenen Publikationen, leider unfassbar dilettantisch abgefasst, voller Behauptungen und Mutmaßungen, die mit der ohnehin traurigen Realität nichts zu tun hatten. Mühlbauers Anwälte hatten keine Probleme, die unsauber recherchierten Meldungen zu widerlegen, alle Angriffe abzuwehren und die Gazetten zu Gegendarstellungen zu zwingen.

Und so zog sich ein zäher Kleinkrieg durch das Land Brandenburg, und auf Schloss Wallstein ging vermutlich alles seinen gewohnten Gang.

Was mich in dieser Zeit am meisten irritierte und enttäuschte, war, dass sich Anna immer mehr von unserem Kreuzzug, den wir einst für ihren Bruder begonnen hatten, zurückzog. Ihre Anrufe wurden seltener, und sie begann sich aus gemeinsamen Aktivitäten zurückzuziehen. Der Schriftwechsel mit den Behörden und der Presse – alles überließ sie mir. Bald war mir klar, dass ihre Begründungen zum Teil vorgeschoben waren (»Tut mir leid, aber ich habe soooo viel Arbeit!«).

Eines Tages rief sie mich an, um mir zu sagen, dass sie sich in den nächsten Wochen beruflich in New York aufhalten würde. »Tom, es ist so fantastisch! Ich habe eine Fotostrecke für Harper's Bazaar bekommen. Was für eine Chance! Verstehst du, ich muss mich im Moment voll auf den Job konzentrieren. Wir werden uns wieder ins Getümmel stürzen, wenn ich zurück bin, okay? Bye, bye, Darling!« und hatte aufgelegt.

Zuerst war ich wütend auf sie, aber irgendwann dachte ich: Wahrscheinlich hat sie recht! Sie ist jung und möchte ihr Leben leben.

Und Wagner würde nicht in Vergessenheit geraten. Dafür wollte ich sorgen. Ich setzte mich wieder an den PC und tippte die ersten Zeilen eines neuen Kapitels.

Auch wenn Alice nicht begeistert war – Vincent kam jetzt öfter ins Haus.

Die Worte flossen nur so aus den Computertasten. Ich schrieb, was ich erlebt hatte, schmückte nichts aus und stellte rasch fest, dass ich eine atemlose, eine aufregende Geschichte zu erzählen hatte. Ich änderte nichts, nur die Namen der handelnden Personen.

Als kurze Zeit später das Smartphone klingelte, war es nicht Anna, die anrief.

24

Auch wenn Alice nicht begeistert war – Vincent kam jetzt öfter ins Haus.

Die Mischung aus Unverfrorenheit und Nonchalance, die er aufbot, ging meiner Frau anfangs höllisch auf die Nerven. Ich hingegen war hingerissen von der unbekümmerten Art des Jungen, zumal er sich hütete, Alice über die Maßen zu reizen. Er war ein Meister in der Kunst, das Florett so zu führen, dass beim Gegner keine tieferen Verletzungen entstanden.

Behutsam setzte ich ein Wort hinter das nächste, ein Satz fügte sich zum anderen, die Kapitel bildeten logische, für den Leser nachvollziehbare und verständliche Einheiten, ohne dass die Geschichte an irgendeiner Stelle den Faden verlor. Ich löste mich vom Zwang, grausige Ereignisse würzen zu müssen, mich in blutige Details zu verlieren und absurde Kriminalfälle zu konstruieren.

Als das Smartphone klingelte, fuhr ich zusammen, so sehr nahm mich die Geschichte Wagners, die ich als Beteiligter aus nächster Nähe erzählen durfte, gefangen.

Auf dem Display erschien der Name Kröger. Georg Kröger. Wer, zum Teufel, war Georg Kröger?

»Herr Sagnier?« Die Stimme kam mir bekannt vor, aber ich konnte sie nicht zuordnen. »Kröger am Apparat.«

»Kröger … Kröger … Können Sie mir … ich komme im Moment nicht …«

»Sie kennen mich mehr als Albert«, sagte die Stimme. »Diener von Werner Assauer.«

»Albert! Schorsch! Aber natürlich! Entschuldigen Sie, Albert, dass ich nicht sofort geschaltet habe!« Dabei hatte ich am Tag zuvor gerade über ihn geschrieben. Nicht über ihn natürlich, denn auch seinen Namen hatte ich verfremdet. Trotzdem! Der jahrelange Alkoholmissbrauch ist wahrscheinlich nicht ohne bleibende

Schäden an deinem Hirn geblieben, sagte ich mir. »Schön, dass Sie sich mal melden! Ich wollte Sie schon längst … Haben Sie das Exemplar erhal…?«

Er schnitt mir das Wort ab. »Sie müssen mir helfen, Herr Sagnier!«

»Was gibt es denn?«

»Es geht um meinen Chef«, sagte er. »Herrn Assauer.«

»Ja?«

»Er ist tot!«

»Was??« Es verschlug mir die Sprache! Was redete der Mann da?

»Ja! Er wurde erschossen! – Können Sie schnell nach Aarhus kommen, Herr Sagnier?«

»Moment, Albert!« Ich holte tief Luft. »Bleiben Sie ganz ruhig! Erschossen, sagen Sie? Sind Sie ganz sicher?«

»Aber ja! Er liegt in der Küche. Mit einem Loch in der Stirn! Alles ist voller Blut!«

»Haben Sie einen Notarzt verständigt? Und die Polizei?«

»Nein!«, rief er. »Das geht nicht! Deshalb rufe ich Sie ja an!«

»Albert! Sie müssen die Polizei benachrichtigen!«

»Das kann ich nicht! Was glauben Sie, was die mit mir machen? Ich bin vorbestraft! Schon vergessen?« Seine Stimme klang ängstlich und bedrückt.

»Das spielt doch keine Rolle! Wenn das Ihre Angst ist: Warum sollten Sie ihren Arbeitgeber getötet haben? Jeder weiß, dass Sie ein gutes Verhältnis zu ihm haben. Hatten. – Sind Sie denn sicher, dass Assauer tot ist?«

Er lachte spöttisch. »Er ist nicht die erste Leiche, die vor mir liegt. Nee, nee, da bin ich ganz sicher.«

»Und warum rufen Sie mich an? Wie kann ich Ihnen helfen?«

Nach Sekunden, in denen ich nur das Rauschen in der Leitung hörte, sagte er: »Sie sollen mir helfen, ihn wegzuschaffen.«

»Wegschaffen? Wie meinen Sie das?«

»Na, irgendwo einbuddeln! Oder mit seiner Jacht untergehen lassen. Ich werde ihn dann als vermisst melden.«

Diesmal lachte ich. »Albert! Ich bin derjenige von uns beiden, der die schlechten Krimis schreibt. Nicht Sie!«

Er atmete tief ein und schwieg.

»Albert?«

»Also gut! Sie erfahren es ja sowieso. Ich habe ein Motiv.«

»Wie bitte? Was meinen Sie damit?«

»Anna war vor zwei Tagen hier. Sie hat mir etwas erzählt.« Er machte eine Pause. »Eine ganz fürchterliche Geschichte!«

»Anna? Bei Ihnen?«

»Ja. – Herr Sagnier, ich möchte das nicht am Telefon besprechen. Können Sie kommen?«

»Das sind dreihundertvierzig Kilometer mit dem Auto! Wissen Sie, wie lange das dauert?«

»Ja. Knapp vier Stunden«, sagte er. »Oder schneller. Sie fahren einen Jaguar, haben Sie mir gesagt.«

»Und was machen Sie in der Zeit mit Ihrem Chef? In den Kühlschrank legen? – Mann, schlagen Sie sich das aus dem Kopf! Rufen Sie die Polizei!«

Albert räusperte sich. Dann sagte er mit leiser Stimme: »Assauer hat sie vergewaltigt. Als sie elf Jahre alt war.«

»Es gibt etwas, das ich Ihnen seinerzeit nicht verraten habe.«

Wir saßen im Restaurant *Martino* und tranken einen Kaffee. Albert hatte mir während meiner halsbrecherischen Fahrt eine SMS gesendet, dass wir uns dort treffen könnten. Bei meinem Eintreffen sagte er, dass er umdisponiert hätte.

»Um ein Haar hätte ich Assauer in einen Plastiksack gesteckt und alles saubergemacht. Dann habe ich überlegt, dass ich vielleicht auf Sie warten solle. Panik ist kein guter Ratgeber. Der Polizei kann ich ja sagen, dass ich später nach Hause gekommen sei und ihn gefunden hätte. Ich wäre in Aarhus gewesen und hätte eingekauft. Das ist nicht mal gelogen. Ich fahre jeden Mittwoch zum Einkaufen. Diesmal hat es halt etwas länger gedauert.«

»Ja! Ja, klar!« Ich stand immer noch unter dem Eindruck des letzten seiner Sätze am Telefon. Mir war während der Fahrt vieles deutlich geworden. Annas Hass auf Wagners Vater, der nicht nur von seinem Umgang mit seinem Sohn zu tun gehabt haben konnte, sondern auch sie selbst betroffen hatte. »Dann ist doch alles in Ordnung! Dafür hätten Sie mich nicht gebraucht.«

»Es tut mir auch leid, dass ich Sie bemüht habe. Aber … mit Ihnen fühle ich mich sicherer, verstehen Sie?« Er sah mich traurig an. »Ich habe doch sonst niemanden! – Außer Anna.«

»Sie erinnern sich an Manuela? Das gepeinigte Mädchen, dessen Vater ich umgebracht habe?« Ich entsann mich dunkel der Geschichte, die Albert mir vor einem dreiviertel Jahr an gleicher Stelle erzählt hatte. »Sie und Anna gingen in eine Klasse und waren die besten Freundinnen. Anna ging bei Manuelas Eltern ein und aus. Schon bevor ich Elisabeth kennen lernte. Erstaunlicherweise hat sich Manuelas Vater immer zusammengerissen, wenn Anna da war, und nichts getrunken.«

Bei allem Elend musste ich lachen. »Barmbek ist ein Dorf. Ein kleines Dorf.«

»Sie sagen es! Was glauben Sie, wie ich gestaunt habe, als Wagners Mutter eines Tages hier aufkreuzte, um ihn zu besuchen und Anna an der Hand hielt. – Na ja, ich habe die Kleine genauso gern gehabt wie Manuela und als es später mit Elisabeth auseinanderging und ich sie nicht mehr gesehen habe, hielt ich weiter guten Kontakt zu Anna. Bis heute. Natürlich wusste Assauer nichts davon. – Ich nehme an, das hat Sie Ihnen nicht erzählt?«

»Mit keiner Silbe. – Und Sie denken jetzt …«

»Ich denke, die Polizei wird die ganze Verbindung aufdecken und mich verdächtigen, Assauer umgebracht zu haben.«

Ich nickte. »Da könnten Sie recht haben. – Armes Mädchen! Das ist ja ungeheuerlich!« Mit einem Schlag verstand ich, warum Anna bei verschiedenen Gelegenheiten so merkwürdig reagiert hatte. »Warum hat sie mir nichts erzählt?«

»Thomas! Bei allem Respekt!«, beschwor er mich. »Eine Frau, die solch ein Martyrium hinter sich hat, schweigt meistens aus Scham. Was glauben Sie, warum sie mir erst heute davon erzählt, wo ich sie doch schon so lange kenne und sie Vertrauen zu mir haben kann?«

»Was machen wir jetzt?«

»Wie spät ist es?«, fragte Albert. »Ich habe meine Uhr zu Hause vergessen.«

»Nanu? Ein so korrekter Mann wie Sie vergisst seine Uhr? Warum fragen Sie?«

»Frau Madsen bringt mir am Mittwoch immer Fisch. Ihr Mann hat einen Kutter und ist gegen fünf Uhr zurück von der Fahrt. Pünktlich! *Der* vergisst nie seine Uhr.«

Ich sah auf das Handgelenk. »Es ist jetzt zwanzig vor fünf.«

»Ich würde vorschlagen, wir warten noch eine halbe Stunde. Es wäre gut, wenn Frau Madsen …«

»Das können wir nicht machen! Die Frau bekommt einen Schock fürs Leben. – Sagen Sie: Haben Sie gesehen, ob es ein Raubmord war? Fehlt irgendetwas?«

»Ach, Thomas!« Mir fiel auf, dass er mich jetzt, wo Assauer tot war, beim Vornamen nannte. »Darauf habe ich nun wirklich nicht geachtet.«

»Das kann ich verstehen. – Jedenfalls fahren wir jetzt sofort los, um als erste am Tatort … Scheiße!«

»Was ist?«

»Warum bin ich eigentlich hier?«, fragte ich.

»Warum Sie hier sind?« Albert sah mich verständnislos an. »Na, um mir zu helfen und …«

»Das meine ich nicht. Was erzählen wir der Polizei, warum ich gerade heute in Aarhus bin?«

»Oh, verdammt!« Er schlug sich mit der Hand an die Stirn. »Daran habe ich überhaupt nicht gedacht.«

Ich überlegte eine Weile. Dann sagte ich: »Sie müssen allein fahren! Erzählen Sie der Polizei nicht, dass Sie hier waren. Ich glaube nicht, dass sie auf den Gedanken kommen, hier nachzufragen.«

Albert nickte. »Das wird das Beste sein!«

»Zischen Sie ab, Mann!«, drängte ich ihn. »Noch was! Ich nehme mir ein Zimmer in der Stadt und Sie rufen mich an, sobald Sie können. Morgen kann ich ja ganz offiziell auftauchen, um Ihnen zur Seite zu stehen. Alles klar?«

Sein Anruf kam um kurz vor zehn.

»Es ist alles gut gelaufen, Thomas! Aber ich habe Blut und Wasser geschwitzt. Die Polizei wollte ganz genau wissen, wo ich war und was ich in Aarhus gemacht habe.«

»Ist klar, Albert!«, antwortete ich im Kommissar-Fröhlich-Tonfall. »Reine Routine.«

»Das sagen Sie so! Ich war kurz davor, meine Einkaufsquittungen vorlegen zu müssen, auf denen ja die Uhrzeiten stehen. Da kam ein Beamter hereingestürmt mit einem Brief.«

»Ein Brief?«

»Stellen Sie sich vor!«, rief er aufgeregt. »Es war kein Mord!

Assauer hat einen Abschiedsbrief hinterlassen. Er hat sich umgebracht!«

»Was??«

»Ja! Er hat sich mit seiner Pistole in den Kopf geschossen.«

»Aber … er hat mir damals gesagt, Wagner habe ihm die Waffe gestohlen!«

»Alles gelogen! Mein Gott! Mit was für einem Mann habe ich da jahrelang unter einem Dach gewohnt!« Albert klang entrüstet, aber auch enttäuscht.

»An wen hat er denn den Brief adressiert?«, fragte ich. »Er hatte doch keine Angehörigen mehr!«

»An Anna! Er hat sie um Verzeihung gebeten und geschrieben, dass er so nicht weiterleben könne.«

»Woher wissen Sie eigentlich, was in dem Brief steht?«

»Ganz einfach! Da keiner der Polizisten deutsch konnte, hat man mich gebeten, den Brief zu übersetzen.« Ich hörte ein leises Glucksen.

Ich musste mich kurz sammeln. Was für eine unglaubliche Entwicklung! Plötzlich fiel mir etwas ein. »Albert! Wagner *hatte* eine Waffe! Anna hat sie in die Spree geworfen.«

»Äh … tatsächlich? Das muss eine andere gewesen sein. Sie kannten ihn ja! Für ihn war das nie ein Problem.«

»Ja! Das stimmt. – Ist Anna schon verständigt worden?«

»Ich habe den Beamten ihre Handynummer gegeben«, sagte er. »Sie ist schon auf dem Weg hierher.«

»Gut! – Bleiben Sie ganz ruhig, Albert! Es kommt alles in Ordnung!«

25

Berlin. Dienstag, 13. Juni 2017

Ich gratuliere Ihnen, Herr Sagnier! Ihr *Edelblau* hat den Preis wirklich verdient. – Übermorgen sind Sie in Berlin? Grüßen Sie bitte meine alte Heimat!«

Hübner, mein neuer Verleger, war das genaue Gegenteil von Clausen. Er war ein ruhiger Mann, sein Auftreten war bescheiden und zurückhaltend. Ich hatte sofort den Eindruck gewonnen, mich in die Obhut eines kompetenten Mannes begeben zu haben. Er hatte meinen Roman an zwei Lektoren weitergereicht und sich zudem einen persönlichen Eindruck vom Manuskript gemacht.

Zunächst brachte er das Buch in einer vergleichsweise kleinen Auflage auf den Markt. Meine Stammleser zeigten sich überrascht und irritiert, ein großer Teil wandte sich ab, aber ich gewann eine neue, begeisterte Leserschaft dazu.

Der erste Buchpreis, den ich einheimste, gehörte nicht zu den großen, aber ich war voller Stolz, denn endlich hatte ich es geschafft, zu meinen Wurzeln zurückzukehren und einen Roman mit einigem Anspruch zu veröffentlichen.

Ich drückte Hübner fest die Hand, lud ihn zu einem kleinen Fest am Wochenende ein und verließ das Verlagsgebäude.

Es war ein fantastisches Gefühl, ein in jeder Hinsicht neues Leben aufgenommen zu haben. Dem Alkohol und anderen Genussmitteln hatte ich endgültig abgeschworen, ging regelmäßig in ein Sportstudio und merkte, wie ich zunehmend fitter und wieder schlanker wurde.

Allerdings musste ich mich mit dem Gedanken vertraut machen, Katja endgültig verloren zu haben. Meine Töchter, die von Zeit zu Zeit bei mir aufkreuzten, versuchten zwar ständig, mir Hoffnungen zu machen, aber es waren seit der Trennung fast vier Jahre ins Land gegangen, und ich machte mir keine Illusionen mehr. Dagegen freute ich mich, dass mein Verhältnis zu Melanie und Jessica von Mal zu Mal besser wurde. Ich sah meine Töchter jetzt zu hübschen Teenagern heranwachsen, und zum ersten Mal in meinem und ihrem Leben tat ich etwas, das sie vorher an mir vermisst hatten: Ich nahm sie ernst.

Berlin, Mitte. Es war ein grauer Dienstag. Zwanzig Grad, Dauerregen, klamm, sehr ungemütlich für einen Junitag. Die Nässe kroch unter die Kleidung, und ich war froh, nach einem langen Tag mit zwei Lesungen ins Hotel gehen zu können. Vorher besorgte ich mir frisches Obst, das inzwischen einen festen Bestandteil meiner Ernährung ausmachte.

»Nimm lieber einen roten! Die schmecken besser.« Ein kleiner

Knirps stand plötzlich am Obststand neben mir und schaute auf die Äpfel in meiner Hand. Ich sah ihn überrascht an, denn ich hatte noch nie einen so jungen Experten für gesunde Lebensmittel erlebt. Der Kleine hatte strahlend blaue Augen, ein fröhliches Lächeln untermalte seine Empfehlung.

»Tommy, quatsch doch nicht immer die Leute an!« Eine junge Frau ergriff den Arm des Kleinen und zog ihn von mir fort. »'tschuldigung! Ich sag ihm jedes Mal ... Thomas? Thomas Sagnier?«

»Josefine??«

Sie schüttelte den Kopf, dann nickte sie. Sie hatte sich sehr verändert. Ihr Haar, schwarz gefärbt, fiel lang auf ihre Schultern, ihr Gesicht war schmal geworden, die Wangenknochen traten deutlich hervor. »Ich glaub es nicht! Tom!«, lächelte sie.

»Meine kleine Jo! Ich fass es nicht! Was machst du hier in Berlin?«, fragte ich verwirrt.

»Ich wohne hier. Gleich um die Ecke. In Wilmersdorf.«

»Aber ... ich hatte gehört, dass du in Frankfurt bist.«

»Das war mal!«, lächelte sie. »Und du? Was machst du hier?«

»Ich habe zwei Lesungen hinter mir.«

»Stimmt überhaupt!«, nickte sie. »Ich seh ja überall Plakate von dir. Und dein Buch in den Schaufenstern. Gratuliere! – Kommt mir irgendwie bekannt vor, was in deinem Buch stehen soll.«

»Stehen soll? Dann hast du es nicht gelesen?«, fragte ich, nur scheinbar enttäuscht.

»Dabei habe ich ... du, ich komm einfach nicht dazu.« Sie hob die Schultern. »Der Lütte hält mich ganz schön auf Trab.«

Der Angesprochene schaute sich gerade ein Regal weiter die Bonbon-Tüten an. Ein ganz normaler Junge, dachte ich. Ich sah ihn mir genauer an. Viel Ähnlichkeit mit seiner Mutter hatte er nicht. Ach – doch! Die Nase vielleicht. Und der Mund – ein wenig. Doch die Augen – hatte er nicht meine Augen? Nein, so tiefblau waren meine nicht. Aber das Haar! Gewellt. Leicht gewellt. Wie meines.

»Netter Bengel!«, sagte ich. »Dein Sohn, nehme ich an?«

»Jepp!« Ihren Stolz verbarg sie nicht.

»Und er ist jetzt drei, stimmts?«

»Genau! Woher weißt du das?«

»Corinna Neubert hat mir alles erzählt«, klärte ich sie auf. »Sie hat auch deine Grüße ausgerichtet.«

»Fein! Wie geht's ihr denn?«

»Gut. Sehr gut.«

Josefine nickte. »Sie ist so total nett!«

Ich nickte. »Oh, ja! Das ist sie. Eine Perle.« Ich sah wieder auf den Kleinen und beobachtete ihn. »Sein … sein Vater. Ist der in Frankfurt? Oder hier in Berlin?«

Sie sah mich ernst an. »Keine Ahnung!«

»Oh!«

»Ich weiß es nicht!«, sagte sie. »Ich weiß nicht mal, wer sein Vater ist.«

Mein Herz klopfte jetzt stärker. »Oh, das ist …«

»Nein, nein!«, lachte Josefine. »Das war ein Witz! Keine Sorge … er ist von Wagner.« Sie flüsterte: »Zwei Tage vorher.«

Ich atmete auf. Von Wagner. Aber … »Bist du ganz sicher?«

»Thomas! So etwas fühlt eine Mutter.«

Ich nickte. Überzeugt war ich nicht. »Wo war Wagner damals geblieben?«

»Keine Ahnung! Ich habe ihn nach dem … dem Abend … nicht mehr gesehen. Ich habe so oft versucht, ihn anzurufen, ihm SMS geschickt – nichts! Er hat sich nie gemeldet.« Merkwürdigerweise glaubte ich ihr sofort. »Sonny allerdings – ach, kennst du den? – Ja? – Der sagte mir, Wagner würde sich wohl nicht melden, weil er Angst hat vor Rick, dem …« Sie sah mich fragend an, ich nickte. »Ihm hatte Wagger ja Stoff gemopst, nä? Und Rick war hinter ihm her. Und Wagner wollte seinen Lütten doch so gern sehen!« Sie breitete die Arme aus. »Und das Zeug hatte er doch gar nicht mehr. Das hatte er ja bei Anna in der Wohnung gelassen, und sie hat's in einem Schließfach deponiert. – Ach, Sonny! So ein lieber Kerl! Der hat mir total geholfen, als ich den Kleinen kriegte und später auf ihn aufgepasst und mir einen Job …« Ihre Worte wurden leiser und undeutlicher und aus meiner Erinnerung tauchten Worte auf, die lauter und lauter und klarer wurden.

»Und das war alles, was sich in der Tasche befand?«

»Äh … ja! Warum? Weshalb fragen Sie?«

»Es waren keine Tüten mit weißem Pulver dabei?«

»Nein! Wie kommen Sie darauf?«

Anna hatte mir die Unwahrheit gesagt! Warum?

»Äh … was sagtest du?«, fragte ich, als Josefines Stimme wieder die Oberhand gewann.

»Den Namen, den hat der Kleine von dir.« Sie sah lächelnd auf ihren Sohn.

»Oh!«

»Hm-mm! Das stand schon vorher fest. Wenn wir mal einen Jungen bekommen, hat Wagner gesagt, muss er unbedingt Thomas heißen.«

Wieder hörte ich Annas Stimme lauter werden. *In einer SMS schreibt Josefine an Wagner: Thomas ist da! Bitte melde dich endlich! Ich schaffe es nicht allein!* − Siehst du, Anna? Verstehst du? Es ging nicht um mich!

»Mein Gott, Josefine! Der arme Kleine!«

»Wieso? *So* schlecht ist der Name auch wieder nicht.«

Ich musste laut lachen. Sie hatte sich in keiner Weise geändert. »Ich meinte eigentlich, dass er ohne seinen Vater aufwachsen muss. − Sag mal, brauchst du Geld, Jos… Oh! Ich befürchte, das hatten wir schon mal, stimmt's?«

»Kein Problem! Und dein Geld brauch ich nicht, Tom. Hab mehr als genug davon.«

»Nanu!«

»Ich bin die Mutter eines stinkreichen Erben, wusstest du das nicht?«

Mir wurde schwindelig. »Assauer!« konnte ich nur stammeln.

»Genau! Tommys Opa. Wagners Vater. Einen anderen Erben hatte er ja nicht.«

Darüber hatte ich mir nie Gedanken gemacht. Ich wusste, dass Albert einen Anteil erhalten hatte, die Zahlungen für Elke würden weiterlaufen, aber der Rest − der große Rest? Schloss Wallstein war passé und Anna schien von Assauer nicht bedacht worden zu sein. − Oder?

»Gratuliere! − Hast du mal was von Anna gehört?«

»Von Anna?« Sie lachte. »Na, und ob! Ich wohne doch mit ihr zusammen. Wir haben ein großes Haus. Mit allen Schikanen! Willst du uns nicht besuchen kommen? Sie ist gestern gerade aus New York zurückgekommen.«

»New York?«

Sie nickte. »Du, sie ist 'ne ganz große Nummer inzwischen. Jeder will Fotos von Anna!«

»Immer noch Tiere und Kinder?«

»Ach, was! Nur noch Mode. Vogue, Harper's Bazaar, Marie Claire und solche Sachen.«

Jetzt erinnerte ich mich auch wieder an das Telefonat mit Anna, in dem sie mir ankündigte, nach New York zu gehen. Wie lange ist das schon wieder her? überlegte ich. Über ein Jahr.

»Schau an! Wahnsinn! – Wieso wohnt ihr zusammen?«, fragte ich.

»Na, sie hat doch Schluss gemacht mit Djamal und ...«

Ich staunte. »Sie mit ihm? Er hat mir etwas anderes erzählt. Er sei mit Amina liiert.«

»Ja? Na, wie auch immer. Jedenfalls hat sie ihm ihre Wohnung überlassen und mich gefragt, ob wir nicht zusammenziehen wollen. Frau Neubert hat ihr ja damals gesagt, dass ich den kleinen Tommy zur Welt gebracht hätte.« Ganz hinten in meinem Kopf, ganz in weiter Ferne klingelte ein kleines Glöckchen. Ein Alarmglöckchen. Irgendetwas in Jos Worten hatte das Glöckchen zum Schwingen gebracht. Ich kam nicht drauf. »Sie war so begeistert! Ein Neffe! Ich hab sofort ja gesagt. Ich habe sie als Vormund für Tommys Erbkram benannt, weil ich noch ein bisschen jung bin.«

»So, so!« *Ich kam nicht drauf!* »Einen ... äh ... einen Mann gibt es im Moment in deinem ...«

»Nee, du! Ich glaube, nach Wagner kommt keiner mehr. Ich bin froh, dass er mir Tommy geschenkt hat.«

Nach Wagner kommt keiner mehr! Ich rechnete nach. Sie musste jetzt achtzehn sein. *Achtzehn!* Mit achtzehn wird man doch gerade erst zur Frau. Aber ich sagte nichts. Die Zeit heilt Wunden, und das würde bei Josefine nicht anders sein.

»Wo steckt der überhaupt?« Sie sah sich um. »Da! – Tommy!«

Der Kleine arbeitete konsequent seine Einkaufsliste ab und holte gerade eine Flasche Limonade aus dem Regal.

»Nicht die, Tommy!«, rief Josefine. »Nicht so einen billigen Scheiß! Die mag Anna nicht! Nimm eine von weiter oben.«

»Da komm ich nicht ran, Mama!«, sagte er. Der Kleine musste sich im Leben nicht mehr strecken und im Moment nützte es ihm nichts, dass er es tat. Was für ein Witz!

»Tom, ich bin hier jetzt fertig«, sagte Josefine. »Wie ist es? Hast du Zeit, oder musst du gleich wieder nach Hamburg? Du wohnst doch noch in Hamburg?«

»Ja. Ich habe mich allerdings verkleinert. Die Hütte war für einen zu groß.«

»Oh! Du lebst immer noch getrennt? – Ehrlich gesagt, ist mir unser Haus auch viel zu groß! Überleg mal – vier Badezimmer!« Sie lachte. »Aber Anna findet das gut so. Wir sind ja auch nicht mehr lange hier.«

»Ihr zieht weg?«

»Ja, fest nach New York. Anna will das so. Stell dir vor, dann komm ich doch noch nach New York. Ach so, hab ich dir das mal erzählt? Dass ich so gern mal nach New York möchte?«

»Das hast du, ja!« Und Tommy freut sich bestimmt auch, dachte ich bitter. »Anna hat auch keinen anderen Mann? Zurzeit?«

Josefine lächelte. »Nö. Männer sind nichts mehr für sie. Sie ist jetzt mit Manuela zusammen, ihre Freundin aus Kindertagen. Richtige Turteltauben, die beiden. Die wohnt auch bei uns.«

Wieder überkam mich das Gefühl, irgendetwas musste sich ereignet haben, von dem ich meilenweit entfernt gewesen war. Es gab etwas, das Unruhe in mir auslöste. Ein Unheil, das ich spürte, von dem ich aber nicht wusste, woher es kam. Das Glöckchen wurde zur Glocke.

»Weißt du was, Josefine? Ich habe tatsächlich zwei freie Tage und würde gern mitkommen. Du hast mir bestimmt eine Menge zu erzählen. Und ich möchte Anna wiedersehen und bin auf ihre Freundin gespannt.«

»Da hast du Pech«, sagte sie. »Die ist gerade für ein paar Tage in Barmbek.«

»Lass mich raten! Albert ist zurück in der Heimat.«

»Ja, schon lange, aber Albert darfst du nicht mehr sagen!«, grinste sie. »Er heißt wieder Georg.«

Der kleine Tommy mühte sich mit dem halbvollen Einkaufswagen ab, den er vor unseren Füßen parkte.

»Na, kleiner Mann! Drei Frauen im Haus? Eher anstrengend oder bist du Hahn im Korb?« Tommy schien sich nicht sicher zu sein, ob er meine Frage richtig verstanden hatte, und schenkte mir ein zweifelndes Lächeln. »Och, ganz cool!«

Es war in der Tat ein schönes und sehr großes Haus, viel größer noch als meine vorige Wohnung in Hamburg und erheblich zu groß für dreieinhalb Personen. Die Räume waren hoch und lichtdurchflutet, die Zimmer zum überwiegenden Teil mit alten Holzkassetten vertäfelt.

Anna beschied sich nicht mehr damit, ihr Werk in kleinformatigen Bildern zu präsentieren, konzentriert an wenigen Stellen der Wände. Alle paar Meter hingen riesige Abzüge, was dazu führte, dass die Räume überfrachtet wirkten. Die Fotos von atemberaubend schönen Mädchen in fließenden Kleidern und auch knappen Dessous waren deutlich größer als die Models in natura.

»Tom! Mein guter Freund und Partner! Mein Weggefährte und geliebter Kollege! Wie schön, dich zu sehen!« Anna kam mit ausgebreiteten Armen auf mich zu. Mir fiel sofort ihre ausgewählte Garderobe auf, die an ihr, die immer legere Kleidung bevorzugt hatte, eigenartig fremd wirkte. Sie trug einen weiten, bodenlangen Rock und ein Bolero-Jäckchen über einer Bluse mit feinen Rüschen. Alles war in schwarz gehalten. Um den Hals hatte sie eine zierliche silberne Kette. Sie umarmte mich und ich stellte den Geruch von Alkohol fest. Sie hatte eine Fahne und gab sich keine Mühe, das zu verbergen. »Willkommen in unserem bescheidenen Heim! Kampf den Hütten, Friede den Palästen!«

»Hallo, Anna!«, sagte ich. »Es ist lange her!«

»Oh, ja! Viel zu lange, mein Herzblatt! Warum hast du mich nie mehr angerufen? Hast du etwa eine andere? Ich könnte es nicht ertragen!« Sie torkelte leicht. »Komm, lass uns zur Begrüßung ein Gläschen trinken. – Oh, Tom! Du hast mir sooooo gefallen! – Josie, Schätzchen! Mach uns doch mal 'ne Pulle Schampus auf!«

»Lass mal, Anna! Ich trinke keinen Alkohol mehr.«

»Ich bring den Kleinen erstmal zu Bett, okay?«, sagte Josefine und ging zur Tür.

Anna nickte beiläufig. »Was? Keinen Alkohol? Du? Bist du krank?«

»Im Gegenteil! Zum ersten Mal seit langer Zeit bin ich richtig gesund. Mir geht es blendend. Dank deiner Hilfe. Du hast mich oft genug gescholten.«

»Prrrr!« Sie prustete und versprühte dabei einen feuchten Nebel, der mein Hemd traf. »Tatsächlich? Habe ich? Und sonst?

Rauchst du auch nicht mehr? Ach nein, du hast ja nie geraucht. Aber die kleinen Mädchen … müssen die jetzt auf dich verzichten?«

»Die … Was meinst du denn damit? Was soll das?!«

Sie lachte. »Aaaah, komm! Du weißt, was ich meine! *Edelblau*, ha? Na, wenn deine Leser wüssten!«

Ich hatte keine Ahnung, auf was sie anspielte. »Nun werde mal deutlich!«

Mit schwimmenden Augen kam sie auf mich zu. Ganz nah, sodass unsere Münder sich fast berührten. »Du hast es nie bei mir versucht, Tom. Nie! Zuerst hatte ich den Verdacht, du bist schwul. Doch das war natürlich Unsinn. Aber was sonst? Gefalle ich dir nicht?« Sie wich von mir, breitete die Arme aus und begann, sich mit wiegenden Hüften im Kreis zu drehen. »Bin ich nicht sexy? Nicht verführerisch?« Sie beugte sich weit vornüber, wobei sie fast das Gleichgewicht verlor und hob ihr langes Kleid bis zu den Hüften hoch. »Hab ich nicht schöne Beine? Findest du mich hässlich? Ja?« Ihr weißes, französisches Höschen kontrastierte stark mit dem schwarzen Outfit. »Abstoßend?«

»Anna! Bitte!«

Sie hörte auf, sich zu bewegen und ließ das Kleid achtlos fallen. »Nicht, dass du wirklich eine Chance gehabt hättest«, lächelte sie. »Ich habe lange nicht gewusst, wie sehr ich Manuela liebe. Sie ist so wundervoll! – Aber du … erinnerst du dich an Vivian?«

»Vivian? Nein. Wer soll das sein?«

»Ach, Herr Prokopp! Denken Sie doch bitte an Schloss Wallstein! Die junge Dame, die uns beiden routinierten Wald- und Wiesenjournalisten später mal Konkurrenz machen wollte. Na, klingelt's?«

»Du meinst die mit der Zahnspange?«, fragte ich. »Die Heinrich Heine einen *Itzig* nannte? Die hieß Vivian?«

Sie nickte. »Ja, die hieß Vivian, war so alt wie deine Töchter und hatte große Brüste. Dir sind fast die Augen rausgefallen.«

Das meinte sie! Ich grinste manlike. »Ihr Busen hat sie älter gemacht. Was ist denn dabei?«

»Aaaah! Nichts, mein Tom, gar nichts!« Anna war jetzt sehr laut. »War nichts für dich, die Kleine? Sie hatte ja auch schwarze Haare und keine blauen. Keine *edelblauen!* Nicht wahr?«

»Was redest du da? Du bist ja betrunken!«

»Aber nein! Da täuschst du dich. Die alte Anna kann einen ordentlichen Stiefel vertragen. Hat sie wohl von ihrer Mutter. Ha, ha!« Sie stolperte auf mich zu und tippte mir mit dem Zeigefinger gegen die Brust. »Die Blauen haben es dir angetan, hä? Die alte Anna ist zu alt, aber die junge Anna, die blaue Anna, die wär's, ja? Ja, Tom?«

Ich starrte sie wortlos an.

»Mit der blauen Josefine hast du's ja getrieben. *Mein guter Freund Wagner! Mein lieber guter Freund!* Und schnappst ihm seine Kleine weg. Vierzehn war sie! Nichts dabei, meinst du?«

Jo hatte es ihr gesagt. Auch wenn es mich nicht wirklich wunderte.

Anna grinste hämisch. »Erinnerst du dich, mein Lieber, an die Fotowand in meiner alten Wohnung? Da hing ein Bild von mir im zarten Alter von sechs Jahren. Auf dem Kopf trug ich einen Strohhut. Erinnerst du dich? Und auf dem Strohhut war eine blaue Blume. *Edelblau* hat deine Tochter sie genannt. Was für eine hübsche Bezeichnung! Und deine Tochter hat mir so ähnlich gesehen in diesem Alter. So sehr ähnlich!«

»Worauf willst du hinaus, Anna?«

»Ältere Frauen sind nichts für dich, stimmt's? Es müssen jüngere sein! Die ganz jungen! Und am liebsten die eigenen ...«

»Anna!! Das ist ... das ist Unsinn! Was unterstellst du mir? Du bist ja nicht mehr bei dir!«

»Ach, nun tu doch nicht so! Du bist doch nur einer von tausenden ...« Eine Weile lächelte sie trunken. Dann fiel sie in sich zusammen, ließ die Schultern hängen und sah mich mit feuchten Augen an. Sie senkte den Kopf und sagte leise: »Entschuldigung!«

Dann riss sie den Kopf hoch, und ihre Hände nahmen eine abwehrende Haltung ein. »Entschuldigung! Entschuldigung! Entschuldigung! Ich nehme alles zurück, was ich gesagt habe und behaupte das Gegenteil und schwöre, dass ich ...«

Sie ließ die Arme fallen, drehte sich um und ging mit langsamen, unsicheren Schritten zur Couch, auf die sie sich plumpsen ließ. Sie saß mit gesenktem Kopf da und die Hände umklammerten ihre Knie.

Eine Weile herrschte Stille. Ich setzte mich auf einen Sessel, nachdem ich kurz mit dem Impuls gekämpft hatte, das Haus zu verlassen.

Anna tat mir leid. Was hatte sie bewogen, mir so etwas an den Kopf zu werfen? Für eine Sekunde hatte ich die vor Schweiß glänzende Melanie im Badezimmer vor Augen, ihre kleinen Brüste, die ich nie zuvor bemerkt hatte …

Nach einigen Minuten nahm Anna den Kopf hoch, brauchte eine Weile, um mich zu entdecken und versuchte, mich fest in den Blick zu nehmen. Sie bewegte ihre Lippen.

»Bitte?«, sagte ich. »Ich habe dich nicht verstanden.«

Sie räusperte sich und sagte: »Es ist so leer ohne ihn! – Manchmal wache ich nachts auf, weil ich ihn rufen höre. Laut und deutlich. – Warum habe ich mich nicht um ihn gekümmert, Tom? Er hat mich gebraucht und ich war nie da! – Anna, ruft er, wo warst du? Ich habe dich so vermisst! – Und ich versuche, ihn zu halten, aber er wendet sich ab und dreht sich wieder zu mir um, und seine Augen, seine wunderschönen blauen Augen sehen mich voller Angst an, voller Verzweiflung. Es ist zu spät, Anna, sagt er. Es ist zu spät!« Sie schluchzte leise.

»Hör auf, dir Vorwürfe zu machen! Du trägst keine Schuld! Es wäre alles genauso passiert, wenn du in seiner Nähe gewesen wärst.«

»Nein, nein, nein, nein!« Heftig schüttelte sie den Kopf und geriet fast aus der Balance. Sie stützte ihre Hände neben sich auf die Sitzfläche. Dann atmete sie tief durch. »Aber vielleicht hast du recht. Ich hätte meinem Bruder nicht helfen können. Und als ich ihm geholfen habe, war es zu spät!«

Sie redete wirr, und ich hielt es nun doch für besser, sie unter einem Vorwand zu verlassen.

Anna straffte sich und sagte: »Wagner ist sein Leben lang missbraucht worden, Thomas! Erst von seinem Vater, dann von Mühlbauer, von Grabau und von wem was-weiß-ich noch alles. Er hat zurückgeschlagen und immer die Falschen getroffen. Er hat unschuldige Menschen verletzt, sie beleidigt, sie vor den Kopf gestoßen. Und doch hatte er keine Schuld!« Sie stand auf, ihre Bewegungen waren jetzt sicherer. Mit kleinen Schritten ging sie zu einem Schrank, öffnete eine Klappe und nahm eine Flasche heraus.

»Anna!«, sagte ich. »Bitte!«

»Pscht! Sei still, Tom! Ich werde dir jetzt etwas erzählen, von dem du noch nichts ahnst. Und das kann ich nicht ohne die Hilfe von Annas little helper, verstehst du?«

Sie schenkte sich ein Glas ein, füllte es aber nur zu einem Viertel. Dann stellte sie die Flasche zurück und schloss die Klappe.

Als sie wieder auf der Couch saß, schlug sie mit der Hand ein paarmal neben sich aufs Polster. »Komm her, Tom! Setz dich zu mir!« Sie lächelte. »Keine Angst! Die alte Anna beißt dich nicht.«

Ich war darauf gefasst, dass sie mir von ihren grausigen und traurigen Erlebnissen mit Werner Assauer erzählen würde. Sie waren wohl auch der tiefere Grund dafür, mir solche Dinge an den Kopf zu werfen, und ich konnte verstehen, dass sie in nüchternem Zustand nicht die Kraft dazu haben würde.

Aber sie überraschte mich.

»Ich habe dir noch gar nicht zu deinem wunderbaren Erfolg gratuliert, mein Lieber. – Du hast ja gar nichts zum Anstoßen. … Nicht? … Okay, okay! Kein Problem! Prost, Herr Sagnier!« Sie nahm einen kleinen Schluck und stellte das Glas auf einen Couchtisch. Dann wandte sie sich mir zu und streichelte ganz kurz, aber sehr liebevoll meine Wange. »Dein Buch habe ich gelesen und ich finde es hervorragend! Und der Titel ist schön. *Edelblau!*« Sie machte eine wegwerfende Geste. »Vergiss das alles! Alles, was ich gesagt habe. Es tut mir leid! Das war unfair. – Lass uns einfach nur an den Tag mit dem Eisvogel denken, okay?« Sie lächelte und atmete tief durch. »Du schreibst gut und hast die Geschichte sehr geschickt abgewandelt. Kein Mensch, der nicht involviert war, kann Rückschlüsse auf reale Personen ziehen. Aber jeder, der beteiligt war, weiß genau, wer gemeint ist. Deine Geschichte ist spannend und dabei literarisch anspruchsvoll.« Sie legte die Hand auf meinen Arm. »Sei mir nicht böse, aber ich habe es immer noch nicht geschafft, deinen ersten Roman zu lesen. Im Internet wird er ja in den höchsten Tönen gelobt. Ich gehe davon aus, dass du mit deinem neuen Buch da anknüpfst und ich bin sicher, dass es dein bestes überhaupt ist.« Sie machte eine kleine Pause. »Und doch steckt dein Roman voller Fehler!«

Ich sah sie verdutzt an. »Wie meinst du das?«

»Du kannst überhaupt nichts dafür, Thomas! Du hast alles so

aufgeschrieben, wie du es erlebt hast. Aber ich muss dir einen Vorwurf machen.«

»Ich bin gespannt!«

Sie lächelte. »Du bist lange Jahre bei Kommissar Fröhlich in die Lehre gegangen, hast zugesehen, wie er seine Fälle mit Bravour löst, dir alle Tricks abgeschaut. Aber beim ersten Fall, den du *allein* lösen solltest, hast du jämmerlich versagt!«

Ich sah ihr in die Augen und hatte keinen blassen Schimmer, was sie meinte.

»Das Schlusskapitel deines Romans ist mit das Beste, was ich je gelesen habe. Ich meine speziell die Schilderung des Selbstmords des reichen, des verdorbenen Malers Czerwinski. Den hast du sehr anschaulich beschrieben. Es ist dir gelungen, dem Mann trotzdem einen Rest von Würde, von Menschlichkeit zu lassen. Kein Monster, ein Mensch wie andere auch ist er, voller Selbstzweifel, auch Scham über seine Taten. Dabei hat er seinen Sohn Vincent so gequält! Brillant, Tom! Du gehst nachsichtig mit ihm um. Selbst wenn ich dein Talent zum Schreiben hätte, wäre es mir so nicht gelungen, einfach, weil mir die Distanz fehlt.«

»Ich habe deutlich gemacht, dass er ein Dreckskerl war. Ein perverses Schwein!«

»Richtig! Das hast du.«

»Aber … wo ist der Fehler?«, fragte ich. »Wo habe ich versagt?«

»Geduld, mein Lieber! Ich bin dabei. – Du hast die Charakterzüge Czerwinskis so pedantisch durchleuchtet, dass keine Fragen mehr offenbleiben. Herrschsüchtig, arrogant, selbstherrlich! Aber auch verliebt in sein mondänes Leben. Dieser Mann hat immer an sich geglaubt! Kein Selbstzweifler wie Hemingway.« Sie lachte. »Er hätte sich auch nie ein Ohr abgeschnitten. Czerwinski liebte seine Ohren, oder? – Er hat künstlerische Maßstäbe gesetzt, und sein Name wird in allen Kulturlexika stehen.« Sie nahm das Glas vom Tisch und leerte den Rest in einem Zug. »Und deshalb, Tom: So ein Mann stirbt nicht von eigener Hand! Werner Assauer hätte sich nie umgebracht. Nie!!«

»Hallo, Sie! Die anderen Plätze sind frei, oder?«

Der Mann schaute mich durch eine getönte Sonnenbrille an und der lächelnde Mund gab eine Zahnlücke frei.

Der ICE rollte gleichmäßig und leise dahin. Ich schreckte aus dem Halbschlaf hoch, sammelte mich und antwortete ihm, nachdem ich mich geräuspert hatte. »Sie haben die freie Auswahl.«

Er nickte und drehte sich zu einer korpulenten Frau um. »Hier is' Platz. Na los!« Sie drängte ihn mit ihrem Koffer zur Seite und fragte mich: »Könn' Se mir helfen?«, wobei sie zur Gepäckablage zeigte. »Der is' schwer!«, sagte sie mit Blick auf den Koffer.

Ich sah zu ihrem Begleiter, der ein junges Mädchen – ihrer beider Tochter, nahm ich an – fragte: »Willst du ans Fenster?« und Achselzucken neben einem knappen »Mir egal« zur Antwort bekam.

»Was heißt: mir egal?« herrschte er sie an. »Du musst doch wissen, ob du am Fenster sitzen willst!«

Erneut hob die Kleine die Schultern. »Meinetwegen.«

»Gut!«, sagte er und zu seiner Frau: »Claudia will ans Fenster.«

»War ja klar!«, antwortete sie. »Ich hab den Mann gebeten, meinen Koffer da hochzutun, aber das gibt wohl heute keine Kavaliere mehr.«

»Sagen Sie mal …« Der Mann nahm mich jetzt genauer in Augenschein. »Kenn' ich Sie nicht?«

»Du erinnerst dich sicher: Ich habe dir von meinem letzten Zusammentreffen mit Wagner erzählt. – Ja? – Damals hatte er sein Gepäck bei mir gelassen und in einer Tasche fand ich zu meinem Entsetzen eine Pistole. Weißt du noch?«

Ich sah sie an und nickte mechanisch. Ansatzlos erzählte Anna mir etwas, das ich nicht glauben konnte, das ich nicht hören wollte und das ich niemals verkraften könnte. Sie war dabei, eine Beichte abzulegen, aber ich war nicht der Richtige, sie zu empfangen.

»Ich habe dir gesagt, dass ich die Waffe in die Spree geworfen habe.« Nach einer kurzen Pause schüttelte sie den Kopf. »Das habe ich nicht, Thomas! In dieser Sekunde, als ich den harten, glatten Stahl in meinen Händen gespürt habe, genau in dieser Sekunde begann das lange Sterben Assauers. – Ich weiß …«, kicherte sie, »ich bin manchmal sehr theatralisch, aber egal! – Als Werner uns damals erzählte, dass Wagner ihm diese Waffe geklaut hatte – ich hätte schreien können vor Glück! Alles passte! Alles! Er würde sich mit der eigenen Pistole umbringen!«

»Hör auf, Anna! Ich glaube dir das nicht! Du hast ihn nicht …«

»Ich habe, Tom! Ich habe!«, stieß sie heraus. »Es war nicht leicht, aber ich habe es getan! Ich!«

»Anna, ich kann verstehen, dass du ihn gehasst hast. Diesen Verbrecher! Du warst elf Jahre alt! Aber trotzdem …«

Schallend lachend fiel sie mir ins Wort. »Jämmerlich versagt, Herr Sagnier! Fehler über Fehler! – Ein Mann wie Czerwinski begeht keinen Selbstmord. Aber ebenso wenig macht er sich über ein kleines Kind her.«

Mir war schlecht. Der Rückfall in die Zeit des ungezügelten Trinkens war mir nicht gut bekommen. Meine Zunge klebte am Gaumen, im Kopf pochte es unaufhörlich, was wohl auch Folge des unterbrochenen Schlafes war.

»Sind Sie nicht der eine Schreiber da, der … ich komm nicht drauf. Das sind Sie doch, ja?«

»Das könnte sein.« Wenn dieser Mann zu den Lesern meiner Krimis gehörte, konnte ich froh sein, umgesattelt zu haben. »Sagnier ist mein Name«, sagte ich müde. Ich schaute ihn nicht an, sondern schloss demonstrativ die Augen und drückte den Kopf in die Rückenlehne.

»Ha! Se'n Se! Wusst ich's doch!« Er wandte sich an seine Frau. »Marlene, das ist Herr Sagnier, ein bekannter Schriftsteller. Science-Fiction, nicht?«

»Krimis.«

»Der Mann schreibt Krimis, Marlene. Haste gehört, Claudia? Gibt noch was anderes als Science-Fiction! Und schwule Boygroups.«

Das schien Claudia ziemlich egal. Sie schaute aus dem Fenster.

»Albert musste das sagen, sonst hätten wir dich nicht nach Aarhus gekriegt.« Sie grinste. »Es war nicht ganz fair, aber es musste sein. Ich hoffe, du kannst mir verzeihen.«

»Immerhin, Anna, bin ich froh, dass Albert in *dieser* Sache gelogen hat. Ich war übrigens ganz überrascht, als er mir verriet, wie lange ihr euch schon kennt.«

»Ja! Er ist ein wunderbarer Mensch und mein bester Freund. Mein treuer Schorsch!«

»Erzähl mir bitte die ganze Wahrheit!« Erzähl mir, Anna, wie du mich belogen, betrogen und benutzt hast! Erzähl es mir! »Und gib mir was zu trinken! Etwas Starkes!«

Ohne Kommentar ging sie zum Schrank und kam mit zwei gefüllten Gläsern zurück. Schnell nahm ich einen Schluck. Es war exzellenter Wodka, der mich auf dem Weg hinab in meine mühevoll restaurierte Leber wie einen alten Bekannten begrüßte.

»Werner Assauer hat meine Familie wie Dreck behandelt. Er empfand meinen Vater und mich als lästiges Anhängsel der Frau, die *sein* Kind zur Welt gebracht hatte. Mein Hass auf ihn hat sich schon in frühen Jahren herausgebildet, schon als kleines Kind. Wie er mit Vater umgegangen ist, das war schon schlimm! Dass er meinen Bruder gequält hat. Und dass er mich behandelt hat wie eine dumme Gans, das habe ich ihm nie verziehen.«

»Wie meinst du das?«

»*Anna, lass dies, lass das! – Was mischst du dich da ein, blödes Ding? – Halt den Mund, du hast doch keine Ahnung! – Kinder sollten nicht dazwischenreden!* – So ging es in einem fort.«

»Ich versteh dich ja, aber … hättet ihr nicht den Kontakt zu ihm einfach abbrechen können?«

»Wie denn?« Sie verzog das Gesicht. »Er war so raffiniert! Er hat uns mit seinen Geldscheinen so zugeschüttet, dass wir nicht wieder herauskamen.«

»Eins kann ich nicht verstehen, Anna! Er muss seinen Sohn sehr geliebt haben. Trotz allem! Warum …?«

»Geliebt?«, rief sie und sprang von der Couch auf. »Du hast überhaupt nichts kapiert, Mann! Für Werner Assauer gab es nur eine Person in seinem Leben, die er geliebt hat: Werner Assauer. Und sonst niemanden! – Gib her!«

Sie nahm mein leeres Glas und schenkte beide wieder voll.

»Du kennst die Geschichte, die mir Albert erzählt hat?«, fragte ich. Ich war nicht bereit, ihr ihre Version über Assauer so einfach abzukaufen. »Dass er Wagner aus der Ostsee gerettet hat?«

»Ha! Prost, mein Freund! Natürlich kenn ich sie! – Wenn du dir ein teures Gemälde gekauft hast – nicht unbedingt, weil es dir gefällt, sondern weil es vermutlich eine gute Wertanlage ist – und dieses Bild fängt aus irgendeinem Grund Feuer – würdest du es nicht retten wollen?«

»Ich verstehe, was du meinst. Aber Assauer hat kein kleines Feuerchen gelöscht. Er hätte draufgehen können.«

»Ich bitte dich! Er war ein ausgezeichneter Schwimmer und außer ihm waren noch drei Mann an Bord.«

Wir schwiegen eine Weile und tranken. Und tranken.

»Du hast ihn also erschossen, ja?«, fragte ich und meine Zunge wurde schwer. »Erzähl mir, wie!« Ich mochte ihr immer noch nicht glauben.

Sie trank und stand auf und holte eine neue, eine volle Flasche aus dem Schrank. Seufzend ließ sie sich auf die Couch fallen.

»Ich habe es getan, Thomas, und außer Albert bist du der Einzige, der es weiß. Ich bin nicht stolz darauf, weiß Gott nicht!« Sie schüttelte den Kopf. »Es ist schwer, jemanden zu töten. Unendlich schwer! Das Schlimmste ist: Du fühlst danach keine Befriedigung, keinen Triumpf. Dein Hass, dein Ekel – alles hätte vorbeisein sollen, aber das Einzige, was du empfindest ist … Leere. Tatsächlich! Leere! Was für eine abgedroschene Phrase, nicht? Hast du die auch schon mal benutzt? In deinen Büchern? Ich habe nie gedacht, dass man Leere empfinden kann. Leere ist doch Vakuum, nicht? Und wie kann man ein Vakuum spüren? Mental und körperlich spürst du wirklich Leere.«

»Du hast also vor ihm gestanden und die Pistole auf ihn gerichtet …«

»Halt, halt!« Sie gluckste trunken. »So einfach geht das nicht! Frag Kommissar Fröhlich mal, wie schwierig es ist, eine Tötung wie einen Selbstmord aussehen zu lassen.«

»Kommissar Glücklich heißt er, stimmt's?«

»Fröhlich.«

»Richtig! Fröhlich! Ich war dicht dran, nicht?«, strahlte der Mann mit der Zahnlücke.

»Ganz dicht.«

»*Sie* sehen nicht so fröhlich aus«, sagte seine Frau. »Ich versteh nicht, warum sogenannte Künstler immer derart rumlaufen müssen.«

Ich horchte auf. »Wie denn?«

»Na, immer unrasiert, zerknittertes Hemd, Ringe unter den Augen, nicht gekämmt.« Sie beschrieb mein derzeitiges Aussehen bestimmt sehr treffend. »Egal, ob das privat ist oder in 'ner Tolkschau.«

Claudia lachte. »Mama, das heißt Talkshow!« Sie sprach sicher gut Englisch.

»Misch du dich doch nicht ein! Du läufst doch genauso rum! So schlampig!«

Claudias Lachen wich aus dem Gesicht. Sie sah wieder aus dem Fenster.

»Entweder so«, ergänzte ihr Erzeuger, »oder aufgetakelt wie 'ne Nutte! Röcke, unter denen man den Schlüpfer sieht.«

»Brauchst ja nicht hinsehen!«, fauchte Claudia. Oha, sie wehrt sich! dachte ich amüsiert.

»Zunächst mussten wir Albert aus der Schusslinie nehmen«, sagte sie. »Ich war natürlich skeptisch, ob mein Plan aufgehen würde. Es sollte ja so aussehen, dass Werner sich die Pistole an die Schläfe gesetzt hatte. Wie sollte ich so dicht an ihn herankommen? Die Alternative war also, die Tat als Totschlag zu tarnen, verstehst du? Verübt von einem Einbrecher. Aber nicht von dem vorbestraften Albert, der ein Motiv gehabt hätte. Er brauchte also ein Alibi.«

»Ich verstehe.«

Sie lächelte. »Ach ja? Glaubst du? Warte ab! – Albert hatte *die* Idee! Werner trank, wie du mitbekommen hast, jeden Nachmittag um fünf einen Cognac, den Albert ihm servierte. Diesmal war das Glas ein klein wenig voller als sonst, aber so, dass Werner es nicht sehen konnte. Auch der Geschmack hatte sich nicht verändert. Es war ein Barbiturat, das Albert beimischte und Werner in einen Dämmerzustand versetzen sollte. Die Kunst war, dass er nicht schlafen durfte, weil ich ihm noch etwas zu erzählen hatte. Zudem sollte eine mögliche Untersuchung seines Mageninhalts durch einen Mediziner tunlichst ergeben, dass Assauer seine Hemmschwelle durch die Droge herabgesetzt hatte. Selbstmord ist ja schließlich nicht so einfach wie Schuhe kaufen, stimmt's?«

Anna wurde mir zunehmend unheimlich. Der Alkohol machte es ihr zwar leichter, mir den Ablauf des Geschehens im Plauderton nahe zu bringen. Aber sie sprach von Mord und Selbstmord, als wenn so etwas alltäglich wäre.

»Weiter! Da Werners Diener jeden Mittwoch zum Einkaufen

fährt, hat er seinem Herrn das Glas Cognac bereitgestellt und das Haus verlassen. Diesmal allerdings hatte Albert nach dem Einkaufen eine zufällige Begegnung mit einem alten Bekannten, während sein Arbeitgeber seinem Leben ein Ende setzte.«

Ich hob die Hand. »Moment! Moment! Du willst mir jetzt sagen, dass Assauer noch gelebt hat, als ich Albert getroffen habe? Aber er hat mir doch gesagt, …«

»Na, klingelt's?«, fragte sie lächelnd. »Als ihr im Martino euren Kaffee getrunken habt, lebte Werner noch. Erinnerst du dich, dass Albert dich gefragt hat, wie spät es ist, weil er angeblich seine Uhr vergessen hat? Ha! Ein Alibi aus der hohen Krimischule, stimmt's? Dein Kommissar wäre stolz auf mich. – Ich habe Werner die Waffe an die Schläfe gesetzt und ihm gesagt, was noch zu sagen war. Du hättest seinen Gesichtsausdruck sehen sollen, als er die schreckliche Wahrheit hörte.«

Ich war jetzt wie betäubt, und der Alkohol trug die geringste Schuld daran. Was für eine infame Geschichte! Ich erinnerte mich, dass Albert mir sehr subtil den Vergleich Assauers mit Kapitän Ahab in den Mund gelegt hatte.

Nein, dachte ich, der Prophet Elias war *nicht* verrückt! Er hatte schlicht gelogen! Die beiden hatten alles von langer Hand vorbereitet und jedes Detail raffiniert ausgeklügelt.

»Schade, dass Ihr letzter Roman so schlecht ist! Ihre vorigen sollen ja ganz ordentlich sein.« Nachdem er eine Weile in einer Zeitschrift geblättert hatte und Claudia und ich unsere Ruhe gehabt hatten, weckte der Mann mich mit verbaler Gewalt.

»Warum schlecht?«, gähnte ich.

»Ich hab den nicht gelesen, Ihren letzten. Aber in der Zeitung stand, dass Sie einen Kinderficker verteidigen. Das kann doch wohl nicht wahr sein! Denen gehört doch die Rübe ab!«

»Kurt! Nicht solche Wörter vor dem Kind!«, entrüstete sich seine Frau.

»Das kann sie ruhig hören! Ist ihr bestimmt nicht unbekannt, das Wort. Stimmt's, Claudia? Kinderficker?«

Achselzucken von Gegenüber.

»Das passiert dir nämlich auch noch mal, wenn du immer deinen nackten Arsch zeigst!«

»Ach, Kurt!« Seine Frau lachte verschämt. »*So* schlimm ist sie doch auch wieder nicht.«

»Ich habe nur geschrieben, dass kein Mensch ein Monster von Natur aus ist, sondern dass all diese schlimmen Dinge einen Ursprung haben. Eine Ursache. Einen tieferen Grund. Und dass er bereut und aus Verzweiflung Selbstmord begangen hat.« Ich wollte so gern schlafen. Nur schlafen! Alles vergessen, was Anna mir erzählt hatte. Bis tief in die Nacht. Bis tief auf den Grund der letzten Flasche.

»Und was *war* die schreckliche Wahrheit?«, fragte ich.

»Weißt du noch, was sein sehnlichster Wunsch war? Dass Wagner, sein hoffnungsvoller und dann doch so missratener Sohn … dass der ihm einen Enkel schenken möge. Geldanlage Nummer zwei!« Ihr Lachen war hämisch. »Er konnte natürlich nicht wissen, dass Wagner ihm diesen Wunsch erfüllt hatte. – Weißt du, ich habe lange vor einem Rätsel gestanden. Was hatte Josefine in ihrer SMS an Wagner mit dem Satz gemeint: *Thomas ist da!*? Ich habe natürlich die ganze Zeit an dich gedacht und es ergab überhaupt keinen Sinn. Dann sagte mir Corinna, dass Jo einen Jungen zur Welt gebracht hatte, der deinen Namen trug, und ich wusste, was zu tun war!« Sie stürzte ihr Getränk mit einer heftigen Bewegung in den Schlund. »Ha! Du hättest seine Augen sehen sollen, als die letzten Worte, die er in seinem Leben hörte, waren: *Du hast einen Enkel, Werner! Einen süßen Jungen! Mit Augen, so blau wie deine und Wagners.* Obwohl er von dem Mittel fast betäubt gewesen ist, hat er den Sinn meiner Worte ganz genau verstanden. So ein Glück! Gewimmert hat er! Geheult! So ein Riesenglück! – Dann habe ich abgedrückt.«

Ich schüttelte den Kopf. »Ich hätte mir nie vorstellen können, Anna, dass du es zu einer eiskalten Mörderin bringen würdest.«

»Das ist nicht richtig, Tom!« Für Sekunden wurde sie nachdenklich. »Das bin ich nicht! Das war ich nicht! – Was allerdings stimmt, und was mich im Nachhinein erschreckt hat, ist … mir war schlecht vor Angst, das kannst du mir glauben. Einen Menschen zu töten, ist wohl das Schwierigste, was man sich vorstellen kann. Weil … die allerwenigsten kommen jemals in die Situation, es sich vorstellen zu *müssen*. – Erschreckt hat mich, dass mir das

Schießen so leicht gefallen ist wie der Druck auf den Auslöser meiner Kamera. Ich habe das Objekt ins Visier genommen, den Finger krumm gemacht, fertig!«

»Also doch: eiskalt!«

»Ich bin keine Mörderin!« Ihr Kopf flog hin und her und sie schwankte bedenklich. »Um Himmels willen, nein! Wenn du Gerechtigkeit für deinen Bruder einforderst, begehst du keinen Mord. Wenn du das Unrecht sühnst, das deiner Familie widerfahren ist, bist du kein Mörder.«

»Anna! Das ist Unsinn!«, entgegnete ich vehement. »Wir leben in einem Rechtsstaat! Jeder wird für seine Verbrechen bestraft. Meistens jedenfalls. Aber Selbstjustiz darf es niemals geben! – Außerdem hat sich Werner Assauer nichts zu Schulden kommen lassen. Gar nichts!«

»Du verstehst es nicht! Du willst es nicht verstehen! Sogar dein Kommissar Fröhlich hätte Verständnis für mich.«

»Der hätte dich auf der Stelle festgenommen und ins Gefängnis gesteckt.«

»Ha, ha! Du fällst mir ganz schön in den Rücken, mein Lieber! – Komm, wir trinken noch einen, dann erzähle ich dir auch noch den Rest dieser unappetitlichen Geschichte. Du hast einen Anspruch darauf, weil du immer ein bedeutender Teil warst.«

»Was meinst du damit?«

»Nun, die Geschichte wäre nicht rund ohne Werners Erbe. Sein Millionenvermögen, das er nach dem Tod seines Sohnes nahezu in Gänze Schloss Wallstein und seinem sauberen Personal vermacht hatte. Stell dir das mal vor: Er hätte Mühlbauer und diesem Dreckschwein Grabau das meiste Geld geschenkt.« Sie goss unsere Gläser voll.

»Woher weißt du das?«

»Bestimmt nicht von Werner! Von Albert natürlich! Außer dem Notar kannte nur er die Kombination des Wandsafes und den Inhalt des Testaments.« Sie lachte kurz auf. »Und jetzt bekomme bitte keinen Schrecken, Tom! Als wir beide vor einem Jahr hier waren, hast du mit Albert ja einen erholsamen Spaziergang zum *Martino* gemacht, und ihr habt euch dort angeregt und lange unterhalten. – Cheers, mein Lieber! – In dieser Zeit habe ich mit Werner gevögelt.«

Ich verschluckte mich an meinem Getränk und hustete den Wodka auf den Teppich.

»Na, na! Nicht so hastig!« Sie schlug mir ein paarmal auf den Rücken. »Langsam trinken, mein Guter! – Er war so überrascht wie du jetzt, aber ich musste ihn nicht lange bitten. Es war ekelhaft und kostete mich sehr große Überwindung, aber es erfüllte seinen Zweck. Als Werner duschte, habe ich den Safe geöffnet und sein Testament herausgeholt. Irgendwann hat Albert es wieder hineingelegt – allerdings mit einer winzigen Änderung. Einer rechtlich absolut korrekten Änderung! Nun wurde nämlich der Sohn seines Sohnes zum Haupterben bestimmt. Die lebenslange Pflegezahlung für Elke Hollmann blieb unverändert. Kleinere Anteile erhielten Assauers Diener Albert, bürgerlich Georg Kröger, und die Tochter Elkes und Schwester seines Sohnes, Anna Hollmann. Für Schloss Wallstein blieb leider nichts mehr übrig.«

»Aber ... wie ist so etwas möglich?« Ich musste husten. »Wer ändert ein Testament ohne Wissen und Zustimmung des Erblassers?«

»Der Mann, den ihr so respektlos *Ratte* nennt. Aaron Ratkowski! Von dem stammt auch der Abschiedsbrief, den die Polizei im Hause des bedauernswerten Toten gefunden hat.«

Ich starrte sie an. Nur die lindernde Wirkung des Alkohols verhinderte in dieser Sekunde, dass meine Zuneigung für Anna in Verachtung umschlug, in Hass.

»Ja, das Testament hat er geändert und hatte gleichzeitig eine perfekte Schriftprobe«, sagte sie leichthin.

Ich wusste jetzt, dass jedes von Annas Worten der Wahrheit entsprach. Der nackten, unverfälschten Wahrheit. Ihre Geschichte war zu abenteuerlich und doch zu schlüssig, als dass sie sie sich ausgedacht haben konnte. Und wenn ich mich jetzt in diesem luxuriösen Haus noch weiter umgesehen hätte, wären meine Restzweifel verflogen. Sie war vermögend, Albert war vermögend, und der kleine Tommy würde, wenn er älter wäre, über Millionen verfügen! Nur eins verstand ich nicht ...

»Wie habt ihr Ratte dazu bekommen, so etwas zu machen?«

»Tja! Aaron! Der wunderbare Aaron! Aaron Ratkowski und Wagner Hollmann, wie passt das zusammen? Ein jüdischer Fälscher und ein kindlicher Judenhasser!« Sie lächelte versonnen.

»Du wirst wahrscheinlich damals bemerkt haben, dass Wagner Aarons Augapfel war …«

»Das stimmt! *Nanu? Ratte ist doch ein Jude!* hatte ich gesagt. *Das ist ganz was anderes!* hat Wagner geantwortet.«

»Wie so oft, wenn es um vorgeblich verhasste Menschen ging«, sagte sie. »Wagner ist sicher von der Wirkung der Gehirnwäsche auf Wallstein nicht verschont geblieben, aber er hatte die Gabe, Ideologisches von Persönlichem zu trennen. Und er mochte Aaron, wie der ihn. Das hat bestimmt nichts mit seinen Fähigkeiten zu tun, sondern weil er ein sehr angenehmer Mensch ist. Oder?«

»Das stimmt. Er wäre auch als legaler Handwerker sehr sympathisch.«

Sie lachte. »Du glaubst nicht, wie oft ich deine blöden Sprüche vermisst habe, Tom! – Nein, Aaron haben wir nicht lange überreden müssen. Er war sofort bereit, uns zu helfen.«

Ich schüttelte den Kopf. Nach einigen Minuten des Überlegens fragte ich: »Was ich nicht verstehe, Anna … mal angenommen, du erzählst mir die Wahrheit – warum Assauer? Oder aus deiner Sicht: warum *nur* Assauer? Der größte Schurke in diesem Stück ist doch Moritz von Grabau! Wenn du wirklich in der Lage bist, einen Mord zu inszenieren, warum nicht einen an dem Mann, der deinen Bruder so gequält hat? Der ihn geschändet hat!«

Sie prustete und ihr Lachen klang erschreckend geringschätzig. »Grabau! Grabau! Diese arme Seele! Ein perverses Würstchen! Pah! Warum sollte ich mir die Finger an so einer niedrigen Kreatur schmutzig machen?«

Die Wirkung des Alkohols ließ langsam nach, sodass ich meine Gedanken sammeln konnte. Es war so unvorstellbar und unglaublich, was ich in dieser Nacht von Anna gehört hatte. Alles, was ich glaubte, in den letzten Jahren erlebt und erfahren zu haben, war in einer Nacht auf den Kopf gestellt worden. Meine Gefühle für Anna, für Albert, für Josefine, die womöglich von allem gewusst hatte, auch für Aaron – ich war mir ihrer nicht mehr sicher. Assauer war, nach allem, was ich jetzt wusste, kein Unmensch gewesen. Nichts rechtfertigte Annas Untat! Aber wirklich hassen konnte ich sie nicht. So wie sie ihn gehasst hatte.

Ich fing den Blick von Claudia auf. Sie hatte in den vergangenen Minuten den Finger über das Display ihres Smartphones sausen lassen, herauf und herunter. Jetzt lächelte sie mich an, drehte das Display zu mir. Mit Mühe konnte ich auf die Entfernung eine Frau erkennen, eine unglaublich dicke Frau, die einen fetten Burger verschlang. Mehr passierte nicht, nur, dass der Fleischklops zusehend kleiner wurde. Einen Kommentar dazu konnte ich nicht hören. Claudia hatte den Ton abgestellt. Das Grinsen des Mädchens wurde immer breiter, der Klops immer kleiner.

Nach kurzer Zeit wandte sie ihren Blick kurz zu ihrer übergewichtigen Mutter, die wie ihr Mann ein Nickerchen hielt, dann landete ihr Grinsen wieder bei mir.

Ich bekam einen Schreck, als der Vater neben mir aus dem Sitz hochschnellte, über den Tisch langte und seine Tochter bei den Haaren griff. »Du denkst wohl, ich seh das nicht, hä? Du mieses Stück Scheiße! Du denkst wohl, ich merk das nicht, was?« Sich nicht darum scherend, dass dutzende Augenpaare aus den Sitzreihen sein Tun verfolgten, riss er das Mädchen über den Tisch und schlug ihren Kopf auf die Platte. »Macht man so was mit seiner Mutter, hä? Macht man so was? Du billiges Flittchen!«

In diesem Moment ballte sich meine ganze Wut, meine Empörung, meine Hilflosigkeit zusammen, wurde zu einer Explosion der Gewalt, der ich nichts entgegenzusetzen hatte. Ich glaube, einen Schrei ausgestoßen zu haben, einen Schrei der Verzweiflung, so laut, so intensiv, dass der Mann neben mir mich mit einem angstvollen Blick ansah und seine Hand öffnete, die Hand, die seine Tochter, seine leibliche Tochter, so brutal und hemmungslos misshandelt hatte, ihre Seele, ihre Träume, ihre Hoffnungen. Alles machte dieser Mann zunichte!

Mit all meiner Kraft drängte ich ihn in den Gang, ballte die Fäuste und schlug wie von Sinnen in sein Gesicht. Schlug und schlug. Meine tränenverschleierten Augen hinderten mich, zu sehen, was und wo ich traf. Nur die Schmerzen in den Fingerknöcheln meldeten mir, dass meine Fäuste ihr Ziel fanden.

Ich zertrümmerte diesen Mann, ich schlug auf Anna ein, ich traf das Gesicht Mühlbauers, meine grenzenlose Wut tobte sich in der Visage Grabaus aus. Ich sah das Blut an meinen Händen und mein Schädel drohte zu zerplatzen. Die Schreie um mich herum nahm ich nicht mehr wahr, alles geschah wie in einem lautlosen Traum.

Dann erklang eine Melodie. Sie kam von einer Geige, einer brennenden Geige, und sie klang wunderschön. Wagner strich sanft über die glühenden Saiten und sah mich lächelnd an. Seine Haare, seine Augenbrauen – sie waren verbrannt, Ruß sammelte sich in der Narbe auf seiner Stirn. Die Haut auf seinen Händen war gewichen, ich sah das rohe Fleisch. Und er spielte so schön, wie ich niemals jemanden hatte spielen hören.

Und ich nahm dankbar wahr, dass meine Arme festgehalten wurden und hilfreiche Hände mich aus dem Bann des Dämons befreiten.

26

Hamburg. Donnerstag, 10. August 2017

Der Mann, der hinaus auf die Elbe schaute, schien meinen Gruß nicht wahrgenommen zu haben.

Seit wann ist er schwerhörig? dachte ich und versuchte es noch einmal.

Langsam drehte der Mann sich zu mir um und sah mich mit verdrossenem Blick an. Neben ihm lag ein dünner, transparenter Ordner.

»Schön, dass du gekommen bist«, sagte ich. »Hast du etwas erreicht?«

»Erwartest du eine Antwort von mir?«, knurrte er. »Ich bin tot. Schon vergessen? Du hast mich umgebracht. Nicht sehr nett von dir!«

Erstaunt sah ich ihn an. Dann rang ich mir ein Lächeln ab. »Das war Quentin Pompur! Nicht ich!«

»*Du* hast dafür gesorgt, dass er aus dem Knast fliehen und mich erschießen konnte. Mit einer Fünfundvierziger in den Rücken. Du hast ja keine Ahnung, wie schmerzhaft so was ist!«

»Es tut mir leid, aber ich konnte nicht anders! Ich musste Max Fröhlich endlich loswerden.«

»Dann musst du mir erklären, warum du mich nicht gleich in das Säurebad geworfen hast.«

Ich überlegte eine Weile. »Ich … es fiel mir schwer! Sehr

schwer! Schließlich sind wir beide lange Jahre ein Team gewesen. Das wirft man nicht so einfach weg.«

»Papperlapapp!«, raunzte er. »Du wolltest Schluss machen, aber Clausen hat dich bequatscht. Ist es nicht so?«

Verschämt senkte ich den Blick. »Ja. – Ja, du hast recht«, nickte ich.

»Dann sag das doch gleich! Seit wann haben wir Geheimnisse voreinander?«, fragte Thaddäus Roth. »Ich habe kein Problem damit, dass du Fröhlich das letzte Geleit gegeben hast, glaub mir. Aber es wäre angenehmer gewesen, wenn wir es zusammen gemacht hätten. Bei einem Glas Wein hätten wir uns einen schönen Tod für ihn ausdenken können. Einen angenehmeren als durch eine Kugel in den Rücken.« Kriminalrat a. D. Roth nahm den Ordner zur Hand. »Setz dich! – *Natürlich* habe ich etwas erreicht.« Ein verzeihendes Lächeln erschien auf seinem Gesicht.

Nach Wochen des Zögerns hatte ich ihn endlich ins Vertrauen gezogen. Ich hatte ihm all das verraten, was er in *Edelblau* nicht erfahren konnte. Er hatte das Buch gelesen, obwohl er sauer auf mich war. Schließlich war es bereits der zweite Roman, zu dem ich seine Meinung nicht eingeholt hatte. *Und ich hatte mich schon gefragt, warum du so lange nichts von dir hören lässt. Kein Wunder!* Trotzdem hatte er sich sofort bereit erklärt, mir zu helfen.

Ich wartete, dass Thaddäus, Fröhlichs Alter Ego, ohne den ich die Krimiserie nie in Angriff genommen hätte, fortfuhr.

»Was ich hier in den Händen halte, ist ein Dokument des Versagens! So eine Schlamperei ist mir noch nie untergekommen!« Er wedelte mit dem Hefter vor meiner Nase. »Das soll ein Abschlussbericht sein!? Es ist unfassbar!« Er knallte den Ordner auf die Bank. »Seitdem mein Freund Jesper Mikkelsen die Dienststelle nicht mehr leitet, gleicht der Verein einem Hühnerhaufen. Es ist erschreckend!«

»Was für ein unglaublicher Zufall, dass du den Mann kennst.«

»Wir haben zusammen ein Seminar in Kopenhagen besucht und uns auf Anhieb gut verstanden. Er hat sich aus privaten Gründen nach Aarhus versetzen lassen, und da habe ich ihn mehrfach besucht. Mikkelsen war ein großartiger Polizist!« Er schüttelte den Kopf. »Damals, als das Revier noch seine Dienststelle war, haben sie unter den Ganoven Angst und Schrecken verbreitet. Heute scheint dort die Schlamperei zu regieren. – Das ist nicht mein Werturteil, sondern das von Jesper. So ein Jammer!«

»Und?«

»Ich habe … ein Jammer ist das! Ein Jammer! … Jesper hat sich die Akte geben lassen … die haben sogar noch Ärger gemacht, stell dir das mal vor! – Wirklich ärgerlich! Was war das mal für ein fantastischer Haufen!«

»Thaddäus!«

»Ja, ja! Nun warte doch ab! Immer langsam!« Wütend blätterte er wieder im Hefter. Er atmete tief durch und schüttelte noch einmal den Kopf. »Mein Dänisch ist nicht das allerbeste, aber ich denke, das Wesentliche kann ich dir erzählen.« Er hatte gefunden, was er suchte. »Hier! Nachdem der vermeintliche Abschiedsbrief aufgetaucht war, hat der Leitende Beamte auf weitere genauere Untersuchungen verzichtet. Ein unverzeihlicher Fehler, Tom! Wie oft habe ich dir gesagt: *Wenn ein Vermögen im Spiel ist – schau genau hin!* Man hat das Testament gefunden – und, verdammt noch mal! – da hätte man stutzig werden müssen. Hier!« Er zeigte auf einen Absatz im Bericht. »Keine Untersuchung der rechten Hand Assauers. Sie hätte Schmauchspuren aufweisen müssen! Immerhin die Feststellung der Pathologie, dass es sich um einen aufgesetzten Schuss gehandelt habe. Na, was denn sonst! – Schlampereien, wohin du auch schaust! Mist! Mist! …« Wie ein Wahnsinniger schlug er die Seiten um. »… Mist! – Spuren des Barbiturats haben sie gefunden. Das hat die junge Dame raffiniert angefangen! Die Kollegen – Kollegen, ha! – sie haben die Schlussfolgerungen gezogen, dass der Mann damit seine Hemmungen abgebaut hat, sich umzubringen. Genau wie das Mädchen erwartet hatte.«

Er machte eine Pause und versuchte, seiner Erregung Herr zu werden.

»Und was jetzt, Thaddäus?« Ich ahnte bei seinen Worten, dass die Beweise unwiederbringlich verloren waren.

Er sah mich lange und eindringlich an. »Tja, Tom. Es sieht beinahe so aus, als würde dieser Fall endgültig zu den Akten gelegt werden können.«

Ich schüttelte den Kopf.

»Aber jetzt sage mir: Warum bist du nicht gleich zur Polizei gegangen, als sie es dir gestanden hat. Die … äh … Felicita …?«

»Im wahren Leben heißt sie Anna. Anna Hollmann.«

»Weiß ich doch!«, sagte Thaddäus Roth und wies auf den Ordner. »Anna Hollmann, ja. Steht ja hier drin.« Er machte eine merkwürdig lange Pause. »Anna Hollmann«, wiederholt er beinahe andächtig. »In deinem *Edelblau* ist sie ein harmloses Wesen. Sie ist das Opfer. Nur das Opfer.« Wieder eine Pause. Bedächtiges Nicken. »Tom, Roman und Realität sind trotz allem zwei verschiedene Sachen. – Noch einmal: Warum hast du geschwiegen?«

»Ich weiß es nicht, Thaddäus. Zunächst habe ich wirklich gedacht, sie habe sich die ganze Geschichte nur aus den Fingern gesogen ...«

»Das glaube ich dir nicht! Was sie dir erzählt hat, ist zwar abenteuerlich, aber ... sowas denkt sich kein Mensch aus. Es ist ein raffiniertes Verbrechen, zu schlüssig, um unwahr zu sein. – Hattest du Angst, in die Geschichte verwickelt zu werden?«

»Ich *war* in die Geschichte verwickelt!«

»Du hattest Angst, bei der Polizei aussagen zu müssen und in den Verdacht der Beihilfe zu geraten. Das ist natürlich Quatsch, denn du hattest kein Motiv.«

»Aber ich war zum Zeitpunkt des Mordes in Aarhus.«

»Tom, ich gebe dir einen Rat! Geh nach Hause, hol alle deine Kommissar-Fröhlich-Bücher aus dem Regal und lies sie noch einmal. Kein Polizeibeamter dieser Welt ...« er lachte grimmig, »... – wenn er nicht gerade aus Aarhus kommt – würde dich bei *der* Beweislage festnehmen. Unmöglich! – Ich sage dir jetzt, warum du das Verbrechen nicht gemeldet hast. Du hattest Angst um deinen guten Ruf, nicht wahr? Du hattest befürchtet, dein Gesicht in dem Zusammenhang auf den Titelseiten der Regenbogenpresse sehen zu müssen, stimmt's?«

»Wahrscheinlich hast du recht. Aber das hat nichts mit Klatschblättern zu tun. Ja, ich habe jetzt wieder einen Namen, Thaddäus. Einen guten Namen! Seit *Edelblau* muss ich mich für nichts mehr schämen, brauche nicht ständig diese vernichtenden Kritiken in den Kulturseiten zu lesen. Ich kann mich endlich wieder *Autor* nennen.«

Thaddäus Roth nickte und schwieg eine Weile. »Thomas, ich wiederhole meinen Rat: Lies deine Bücher noch mal! Vielleicht gehören sie nicht zu den Meisterwerken der Weltliteratur, aber eins zeichnet sie aus, und das sage ich nicht, weil ich ja in gewisser Weise meinen Anteil daran habe: Du hast dich immer – immer! – bemüht, auf der richtigen Seite zu stehen. Kommissar Max Fröhlich hat nie auch nur den Hauch eines inneren Zweifels gehabt, sich für Recht und Gerechtigkeit einzusetzen. Er war stets überzeugt, dass ein funktionierendes Rechtssystem ein wesentlicher Pfeiler ist, auf den sich unser Staat, unser Gemeinwesen, unsere Demokratie stützen.« Er zog seine Jacke fester um sich, weil es von der Elbe her deutlich kühler wurde. »Es ist ein sehr hohes Gut! – Schau, ich habe mit Interesse die Kapitel in deinem Buch gelesen, in denen es über die widerwärtigen Machenschaften in diesem Internat geht. Ich war bestürzt über diese Vertuschung seitens der Behörden, und es ist ein Unding, dass dieses Treiben bis heute nicht unterbunden wurde. Ich verspreche dir … Tom, du bist ein Trottel! Nur, weil du der Meinung warst, dass du dich mit deinem Buch aus dem Kriminalmilieu verabschiedet hast, hättest du mich trotzdem um Rat fragen müssen. Ich verfüge nach wie vor über beste Verbindungen zu wichtigen Leuten, und ich werde – ob es dir passt oder nicht! – werde alles daransetzen, diese Verbrecher dingfest zu machen.«

»Was glaubst du, wer alles das schon versucht hat!«

»Herr Sagnier! Vom Schöpfer des besten aller Kriminalbeamten will ich so einen Quatsch nicht hören. Fröhlich hat immer dicke Bretter gebohrt und hatte nie die Schere im Kopf. Nie! Der hat niemals aufgegeben!«

In diesen Minuten fühlte ich eine große Erleichterung, fühlte mich wie befreit. Thaddäus hatte recht: Was war ich für ein Trottel!

Und er sagte mir etwas, was mich wieder hoffen ließ. »Was den Mord an Assauer angeht: Mach dir keine Sorgen, Tom! *Den perfekten Mord gibt es nicht!*« Wieder verzog er das Gesicht. »Es gibt nur die perfekte Inkompetenz. So weh mir das als altem Kriminalisten tut! – Es gibt immer noch Mittel und Wege, den Fall aufzuklären. Widersprüche in den Aussagen, Schriftuntersuchungen – womöglich hat der Fälscher bei Testament und Abschiedsbrief den selben Stift verwendet …«

»Aaron Ratkowski? Ich fürchte, da irrst du dich. Der Mann *ist* perfekt!«

»Niemand ist perfekt! Jedem unterläuft irgendwann ein Fehler.

– Man könnte eine Exhumierung der Leiche vornehmen. Und, und, und.«

»Ich hätte gleich zu dir kommen sollen«, sagte ich geknickt.

»Richtig! – Und du bist sicher, dass du das alles willst? Du willst die junge Dame anzeigen? Ich frage rhetorisch, Thomas. Du musst! Es ist deine Pflicht!«

Ich nickte. »Ich habe das Mädchen einfach nicht durchschaut, Thaddäus. Anna Hollmann ist ein Buch mit sieben Siegeln.«

»Das ist sie, Tom. Das ist sie sicher!«, sagte Thaddäus leise und wieder hatte ich das Gefühl, dass er sich konkrete Gedanken über eine Frau machte, die er nicht kannte. »Du hast sie sehr gemocht, stimmt's?«

»Ja. Sie war … sie war wie eine Schwester für mich. Wagner mein Bruder und sie meine Schwester.«

»Wagner ist …?«

»Ach so, ja! Er war der Sohn des Dirigenten und heißt im Buch Vincent.«

»Aber auch wenn du starke Gefühle für sie hast …« Thaddäus sah mich eindringlich an, »… es war ein kaltblütig geplanter Mord, Tom, und du tätest recht daran, Anna Hollmann anzuzeigen.«

»Sie ist aber in New York. Wie kommt man …«

»Das ist in der Tat schwierig! Frau Hollmann ist deutsche Staatsbürgerin …«

»Und was, wenn sie inzwischen die amerikanische Staatsbürgerschaft beantragt oder gar schon erhalten hat?«

»Das dauert zu lange. Sie muss vorher ein paar Jahre ihren Wohnsitz dort haben. Kompliziert wird es dadurch, dass der Mord in Dänemark geschah, verübt von einer Deutschen an einem Landsmann. Trotzdem liegt das Verfahren in den Händen der dänischen Behörden. Dänemark hat ein Auslieferungsabkommen mit den Vereinigten Staaten, ob dies aber auch für ausländische Staatsbürger gilt, ist umstritten. – Aber es wird eine Lösung geben!«

Ich fragte mich, warum ich so lange gezögert hatte, meinen alten Freund Thaddäus einzuweihen. Er sagte mir in seiner klaren Sprache, worauf es ankam. Und ich hatte nicht das Recht, im Gegenzug irgendwelche Ausflüchte anzuführen.

Er schwieg eine lange Zeit, nahm den Hefter, rollte ihn auf, ließ ihn wieder auseinanderfallen, und seine Finger trommelten auf dem Einband.

»Ist noch was?«, fragte ich.

»Äh … was meinst du?«, grummelte er.

»Thaddäus, ich kenne dich lange Jahre, und ich merke, dass dir noch was auf der Seele brennt. Raus damit!«

Er senkte den Kopf, dann atmete er tief durch. Mit einem Ruck sah er hoch und schaute mich mit gefurchter Stirn an. »Ich bin dir noch etwas schuldig. Ich muss dir was gestehen. Etwas, das dein Urteil über Anna beeinflussen könnte.«

Überrascht sah ich ihn an. »Du … mir was gestehen?«

Er nickte. »Ja! Als ich vorhin auf die Beamten in Aarhus geschimpft habe …«

»Ja?«

»Ich konnte nicht wissen … als ich dein Buch gelesen habe … die brennende Geige … Jesper und ich haben nicht weniger versagt als später seine Kollegen.«

Ich sah ihn an und mir wurde mulmig. Hatte dieser Albtraum denn nie ein Ende? »Was meinst du damit?«

»Der Diener von Assauer … Anna hat dir damals gesagt, er habe dich belogen, als er dir von ihrer Vergewaltigung durch Werner Assauer erzählte.«

»Er sollte mich nach Aarhus locken, damit er ein Alibi hatte, ja.«

»Er hatte *nicht* gelogen! Sehr wahrscheinlich nicht.«

Mir fehlten die Worte und ich brauchte eine lange Zeit, Thaddäus' Worte zu verdauen.

»Als ich Jesper das erste Mal in Aarhus besuchte – das war im Sommer 2008 – wurde ich zufällig Zeuge eines … nun, eines vermeintlichen Diebstahls. Ich habe dir das nie erzählt, weil … na ja, es war peinlich für mich! … Jesper erhielt einen Anruf, dass in der Villa eines prominenten Deutschen …«

»Oh Gott, nein!«

»… dass dort ein Einbruch verübt worden war. Es sei eine äußerst wertvolle Geige entwendet worden. Jesper bat mich, ihn zu begleiten und gegebenenfalls zu übersetzen. Wir fuhren zur Villa und ich lernte Werner Assauer kennen. Er war mir ein Begriff gewesen, denn kurz zuvor hatte er hier in Hamburg ein Konzert gegeben, das ich mit meiner Frau besucht hatte.

Nun, Jesper nahm die Anzeige auf, veranlasste, dass der Tatort untersucht wurde, und Assauer meldete den Diebstahl später seiner Versicherung.« Thaddäus schüttelte den Kopf. »Ich bin fast aus den Latschen gekippt, als er den Wert der Geige leichthin mit knapp zwei Millionen Euro bezifferte.«

»Also Versicherungsbetrug! Aber was hat das …«

»Lass mich erzählen! Als wir das Anwesen verlassen wollten, fiel mir … Herrgott! Ich hab es gerade nötig, mich über die Nachlässigkeit von Kollegen zu ereifern! … Uns fiel ein intensiver Brandgeruch auf, der von irgendwo aus einer Gartenhütte zu kommen schien. Ja, lachte Assauer, er habe grillen wollen und den Grill aus den Augen gelassen, als sein kleiner Sohn ihm ganz aufgeregt den Diebstahl meldete. *Leider ist mein Diener gerade zum Einkaufen,* sagte er.« Kriminalrat a. D. Roth atmete tief durch. »Er klang überzeugend, Tom! So überzeugend!«

Ich dachte an meine Begegnung mit Wagners Vater. »Das glaube ich! – Aber was ist mit …«

»Wir wollten in den Wagen steigen, da kam uns eine Hausangestellte, glaube ich – sie trug ein schwarzes Kostüm mit einer weißen Schürze – kam uns entgegen, bekam einen Schreck, als sie uns sah und bog schnell ab. Sie führte zwei junge Mädchen am Arm. Das eine hob den Kopf, sah mich an … Das Gesicht der Kleinen werde ich nie vergessen! Es war gerötet, die Augen verweint, die Lippen aufgequollen. Das andere Mädchen hielt den Kopf gesenkt und schluchzte.«

»Anna und Manuela!«

»Wer ist Manuela?«

»Die Tochter der früheren Freundin des Dieners. Die Mädchen hatten wohl Wagner und Alfred besucht. Es war das letzte Mal, dass der Junge bei seinem Vater war. – Ich kann das nicht glauben!« Das stimmte nicht. Was mir mein Freund gerade berichtete, schloss den Kreis. Es erklärte alles! Es war nicht Geldgier, was Anna angetrieben hatte, Assauer umzubringen! Was sie getan hatte, war nachvollziehbar. Schrecklich, aber menschlich zu verstehen.

»Jesper und ich waren der Meinung, bei den Mädchen habe es sich um Musikschülerinnen gehandelt, die gerade vom Verlust der Geige erfahren hatten.«

»Es ist nicht zu fassen!«, sagte ich.

»Dein Buch erst hat uns darauf gebracht, dass wir in diesem Moment Zeuge eines abscheulichen Verbrechens gewesen waren. Auch wenn ich nicht sicher bin, dass es sich um Anna und ihre Freundin gehandelt hat. Sie müssen um die fünfzehn gewesen sein, stimmt's?«

Ich nickte, holte mein Portemonnaie aus der Jacke und zeigte Thaddäus ein neueres Bild von Jessica. »Sah sie in etwa so aus?«

Er schaute lange auf das Foto. »Es ist gespenstisch! Sie könnte die Zwillingsschwester sein.«

»Dann ist alles klar! Es waren mit Sicherheit die beiden. – Dieses Monster! Er hat sich über die Stiefschwester seines Sohnes hergemacht und die Tochter des Dieners, nachdem er den zum Einkaufen geschickt hat. Er …« Ich stutzte und fühlte, dass meine Wangen brannten. *Ältere Frauen sind nichts für dich, stimmt's? Es müssen jüngere sein! Die ganz jungen! Und am liebsten die eigenen …* Ich erinnerte mich an die Worte der betrunkenen Anna. *Ach, nun tu doch nicht so! Du bist doch nur einer von tausenden …* »Hältst du es für möglich, dass er sich sogar an seinem Sohn vergangen hat?«

Kriminalrat a. D. Roth sah mich finster an. »Wenn ich alles richtig verfolgt habe, mein Freund, halte ich auch das für möglich. Wenn auch nicht für wahrscheinlich.«

»Warum, Thaddäus? Warum macht jemand sowas?«

»Warum hat Assauer dir und Anna ganz offen erzählt, dass Wagner die Violine verbrannt hat? Seiner Versicherung meldet er einen Diebstahl. Er holt die Polizei ins Haus, kurz nachdem er zwei Mädchen vergewaltigt! Warum hat er seinen Sohn vor diese unsinnige Mutprobe auf der Schiffsreise gestellt? Warum stellt er einen unbekannten Mann als Diener ein? Nur um dessen Tochter zu missbrauchen! – Es geht um Macht! Die Arroganz des Mächtigen. Er fürchtet keine Folgen, sie sind ihm egal. Alle Untaten bis auf Mord sind irgendwann verjährt und wenn etwas an ihm hängenbleibt – es kümmert ihn nicht! Assauer nimmt sich alles heraus, was ihm gefällt. Er war vom selben Geist wie dieser Lehrer in Katzengestalt, mit dem Unterschied, dass sein Trieb die Macht war. Nur die Macht!«

»Unglaublich, wie der Mann sich verstellen konnte! – Jetzt kann ich Anna verstehen«, sagte ich. »Sie hat ein wirkliches Motiv gehabt, ihn umzubringen.«

»Was dich aber nicht davon abbringen darf, sie vor Gericht zu bringen. Niemand darf Selbstjustiz verüben! Es ist Sache der zuständigen Behörden. Und vergiss eines bitte nicht, Tom: Anna hat alles getan, um an Assauers Geld zu kommen. Sie hat andere zu Mittätern gemacht.«

»… die genauso unter ihm gelitten haben wie sie selbst!«

»Aaron Ratkowski nicht!«, entgegnete Thaddäus.

»Den größten Teil des Geldes erhielt Wagners Sohn.«

Der frühere Kriminalkommissar Roth griff mir an den Arm. »Ich beschwöre dich, Thomas! Verlasse nicht den Pfad der Gerechtigkeit! Kommissar Fröhlich kann unmöglich gestorben sein, ohne seine moralischen Maßstäbe an dich weitergegeben zu haben.«

Als ich meinen Wagen zwei Tage später vor dem Gebäude des Polizeipräsidiums am Bruno-Georges-Platz parkte, waren meine Zweifel verflogen.

Ein letzter Rest von Verständnis war geblieben, aber Anna hatte mich und andere für ihre Zwecke missbraucht, und das war durch nichts zu rechtfertigen. Durch nichts!

Sie hatte eigenhändig Rache verübt, obendrein Gewinn daraus gezogen, und dafür musste sie sich verantworten.

27

Hamburg. Dienstag, 26. Dezember 2017

Anfang des Jahres hatten wir die Scheidung eingereicht. Katja und die Mädchen waren zu Bertram und seinem fünfzehnjährigen Sohn aus erster Ehe gezogen. Unsere gemeinsame Wohnung verkauften wir.

Zunächst widerwillig hatte ich zur Kenntnis genommen, dass ich Bertram gut leiden konnte. Als Architekt hatte er beruflich eine engere Bindung zu Katja, die als Raumausstatterin nun neue Aufträge akquirierte (Sie versicherte, dass das eine nichts mit dem anderen zu tun hätte).

Peer war ein aufgeweckter, stets ernster Junge, der auf dieselbe Schule ging wie meine Töchter und zu ihnen auf Anhieb ein gutes Verhältnis entwickelte. Mir gegenüber blieb er deutlich distanzierter.

Meine Freundin Simone, die ich in einem Fitnessstudio kennen gelernt und die keine Ahnung gehabt hatte, mit wem sie sich da einließ, reagierte anfangs skeptisch, als Katja uns den Vorschlag machte, beide Familien könnten sich doch mal zum Essen treffen.

»Ach, komm! Du wirst sie mögen«, sagte ich.

Melanie und Jessica überredeten Simone schließlich. Nach einem zweiwöchigen Urlaub in Schladming, zu dem wir meine Töchter mitgenommen hatten, konnte sie nicht mehr nein sagen. Simone war entzückt, den Ort des *Edelblaus*, den sie aus meinem Roman kannte, mit eigenen Augen zu sehen.

Die Mädchen blieben mir gegenüber auf Abstand, was ich aber verstehen konnte. *Da hast du die Quittung, Sagnier,* dachte ich in der Hoffnung, unser Verhältnis würde sich mit der Zeit wieder bessern.

Die ansässige Fremdenverkehrszentrale hatte sich zu Jessicas Bedauern neue Maßnahmen überlegt, den Touristen das Geld aus der Tasche zu ziehen. Ohne Strohhut traten wir die Heimreise an, was nicht zu Jessis guter Laune beitrug.

Wir trafen uns am zweiten Weihnachtstag bei Katja und Bertram. Wie in den Jahren zuvor an Weihnachten herrschte alles andere als Winterwetter. Es regnete leicht, nur ganz selten ließ sich die Sonne sehen.

Es fiel nicht leicht, ein festliches Gefühl aufkommen zu lassen, und das lag nicht nur am Wetter. Die Runde war nett, aber angespannt. Nach dem Essen zogen sich die jungen Leute auf Peers Zimmer zurück, und wir vier saßen bei einer Flasche Wein beisammen. Ich ließ mich zu einem Glas überreden, für den Rest des Abends beschränkte ich mich auf Wasser.

»Tom«, sagte Katja zu vorgerückter Stunde, »könntest du mal hochgehen und die Kinder fragen, ob sie Lust auf ein spätes Schokoladeneis haben? Mit Vanillesoße!« Eine Leibspeise unserer Töchter.

Oben angekommen wunderte ich mich, dass kein vertrauter Laut aus dem Kinderzimmer zu hören war. Keine Musik, kein

Lachen, kein Geräusch, das an die Zeit erinnerte, als unsere Mädchen noch ihre Zimmerparties veranstalteten.

Als ich vor der Tür stand, hörte ich die Stimme Peers, der erregt auf meine Töchter einzureden schien. Verstehen konnte ich ihn nicht.

Ich klopfte und rief. Sofort war Stille. »Okay!«, antwortete Peer nach einem Moment. »Wir kommen gleich runter.«

Als die drei das Wohnzimmer betraten, fielen mir ihre ernsten, verschlossenen Gesichter auf. Melanie schaute auf den Tisch, wo die Schalen mit dem Eis standen und vermied jeden Blickkontakt mit mir. Jessica hingegen sah mich sekundenlang an, und in ihren Augen meinte ich Trotz und Ablehnung zu lesen.

Beim Essen beteiligten sich die jungen Leute nicht an den Gesprächen, antworteten einsilbig auf Fragen, aßen wortlos ihr Eis. Im stillen Einverständnis räumten Katja und ich den Tisch ab. In der Küche half ich ihr, die Spülmaschine einzuräumen.

»Ich staune, was aus unseren Töchtern geworden ist«, sagte ich. »Was für hübsche junge Damen!«

»Na! Bei *der* Mutter?«, grinste sie.

Ich lachte. »Na klar! Aber … haben sie irgendwelchen Kummer?«

»Wieso?«, fragte Katja erstaunt.

»Sie kommen mir so bedrückt vor. So abweisend. Liegt das vielleicht an mir?«

»Eigentlich hast du es ja nicht verdient«, sagte Katja, »aber sie lieben dich wie eh und je. Mach dir keine Sorgen! Immerhin freut es mich, dass du den beiden endlich mehr Aufmerksamkeit schenkst. Das hättest du früher haben können.«

»Meinst du?«

»Meine ich. – Die beiden sind nicht abweisend. Sie sind aus dem Gröbsten raus und stehen an der Schwelle zum Erwachsenwerden. Da werden sie zurückhaltender.«

»Dann bin ich beruhigt. – Und du hast mit ihnen nicht über … du weißt schon …«

»Josefine, meinst du? Nein, habe ich nicht.« Sie drückte die Tür der Geschirrspülmaschine zu und schaltete das Gerät ein. Dann richtete sie sich wieder auf und sah mich an. »Ich will ganz ehrlich sein, Tom! Ich hatte große Bedenken, die Mädchen mit dir in den

Urlaub zu lassen. Wenn Simone nicht dabei gewesen wäre, hätte ich es verhindert. Was du getan hast, werde ich dir nie verzeihen können.«

»Aber … Katja … das ist …«

»Nein! Keine Ausflüchte, bitte! Es wird immer zwischen uns stehen. Und ich werde genau darauf achten, dass Melanie und Jessica nie allein in deiner Nähe sind.«

»Herrgott! Was glaubst du denn nur? Ich habe mit einer Vierzehnjährigen geschlafen, ja! Es sollte nicht sein, ist aber passiert und wird nie wieder vorkommen. – Du redest von meinen Töchtern, Katja! Glaubst du ernsthaft, ich würde …!«

»Kann ich sicher sein? Ja?« Ihr Blick bohrte sich in meine Augen. »Aber es geht um etwas anderes. Du hast das Vertrauen eines Menschen missbraucht, das noch ein halbes Kind war. Wie soll ich annehmen, dass du die beiden nicht mit derselben Leichtfertigkeit behandelst? Derselben Respektlosigkeit? Du hast eine Straftat begangen, Tom! Das Gesetz schützt junge Menschen, weil sie unfertig und leicht zu manipulieren sind. Alle Mädchen und Jungen in diesem Alter! Und auch deine Töchter.«

»Josefine war alles andere als unfertig. Ich kann ja nachvollziehen, dass du als Mutter so große …«

»Du verstehst es nicht!«, zischte sie. »Du willst es einfach nicht verstehen!«

»Ich muss und werde mich nicht für das rechtfertigen, was ich getan habe! Du hast alles erfahren, was ich zu sagen hatte und damit gut! – Katja, an dem bewussten Abend habe ich eine nette Unterhaltung mit Josefine geführt. Ohne jeden Hintergedanken. Sie hat es irgendwann provoziert, weil sie … es hatte nur mit Wagner zu tun, nicht mit mir. Verstehst du? Es hätte auch ein anderer sein können.«

»Tu mir einen Gefallen …«, sagte sie kalt, »… und versuche nie wieder, dich herauszureden. Du kannst noch so viele Romane schreiben, in denen du dich als Unschuldslamm darstellst – es ist und bleibt Unrecht, was du getan hast. Ein großes Unrecht! Und du hast mich nicht weniger verletzt als dieses junge Ding.«

Ich fühlte, dass wir uns an dieser Stelle nichts mehr zu sagen hatten. Ich wusste genau, dass jeder Versuch zwecklos sein würde, Katja zu überzeugen.

»Hast du etwas von Anna gehört?«, fragte sie nach einigen Minuten. »Wie geht es ihr?«

Ich brauchte noch eine kurze Zeit, um mich zu sammeln. »Sie hat mir einen Brief geschrieben. Aus der Untersuchungshaft.«

»Du musst mir nicht sagen, was drinsteht.« Sie deutete ein Lächeln an.

»Warum nicht? Ich werde nichts auslassen.«

Lieber Tom,

ich hoffe, du wirfst diesen Brief nicht ins Feuer, bevor du ihn gelesen hast, denn ich habe dir ein paar letzte Worte zu sagen.

Nein, nein! Ich werde mich nicht umbringen, denn vielleicht planst du eine weitere Auflage vom Edelblau und die sollte nicht schon wieder mit einem Selbstmord enden, nicht wahr?

Letzte Worte, weil du sicher kein Verlangen verspürst, mich wiederzusehen. Ich würde es verstehen, denn das, was ich dir angetan habe, wirst du mir nie vergeben.

Wie mir der freundliche Herr Roth gesagt hat, hast du inzwischen die ganze Wahrheit erfahren. Stell dir vor, nach all diesen Jahren habe ich ihn auf Anhieb wiedererkannt! Er hat so was Besonderes an sich, das man nie vergisst. Ich war froh, dass er mich nach der Überstellung begleitet und betreut hat.

Zu Hause bleibt vorläufig alles, wie es ist. Manuela kümmert sich um Josefine und den Kleinen, der inzwischen gar nicht mehr so klein ist. Er ist ein richtig hübscher Junge, gerade so wie sein Vater. Die drei bleiben in unserem Appartement. Wäre auch zu dumm, es aufzugeben. Wir haben einen wundervollen Blick auf den Central Park. (I miss it! Schade eigentlich!)

Ja, du weißt jetzt, wie es gewesen ist, und du solltest dir ein Bild gemacht haben, was für ein Mensch Werner Assauer war. Keine Sorge, ich belästige dich nicht mit meinen Wehklagen, aber vielleicht hast du ein wenig Verständnis für mich (und für Manuela).

Herr Roth hat mich behutsam gefragt, ob Werner die allerschändlichste Tat begangen hat, die ein Vater einem Sohn antun könnte. Ich habe wahrheitsgemäß geantwortet, dass ich das nicht weiß. Ich habe mit Wagner nie über diesen Tag in Aarhus gesprochen; du kannst dir denken, warum. Und er war ganz in unserer Nähe! Ich weiß auch nicht, ob es Zufall war, dass er gerade in diesen schrecklichen Minuten die Geige verbrannt hat …

Ich bemühe mich, die Bilder aus meinem Kopf zu löschen und alles zu verdrängen. Es ist sehr schwer!

Noch schwerer ist es, die Gedanken los zu werden, die ich von dem Tag mit mir herumschleppe, an dem ich Werner die Pistole an die Stirn drückte. Ich bin inzwischen bereit, meine juristische Schuld einzugestehen, moralisch gesehen aber – ich würde es wieder tun!

Das Arrangement mit der kleinen Testamentsänderung bereue ich gleichfalls nicht. Ich finde, er musste zahlen. Das war das einzige, was Werner Assauer der Nachwelt an Gutem hinterlassen konnte.

Zumal er mich erst darauf gebracht hat! Wie alles, was er meinte, mit Geld regeln zu können, hat er auch uns bezahlen wollen! Wie Huren wollte er uns entlohnen, zwei Mädchen, die sexuell keine Erfahrungen hatten! Sein Erstaunen war groß, als wir das ablehnten. Und so nahm er sich mit Gewalt, was er mit all seinem Reichtum nicht bekommen konnte. Der Teufel!

Leid tut mir im Nachhinein Aaron, dieser wundervolle Mensch, den ich, ohne zu überlegen, mit hineingezogen habe. Herr Roth sagte mir, dass auch ihn eine harte Strafe erwarte.

Albert war sich der Tragweite in vollem Umfang bewusst und von vornherein bereit, alles auf sich zu nehmen. Er bereut die Tat so wenig wie ich.

Manuela und Josefine haben von den späteren Ereignissen in Aarhus nichts gewusst.

So verbringe ich die Tage in dieser Zelle (die nicht ganz den Komfort hat, wie ich es von New York gewohnt bin) und warte auf das Verfahren und das Urteil.

Thomas, ich hoffe, dass du mit deiner neuen Freundin glücklich wirst. Du hast es wirklich verdient! Wenn du noch Verbindung zu deiner Exfrau hast, sage ihr bitte von mir, wie sehr ich dich gemocht und geschätzt habe (es ist wirklich so!) und dass du dich wie ein wahrer Freund (und Gentleman!) verhalten hast.

So long, my friend!

Yours deeply

Anna

Nachdem ich Katja den Inhalt des Briefs in etwa wiedergegeben hatte, sagte sie knapp: »Bei allem, was sie gemacht hat: Mein Verständnis für sie ist größer als das für dich.«

Als wir zurück ins Wohnzimmer kamen, wo sich Simone, Bertram und die Kinder angeregt unterhielten, sahen mich die jungen Leute an und verstummten.

»Ach, Tom!« Bertram stand auf und ging zum Couchtisch. »Während eures Urlaubs standen zwei Meldungen im *Hamburger Abendblatt*, von denen Katja meinte, dass sie dich interessieren dürften. Wir haben sie für dich aufbewahrt.« Er griff in die Ablage unter der Platte und zog die Zeitungen hervor. »Soll ich vorlesen? – Also! Hier die erste. Titelzeile: *Kinderheim Weidenwind dankt anonymem Spender.*

Hamburg-Barmbek. Das vor drei Jahren neu eröffnete, nach einem englischen Kinderbuchklassiker benannte Heim Weidenwind, eine Zuflucht für misshandelte Kinder, freut sich über eine anonyme Spende in Höhe von 400 000 Euro. »Wir haben nicht die geringste Vermutung, woher das Geld kommt«, teilte die verantwortliche Leiterin des Heims mit. »Mit dieser Summe können wir unseren Schützlingen viel Gutes zukommen lassen. Bisher hat es an allen Ecken und Enden gefehlt. Wir danken dem Spender von Herzen!«

Meine Gedanken wanderten zu einem zierlichen Mädchen mit ehemals blauen Haaren und einer tiefen, sanften Stimme. Einem Mädchen, dessen Herz zu groß war, als dass es irgendjemand brechen könnte.

Und ich dachte an einen ziemlich verrückten Althippie, dessen Erziehungsmethoden nicht die feinsten waren, aber Wunder bewirkt hatten.

»Hier die zweite«, sagte Bertram und las: *Internat Schloss Wallstein unter neuer Leitung.*

Klanzow. Wie das brandenburgische Kultusministerium bekannt gibt, steht das Internat Schloss Wallstein in der Uckermark ab sofort unter neuer Führung. Die Eliteschule beurlaubte vorläufig den bisherigen Geschäftsführer Frank M., dem von der Staatsanwaltschaft Brandenburg schwere Veruntreuung und Unterschlagung vorgeworfen werden. Kommissarischer Leiter des Internats ist ein früherer Referendar des Ministeriums für Bildung und Sport, Mark S., 32.

Ermittelt wird auch gegen den Leiter der schuleigenen Programmierabteilung, Moritz v. G. Er war verantwortlich für eine manipulierte Software mit rassistischen und rechtsradikalen Inhalten. Sie sollte in den Schulen einiger Bundesländer zum Einsatz kommen und wurde von der Polizei jetzt konfisziert.

Zudem erwartet v. G. ein Verfahren wegen Kindesmissbrauchs.

»Endlich!«, seufzte ich erleichtert. »Danke, Thaddäus!«

»So wie Mühlbauer ist man Al Capone auch auf die Spur gekommen«, sagte Katja kopfschüttelnd. »Nicht wegen seiner Verbrechen! Seiner Morde! Einfach wegen Steuervergehen.«

»Ich überlege gerade«, sagte Bertram. »Diese Lernsoftware! Peer, ist das nicht die, die auch in eurer Schule eingesetzt werden sollte? War die nicht von Schloss Wallstein?«

Sein Sohn sah ihn ausdruckslos an und nickte.

In diesem Moment meldete die Geschirrspülmaschine aus der Küche mit einem hohen Piepton das Ende ihrer Tätigkeit.

In Sekundenbruchteilen verfinsterte sich Peers Gesicht, ihn überkam ein heftiges Zittern, und er schoss aus seinem Stuhl hoch, der polternd umfiel. »Das sind Presselügen!!«, zischte er. »Diese Vaterlandsverräter!«, schrie er aus vollem Hals. »Das ist übelste jüdische Propaganda!!« Mit Schrecken sah ich, dass sich seine Augen hasserfüllt auf mich richteten.

Meine Bestürzung wurde noch größer, als ich in die Gesichter meiner Töchter sah. Während Melanies Blick mir hilflos und traurig vorkam, schaute Jessica mich mit unverhohlener Verachtung an.

ENDE

Alle geschilderten Ereignisse, Personen, Namen, Orte, Daten und Institutionen – ausgenommen zeitgeschichtliche oder historisch bekannte – sind von mir erfunden.

Das Gedicht *»Nur ein Weniges noch«* von Giorgos Seferis (1900 - 1971) wurde aus dem Griechischen übersetzt von Christian Enzensberger und wurde zum ersten Mal 1935 veröffentlicht.

Mein Dank
Ich bedanke mich bei Marianne Ochsen, Ulrich Minde und Hans-Udo Zenneck für ihre Unterstützung.
Meiner Frau danke ich für die Geduld, die sie mit mir hat.

B. S.

»Sehr angenehm, mein junger Freund.«

»Jung? Herbert ist wahrscheinlich *noch* älter als du! Der schafft locker hundert.«

»Aber genau kennst du sein Alter nicht.«

Josefine lächelte. »Nö! Haben Sie mir in der Zoohandlung nicht gesagt. Aber Schildkröten werden so alt. Wenn sie ordentlich fressen.« Sie ging quer durch das Zimmer und setzte das Tier in einen Karton. »Oh, Mann! Du hast ja nicht mehr viel Salat! Muss ich besorgen. Hilfst mal denken, Herbert?« Sie ging zum Kühlschrank und holte eine Plastikdose heraus.

Ich sah in Herberts Behausung und stellte fest, dass er ähnlich genügsam war wie seine Mitbewohnerin. Drei verwelkte Salatblätter und ein paar trockene Gurkenscheiben bildeten seine Restmahlzeit. Josefine nahm einige frische Blätter in die Hand und holte einen Gemüsezerkleinerer aus einem Hängeschrank über der Kochzeile.

»Wenn ich ein bisschen strecke, kommt er einen Tag länger aus«, sagte sie. Sie steckte die Salatblätter in das Gerät und schaltete es ein, zwei Sekunden ein. Der größte Teil der gehäckselten Blätter kam zurück in die Plastikdose.

»Nee, nee, Herbert. Du bleibst jetzt schön da drin!«, befahl sie und schubste das kletterfreudige Tier in den Karton zurück.

»Geht gern wandern, der Herbert, stimmt's?«, fragte ich.

»Hm. Kommt viel rum. Immer aktiv.« Wir schauten zu, wie die Schildkröte die Nase nun doch in den Salat steckte. »Aber wenn's drauf ankommt, kann er ganz still sein.«

»Nämlich?«

»Als wir hier eingezogen sind …«

»Du und Herbert.«

»Alle drei. Wagger, Herbert und ich«, erklärte sie.

Ich hatte es geahnt. Obwohl ich in diesem Zimmer keine persönlichen Gegenstände des Jungen ausmachen konnte, war es ziemlich logisch, dass Wagner hier hauste. Ich empfand Freude, dass er eine feste Unterkunft hatte. Zusammen mit Josefine. Was Besseres hätte ihm nicht passieren können.

»Damals hat uns der Vermieter gefragt, ob wir Haustiere haben. Nö, haben wir gesagt, überhaupt keine. Und was ist *das*?, meinte er. Die ist aus Stein, haben wir gesagt, keine echte. Und Herbert